Astrid Paprotta

Feuertod

PIPER ORIGINAL

Astrid Paprotta

Feuertod

Kriminalroman

Piper München Zürich

Die Zitate aus Bertolt Brechts Gedicht »Gegen Verführung (Luzifers Abendlied)« stammen aus dem Band »Bertolt Brechts Hauspostille«, Bertolt Brecht, Gedichte 1, Bd. 11 Berliner und Frankfurter Ausgabe im Suhrkamp Verlag 1988.

Originalausgabe
1. Auflage Juni 2007
2. Auflage September 2007

Satz: Uhl + Massopust, Aalen
Druck und Bindung: Clausen & Bosse, Leck
Printed in Germany ISBN 978-3-492-27129-5

www.piper.de

1

Als sie die Innenstadt verließ, fuhr sie an ihrem eigenen Foto vorbei. Sie lächelte mit durchbohrten Lippen von dem zerstörten Plakat herunter, das neben einer stillgelegten Tankstelle hing und für die Veranstaltung warb, auf der sie in ein paar Tagen reden sollte: *Keine Angst! Sichere Stadt*. Sie sah nur flüchtig hin, summte ihr Lieblingslied. *Miststück* stand über ihrem Namen, mit schwarzem Filzstift hingekritzelt, darunter ein krakeliges Kreuz.

Sie hatte einen freudlosen Abend im Restaurant verbracht, mit faden Leuten, die belanglose Gespräche führten und wissen wollten, warum sie kaum etwas aß. Erst als der Anruf gekommen war, hatte sich ihre Stimmung aufgehellt. So spät? Vor sich hin lächelnd wie ein Kind, das versteckte Geburtstagsgeschenke findet, hatte sie *ja* gesagt, ja, ich habe Zeit. Als sie gezahlt und dem hübschen jungen Kellner ein großzügiges Trinkgeld gegeben hatte, fing sie an, ihr Lied zu summen, weil das half, die Gedanken zu vertreiben. Sie konnte ihr Lieblingslied bei miserabelster Laune summen, sie konnte auf der Klippe stehen und in den Abgrund blicken und wurde dennoch dieses Lied nicht los.

Vandalismus. Jemand hatte ihr beim Essen von den zerstörten Plakaten erzählt, und sie stritten darüber, ob der Tatbestand Vandalismus zutraf, weil das Plakat, das für eine Veranstaltung warb, kein öffentliches Eigentum war. Egal. Was zählte, war die Zerstörungswut, die diese Sprayer, die sich einbildeten, Kunst zu produzieren, ebenso an den Tag legten wie Plakatschlitzer. Über diesen Ausdruck hatten sie gelächelt, die Leute, mit denen sie zu Abend gegessen hatte.

Die ganze Fahrt über summte sie vor sich hin. Als sie in die Melemstraße einbog, wurde sie langsamer und summte lauter. Der Wagen schlingerte über eine dieser Schikanen, mit denen sie in den ruhigen Gegenden dafür sorgten, dass brav langsam gefahren wurde, und sie tätschelte unwillkürlich den leeren Beifahrersitz, um das mimosenhafte Auto zu beruhigen. Als sie ausstieg, rauschten die Bäume im Wind und knackten ein paar Äste, nur noch wenige Lichter brannten im Haus. Aus der Ferne ein Geräusch, als übte eine Nachteule ihr Lied. Wie romantisch.

Zwei Stufen auf einmal nehmend, lief sie bis ins Obergeschoss, was sie immer tat, weil ihr die Zeit nie reichte, und ihr nichts schnell genug ging, und als sie die Wohnungstür hinter sich geschlossen hatte, schleuderte sie ihre Schuhe quer durch den Flur. Im Esszimmer entkorkte sie eine Flasche Rotwein, stellte sie mit zwei Gläsern auf den Tisch und blieb dann einfach stehen, an die Wand gelehnt, als fehlte ihr die Kraft sich zu bewegen.

Ein paar Minuten lang stand sie so, mit hängenden Armen und geschlossenen Augen, dann ging sie ins Bad, um Wasser in die Wanne einzulassen. Dieses Geräusch fiel den Nachbarn auf, die später angaben, dass es bereits spät war, als sie noch Badewasser einließ, was sie manchmal tat, ohne auf die Zeit zu achten, und was die Nachbarn jedes Mal störte. Auch in dieser Nacht hatte sie es getan, bevor alles aus den Fugen geriet. Nur dieses Geräusch, sonst hatten sie nichts von ihr gehört, denn Ellen Rupp war keine Frau, die schrie. Es gab Leute, sagten die Nachbarn, die sich das wohl anders vorgestellt hätten, die im Gegenteil dachten, dass Ellen Rupp, die man die Ruppige nannte, unentwegt keifte und schrie. Das hatte sie aber nicht getan, oder niemand hatte es wahrgenommen in diesem Chaos, kein Mensch hatte sie schreien gehört.

2

Czerny war in jener Nacht zur falschen Zeit am falschen Ort gewesen, und das war Pech. Die Autofahrer konnten sich alle nicht benehmen, denn obwohl die Straßen frei waren, hupten sie und gestikulierten, als wären sie im Stau gefangen und erlitten Panikattacken oder sonstige Heimsuchungen. Sie tippten sich sogar an die Stirn, als sie ihn sahen, was war denn das für eine Art? Applaudieren hätten sie ihm sollen, statt sich blöd zu echauffieren, weil es nämlich gar nicht einfach war, mit diesem Gefährt, mit dem er unterwegs gewesen war, die Spur zu halten. So hatte es angefangen. Im Grunde mit den Autofahrern.

Czerny fuhr zehn Stundenkilometer schnell, langsam, zugegeben, doch was sollte er machen? Flotter ging es nun einmal nicht. An der Kreuzung wartete er, bis er freie Fahrt hatte, um dann nach links abzubiegen, wo wieder einer mit aufgeblendeten Scheinwerfern auf ihn zukam und hupte. Das kannte er inzwischen. Was ihn über dieses Betragen hinaus kümmerte, war die Frage, wo er sein Fahrzeug abstellen sollte, schließlich war es bei ihm zu Hause ziemlich eng, sowohl im Hausflur unten als auch in der Wohnung, und in seinem kleinen Laden war schon überhaupt kein Platz. Zudem fing er allmählich an zu frieren. Seine Hand, die den Schalter hielt, war eiskalt, aber sonst fühlte er sich gut. Im Krankenhaus hatten sie ihm das kaputte Knie geflickt, doch nach Hause wollten sie ihn nicht lassen. So einen Ausfall konnte er sich als selbstständiger Friseur aber nicht leisten, deshalb hatte er um seine Entlassung regelrecht gebettelt, nur: was verstanden Orthopäden schon von kleinen Mittelständlern? Weil alle Bettelei sinnlos gewesen war, hatte er sich kurz vor der Nachtruhe einen leise summenden Krankenfahrstuhl geschnappt und war ihnen erstaunlich leicht entkommen. Zwei Pfleger hatte er noch gegrüßt, bevor er mit seinem elektrisch betriebenen Gefährt über einen Lieferanteneingang ins Freie gelangt war.

Ein schöner Coup. Die Diebe im Möbelhaus fielen ihm ein, die sich ein schweres Bett ausgesucht und es ächzend am Personal vorbeigeschleppt hatten, und was sollte man sagen? Das Personal hatte ihnen noch die Tür aufgehalten. So fuhr er also dahin, und obwohl er sich an alle Verkehrsvorschriften hielt, hupten die Autofahrer ihn an. Das regte ihn derart auf, dass er sich entschloss, einen kleinen Umweg zu nehmen und durch stillere Straßen zu fahren. Melemstraße, das war das erste Schild, das er sah. Blume, sein Nachbar, hatte ihm erzählt, dass es in diesen villenähnlichen Häusern Eigentumswohnungen gab, die mehr als dreihunderttausend Euro kosteten, was eine unvorstellbare Summe war, und man musste ja trotzdem die laufenden Kosten noch zahlen, Wasser, Gas und Strom. Woher Blume die Preise kannte, hatte Czerny damals nicht gewusst, Blume konnte sich das alles ja auch nicht leisten. Aber es war wirklich eine schöne, ruhige Straße mit großen Bäumen, unter denen friedlich Limousinen parkten, und in der ihm niemand hupend entgegenkam.

Doch etwas störte ihn. Es war dieses Licht. Es schien direkt aus den Wolken zu kommen, weshalb er einen Moment lang glaubte, dass er die aufgehende Sonne sah. Es war aber immer noch Nacht. Czerny stellte sich das Glück in den Farben Rot und Blau vor, wie die Sonne über dem Meer. Als Kind hatte er die Wände seines Zimmers mit Postern geschmückt, auf denen Pärchen am Strand unter der aufgehenden Sonne saßen. Er hatte sich dafür von seinem Vater verhöhnen lassen, der ihn einen Kitschkerl nannte, ein Ausdruck, den er Jahre später noch zu steigern wusste, als Czerny zu Hause mitteilte, er würde Friseur. Da hatte sein Vater ihn einen blöden Kitschkerl genannt, weil ihm der Begriff Romantiker nicht geläufig war, und hinzugefügt, man müsse ja nur in sein Zimmer gucken. Doch da hingen die Poster schon lange nicht mehr, denn bei Czernys erstem Urlaub am Meer war die Sonne nicht richtig rot gewesen und das Wasser nicht blau. Macht nichts, hatte er sich damals gesagt, es war der falsche Strand. Der richtige würde kommen und mit ihm der perfekte Sonnenaufgang, dann saß er da und guckte in die Wellen und verspürte nichts als Glück.

In jenen Minuten schien er allerdings Pech zu haben, weil die Sonne in dieser Nacht vor seinen Augen explodierte. Er stoppte, nein, sein Gefährt stoppte ganz von selbst, weil er in seinem Schrecken die Arme nach hinten riss. Das Geräusch berstender Fensterscheiben hörte er im selben Moment, als er den Kopf in den Nacken warf und Feuer im Obergeschoss eines Hauses sah. Ein Blitz, nur schlimmer. Viel schlimmer auch als bei ihm zu Hause in der Innenstadt, wo sie sich über brennende Müllcontainer aufregten. Beim letzten Mal, als kein Container mehr übrig war, hatte ein Feuerwehrmann zwei Knirpse angebrüllt, dass sie jetzt ihren Müll aus dem Fenster werfen könnten, und sein Kollege hatte böse gelacht und gesagt, das täten die doch ohnehin.

Viel schlimmer war das hier. Flammen schlugen aus dem Fenster, eingehüllt in dichten Qualm, als fingen Feuer und Rauch ein Tänzchen an. Brennende Vorhänge wehten im Wind.

Czerny fuhr wieder an und sah, dass es das Haus Nummer 13 war. Gleichgültig im Grunde, doch er sagte es ständig vor sich hin, Nummer 13, 13. Als er herankam, drückte er die Hand auf das Klingelbrett und schrie: »Feuer!« Er rollte ein Stück zurück. »Es brennt bei euch, oben brennt's!«

Nummer 13. Bald ein Uhr. Acht Minuten, bis der erste Löschzug kam. Czerny war bis zum übernächsten Haus gefahren, weil er Angst hatte, dass ihm etwas Brennendes auf den Kopf fiel, doch er blieb. Er bildete sich ein, er müsse bleiben, weil er sonst vielleicht eine Art Fahrerflucht beging. Er sah Leute auf die Straße rennen, die immer wieder schreiend auf das Obergeschoss deuteten und wohl hofften, dass die Flammen nicht das ganze Haus zerfraßen. Es war so ein schönes Haus; er zählte drei Stockwerke und fand, es sah wie eine alte Villa aus. Die Feuerwehr tat, was sie konnte, dann kam die Polizei und er sah ein Dutzend Uniformierte herumrennen, er sah überhaupt so viele Menschen plötzlich, dass er nicht wusste, wie er hier jemals wieder durchkommen sollte. Gestank legte sich über alles, als hätte der Teufel kurz die Hölle geöffnet. Irgendwann, als vom Feuer nur noch Rauch geblieben war, tippte ein Polizist ihm auf die Schulter und fragte, wo er wohnte.

Seine Wohnung, sagte Czerny, lag ein Stückchen weiter weg.

»Nicht da drin?« Der Polizist deutete auf die Nummer 13. Er sah angespannt aus, so als würden sie das Obergeschoss nie feuerfrei kriegen, dabei hatten sie es doch gelöscht. Nur noch dünne Rauchschwaden wehten durch die Luft.

Czerny fror. »Nö«, sagte er. »Da drin nicht. Lassen Sie mich vorbei? Ich finde, Sie könnten mir eine kleine Gasse freimachen.«

»Wohin denn?«, fragte der Polizist.

»Ich habe das Feuer gemeldet«, sagte Czerny. »Das heißt, habe ich nicht, aber ich habe am Haus geklingelt und gerufen, sie sollten es melden. Ich hab hier kein Telefon, wissen Sie.« Er reckte sich, als er vorn die Männer sah, die auf die Absperrung zukamen. Sie sahen wichtig aus. Sie trugen keine Uniformen, und sie gingen an den Feuerwehrleuten vorbei in das Haus Nummer 13, dessen Obergeschoss jetzt aussah wie ein breiter, schwarzer Trauerrand.

Der Polizist sah die Männer auch. Hastig wandte er sich wieder Czerny zu und fragte, ob er etwas gesehen hatte oder ob ihm etwas aufgefallen war, doch was sollte er gesehen haben außer dem Feuer? Die Fensterscheiben flogen raus, als er gerade hier ankam, er hatte keine Ahnung, wie lange es in einem Haus brennen musste, bis das geschah.

»Ich brauche Ihren Namen«, sagte der Polizist.

»Ich bin behindert«, sagte Czerny. »Ich muss jetzt nach Hause.«

»Ich brauche trotzdem Ihren Namen. Und wo Sie wohnen, das heißt, Ihre Adresse.« Der Polizist war furchtbar nervös, dabei war es kein junger Mann mehr, man konnte also nicht davon ausgehen, dass der hier seinen ersten Einsatz hatte. Seufzend nannte Czerny seine Adresse.

»Battonnstraße?« Der Polizist schien beinahe die Fassung zu verlieren. »Da müssen Sie aber noch eine ganze Strecke – Sie können doch damit nicht –«

»Doch, der ist tauglich, wollen Sie mal sehen?« Als Czerny auf den Knopf drückte, sprang der Krankenfahrstuhl nach vorn und der Polizist zurück.

»Ihren *Namen!*«, schrie er.

»Czerny. Charly, Zulu, Echo, Romeo, November, Yankee.«

Der Polizist ließ seinen Notizblock sinken.

»Das ist das Nato-Alphabet.« Czerny machte immer so viel Wind um seinen Nachnamen, weil er seinen Vornamen nur nannte, wenn es unbedingt sein musste. Gewöhnlich ließ er sich auch von guten Bekannten nur mit dem Nachnamen anreden, denn als sein Vater seine hochgradig frankophile Mutter noch liebte, hatten seine Eltern ihn Claude getauft. Immer hatte es Ärger gegeben mit diesem Namen, schon sein Vater hatte ihn nie richtig aussprechen können und ihn *Klott* gerufen, und in der Schule hatten sie ihn abwechselnd Kloß und Claudi Zwo genannt, weil es auch eine Claudi Eins gab, die dralle Claudia. Es gab nur eine einzige Situation, in der ihm dieser Vorname nützen könnte, das war bei seiner Arbeit als Friseur, wenn diese spezielle Art Kundin kam, die gestikulierend seinen Namen rief. »Ach *Claude*, du *weißt* nicht, wie ich mich fühle, sei ein Schatz und mach mir einen *Superschnitt*, ja?«

Aber diese spezielle Art Kundin hatte er nicht. Manchmal bekam er Post von PR-Abteilungen, die ihren Müll an Frau Claude Czerny adressierten. Er hasste seinen Namen.

»Ihren Ausweis«, sagte der Polizist, und als Czerny ihn aus seiner Hosentasche zog, fing er an zu überlegen, ob das vielleicht Brandstiftung gewesen war, im Unglückshaus Nummer 13. Er hatte sich vorgestellt, es wäre jemand mit einer brennenden Zigarette eingeschlafen.

»Ach«, sagte der Polizist. Er war immer noch so nervös, doch wollte er es wohl nicht zeigen und versuchte es auf Teufel komm raus mit Konversation. »Sie kommen ursprünglich aus Frankreich?«

»Nein. Ursprünglich nicht.«

»Aus Tschechien«, sagte der Polizist matt.

»Ich bin von hier.« Czerny blinzelte. »Ein Vorfahre kam aus Österreich.«

Noch immer wirbelten die Lichter der Einsatzfahrzeuge, rot und blau, rot und blau.

Er fand, die Sache sei für ihn erledigt.

Am nächsten Morgen wachte Czerny früh auf, im Kopf die Bilder vom Brand. Er rieb sich die Augen und erinnerte sich an die Rauchschwaden, die über die Straße wehten, und an die brennenden Vorhänge im Wind. Er hatte schlecht geschlafen, doch als er merkte, dass er halbwegs laufen konnte, besserte sich seine Laune. Im Krankenhaus hatten sie ihm das Knie geschient und gesagt, dass sie ab heute das Laufen mit ihm üben wollten, doch dazu brauchte er die Orthopäden nicht. Seine Wohnung war so klein, dass er sich überall festhalten konnte, auch beim Waschen, und als er eine Weile mit seinem Stockschirm auf und ab gehumpelt war, fühlte er sich fit für die Straße.

Unten im Hausflur gab es Ärger, da stand der Krankenfahrstuhl und versperrte den Weg. Und Moritz Blume war auch da, der Nachbar versuchte seinen Dobermann namens Chef an dem Gefährt vorbeizubugsieren, doch der Hund scheute zurück.

»Wäre besser, wenn der nicht hier steht«, sagte Blume.

Czerny klopfte mit dem Stockschirm auf den Boden. »Man kommt ja vorbei. Bloß der blöde Hund will nicht.« Er sah den Dobermann gähnen und erzählte Blume von dem Brand im Nordend und von den vielen Polizisten, die da herumgelaufen waren, was nur den Schluss zuließ, dass es wohl Brandstiftung gewesen war.

»Brandstiftung passiert unten« war alles, was Blume dazu zu sagen hatte.

»Wieso?«

»Weil die sich kaum die Mühe machen, bis nach oben zu laufen, zu zündeln und wieder runterzurennen. Dauert länger, ist gefährlicher für sie, und sie werden schneller erwischt.« Blume rüttelte an dem Rollstuhl. »Meistens wird ja Gerümpel angezündet, das im Hausflur steht. Ich brauche einen Termin bei dir.«

Czerny starrte auf Blumes strähniges Haar. Männer zu frisieren war ein unergiebiges Unternehmen. Brauchte man gar nicht erst anzufangen. In seinen Laden kamen Männer aus der Umgebung, die »Beischneiden«, murmelten, und wenn er damit fertig war, man wollte sie ja nicht gleich als Kahlköpfe entlassen, brummten sie, das sähe nun aber bald wie vorher aus. Sinnlos. Moritz Blume, der unter ihm wohnte, kam gewöhnlich mit nassen Haaren in den Salon, um das Geld fürs Waschen zu sparen.

Czerny bot ihm einen Termin am Mittag an, Blume sagte: »Da kann ich nicht.«

»Was willst du denn vorhaben?« Czerny schüttelte den Kopf. Blume hatte immer irgendetwas vor, aber kein Mensch wusste, was er eigentlich trieb. Fragte man ihn nach seinem Job, antwortete er, dass er Freiberufler sei, und wollte man wissen, was er da tat, pflegte er zu sagen: alles Mögliche. Vermutlich war er arbeitslos und schämte sich.

»Ich will mit dem Chef zu einem Hundeturnier«, sagte Blume.

»Was machen die da?«

Blume zog die Schultern hoch. »Die kriechen unter was durch und springen über was drüber.«

»Der blöde Hund kommt ja noch nicht mal an dem Rollstuhl vorbei«, sagte Czerny.

Jeden Morgen sah man Moritz Blume mit Chef durch die Straßen spazieren, Frühsport für Herr und Hund. Die streunenden Schläger ließen ihn in Ruhe, weil sie wohl dachten, der Hund würde beißen, doch zum Beißen musste dieser Dobermann getragen werden. Sie wohnten in der Battonnstraße, was recht praktisch war, da sie in der Innenstadt lag, doch an ihrem Eckhaus strich niemand mehr die Fassaden, als wären sie vergessen worden und müssten klarkommen, bis alles zerfiel. Das eigentliche Problem war aber die benachbarte Stoltzestraße, in der es immer wieder Randale gab. Es war laut, ganze Banden brüllten sich durch die Nacht und kamen mit sich selber nicht ins Reine, Fensterscheiben wurden eingeworfen und Leute schlugen aufeinander ein. Das Schönste an dieser Ecke war sein kleiner Laden unten im Haus mit seinem blau schimmernden Schild und den Worten *Czerny. Friseur*. Auf den Punkt in der Mitte hatte er Wert gelegt, weil ein Punkt in der Mitte dem Betrachter ein ganz anderes Gefühl vermittelte als ein Punkt am Schluss. Aber Czerny wollte hier weg, in eine ruhigere Gegend. Er wollte einen neuen Salon eröffnen, sobald er mehr verdiente, einen mit Kaffeebar, an dessen Wänden die Werke junger Künstler hingen, er hatte Großes vor.

Auf seine Stockschirm-Krücke gestützt, sperrte er den kleinen Raum auf, in dem er arbeitete. Für Angestellte war es viel zu eng, die konnte er sich auch nicht leisten. Ein Kunde kam, ein wortkarger Mann um die sechzig, der seufzte, es müsse halt sein. Czerny, das geflickte Bein auf einem Schemel, geriet aus dem Gleichgewicht, wenn er zu schnelle Bewegungen machte, und einmal guckte der Kunde ihn etwas länger an und fragte: »Haben Sie was?«

»Ja«, sagte Czerny, »mein Knie ist behindert, ich stehe etwas schlecht.«

»Dann machen Sie doch krank.«

»Das kann ich mir nicht leisten«, sagte Czerny.

»Ich schmeiß mich fort«, sagte der Kunde. »Bei Ihren Preisen müssten Sie sich sonstwas leisten können.«

Kurz vor zwölf sah er den Chef vor der Tür. Stoisch glotzte der Dobermann in den Laden, bevor er sich gottergeben von Moritz Blume anbinden ließ. Moritz setzte sich mit tropfenden Haaren hin und murmelte: »Jetzt sind wir doch nicht zum Turnier.«

Czerny starrte auf Blumes Haar, als erspähe er Mäuse im Keller. »Hast du sie gewaschen?«

»Ich hab sie nass gemacht.«

»Das sehe ich. Hast du sie gewaschen?«

»Heute Morgen«, sagte Blume. »Jetzt hab ich sie noch mal nass gemacht.«

Czerny griff sich eine Strähne und zog daran. »Sie quietschen nicht.«

»Das wäre ja auch noch schöner«, sagte Blume.

»Frisch gewaschene Haare quietschen.«

»Meine nie.« Blume lehnte sich zurück und sagte »Rundum«, dann starrte er schweigend in den Spiegel. So war das meistens mit ihm, er guckte und schwieg, weshalb ja auch kein Mensch wusste, was er eigentlich trieb. Er lebte in einer bescheidenen Wohnung, wie Czerny auch, und er hatte keine Freundin, er hatte nur den Hund. Chef war genauso wie er, was die Theorie bestätigte, wonach Herr und Hund eine Einheit wurden mit den Jahren, auch Chef hockte meistens nur herum und glotzte. Blume fing erst wieder an zu reden, als Czerny den Föhn einschaltete, und da musste er gleich schreien. Er erzählte von dem Unfall, der sich am vergangenen Abend in der U-Bahn-Station zugetragen hatte, als ein Mann auf die Gleise gestoßen worden war, drei Meter tief, mit all seinen Taschen. Es hatte Streit gegeben, zwei Kerle hatten Zigaretten schnorren wollen, aber vermutlich war der Mann Nichtraucher.

»Schrecklich«, murmelte Czerny. Die Leute hatten kein Benehmen mehr, überall wurde man angebrüllt; es wurde immer schlimmer, und wenn man irgendwo warten musste, bekam man einen Stoß ins Kreuz.

»Hast du im Krankenhaus etwas über Nieren gehört?«, fragte Moritz.

»Dauernd.« Czerny ließ den Föhn sinken. »Das war das Gesprächsthema Nummer eins. Macht ja auch Spaß, über Nieren zu reden.«

»Überall suchen sie welche«, sagte Blume. »Für Transplantationen. Ich denke, ich verkaufe eine meiner Nieren für fünfzigtausend. Man kann mit einer Niere leben.«

»Du spinnst«, sagte Czerny. »Die muss man spenden, nicht verkaufen. Und man spendet sie erst, wenn man nicht mehr ist.«

Blume schüttelte den Kopf. »Ich nicht.« Übergangslos sagte er: »Du hast mir nicht gesagt, dass es in der Melemstraße gebrannt hat.«

»Im Nordend«, sagte Czerny. »Habe ich wohl.«

»In der Melemstraße«, murmelte Blume.

Als er weg war, fegte Czerny den Boden, dann machte er den Laden wieder zu. Es war zu anstrengend, hier herumzuhüpfen, er hatte sich ein wenig überschätzt. Als er den Laden verließ, sah er zwei Männer aus einem dunklen Wagen steigen. Er sah nur flüchtig hin, doch wie immer registrierte er, ob sie Friseurtermine nötig hatten oder nicht. Bei beiden war das nicht der Fall, der Jüngere präsentierte eine tadellose Glatze, während der Ältere ein akkurater Mittfünfziger war, dem die Gattin zuraunte, du musst mal zum Friseur, mein Lieber, und der das dann gewissenhaft erledigen ließ. Offensichtlich war es gerade erledigt, und Czerny beachtete sie nicht weiter. Er war keine zwei Minuten in der Wohnung, als sie vor seiner Tür standen.

»Herr Czerny?«, fragte der jüngere Glatzkopf. »Herr – ehm – Claude Czerny?« Er hatte Schwierigkeiten, Vor- und Nachname hintereinander auszusprechen, doch sagte er wenigstens nicht *Klott.*

Czerny nickte flüchtig. »Und?«

Er zog einen Wisch aus der Hosentasche. »Sie haben gestern einen elektronisch betriebenen Rollstuhl aus dem Krankenhaus entwendet, den möchten die gerne zurück. Wir nehmen an, das ist das Monstrum da unten im Flur?«

»Sind Sie etwa Kriminalpolizisten?«, fragte Czerny.

Beide nickten, doch nur der Ältere zeigte seinen Ausweis. Dazu nannte er freundlich seinen Namen, Karl Niklas, und stellte den Glatzkopf als Herrn Potofski vor.

»Was für ein Aufstand«, sagte Czerny.

»Wir kommen nicht wegen dem Stuhl«, sagte der akkurate Herr Niklas. »Das heißt, den nehmen wir gewissermaßen mit.« Er räusperte sich. »Das heißt, wir nehmen ihn natürlich nicht mit, wir erledigen das nur gerade mal für die Kollegen, können Sie mir folgen?«

Czerny schüttelte den Kopf.

»Die Anzeige liegt vor«, sagte Niklas. »Bloß dass Sie es wissen. Das sollten Sie regeln. Wir möchten mit Ihnen über den gestrigen Brand sprechen.«

Czerny führte sie in die Küche, wo der Glatzkopf »Oh« sagte, als er das eingerahmte Poster über dem kleinen Esstisch sah.

»Wer ist das?«, fragte Niklas.

»Angelina Jolie«, sagte der Glatzkopf, worauf Herr Niklas zwar nickte, aber kein bisschen klüger aussah.

»Das habe ich alles schon dem anderen Polizisten gesagt.« Czerny humpelte zum Fenster. »Ich wollte nur deswegen durch die Melemstraße durch, weil da kaum Verkehr ist. Wie ich da also so entlangfahre, denke ich noch, irgendwoher kommt ein komisches Licht, und dann höre ich Fensterscheiben zerplatzen und sehe das Feuer da oben im Haus. Das war alles.«

Aber der Brand selber schien die Polizisten kaum zu interessieren. Immer wieder fragten sie nach Leuten, die er vielleicht gesehen hatte, jemand vor dem Haus Nummer 13, jemand am Anfang der Straße, vor einem anderen Haus, jemand, der die Straße überquert hatte, *irgendjemand?* Sie ließen nicht locker, aber Czerny konnte nicht helfen. In der Melemstraße war nichts los gewesen, außer dem Feuer.

»Kennen Sie Ellen Rupp?«, fragte der Glatzkopf.

Czerny schüttelte den Kopf, hielt dann aber inne, mittendrin, weil er ihn doch schon gehört hatte, diesen Namen. Die Polizisten starrten ihn an, alle beide sehr angespannt, so wie der Polizist letzte Nacht.

»Ellen Rupp«, wiederholte der Glatzkopf. »Von der Bürgerinitiative *Sichere Stadt*. Anwältin, sitzt auch im Stadtparlament.«

»Ach die«, sagte Czerny, »diese –«

»Ja«, sagte der Glatzkopf.

Czerny nickte. »Die will doch hier überall Videokameras haben. Für die Sicherheit.«

»Tja«, murmelte der Kommissar Niklas.

»Ich habe hier einen Friseurladen«, sagte Czerny. »Eine Kundin hat mal erzählt, die Rupp will sie zwangssterilisieren.«

»Nein«, sagte Niklas ernsthaft.

»Die hat fünf Kinder«, sagte Czerny. »Die Kundin, meine ich. Und sie kriegt Sozialhilfe. Aber ein bisschen durchgreifen kann ja nicht schaden, ich meine, hier passiert so allerhand in der Nacht, da sind schon Leute überfallen worden, und es wird mit Flaschen geworfen. Aber eigentlich möchte ich mich nicht filmen lassen, obwohl ich ja nicht mit Flaschen werfe.« Czerny seufzte. »Ja, und jetzt? Wollte die Frau Rupp ein Zeichen setzen, hat sie das Feuer gelegt?«

»Sie ist darin verbrannt«, sagte der Glatzkopf.

Czerny senkte den Kopf.

»Nun.« Niklas stand auf. »Wenn Sie nachher die Nachrichten hören – also, Frau Rupp ist bei diesem Brand ums Leben gekommen.«

Czerny stützte sich auf seinen Schirm. Er stellte sich vor, ohne es sich wirklich vorstellen zu können, wie ein Mensch verbrannte, was da geschah.

»Hat sie im Bett geraucht?«, fragte er.

Darauf sagten sie nichts. Als sie gingen, warf der Glatzkopf noch einen Blick auf Angelina Jolie. Ein Herr Potofski; als er die Tür hinter sich schloss, fiel Czerny der Name wieder ein.

3

Niklas sah Potofski lächeln. Er wisse jetzt, sagte Niklas, was gemeint war, wenn sie manchmal in den Nachrichten erzählten, dieser oder jener Politiker müsse ohne Gesichtsverlust aus einer Sache herauskommen. Nun, sagte Hauptkommissar Niklas, Frau Rupp hatte ihr Gesicht verloren.

Potofski lächelte, aber der war ja nicht vor Ort gewesen.

Brandleichen, da ging man nämlich in die Knie. Die Sinne spielten verrückt, es stank und man glaubte, nicht richtig zu sehen. Da musste man x-mal hinschauen, um überhaupt etwas zu erkennen, und dann versuchte man sich selber zu beruhigen, indem man sich der Vorstellung hingab, dass es gar kein Mensch war, über den man sich beugte, sondern eine Figur, eine Skulptur, eine Skulptur aus Kohle.

»Grinsen Sie nur«, sagte Niklas, als er Potofski lächeln sah. »Ich hatte Bereitschaft, ich hätte das lieber nicht gesehen.«

Die Hauptkommissare standen ganz hinten, als die Soko Rupp sich im Besprechungsraum versammelte. Potofski war vom LKA, Niklas von der Mordkommission, sie kannten einander kaum.

»Ich habe noch zehn Jahre bis zur Pension«, sagte Niklas, »und habe gedacht, was soll da noch kommen?« Schuldbewusst senkte er den Blick, als Urban, der Leiter der Sonderkommission, zu ihm herüberblickte. Auch ihn hatte das LKA geschickt.

Urban trug den Fall mit lauter Stimme vor. Die 43-jährige Rechtsanwältin und Stadtverordnete Ellen Rupp war bei einem Brand in ihrer Wohnung, Melemstraße 13, ums Leben gekommen. Er pinnte sechs großformatige Fotos an die Magnettafel und ignorierte das Stöhnen, das durch die Menge der Polizisten ging. Potofski hatte aufgehört zu lächeln.

Niklas sagte: »Sehen Sie?«

»Es sind zwei.« Urban tippte gegen jedes Foto. »Zwei Personen, Frau Rupp und eine männliche Person, die noch nicht identifiziert werden konnte. Frau Rupp selbst wurde in den Morgenstunden anhand ihres Zahnschemas identifiziert.« Er klopfte gegen die Magnettafel und berichtete, dass Ellen Rupp alleine lebte und gewöhnlich sehr spät nach Hause kam, weshalb ihre Nachbarn sie kaum kannten. Manchmal war Musik zu hören gewesen, etwas Krudes, wie der eine Nachbar sagte, und das der andere als Jazz identifizierte. In der Brandnacht hatte sie Badewasser eingelassen, auch das war den Nachbarn aufgefallen, gut eineinhalb Stunden vor Ausbruch des Feuers.

Urban drehte den Fotos den Rücken zu. »In unmittelbarer Nähe der Personen, vermutlich auf Möbelstücken und Kissen, ist brennbare Flüssigkeit ausgeschüttet und entzündet worden, es wird sich wohl um Benzin handeln. Frau Rupp fand man auf dem Sofa sitzend, die andere Person auf dem Boden, ebenfalls sitzend und gegen die Wand gelehnt. Aber trotz akribischer Suche hat man nicht ein einziges Faserchen von einem Seil finden können oder etwas anderes, das darauf hindeuten könnte, dass sie fixiert wurden.« Er trank einen Schluck Wasser und stellte das Glas geräuschvoll auf den Tisch zurück. »Aber haben die beiden Personen stillgehalten? Wie ist das gelaufen?«

Urban schien auf eine Reaktion zu warten, doch niemand sagte etwas. Er stützte die Arme auf den Tisch. »Das alles berücksichtigend, sollten wir von mindestens zwei Tätern ausgehen. Die Obduktion dauert an. Beschränken wir uns auf die bisherigen Fakten.« Seine Stimme wurde lauter, als begebe er sich auf sicheren Grund. Ellen Rupp hatte ihren letzten Abend im Restaurant Koppelmann verbracht, zusammen mit Bekannten. Den Tag über war sie beruflich in Berlin gewesen, kam erst am Abend zurück. Gegen 22 Uhr war sie aufgebrochen, kurz nachdem sie einen Anruf erhalten hatte. Die Bekannten waren der Ansicht, dieser Anruf hätte sie gefreut, zumal sie vorher nicht bei allerbester Laune war, wortkarg und zerstreut. Das halbe Essen hatte sie auch zurückgehen lassen.

»Schande«, murmelte ein Beamter. »Das hätte ich mir für den Hund einpacken lassen.«

»Sie hatte keinen«, sagte Urban. »Familienstand: geschieden, kinderlos. Was den Anruf betrifft: Rupps Verbindungsdaten für die vergangene Nacht sind überprüft worden. Der letzte Anruf ist kurz vor 20 Uhr eingegangen, der kam von ihrer Schwester, die lebt in Rom. Sie muss also zwei Handys gehabt haben, eines davon als sehr privates. Es wurde nichts gefunden. Ihr Freundeskreis ist vorläufig befragt worden, niemand kennt eine zweite Handynummer.«

»Sie hatte Freunde?«, fragte einer.

»Nehmen Sie sich zusammen«, murmelte Urban. »Bedenken Sie, dass wir unter Beobachtung stehen, die Frau war eine Nummer in der Stadt, und überhaupt, die hiesigen Medien –«

»Die wundert das nicht«, sagte Potofski.

»Was?«, fragte Urban.

Potofski zuckte mit den Schultern. Dass einer durchdrehte zum Beispiel. Dass einer auf Rächer der Enterbten machte und sie richten wollte. Er hielt die beiden Zettel in die Luft, die den Beamten ausgehändigt worden waren. Bitte vertraulich behandeln, hatte es geheißen, obwohl sie nur bekannte Tatsachen enthielten. Potofski trug sie vor, Ellen Rupp, die man die Ruppige nannte, war nicht zimperlich gewesen. Als Vorsitzende der Bürgerinitiative *Sichere Stadt* hatte sie es auf einer freien Liste bis ins Stadtparlament geschafft. Sie war Wirtschaftsanwältin, aber sie hatte auch Firmen- und Personalchefs gegen Vorwürfe entlassener Mitarbeiter verteidigt, wobei es ihr gelungen war, gegen das klagende Personal alles Mögliche herauszufinden – mit Hilfe eines Privatermittlers, wie man vermutete. Sie hatte die Zwangsunterbringung von Bettlern, Randalierern und Drogendealern gefordert und für Langzeitarbeitslose, die einen Job verweigerten, 30 Stunden gemeinnützige Arbeit pro Woche vorgeschlagen, überwacht durch elektronische Fußfesseln. »Ich fordere keinen elektronisch überwachten Hausarrest wie bei Straftätern auf Bewährung«, hatte sie im Stadtparlament gesagt, »ich möchte diese Leute eher von zu Hause aussperren – die Fußfessel-Träger werden zu einer für ihre Verhältnisse hohen

Selbstdisziplin und zur Erfüllung des ihnen vorgegebenen Wochenplans angehalten. Die elektronische Fußfessel bietet damit auch Langzeitarbeitslosen und therapierten Suchtkranken die Chance, zu einem geregelten Tagesablauf zurückzukehren.«

Sie wurde auch Rübe-ab-Rupp genannt, was sie sich immer verbeten hatte. So entschieden sie gegen die Todesstrafe sei, hatte sie gesagt, so radikal setze sie sich für die Menschenrechte ein, und es gehöre zu den Menschenrechten, in Sicherheit zu leben. Dafür habe der Staat zu sorgen, aus allem anderen, insbesondere der Wirtschaft und dem Markt, habe er sich herauszuhalten.

Potofski legte die Zettel beiseite. »So schaut's aus.«

»Sie verkürzen.« Urban holte einen Zeitungsausschnitt aus seiner Brusttasche und setzte eine Brille auf. »Law and order als Prinzip hat sie nicht interessiert, nur die wirtschaftliche Entwicklung. Hier sagt sie:« – er rückte seine Brille gerade und blinzelte dennoch – »Eine hohe Kriminalitätsbelastung und ein hoher Anteil von Sozialhilfeempfängern sind Schwächen im Standortwettbewerb.« Er nahm die Brille wieder ab und sah aus, als hätte er den Satz nicht verstanden.

»Na also«, sagte Potofski.

Urban wedelte mit einem Finger. »Glauben Sie etwa, so ein Dings, ein Arbeitslosen-II – also er klingelt an ihrer Tür, kennt ihre Privatadresse, die natürlich nicht im Telefonbuch steht, wird auch noch eingelassen und darf dann in aller Ruhe zündeln?«

»Es hat offensichtlich keinen Kampf gegeben«, sagte Hauptkommissar Niklas. »Die Möbelstücke, beziehungsweise die Reste davon, standen alle sehr ordentlich da.«

Er setzte sich, starrte immer wieder auf die Magnettafel, wie zur Erinnerung. In der ausgebrannten Wohnung hatte ihm ein Feuerwehrmann gesagt, dass das Feuer etwas Besonderes war, etwas endgültig Böses. Das haben Sie auch nicht alle Tage, hatte er gesagt.

»Das ist alles höchst brisant«, sagte Urban laut. »Da kann man sich ganz schnell die Finger verbrennen.« Er stutzte und räusperte sich verlegen, um dann noch lauter fortzufahren. »Was da alles drinsteckt, das mit ihren politischen Aktivitäten ist nämlich nichts gegen ihre eigentliche Arbeit. Gehen Sie mal in die Kanzlei, da steht Ihnen der Mund offen. Wirtschaftsanwältin, da gibt es zu stochern, alle möglichen Firmen haben ihre Geschäfte über sie laufen lassen, da geht's um Geld, Geld und Geld.«

Eine Beamtin hielt ihren Stift in die Luft. »Wir haben Rupps letzten Tag rekonstruiert, in Berlin ist nichts vorgefallen. Gespräche mit Mandanten, die Liste habe ich hier. Rückflug von Berlin Tegel, 19 Uhr 25. Ihre Sekretärin sagt, in der Kanzlei lief alles rund, die letzten Drohbriefe sind auch ein paar Monate her. Wir haben auch kurz mit der Sozi … mit Frau Westheim gesprochen, ihrer Sozi … also, der Partnerin.«

»Mit wem?«, fragte Urban.

»Die Frau, mit der sie die Anwaltskanzlei führt«, sagte die Beamtin. »Sie haben eine gemeinsame Kanzlei, eine Sozietät.«

»Dann ist sie der Sozius«, sagte Urban.

Hauptkommissar Niklas schüttelte den Kopf. »Sozia.«

»Egal«, sagte Urban. »Was ist mit der?«

»Nichts«, sagte die vortragende Beamtin. »Sie konnte nichts Außergewöhnliches berichten.«

»Alle beide zusammen sind Sozii«, sagte Niklas.

»Was ist mit dem Zeugen auf der Straße?«, fragte Urban.

Niklas stand wieder auf. »Der hat auch nicht viel gesehen, der fuhr da im Rollstuhl herum, nachdem er aus dem Krankenhaus ausgebüchst ist. Ich will sagen, der humpelt wirklich, wenn er nicht im Rollstuhl sitzt, die Klinik hat auch bestätigt, dass er noch nicht laufen kann. Können Sie mir folgen? Der kann das da oben nicht angerichtet haben.«

»Was ist mit ihrem Ex?«, fragte jemand.

»Der lebt auch in Rom, wie ihre Schwester«, sagte Urban. »Ja, Kunststück, der lebt *mit* ihrer Schwester. Bekannte wissen nichts von einer festen Beziehung, Frau Rupp hat einfach zu viel gearbeitet, sagen sie.« Er räusperte sich. »Lockere Beziehungen soll es allerdings genug gegeben haben. Wir müssen wissen, wer dieser Besucher war. Der Bekanntenkreis hat sich gegenseitig abtelefoniert, es fehlt keiner. Ich hoffe, die Obduzentin kann noch helfen. Eine Frau Dr. Becker«, fügte er düster hinzu.

»Das ist ein ähnlicher Typ«, flüsterte Niklas, worauf Potofski meinte, wenn es ein Serienkiller war, müsse Frau Dr. Becker sich aber in Acht nehmen.

»Persönlich kannte ich die Rupp ja nicht«, sagte Niklas. »Nur in den Lokalnachrichten habe ich sie manchmal gesehen. Nette Frau, jetzt mal vom Äußeren her. Aber sie war mir etwas unheimlich.«

»Vorzugsweise letzte Nacht«, sagte Potofski.

»Ja«, sagte Niklas und sah Potofski wieder lächeln. Nicht wenige hatten die Rupp zur Hölle gewünscht, und dort war er ihr begegnet, letzte Nacht.

4

Blume öffnete das Fenster. Draußen gab's wieder Geschrei, Kerle mit ins Gesicht gezogenen Kapuzen. Breitbeinige Schritte, die mussten Reviere abstecken, um ihre Welt in Ordnung zu halten. Sie rannten immer in die Stoltzestraße. Manchmal zündeten sie Mülltonnen an, manchmal kam Verstärkung, andere Kerle, die es schlimmer trieben und Steine in die Fenster warfen. Jetzt prügelten sie sich, aber das ging vorbei, es ging alles vorbei. Er schloss das Fenster und wandte sich wieder dem Fernseher zu.

In den Lokalnachrichten wurde eine Großaufnahme von dem Haus in der Melemstraße gezeigt. Unter dem Dach war nur

Schwärze, Ruß und Dunkelheit zu sehen. Hier hatte Ellen Rupp gelebt, und hier war sie nun gestorben, und was Blume jetzt einfiel, war das wirre, bunte Bild, das über ihrem Esstisch hing. Da kann ich nichts erkennen, sagt er, und sie meint, Bilder könne man nicht erklären, genauso wenig wie Musik.

Die Wohnung war ihr zum Grab geworden. Eine junge Reporterin erzählte mit atemloser Stimme, dass bei einer Tageszeitung mehrere Bekenneranrufe eingegangen waren. »Jeder dieser Anrufer«, haspelte sie herunter, »möchte die Tat – ehm – übernimmt die Verantwortung für die Tat, also den Brand, den Mord an Ellen Rupp und ihrem – ehm, man muss aber auch sagen, dass die Polizei sich dazu offiziell noch nicht geäußert hat. Hinter vorgehaltener Hand sagt die Polizei – also, bezweifelt sie die Echtheit.« Dann ging sie auf einen herumstehenden Gaffer zu und fragte, ob er Ellen Rupp gekannt habe, und der Mann sagte, jawohl, aus der Zeitung, und dass sich das Pack jetzt gerächt habe. Hatte die Frau dem Pack nicht den Kampf angesagt? Schnapp dir mal das Pack, sagte er in die Kamera, und wirf es in einen großen Topf. Deckel zu. Gas an. Und überhaupt muss man –

»Ja, danke«, sagte die Reporterin. Moritz Blume schaltete den Fernseher wieder aus.

Eine Weile saß er reglos da, den Blick zu Boden gerichtet. In der Wohnung über ihm trampelte der verrückte Friseur mit seiner Behelfskrücke herum und machte den Hund nervös. Chef wackelte mit den Ohren, was seine kleine Grille war, wenn er eine Situation nicht überblickte. Oben fiel Czerny die Krücke aus der Hand, und weil Wände und Decken derart dünn waren, hörten sie ihn fluchen. Blume saß da. Endlich zog er den Umschlag zu sich heran, ein paar Blätter und eine Karteikarte, auf der Karte eine Telefonnummer. Der Mann, der sich nach dem achten Klingeln meldete, brüllte seinen Namen wie eine Drohung.

»Guten Tag, Herr Westheim«, sagte Blume und nannte seinen eigenen Namen. Einen Moment lang überlegte er, ob er dem

Mann jetzt sein Beileid aussprechen sollte, doch wusste er nicht genau, in welchen menschlichen Konstellationen man Anteilnahme bekundete, also versuchte er so geschäftsmäßig wie möglich zu klingen. »Ich habe gewissermaßen für Sie gearbeitet. Die Sache Langenau. Ich wollte Frau Rupp meine Ergebnisse mitteilen, aber im Grunde sind die Ergebnisse ja für Sie gedacht.«

Nach einer langen Pause klang die Stimme des Mannes fast schüchtern, als er fragte: »Sind Sie dieser – wie nennt man das –?«

»Ja«, sagte Blume. »Recherche und Ermittlung.«

»Gibt es denn Ergebnisse?«, wollte der Mann wissen. »Sie sagte, sie hätte wenig Zeit. Frau Rupp war meine Anwältin, aber was sie da genau gemacht hat, weiß ich nicht.«

»Meine Ergebnisse sind für Sie gedacht«, sagte Blume.

»Das erwähnten Sie schon.« Blume hörte ein Seufzen, dann sagte der Mann: »Sie können heute noch kommen, dann haben wir es hinter uns.«

»Gut.«

»In mein Büro.« Der Mann nannte ihm die Adresse und fügte hinzu: »Etwa gegen sieben.«

Etwa gegen – Blume schüttelte den Kopf. Ellen Rupp war präzise gewesen, sie hätte *neunzehn Uhr* gesagt und dass sie Pünktlichkeit erwarte, sie hätte auch *neunzehn Uhr zehn* gesagt und immer noch Pünktlichkeit erwartet. Sie hatte ihn Leo genannt, nicht Moritz, weil es in ihrem Lieblingsbuch angeblich einen Bloom gab, nicht Blume, einen Leo oder Leopold, er kriegte es nicht mehr zusammen. Der besaß auch keinen Hund, hatte sie gesagt, sondern eine Katze.

»Bis dann, Herr Westheim«, sagte Blume sanft. Da blieb noch Zeit bis zum Treffen. Er leinte Chef an und zog ihn hinter sich her. Der Hund war ein schlechter Treppenhaus-Geher, der mochte die Stufen nicht. Er war überhaupt etwas blöde, was sein Nachbar, der Friseur, schon richtig erkannt hatte, aber Blume hatte ihn als halbverhungertes Bündel hinter einer Mülltonne gefunden und großgezogen. Zuerst hatte er ihn für einen missglückten Pudel gehalten, um dann mitanzusehen, wie er sich zu einem astreinen Dobermann entwickelte, was schlecht für seine Wohnung, aber gut für ihn selber war, weil so ein Bursche ihm hier Respekt verschaffte.

Sie gingen zu Fuß, Chef schnappte nach Tauben. Vor dem Baumarkt wies ein großes Schild auf billige Bohrmaschinen hin, aber die konnte Blume nicht gebrauchen, weil in den Wänden seiner Wohnung keine Dübel hielten. Auch lange Nägel, die er in seine Wand schlug, kamen in der Nachbarwohnung wieder heraus. Er betrat den Baumarkt, hob ein paar Kästchen mit Schrauben an, ging zu den Armaturen und schob eine Handbrause hinter seinen Gürtel. Langsam ging er weiter, sah Zangen und Schlüssel, von denen er nicht wusste, wozu man sie brauchte, und ließ einen schweren Hammer in die Innentasche seiner Jacke gleiten. Mit zwei Packungen Klebeband ging er zur Kasse und legte sie auf das Band. Nette Kassiererin. Sie lächelte ihn flüchtig an, als er das Klebeband bezahlte, die meisten guckten ja nicht einmal hoch. Rotes Haar, arg rot, selber gefärbt, denn hinten, wo sie schlecht hingucken konnten, wenn sie es selber machten, war es ungleichmäßig. Das hatte ihm Czerny, der Friseur, einmal erklärt, dass Selberfärben immer in die Hose ging.

Draußen gab er dem Hund ein Zuckerstückchen und ging gleich wieder zurück, marschierte durch den halben Baumarkt und öffnete eine graue Tür. Da saß der Betriebsleiter, der sah auch ziemlich grau aus.

Er hob einen Stapel mit Prospekten an, als er Blume sah. »Das ist die Konkurrenz. Die Schweine verkaufen wieder unter Einkaufspreis.«

»Guten Tag«, sagte Blume, weil etwas Höflichkeit nicht schaden konnte. Er zog die Handbrause hinter seinem Gürtel hervor, nahm den Hammer aus seiner Jackentasche und legte beides auf den Tisch.

»Ah«, sagte der graue Mann und guckte sehr lange auf die Gegenstände, als müsse er sich damit abfinden, dass dies hier sein Leben war, Handbrausen, Hämmer, Schrauben, Bohrmaschinen, Prospekte. Schließlich fragte er: »Welche Kasse?«

»Eins«, sagte Blume.

»War Betrieb?«

»Nein. Nur ich.«

Der graue Mann drückte den Knopf einer Sprechanlage und rief einen Namen. Die rothaarige Kassiererin sah verstört aus, als sie in der Tür stand und der Betriebsleiter ihr einen Kunden als engagierten Ladendieb vorstellte. Überreizter Mann, er fuchtelte mit der Brause und dem Hammer vor ihren Augen. Beinahe schon mit dem Diebesgut jonglierend, erzählte er ihr, dass so ein Baumarkt sich Träumer nicht leisten konnte, kein Betrieb konnte sich Träumer leisten, und dass sie zu Hause träumen sollte, bis die Rente kam, falls die denn kam. Blume hörte ein Wimmern, aber er sah nicht hin, und als er die Tür hinter sich schloss, hörte er sie stammeln und weinen, sie war noch sehr jung. Dreimal war er hier gewesen und hatte dreimal klauen können, denn seine Welt bestand aus Träumern.

Ellen war anderer Ansicht gewesen. In was für einer abscheulichen Welt er sich bewege, hatte sie gesagt, doch sie hatte es mit einem Lächeln gesagt, jenem unfrohen Lächeln, das sie meistens aufsetzte, wenn sie ihm den Auftrag gab, hinter Leuten herzuschnüffeln. Sie war seine beste Auftraggeberin gewesen, hatte besser gezahlt als graue Männer in grauen Betrieben. Auf dem Weg zu Westheim machte er sich im Geist Notizen, was wohl von ihr blieb, falls er in ein paar Jahren noch an sie denken würde. Das glänzende Haar vielleicht, das sie oft im Nacken zusammengebunden trug, oder die Art, wie sie sich auch auf Kaffeehaus-Stühlen drehte, als säße sie telefonierend am Schreibtisch. Er stellte sich das nur vor, er war nie in ihrer Kanzlei gewesen. Wie sie mit zwei Fingern auf den Tisch klopfte, auch wenn sie ganz harmlose Worte sprach, das Lachen in ihren Augen, das aufblitzte und schnell wieder verschwand. Ihre Farben, rot und schwarz, ihre Eleganz. Sie hatte sich gut gekleidet, das musste alles sehr teuer gewesen sein. Die merkwürdige letzte

Begegnung im Café Laumer, als sie ihm ein Gedicht aufsagt und er in ihren Augen etwas Fremdes sieht, keine Tränen, aber etwas Ähnliches, eine Vorstufe von Tränen. Das passte nicht, war ein Ausrutscher gewesen und vielleicht das Einzige, was von ihr blieb, falls er eines Tages wieder an sie denken würde. Als er Westheims Büro betrat, fiel ihm das mit dem Feuer noch ein, sie sagt, mach uns mal Feuer. Sie meint die Kerze auf dem Tisch des Cafés.

Florian Westheim war Unternehmensberater und besaß eine Firma, deren Aufgabengebiet Blume nicht klar wurde, als er auf das Firmenschild guckte: *Coaching & Consult*. Er lief an hell möblierten Büros vorbei, bis er zu einer Sekretärin kam, die ihm tadelnd erklärte, sie hätte ihn nicht eingetragen.

»Aber Herr Westheim erwartet mich«, sagte er.

»Der ist gar nicht da, der ist draußen.«

»Ich warte«, sagte Blume.

»Es wird Ihnen auch nichts anderes übrig bleiben.« Die Sekretärin war immerhin so freundlich, ihm einen Stuhl anzubieten, und so saß er da, guckte auf seine Füße und hörte zu, wie sie am Telefon jemandem erklärte, wo er die Nudeln fand – »doch nicht im Besenschrank, du Heini.«

Besenschrank. Ein Schrank nur für Besen? Wozu?

Westheim sah gezielt an ihm vorbei, als er endlich die Tür aufstieß. Groß und blond, gefiel wohl den Frauen. In Ellens Alter, Mitte vierzig, hielt sich gut. Sicher war ihm Kleidung wichtig und Sport, aber zum Golfspielen war der zu nervös, der bewegte sich viel. Der hüpfte beim Squash herum und würde irgendwann, trotz aller Mühe, an sein Herz denken müssen. Sein Händedruck, zu dem er sich zögernd entschloss, war schlaff, und er blinzelte ständig, als leide er an einem Tick. Nachdem er Blume einen Cognac eingeschenkt hatte, lehnte er sich in seinem Stuhl zurück und betrachtete ihn mit einem Ausdruck, mit dem man auch Betrunkene musterte, auf Straßen und Plätzen, bevor man schnell weiterging.

»So, ich habe also die Unterlagen«, fing Blume an.

»Ich war mit Ellen befreundet.« Westheims Stimme war jetzt so schlaff wie sein Händedruck. Er beugte sich vor und presste die Fingerspitzen aneinander. »Ich habe sie seit meiner Kindheit gekannt. Und meine Frau ist ihre Partnerin – in der Kanzlei.« Ruckartig lehnte er sich wieder zurück. »Aber meine Frau macht andere Sachen, sie macht Familie, also Scheidungen.«

Blume nickte nur.

»Entsetzlich«, sagte Westheim, und es war nicht klar, was er meinte, Ellen Rupps Ermordung oder die Tatsache, dass seine Frau Scheidungsanwältin war. Vielleicht meinte er auch Blumes Tätigkeit, weil er nach einer Weile murmelte: »Sie sind ein Schnüffler. Ellen sagte, sie hätte einen Schnüffler an der Hand, der ihr die kleinen, miesen Jobs macht.«

Blume nickte. »Ich habe auch für Sie gearbeitet. Vor einem Jahr gab es die Klage einer Ihrer Angestellten gegen ihre Entlassung, ich habe den Namen vergessen. Ich konnte nachweisen, dass ihre Krankmeldung getürkt war.«

»Ja, ja«, sagte Westheim nur. »Haben Sie das eigentlich gelernt? Braucht man eine Ausbildung oder sind Sie ehemaliger Polizist?«

»Nein, ich habe nichts gelernt.«

Westheim lächelte ihn an.

»Die aktuelle Sache jetzt –«, Blume blätterte in seinen Notizen. Er fürchtete, Westheim würde gleich dasselbe wie Ellen sagen, dass die verdammte Sache nämlich gar nicht mehr aktuell war, zumindest nicht für ihn. Das hatte dann Konsequenzen für sein Konto. »Sie möchten Anzeige erstatten«, sagte er schnell. »Gegen einen Jörg Langenau. Es fehlten Ihnen die Indizien.«

»Ein Rufmörder«, sagte Westheim. »Mit diesem Kerl habe ich überhaupt nichts zu tun. Er war Angestellter einer Firma, die wir beraten und saniert haben. Ein Versicherungsunternehmen. Da sind viele Arbeitsplätze erhalten worden, allerdings mussten auch Stellen gestrichen werden.«

»Arbeitskosten senken«, sagte Blume.

»Sie gucken Talkshows.« Westheim zog sein Jackett aus.

»Langenau, den kenne ich persönlich überhaupt nicht, aber der gehörte zu den betriebsbedingt Entlassenen. Jetzt gibt er mir die Schuld, dem Unternehmensberater, und nicht etwa seinem ehemaligen Vorgesetzten, jetzt läuft der herum und verbreitet Lügen über mich. Das tut er doch?«

»Ja«, sagte Blume.

Westheim nickte zufrieden. »Ellen hat mal Paragraf 164 Strafgesetzbuch erwähnt, Falsche Verdächtigung, und Paragraf 187, Verleumdung. Plötzlich hatte ich ja das Finanzamt auf dem Hals, anonyme Anzeige wegen Steuerhinterziehung. Nichts dran, aber der Ärger.«

»Langenau hat in einer Kneipe verbreitet, dass Sie Steuern hinterziehen und Schwule verprügeln lassen«, sagte Blume. »Dann erzählt er herum, Sie hätten eine junge Polin illegal für sich putzen lassen und vergewaltigt.«

»Was?« Westheim starrte ihn an. »Der muss mich beobachten. Nein, das heißt, das stimmt ja nicht mit der Vergewaltigung, natürlich stimmt das nicht, aber die Polin, die putzt.«

»Und sie kennt ihn nicht«, sagte Blume. »Ich habe ihr Langenaus Foto gezeigt, sie will ihn nie gesehen haben. Sie misshandeln auch Ihre Frau, erzählt er.«

Westheim lachte auf und schüttelte den Kopf.

»Dass Sie ein Killer sind, hat er auch mal –«

»Es gibt Grenzen!« Westheim schlug mit der Faust auf den Tisch. »Da hört es nämlich auf. Auch wenn der sich nur in seinen Kreisen herumtreibt, das muss ich mir nicht bieten lassen. Was mache ich denn jetzt?« Er starrte Blume an. »Ich muss den doch anzeigen. Ellen wollte ihm einen Brief schreiben und mit rechtlichen Schritten drohen, aber ich weiß nicht, ob« – er rang nach Luft – »ob sie noch dazugekommen ist. Ich glaube nicht, sonst hätte sie es mir mitgeteilt.«

Blume wusste es auch nicht. Wurde ein Rufmörder zum Mörder, wenn er in dem Brief einer Anwältin die Aufforderung las, den Rufmord an ihrem Mandanten zu unterlassen? Aber warum die Anwältin und nicht den Mandanten? Warum mit

Feuer? Das war riskant mit Feuer. Man musste schnell verschwinden, setzte sein eigenes Leben aufs Spiel. Langenau war ein Jammerlappen, der Zuhörer brauchte. Einer wie Langenau würde kurz zuschlagen und rennen, der würde sich noch umgucken, ob er tatsächlich getroffen hatte.

»Ellen hatte wenig Zeit«, murmelte Westheim, »und hat die Angelegenheit, wie soll ich sagen, etwas schleifen lassen.« Er sackte ein bisschen in sich zusammen, und Blume fiel auf, wie schwer die Leute sich taten, Verstorbenen ihre kleinen Rügen zu erteilen.

Aber das stimmte schon, was er sagte, Ellen hatte tatsächlich einen seltsamen Rückzieher gemacht. Das passte nicht zu ihr. Im Café Laumer war das gewesen, bei ihrer letzten Begegnung. Lass es, sagt sie, das ist Quatsch, sie hätte Besseres zu tun als sich um rachsüchtige Arbeitslose zu kümmern.

Aber keine zwei Minuten später fragt sie ihn nach einem anderen Kerl; kennst du einen Brecht, hast du den mit Langenau gesehen? Kennst du eine Howaldtstraße?

Ja, Blume kannte die Straße, der Name aber sagte ihm nichts.

Brecht wie der Dichter, sagt sie und schüttelt müde den Kopf, als er sich diesen Namen notiert; das merkt man sich doch, sagt sie, Brecht wie der Brecht. Eine dumme Situation, weil sie plötzlich anfängt, ein paar Zeilen von diesem Brecht zu zitieren, und zur Sicherheit schreibt er die Worte mit, die sie an ihm vorbeiblickend spricht, mit einer Nebelstimme ohne Klang.

»Ich könnte weiter recherchieren.« Blume räusperte sich. »Es gibt da wohl noch einen, der möglicherweise mit dem Langenau in Verbindung steht –«

»Das reicht doch«, unterbrach ihn Westheim. »Nein, ich will das auch nicht, mit so einem Privat… wie nennen Sie sich eigentlich, sind Sie wirklich Privatdetektiv, heißt das so?«

Er schien das komisch zu finden. Blume sagte: »Ich mache mir da keine Gedanken, ich mache meine Arbeit.«

»Na ja. Aber rechtliche Schritte können Sie nun mal keine einleiten.« Westheim drückte sich die Fingerspitzen auf die

Augen. »Jetzt habe ich keine Anwältin mehr. Und überhaupt –« Er holte so heftig Luft, dass es wie ein Schluchzen klang.

»Ihre Frau«, schlug Blume vor. »Wenn sie Scheidungen macht, kann sie doch sicher auch –«

»Meine Frau ist Volljuristin«, herrschte Westheim ihn an. »Natürlich kann sie. Aber das ist heikel, das begreifen Sie doch. In unserem Freundeskreis ist eine Urologin, die untersucht ihren Mann auch nicht selber.«

»Nein?«

»Nein.« Westheim schlug schon wieder mit der Faust auf den Tisch. Dann nickte er eine Weile vor sich hin und sah wie eine Puppe dabei aus, eine, deren Kopf nur locker auf dem Hals saß, damit sie nicken konnte, wenn man darantippte.

»Was war das noch?«, fragte er schließlich. »Ich soll angeblich Schwule verprügeln lassen?«

»Das hatte wohl mit Frau Rupps Bürgerinitiative zu tun«, sagte Blume. »*Sichere Stadt*.«

Westheim sah ihn blinzelnd an. »Es war nicht Ellens Bürgerinitiative, sondern man hat sie zur Vorsitzenden gewählt. Zur Sprecherin. Und diese Initiative hat es sich nicht zum Ziel gesetzt, Homosexuelle zu verprügeln.«

»Ich weiß es nicht«, sagte Blume.

Westheim schlug erneut auf den Tisch. »Das können Sie mir schon glauben.« Wieder griff er nach der Cognacflasche. »Sie sehen doch, was los ist. Am helllichten Tag werden Sie angegriffen, von betrunkenen Jugendlichen, die an Ihr Geld wollen. Nachts werden Ihnen die Reifen zerschnitten, da laufen die durch Wohngegenden und randalieren. Und überall diese Penner, da kriegen Sie was ab und wissen gar nicht, warum.«

»Mir ist das noch nicht passiert«, sagte Blume.

»Ich habe noch nie so viele Betrunkene gesehen«, murmelte Westheim. »Dafür haben sie dann plötzlich Geld. Und der Staat? Tut der was? Nein, tut er nicht, da ist es nur recht und billig, wenn die Bürger sich zum Schutz zusammenschließen. Vom Staat verlange ich nur, dass er mich vor dem Mob schützt, das ist seine einzige Aufgabe, aber das tut er ja nicht. Wir schützen unsere Wohnviertel, unser Eigentum, das tun wir. Und wir möchten Druck auf den Magistrat ausüben, dass er endlich aufhört, ständig Rücksicht auf die Täter zu nehmen.« Er seufzte und rieb sich die Schläfen. »Ellen allein hat sich nicht schützen können, und wissen Sie was?« Westheims Stimme drohte zu kippen. »Sie hat öffentlich über Schutz geredet und hat ihn für sich selber abgelehnt, weil sie so leichtsinnig war und auch, nun ja, ein bisschen überheblich.« Er senkte den Kopf, einer, der nicht weinen wollte, nicht hier.

Blume sah aus dem Fenster. Am Horizont glaubte er ein kreisendes Licht zu erkennen. Unwirklich, verschwommen, als kämpfte ein zorniger Gott sich aus den Wolken hervor.

Westheim sah traurig aus, als er fragte: »Wo hat Ellen Sie eigentlich kennengelernt?«

Blume beobachtete das Licht. »Vor dem Haus, in dem ich wohne. Ich war mit meinem Hund draußen. Sie hat mich ein paar Sachen über die Stoltzestraße gefragt.«

»Sie wohnen da?« Jetzt sah Westheim sehr neugierig aus.

»Ich wohne in der Battonnstraße«, sagte Blume. »Das ist um die Ecke. Wir können da reingucken, in die Stoltzestraße.«

»Ach«, sagte Westheim und dehnte das Wort, *aaach*. »Und da sind Sie gleich ins Geschäft gekommen?«

»Nein. Sie hat mich dann nach einer Kneipe gefragt, ich bin ihr gefolgt. Sie wollte nur einen Espresso trinken, es gab da aber keinen. Dann verwendete sie mich als One-Night-Stand.«

»O Gott«, murmelte Westheim. Geräuschvoll stellte er sein Glas ab. »Lassen Sie Ihre Unterlagen hier, ich bezahle Sie. Was bekommen Sie?«

Als Moritz Blume ins Freie trat, bellte der Hund. Das geschah selten, weil Chef nicht zu jenen Kläffern gehörte, die sich ins Meer stürzen wollten, ließ man sie bloß zwei Minuten vor einem Supermarkt warten. Jetzt bellte er, und als Blume die Schlinge löste, mit der er ihn festgebunden hatte, sah er wieder nach oben. Beide guckten sie hinauf, auch der Hund. Zu dem zornigen Gott. Rotes Licht, gelbes Licht und blaues, irgendwo am Horizont ein Kreisel, der außer Kontrolle geraten war. Alles staute sich, das fiel ihm jetzt erst auf, die Wagen standen Stoßstange an Stoßstange und schickten grauweiße Dämpfe in die Luft. Sirenen. Autofahrer, die ausstiegen, um sich blickten und wieder einstiegen, andere, die sinnlos hupten. Eine Frau hatte um jedes ihrer beiden Kinder einen Arm gelegt und schob sie eilig über die Straße.

5

Niklas kam nur nach Hause, um sich umzuziehen. Er sah seine Frau vor dem Fernseher sitzen und fragte, ob sie eine Angelika Jolie kannte.

»Angelina«, sagte sie.

Er wartete. Seine Frau Ute leitete das Sekretariat einer Berufsschule und wusste alles, was es in modernen Zeiten zu wissen gab, allerdings musste man ihr das Wissen oft aus der Nase ziehen. »Na und?«, fragte er.

»Das ist eine Schauspielerin mit einem Schmollmund.«

»Ach so«, sagte er. »Na, ich muss gleich wieder.«

»Die ersten drei Tage sind die einzigen drei Tage«, betete sie herunter. »Danach sind alle Spuren kalt.«

»Das ist halt so.« Niklas zog ein frisches Hemd an und erstarrte mitten in der Bewegung, als er Ute sagen hörte: »Wer mit dem Feuer spielt, kommt darin um.«

»Versündige dich nicht«, murmelte er.

Endlich wandte sie sich ihm zu. »Weißt du, was diese Ruppsche Bürgerwehr macht?« Sie hielt die Fernbedienung auf ihn gerichtet. »Das sind Vigilanten.«

Er hatte keine Lust auf politische Diskussionen und mit ihr

schon gleich gar nicht. Er wusste nicht, was Vigilanten taten, aber Frau Rupp war ein Mordopfer, Punkt.

»Wachsamkeits-Komitees«, sagte Ute. »Wie im Wilden Westen. Die gehen Streife in ihren schicken Wohnvierteln und schlagen schon mal zu, wenn sich ein paar Asoziale dahin verirren. Asoziale sind alle unterhalb eines Jahreseinkommens von hunderttausend Euro.«

»Weißt du was«, sagte er. »Ich versuche es mir vorzustellen.«

»Sie machen es natürlich nicht selbst«, sagte sie. »Dafür haben sie ihre Leute.«

»Wenn du meinst.« Seufzend sah er zu, wie sie auf den Recorder umschaltete. Sie hatte die Lokalnachrichten aufgenommen, also musste da etwas gelaufen sein, was ihr nicht gefiel, denn Ute nahm nur auf, was sie schlimm fand, Ausschnitte aus Volksmusiksendungen und Talkshows, um sie ihm dann mit einem Ausdruck des Widerwillens vorzuspielen und das Ende des Abendlandes zu verkünden. Diesmal war es eine Rede, die Ellen Rupp im Stadtparlament gehalten hatte und in der sie über ihr Lieblingsthema, die elektronische Fußfessel zur Überwachung von Gewalttätern und Langzeitarbeitslosen, sprach.

»Bevor Sie sich da wieder erregen«, sagte sie, »es ist mir schon geläufig, dass der Betrieb, der die erste Fußfessel entwickelt hat, von einer Firma übernommen wurde, die sich vorher mit der Ortung von Kühen beschäftigt hat.« Sie stand seitlich ans Rednerpult gelehnt, in einer Pose der Lässigkeit, bei der Niklas den Mund aufsperrte, das Rednerpult hätte auch der Tresen einer Bar sein können. Ein anderer Ausschnitt zeigte eine Fernsehdiskussion, in der sie Politikern vorhielt, sie reduzierten den Staat auf die Funktion eines Großzuhälters. »Statt seine wirkliche Aufgabe anzupacken«, sagte sie, »nämlich für ein Mindestmaß an Ordnung zu sorgen, überzieht dieser Staat einerseits die wirtschaftlichen Eliten des Landes mit Vorschriften und Blockaden, um auf der anderen Seite den Verfall zu bejammern.«

»Ja, ja«, sagte Niklas. »Ich meine, hinsichtlich ihres Ablebens – also, da kann man ruhig auch mal die positiven Seiten zeigen.«

»Es gibt keine«, sagte Ute.

»Wenn du meinst.« Er knallte den Deckel auf den Wäschekorb. Fast den ganzen Tag lang hatte er sich um Rupps späten Gast gekümmert, wie sie die noch nicht identifizierte Brandleiche nannten. Die Gerichtsmedizinerin war noch bei der Arbeit, hatte sich aber zu der Angabe durchgerungen, dass es sich um einen 25 bis 30 Jahre alten Mann handele. Darauf hatte Niklas noch einmal die Vermisstenmeldungen durchforstet, doch war der einzige frisch Vermisste in dieser Altersgruppe ein schwarzer Tänzer, dessen Freundin den Namen Ellen Rupp nie gehört hatte. Kann er schwarz gewesen sein, hatte Niklas die Pathologin gefragt, die zur Antwort gab, er hätte ihn doch gesehen, schwarz war der schon, alle beide waren sie kohlrabenschwarz.

Frau Dr. Becker, hatte Niklas gesagt, diese Art Humor liegt mir nicht, worauf die Pathologin berichtete, dass ihr Blutdruck in den Keller rauschte, gleich beim ersten Schnitt, worauf sie sich kurzfristig auf dem Boden liegend wiederfand. Wie, hatte er gefragt, ohnmächtig? Da hatte sie nach einer Pause gemurmelt, kurz nur, ganz kurz.

Niklas wollte seine Frau fragen, ob sie sich das vorstellen konnte, ohnmächtige Pathologen? Auf was konnte man sich denn noch verlassen? Er ließ es aber, weil Ute sich alles vorstellen konnte, ausdrücklich wohl einen Racheakt an Ellen Rupp.

Mit den vorläufigen Erkenntnissen der Gerichtsmedizinerin war er in Rupps prächtige Kanzlei gegangen, um ihre Partnerin, die ja nun korrekterweise ihre Sozia war, nach einem 25 bis 30 Jahre alten Mann zu fragen, wissend, dass man auf so eine Frage keine rechte Antwort bekam. Die Anwältin Anna Westheim war wohl im Geiste alle Mandanten durchgegangen, weil sie erklärte, Ellen hätte niemals Mandanten in ihrer Wohnung empfangen, so ein Verhalten wäre unmöglich, es sei denn, sie wäre mit dem Mandanten befreundet gewesen. Die befreundeten Mandanten waren aber alle noch am Leben. Ob sie denn von einer Beziehung zu einem jüngeren Mann wisse, hatte er gefragt und hinzugefügt: persönlich, privat. Ellen habe allerhand Männer gekannt, war ihre Antwort gewesen, immer mal wieder andere, nicht wahr? Nur für eine Weile, dann wollte sie nicht mehr, dann war das vorbei. Kürzlich hatte sie mitbekommen, wie sie mit einem telefonierte, nach dem sie wohl, wie sollte man sagen, etwas verrückt gewesen war. Die Tür stand offen, sonst hätte sie es nicht gehört.

Kürzlich? Etwas verrückt? »Wie hat sich das denn geäußert?«, hatte Niklas gefragt, und die sehr elegante Anwältin, die ein paar Jahre jünger war als die Rupp, hatte auf ihren Schreibtisch gestarrt und vor sich hin gemurmelt: »Süßer. So hat sie ihn genannt, Süßer, Dani, Süßer.«

»Dani, Süßer«, hatte Niklas wiederholt und es ganz entzückend gefunden, wie Anna Westheim sanft errötete.

»Haben Sie denn nie über solche Dinge miteinander gesprochen?«, hatte er wissen wollen, um dann, als der Satz bei ihm selber richtig angekommen war, hinzuzufügen: »Über Männer.« Seine Tochter Nora war so, die wollte es gleich der ganzen Welt mitteilen, wenn sie einen neuen Freund hatte, die schrieb es in die Luft und in die Wolken.

Frau Westheim aber hatte nur den Kopf geschüttelt und ihn etwas erstaunt angesehen: »Nein, warum?«

Dani. Daniel? Was hatte sie mit jungen Männern angestellt? Während Niklas Rupps spätem Besucher hinterherrannte, gingen die Kollegen Drohbriefen nach, die nicht alle anonym waren, oder kümmerten sich um jene Rupp-Beschimpfer, die sie mit dem vagen Ausdruck »hiesige Globalisierungsgegner« bedachten. Sie rollten ihre politische wie anwaltliche Karriere auf: Wem war sie wo auf die Füße getreten? Da hatten sie zu tun. Was Niklas störte, waren die Kollegen, die er kaum kannte, Potofski etwa, den jungen Kahlkopf, der ihm zugeteilt worden war.

»Jetzt haben sie uns Leute vom LKA geschickt«, sagte er. »Weil es so heikel ist. Als könnten wir das nicht alleine.«

»Passiert das nicht immer nach Anschlägen?«, fragte Ute.

»Anschläge«, knurrte er.

Man müsse schließlich auch an eine Beziehungstat denken, hatte er noch zu Potofski gesagt, welcher Attentäter gelangte denn gewaltlos in die Wohnung seines Opfers? Vor allem musste man endlich Rupps Besucher identifizieren, um so ein Beziehungsgeflecht auch richtig aufzudröseln, das hatte er Potofski mehrmals zu erklären versucht und wollte es auch Ute sagen, dass man nämlich sehr vorsichtig sein sollte mit dem Wort Anschlag, als er Potofski am Mobiltelefon hatte. Potofski sprach von einem Brand und seine Stimme klang dumpf, sie hätten Brandopfer, Nähe Ostbahnhof.

»Was?«, schrie Niklas.

Potofskis Stimme über einer Woge von Hupen, Sirenen und Geschrei; er nannte eine Straße, dann war es sehr still.

Als er auf die Absperrung zufuhr, mochte Niklas gar nicht aussteigen. Er sah rotierendes Licht, das den tiefschwarzen Rauch nicht verschluckte; oben, vor dem dunkelgrauen Himmel, lag er wie ein Schleier. Im weiten Umkreis staute sich der Verkehr, und er empfand das anhaltende Gehupe als Frechheit. Howaldtstraße 2a, es stank nach Müll und nach Qualm, es roch nach Verderben. Die Löschgeräte verbreiteten ein tiefes Brummen, und dennoch konnte er Schreie hören, durch das ganze Getöse hindurch hörte er Schreie. Er zählte die Rettungswagen, als er sich endlich einen Weg durch die Uniformierten bahnte, konnte gar nicht mehr aufhören zu zählen und fing von vorne wieder an, es war wie ein Zwang. Auf einem Balkon sah er die Silhouetten von Menschen, ihre in die Luft gereckten Arme, dann hörte er sie schreien, durch diesen ganzen Lärm hindurch. Ein Feuerwehrmann stand mit einem Megafon vor dem Haus. »Bleiben Sie in Ihren Wohnungen! Betreten Sie nicht das Treppenhaus! Bleiben Sie in Ihren Wohnungen!«

Sein Notizbuch in die Luft reckend, kam Potofski auf ihn zu, neben ihm der Einsatzleiter der Feuerwehr. Potofski schrie: »Die müssen unten löschen. Oben ist nicht viel, aber die wollen raus, die rennen runter, und dann ist es vorbei.«

»Auf die andere Mentalität kann man sich nicht vorbereiten«, brüllte der Einsatzleiter. »Hier wohnen auch Araber, die erregen sich leichter, da gibt es bei jedem Einsatz großes Geschrei. Die werfen ihre Kinder aus dem Fenster, wenn der Keller brennt.«

»Ja was –« Niklas breitete die Arme aus. »Es brennt doch.«

»Gerümpel«, schrie der Einsatzleiter. »Die Flammen breiten sich übers Treppengeländer nach oben aus. Allerdings steht die Erdgeschosswohnung in Flammen.« Der Mann hatte ein rotes Gesicht, das immer röter wurde, je länger er schrie. »Wenn das Treppenhaus gelöscht ist, kann man die Mieter in Sicherheit bringen, die müssen nur ihre Türen geschlossen halten. Die bisherigen Opfer haben versucht, das Haus zu verlassen, das ist ein krasses Fehlverhalten.«

»Warum haben Sie keine Sprungtücher?«, fragte Niklas und erntete einen Blick, mit dem man Dilettanten bedachte oder streunende Polizisten.

»Das dauert zu lange und bindet zu viel Personal«, brüllte der Einsatzleiter. »Wir haben C-Rohre im Einsatz, das geht jetzt schnell.«

Niklas blinzelte in das blaue Licht der Rettungsfahrzeuge, dabei spürte er, wie Potofski an ihm zerrte und zog wie ein Kind, das im Supermarkt um Süßigkeiten bettelt. Er sah Gestalten oben im Haus, rudernde Arme. Nicht springen! Das mochte er schon im Fernsehen nicht sehen, jetzt stand er da und wollte woanders sein. Keine Sprungtücher, bloß C-Rohre. Aber die machten das schon, war ja die Feuerwehr, die kriegte das hin. Die Worte dennoch wie ein Spuk im Hirn, nicht springen, bloß nicht springen da oben. Am Straßenrand sah er ein weißbedecktes Bündel liegen und wollte fragen, was C-Rohre waren. C-Rohre, da hatten sie gewiss auch noch A- und B-Rohre, richtig? Er meinte, A-Rohre müssten besser als C-Rohre sein, doch traute er sich nicht, das zu sagen.

»Ich war das!«, schrie Potofski ihn an. »Ich selbst –«

»Wie bitte?« Niklas spürte die Hitze näher kommen, und er konnte nicht mehr unterscheiden, ob es Rufe der Feuerwehrleute waren, die er hörte, oder die Schreie der gefangenen Menschen im Haus; er wusste kaum, ob er überhaupt noch richtig hörte.

»Ich!«, wiederholte Potofski. Rot glühend auch sein Gesicht, selbst auf der gepflegten Glatze des jungen Mannes war ein rötlicher Schimmer zu sehen. »Ich habe die Feuerwehr gerufen, wie ich hier ankam. Weil es da brannte!«

Niklas starrte ihn an. Jetzt hatte er ständig mit Leuten zu tun, die zufällig in Brände gerieten. Erst dieser lädierte Friseur, der in einem geklauten Rollstuhl an Ellen Rupps Haus vorbeigekommen war, nun der Mann vom LKA.

»Ich wollte hier jemanden befragen, hab den Namen bei der Rupp gefunden.« Potofski streckte ihm sein Notizbuch entgegen. »Die hat ihn notiert! Den Namen!« Er deutete zum Haus. »Das Dumme ist, wir waren heute Morgen schon einmal hier, da war er nicht da. Jetzt habe ich den Kollegen, der bei mir war, herumgeschickt – ich meine, falls wir wieder Brandstiftung haben, dann muss der Brandstifter doch –« Potofski ging die Puste aus. »Aber nach wem sollen wir fahnden – es ist so verrückt –«

»Unfassbar«, murmelte Niklas. Lauter rief er: »Wo wollten Sie denn hin?«

»Erdgeschoss!«, schrie Potofski. »Der Brandherd. Er heißt Brecht – also, der Mann oder die Frau, ich weiß nicht, ich habe bloß den Namen. Es ist nichts Besonderes. Nur mal abklären. Vielleicht ist der ja immer noch nicht da, aber es brennt halt.«

Das konnte man sagen. Niklas wollte Fragen stellen, doch als er sich wieder zum Haus drehte, lagen vier Tote am Straßenrand, mit Planen bedeckte, unwirklich aussehende Geschöpfe. Geschrumpft, wollte er sagen, doch erschrak er vor diesem Wort. Eine Frau lief auf nackten Füßen umher. Weit geöffnete Augen, beide Hände vorgestreckt, Blutspuren, wo sie ging. Blutige Fußsohlen, sie schrie immer wieder einen Namen. Sie beugte sich über die weißbedeckten Bündel, schlug mit den Fäusten auf die Toten ein, bis zwei Feuerwehrleute sie wegzerrten. Niklas sah woanders hin, zum Dach und darüber hinweg, zum Himmel ohne Sterne. Das Feuer war aus, der Rauch war noch da.

»Aus dem Treppenhaus wurden die gefischt.« Potofski tippte Niklas an die Schulter, so dass der sich wieder umdrehte. »Das war die Flucht in den Tod«, sagte er, und als hätten sie sich abgesprochen, kam auch der Einsatzleiter wieder angerannt und schrie, bis in den dritten Stock wären die Wohnungen völlig verqualmt, weil die Bewohner ihre Türen geöffnet hatten. Sprachprobleme! Die hatten die Durchsagen nicht verstanden oder sich ganz einfach nicht daran gehalten.

»Man hätte deeskalieren müssen.« Potofski hüpfte auf und ab. »Schon allein das Blaulicht auszuschalten, hilft.«

Der Einsatzleiter sah ihn böse an. »Sollen wir zur Beruhigung vielleicht einen Bauchtanz abspielen?«

Potofski wollte etwas sagen, doch da sprach der Einsatzleiter weiter, als hätte er sich einen Trumpf bewahrt, ein As, das noch im Ärmel war: »Im Erdgeschoss liegt eine völlig verkohlte Leiche.«

»Warum sagen Sie das nicht eher?«, fuhr Potofski ihn an.

»Weil die Männer bis eben gedacht haben, es wär' ein Möbelstück!« Der Einsatzleiter stemmte die Arme in die Hüften; guck du dir das erst einmal an, geh du da mal rein.

Was sollte das werden? Niklas rief die Kriminaltechniker an. Rupps luxussanierter Altbau und dieser soziale Wohnungsbau hier, das waren zwei Welten, doch in beiden war das Feuer ausgebrochen, und er verstand es nicht. Während die Opfer abtransportiert wurden und er die Klageschreie der Überlebenden hörte, während sie wartend herumstanden und nicht wussten, wohin sie gucken sollten, verspürte er den heftigen Wunsch, seine Tochter in München anzurufen, um ihr zu sagen, Nora, pass auf. Mach den Herd immer aus, achte auf brennende Kerzen, du bist doch dann und wann so schusselig.

Aber mit brennenden Kerzen hatte das hier nichts zu tun.

Das Blaulicht rotierte noch immer. Endlich brachte ein Feuerwehrmann ihnen Atemschutzmasken und führte sie ins Haus, da tappten sie über einen Boden, der sich wie Wachs anfühlte unter ihren Füßen. Es war so heiß, dass er meinte, gleich umzukippen. Potofski hielt sein Notizbuch wie eine Waffe in der Faust. Die Erdgeschosswohnung war ein dunkles Grab mit verkohlten Möbelstücken, denen man nicht mehr ansah, welchem Zweck sie einmal gedient hatten, nur der Schirm einer Lampe wirkte seltsam unversehrt. Niklas spürte ein Rauschen in den Ohren, als er nah beim Fenster wieder so ein schwarzes Bündel sah, von dem er bei genauerem Hinsehen sagen würde, das ist eine Mumie, so wie er es auch in Ellen Rupps Wohnung gesagt hatte. Oder eine Skulptur. Halb aufgerichtet, fast stehend. Halb an die Wand gelehnt, in einer letzten Bewegung erstarrt. Geisterbahn, wenn an allen Ecken und Enden die Gespenster winken, Gruselkabinett. Eine Mumie oder ein Paket, wollte er sagen, denn wieder weigerte er sich zu denken, das ist ein Mensch. Ein Paket mit Schuhen an, verrückt, eine Skulptur mit Lederresten an den Füßen. Er wandte sich dem Feuerwehrmann zu, weil er hoffte, dass der ihm das alles erklären konnte und gleich sagen würde, pass auf, das ist so und so und hat schon seine Richtigkeit, weil das Feuer gewütet hat und der Mensch so zerbrechlich ist. Weil er gegen das Feuer nicht ankommt, der Mensch, genauso wenig wie gegen das Wasser. Das sind die Elemente, Herr Kommissar, und gegen die Elemente kommt der Mensch nicht an. Niklas presste eine Hand unter die Nase, so stark war der Geruch. Hades, ein Gruß aus der Hölle.

»Das da?« Dumpf klang Potofskis Stimme hinter der Atemschutzmaske, und sein Blick drückte aus, dass es eine Unverschämtheit war, ihm diesen Anblick, auf dem er doch bestanden hatte, zuzumuten.

»Wie ist das möglich«, murmelte Niklas.

»Ich sehe das so«, sagte der Feuerwehrmann. »Nach Ausbruch des Feuers wird die Wohnungstür geöffnet, wird dann aber nicht mehr richtig geschlossen, also ging es im Treppenhaus weiter. Alles aus Holz im Treppenhaus und zugig, dazu das Gerümpel, das ging dann wie die Feuerwehr.«

Niklas starrte ihn an.

»Flashover hier drinnen«, sagte der Feuerwehrmann. »Rauchdurchzündung, die Luft ist enorm aufgeheizt. Strömt Sauerstoff dazu, etwa durch eine geöffnete Tür, haben wir ein zündfähiges Gemisch und es geht schlagartig zum Vollbrand über, das Feuer springt auf alle brennbaren Oberflächen im Raum. Das ist schon vielen Feuerwehrleuten zum Verhängnis geworden.«

Niklas bewegte leicht den Kopf, als könne er folgen. Flashover.

»Die Leiche hier«, fuhr der Feuerwehrmann fort, »kann die Tür nicht geöffnet haben, ich meine, dann wäre sie ja woanders gefunden worden, nicht so weit weg von der Tür.«

»Der Brandstifter«, flüsterte Potofski, »ist durch die Tür, der ist raus und weg.«

»Oder so«, murmelte der Feuerwehrmann.

»Er musste schnell raus«, sagte Niklas. »Da hat es ihm pressiert, damit er nicht auch noch was abbekommt.« Wie die Feuerwehr, wollte er hinzufügen, flüchtet schnell wie die Feuerwehr und wird nachlässig an der Tür. Schließt sie nicht richtig, oder die alte Tür, schon beschädigt von der Hitze und morsch wie das ganze Haus, springt gleich wieder auf.

»Wenn er es nach draußen geschafft hat«, murmelte er, »warum dann das Opfer nicht? Wie die Rupp und ihr Besucher, die kamen auch nicht mehr raus. Ich meine, ich habe schon brennende Menschen gesehen, die noch gerannt sind.« Er hustete. »Im Fernsehen war das.«

Potofski deutete mit einer zitternden Hand auf die Leiche. »Der war das Ziel, oder? Sehen die anderen Opfer auch so aus?«

»Nein, überhaupt nicht«, sagte der Feuerwehrmann. »Die sind höchstwahrscheinlich an einer Rauchgasvergiftung verstorben.«

Und die Täter, fing Potofski an zu murmeln, die waren nur Minuten vor ihm selber hier, er kam doch ganz gemütlich an, ohne sich etwas zu denken, und dann waren es ein paar

Minuten nur, das stelle man sich vor, es waren bloß ein paar Minuten.

Niklas, der sich an etwas festhalten musste, kramte sein Notizbuch aus der Jackentasche, schlug es umständlich auf und notierte, was Potofski vor sich hin murmelte: Brecht, Howaldtstraße 2a, eine handschriftliche Notiz auf einem gelben Zettel, gefunden im Handschuhfach von Ellens Rupps M6 – ihrem was? Ihrem Wagen, ihrem schwarzen BMW, aha, ein Zettel also, eine kleine Anfahrtsskizze mit dem Zusatz *Brecht, Howaldtstr. 2a.*

»Ja«, sagte Niklas, »jetzt müssen wir zunächst einmal gucken, ob er das überhaupt ist. Und ob sonst noch jemand hier wohnt.« Von der Hitze fing er an zu keuchen. »Und welchen Zusammenhang – es da gibt – außer dem Feuer – mit der Rupp.«

»Da war ich nicht dabei«, sagte der Feuerwehrmann, worauf Niklas murmelte: »Seien Sie froh, die sah noch schlimmer aus.«

6

Czerny hatte einen kleinen Hang zur Tragik. Schöne Frauen, die grausam endeten, rührten sein Herz, so war das auch mit dieser Rupp. Sie war doch ziemlich attraktiv gewesen, aber was hatte sie ihn schon interessiert, als sie noch am Leben war? Na, überhaupt nicht, doch in ihrer Todesstunde war er bei ihr gewesen – gewissermaßen. Und der Brandanschlag, dieser Mord, der war ja praktisch vor seinen Augen geschehen – beinahe. Als Czerny Ellen Rupps Foto in der Zeitung sah, fing das an mit diesem Gedanken, dass er in ihrer Nähe gewesen war und in der Nähe des brandschatzenden Mörders.

Immer wieder sah er auf das Foto. Er stand in seinem Laden zwischen dem Waschbecken und dem Rollwagen mit den Farben, Bürsten und Scheren und fand, sie hatte einen anständigen Haarschnitt getragen und war auch sonst recht ordentlich beieinander gewesen. Er las, dass sie mit einem Jazzmusiker verheiratet gewesen war, der nach der Trennung sofort das Land verlassen hatte, und dass politische Klugheit und Fingerspitzengefühl nicht zu ihren Tugenden gerechnet wurden, obwohl sie als Wirtschaftsanwältin sehr erfolgreich war. Es war ganz eindeutig herauszulesen, dass der Nachrufschreiber sie nicht ausstehen konnte, es sich aber wegen der Pietät verkniff, das näher auszuführen. Eine Seite weiter las er: »*5 Tote bei Wohnhausbrand*«, aber das war ein anderes Unglück, dem er keine Beachtung schenkte. Im Grunde hasste er Schreckensmeldungen, weil er dann fürchtete, dass der Schrecken demnächst näherkam. Trotzdem ließ ihn das Unglück in der Melemstraße nicht los, sein Brand, sein Mord, sein winziger Teil vom Desaster.

Seine erste Kundin an diesem Tag setzte sich im Jogginganzug auf den Stuhl, eine Geschmacklosigkeit, die er sich eigentlich verbitten sollte. Sie starrte im Spiegel an sich selbst vorbei und jammerte über das Leben. Czerny, ihre angegrauten Spitzen schneidend, hörte eine Weile zu, aber sie war so eine, die immer wieder den Faden verlor, kein Ende fand und den Anfang längst vergessen hatte. Ihr sturer Mann, ihre missratene Tochter und Manitu, das Meerschweinchen, das anfing, neurotisch zu werden, all das bekam er noch mit, bevor er nur noch nickte und in ihren glanzlosen Haarspitzen ein Wunder suchte.

Kundinnen wie die Rupp müsste er haben, elegante Frauen, mit denen es sich plaudern ließ und die ihm den neuesten Klatsch erzählten. Dann könnte er auch die Preise anheben.

Vom langen Stehen schmerzte sein Knie, und in seinem Kopf wirbelten die Bilder vom Brand umher. Die restlichen Kunden schwiegen ihn an, was ihm recht war, weil er dauernd daran denken musste, dass er mit dieser Frau Rupp, die noch im Tod keine gute Presse hatte, auf eine besondere Art verbunden war. Vielleicht hing das mit seinem Vater zusammen, der ihn doch früher laufend einen Kitschkerl genannt hatte, aber er machte sich halt seine Gedanken. Es hätte doch sein können, dass sie noch am Leben war, als er unten auf der Straße saß, gefangen in diesem Rollstuhl, einer, der sie nicht kannte und von dem sie nichts wusste. Gegen fünf sperrte er den Laden zu, brachte seinen Stockschirm in Position und humpelte zur U-Bahn.

Seinen verflixten Rollstuhl hatten Knechte der Orthopäden wieder abgeholt, nicht ohne ihm mit hämischer Miene deutlich zu machen, dass, sobald sie den Stuhl gründlich durchgecheckt hatten, noch etwas Gesalzenes auf ihn zukäme, mindestens eine Rechnung. Die Orthopäden hatten ihm außerdem ausrichten lassen, dass er auf eigene Verantwortung draußen war, aber das wusste er auch so. Sie checkten besser Menschen durch und keine Stühle, hatte er gesagt, doch waren das Leute, die nicht zuhören konnten.

Mit der U-Bahn fuhr er zum Kettenhofweg, da lag ihre Kanzlei. Die Adresse hatte er aus dem Telefonbuch. Er war neugierig, er war bei ihr gewesen in der letzten Nacht ihres Lebens, also wollte er sehen, wo sie ihre Tage verbracht hatte. Das Ergebnis war enttäuschend, es war nur ein Bürogebäude, funktional und seelenlos, kein so herrschaftliches Haus wie jenes, in dem sie gestorben war. Schnörkellos auch die schwarze Schrift auf dem Messingschild: *Ellen Rupp, Anna Westheim, Rechtsanwältinnen.* Das war alles. Was hatte er sich denn vorgestellt, einen Trauerflor, der das Schild schmückte? Das würde ja aussehen, als ob auch Frau Westheim das Zeitliche gesegnet hätte. Sie mussten einfach nur das Schild erneuern.

Nein, es gab nichts zu sehen. Oder doch, es gab etwas zu sehen, als er sich gerade umdrehen wollte. Wenn er länger gestanden hatte, musste er erst den Stockschirm wieder richtig aufsetzen, um den ersten Schritt zu machen; er rammte also den Schirm in den Boden, und die Frau, die im selben Moment die Tür aufstieß, zuckte zusammen, als sie ihn sah. Das Erschrecken über einen, der da vor ihrer Tür mit einem Stock fuchtelte, war ihr so deutlich anzusehen, dass er sofort eine Entschuldigung murmelte.

Auf ihrer Schulter hing eine monströse Aktentasche, außerdem trug sie einen dunklen Hosenanzug. So stellte er sich Finanzberaterinnen vor. Und Anwältinnen, weshalb er ihr aus einer Laune heraus sein Beileid wünschte. Das war aber dumm, weil sie ja nun kein Namensschild trug, also fügte er zur Sicherheit hinzu, das Beileid gelte, falls sie Frau – er guckte noch einmal auf das Schild – Frau Westheim sei. Aber auch das war Schwachsinn, und bevor er anfing, sich fürchterlich zu schämen, fragte er schnell: »Sind Sie Frau Westheim?«

»Lassen Sie mich in Ruhe.« Sie klang etwas ängstlich. »Sie haben nur Frechheiten geschrieben.«

Sie war es also. Aber er war es nicht. »Ich bin doch kein Reporter«, sagte er. »Mir hat das auch nicht gefallen, was die so schreiben. Gerade heute Morgen habe ich gedacht –«

Doch sie schüttelte nur den Kopf und schob sich schnell an ihm vorbei.

Wer machte ihr bloß die Frisur, ihr Haar hing einfach herunter. Das Haar war älter als sie selbst und hatte weder Schwung noch Glanz, und als er ihr auf der anderen Straßenseite hinterherhumpelte, was reiner Zufall war, weil er diesen Weg nun einmal gehen musste, hätte er sie am liebsten sofort und anstandslos frisiert. Sie hätte sich ruhig ein Beispiel an ihrer tragisch verstorbenen Kollegin nehmen können oder an jenen Frauen, die nach langem Widerstand einfach einem neuen Friseur vertrauten und von denen die Leute hinterher sagten: Siehste? Geht doch. Diese Gedanken waren aber sinnlos, denn wenn sie Anwältin war, kriegte er sie ohnehin nicht als Kundin.

Sie gefiel ihm ja auch nicht. Er war also schon dabei, sie zu vergessen, als ihm auffiel, was sie tat. Sie schien etwas entrückt zu sein, denn er sah, wie sie im Gehen ein Papiertaschentuch zerpflückte und die Schnipsel auf die Straße warf wie ein Kind, das Blumen bei einer Hochzeit streut. Das war interessant, beinahe rührend, das war, als müsse man sie beschützen. So ein gedankenverlorenes Wesen. Als die Straße hinter ihr schon ein kleines, weißes Papierblumenmeer war, wurde es noch interessanter, denn sie drehte nach links und betrat eine Kirche. Czerny kannte keine Frauen, die in Kirchen gingen, er selber war seit seiner Kindheit in keiner Kirche mehr gewesen. Was konnte es schaden, das nachzuholen, jetzt gleich?

Die Tür war schwer und ächzte, wie eine alte Tür nur ächzen konnte, und drinnen musste er sich an das Halbdunkel erst gewöhnen. Er sah ziemlich viel Prunk an den Wänden und kam zu dem Schluss, dass es eine katholische Kirche war, weil die protestantischen ja gewöhnlich wie Finanzämter aussahen. Langsam ging er nach vorn. Wie er sich das gedacht hatte, saßen ein paar alte Leute in den Bänken, die ausruhten oder ihre stummen Gebete irgendwohin schickten; er wusste nicht, wohin, er machte sich da keine Gedanken. Anna Westheim war ganz vorn und ganz allein, obwohl der Priester in der Nähe stand, ein schwarz gekleideter Mann. Mit gesenktem Kopf saß sie da, ruhig und still. Sie trauerte um ihre Kollegin, denn da war schließlich etwas Schlimmes passiert, sie brauchte Trost. Czerny wagte kaum zu atmen, es war ja wirklich still hier drin. Keine Orgel ertönte und kein Gesang, es hustete noch nicht mal einer.

Das Dumme war, dass sie ihm jetzt plötzlich doch gefiel, was aber nichts damit zu tun hatte, dass ihm traurige Frauen in Kirchen gefielen, es war nur so, dass sie eine große Einsamkeit umgab. Das war ihm vertraut, weil Frauen wie sie sein Schicksal waren. Seit Jahren begegnete er ihnen in Kneipen, Kinos, Restaurants und in den Tanzbuden der Stadt, und wenn sie ihm ihr verzagtes Lächeln schenkten, lächelte er zurück. Immer wieder ließ er sich mit Frauen ein, die alleine an einem Tisch saßen, Frauen, um die sich keiner kümmerte und die ihn verstohlen beobachteten, als wollten sie fragen, siehst du, dass es mich gibt? Frauen, die sich an Zigaretten festhielten und ihre Kleidung von oben bis unten nach Staubkörnchen absuchten, nur um zwei Fingerchen etwas zu tun zu geben, schnipp. Solche Frauen. Es war sein Schicksal, sich in Frauen zu verlieben, in die sich niemand sonst verliebte.

Aber das fehlte noch. Was sollte er mit einer schlecht frisierten Rechtsanwältin, die mitten in der Woche in der Kirche saß? Nein, er wollte das nicht, und so etwas gab es ja schließlich, dass man sich wehrte gegen so ein aufsteigendes Gefühl. Instinkt vielleicht oder Selbstschutz, man ahnte, welches Ende es nahm: kein gutes.

Er stemmte sich hoch, und weil es so eng in diesen Bänken war und er nicht wusste wohin mit seinem Schirm, machte er einen Schritt zu viel oder einen zu wenig, ganz klar war ihm das nicht, jedenfalls endete es damit, dass er Anna Westheim praktisch vor die Füße fiel. Das machte Lärm. Als er den Kopf drehte, hielt sie den Blick auf ihn gerichtet, so reglos und starr, als wär sie gar nicht mehr am Leben. Er wollte fluchen, besann sich aber im letzten Moment darauf, dass er in einer Kirche war. Der Priester kam angerannt, packte ihn an den Schultern, um ihn vorsichtig hochzuziehen, eine alte Frau aus der letzten Reihe rief: »Jesses Maria.«

»Vielen Dank, Herr –« Czerny fehlte das Wort. Was sagte man denn, Herr Pfarrer? Oder musste man Hochwürden sagen?

»Zorn«, sagte der Priester, und Czerny sah ihn sich genauer an. So sah er also aus, Gottes Zorn? Dunkles Haar und blaue Augen. Aber eigentlich sah er wie ein Orthopäde aus, einer mit Privatpatienten, einer Superfrau und zwei kleinen Superkindern, die er in seinem dicken Auto zur rhythmischen Sportgymnastik fuhr.

»Ich bin zur Zeit etwas behindert«, sagte er und wartete darauf, dass der Priester etwas fragen würde wie *Geht es wieder?*

Gottes Zorn sagte: »Sie haben den falschen Stock.« Er lächelte sogar, als würde er das witzig finden. »Mit einem Schirm haben Sie doch kaum Halt.«

»So ist es«, sagte Czerny würdevoll. »Ursprünglich hatte ich noch einen Rollstuhl, aber den haben sie mir wieder entwendet. Das ganze Gesundheitssystem ist ja im –«

»Wer hat ihn entwendet?«, fragte der Priester.

»Orthopäden.« Czerny räusperte sich, er wollte mit Gottes

Zorn hier keinen Plausch beginnen. Der Platz vor dem Altar war leer, Anna Westheim war verschwunden. Er bedankte sich noch einmal, und als er zur Tür humpelte, beugte diese Alte sich aus der letzten Reihe und flüsterte verschwörerisch: »Immer mit der Ruhe und dann mit einem Ruck.«

»Ja«, murmelte Czerny. »Danke.«

Draußen sah er sie warten. Anna Westheim stand vor der Kirche, den Aktenkoffer gegen den Bauch gedrückt wie ein Erstklässler seine Zuckertüte, und fragte: »Was wollen Sie?«

»Nichts«, sagte Czerny, um es sich gleich selber einzureden.

»Aber Sie verfolgen mich doch.« Ihre Stimme klang etwas quengelnd. »Die Polizei passt auf, und wenn Sie –« Da wusste sie nicht weiter.

Daran hatte er nicht gedacht. Sie hatte Angst. Nach dem schrecklichen Mord an ihrer Kollegin könnte sie selber in Gefahr sein, denn dass Verbrecher auch methodisch vorgingen, solchen Gedanken gaben Polizisten sich durchaus hin. Passten sie tatsächlich auf sie auf, versteckten sich hier Polizisten?

»Ich wollte Ihnen keine Angst einjagen«, murmelte Czerny, und dann, weil er meinte, es ihr schuldig zu sein, erzählte er ihr seine Geschichte, die mit seinem operierten Knie begann und mit dem Feuer endete, und als er fertig war, fiel ihm ein, dass alles im Feuer endete, irgendwann. Erzählten Priester nicht davon?

»Es tut mir sehr leid für Frau Rupp«, sagte er. »Ich habe nicht helfen können, ich hätte es gerne getan.«

Sie schüttelte den Kopf. »Sie wären doch nicht in ein brennendes Haus gerannt. Können Sie vielleicht durchs Feuer gehen?«

»Das Haus hat nicht gebrannt«, sagte er, »nur oben –« Aber er sah, wie sie das Gesicht verzog, sie wollte es nicht hören. Als sie ihn fragte, warum er ihr in die Kirche gefolgt war, denn darauf hatte er ja immer noch keine Antwort gegeben, kam er sich wie ein Schauspieler vor, der einen Text sprechen muss, dessen Sinn ihm noch nicht geläufig ist. Er sagte, eine jüngere Frau, nicht wahr, die mit Aktenkoffer und in schicken Klamotten in die Kirche ging, und es war ja noch nicht einmal Sonntag, es war sozusagen *unter der Woche*, so eine Frau gab es nicht so oft in diesen Tagen.

Wieder schüttelte sie den Kopf, als sie fragte, ob es eine Kleiderordnung für die Kirche gab; ihre Stimme war so eigenartig, wurde lauter, wieder leiser und verwandelte sie in Sekunden vom maulenden Gör zur reifen Frau. Er wäre nicht überrascht gewesen, sie im selben Moment lachen und weinen zu sehen. Aber sie wollte sich verabschieden, und weil sie sich demonstrativ in die andere Richtung wandte, suchte er schnell nach ein paar netten Worten, die ihn unwiderstehlich machten, bloß fielen ihm solche Worte nur in seinem Laden ein, wenn ältere Kundinnen auf sein Lächeln warteten. Worte, die ihn unwiderstehlich machten, fielen ihm überhaupt nur ein, wenn er gar keinen Wert darauf legte, dass sie ihm einfielen. So verzweifelt kramte er in seinem Wortschatz, dass er den beiden Kerlen, die auf ihn zukamen, keine Beachtung schenkte.

»Hallo«, sagte der eine, der andere blieb noch stumm. Der eine boxte ihn gegen den Brustkorb, der andere riss ihm seinen Stockschirm aus der Hand. Wer ihn da eigentlich zu Boden stieß, bekam er nicht mit, der eine trat ihn in die Seite, der andere hieb mit dem Stock auf seine Schultern ein. Beide brüllten die ganze Zeit, und was er verstehen konnte, war: es ging um sein Bein, um sein Knie, es ging darum, dass er hinkte. *Wichser*, kreischten sie, *Scheißkrüppel*, *blödes Schwein*.

Czerny kniff die Augen zusammen, denn sie brachten ihn ans Meer. Das konnte doch nicht stimmen, eine schwarze Welle schob sich über die Ufer und hüllte ihn ein, und er konnte nur daran denken, dass er jetzt zum zweiten Mal nicht auf das operierte Knie gefallen war, in der Kirche nicht, und auch jetzt nicht, was sein Glück war, er dachte ständig daran, dass er Glück hatte, während er ihre Tritte spürte und sie schreien hörte und die schwarze Welle über ihn hinwegtobte, um ihren Unrat zu hinterlassen, einen Schuh.

Sein linker Schuh. Er lag neben seinem Arm und sah wie Abfall aus. Den rechten trug er noch. Er stützte sich auf den Ellbogen, wusste einen Moment lang nicht, ob sich das auch wirklich zugetragen hatte, aber er spürte den Schmerz, also war es wohl geschehen. Die Kerle waren verschwunden, aber wie kam der Schuh da hin? Da lag auch sein Schirm. Polizisten waren keine da, und auch der Priester war in seiner Kirche geblieben. Auf der Kirchenmauer stand *Ihr seid doch alle schwul*, hingesprüht mit roter Farbe, was ihm vorhin gar nicht aufgefallen war. So eine Verschandelung. Ein paar Leute guckten herüber, bevor sie sich wieder auf den Weg machten, und weiter weg sah er auch Anna Westheim stehen. Als hätte sie weglaufen wollen und es sich im letzten Moment noch anders überlegt, kam sie jetzt zögernd auf ihn zu. So wollte er aber nicht vor ihr liegen, er wusste auch nicht, wie er je wieder auf die Beine kommen sollte, hatten die ihn auf dem kalten Boden festgenagelt? So eine Schande.

Anna Westheim aber kam als Engel zurück, der ihm die Hand reichte, beide Hände. Als er es mit ihrer Hilfe schaffte, sich halbwegs aufzurichten, sah er, dass sie grüne Augen hatte, so richtig grün und schimmernd – wieso war ihm das vorhin nicht aufgefallen? Sie sah ein wenig wie Michelle Pfeiffer aus, für die er früher bedingungslos gestorben wäre, eine ungekämmte Michelle Pfeiffer an einem weniger guten Tag. Jetzt saß er vor ihr auf dem Pflaster, mit seltsam ausgestreckten Beinen.

Sie zitterte ein bisschen. »So was Blödes«, flüsterte sie. »Was das jetzt sollte – dabei sind Sie doch kein richtiger Krüppel, das haben die gar nicht gemerkt.«

»Nein«, murmelte er.

»Ich kann das nicht sehen«, sagte sie. »Einfach schlagen.« Dann kam ihr Gesicht immer näher, bis sie plötzlich vor ihm kniete, eine Frau in teuren Klamotten.

»Wieder überall Gewalt«, sagte sie, »sogar hier.«

Stumm pflichtete er ihr bei. Vor einer Kirche passte es nicht.

»Sie erinnern mich an meinen Vater«, sagte sie ruhig, was ihn ein wenig verstörte. Er war nicht älter als sie, schätzungsweise eher noch ein Jahr jünger.

»Sie lagen so da«, sagte sie. »Man kann nicht helfen.«

Eigentlich lag er noch immer. Saß halb, lag halb, kriegte den Hintern nicht hoch. Weil ihm aber die Höflichkeit eines Friseurs mit jeder Kundin, die ihm Halbsätze hinwarf und auf sein Interesse lauerte, gleichsam eingebimst worden war, fragte er: »Ist etwas passiert mit Ihrem Vater?«

Anna Westheim kniff die Augen zusammen. »Den haben sie auch mal zusammengeschlagen. Sie haben Schulden eingetrieben.« Plötzlich fing sie an zu lächeln. »Das ist lange her.«

Czerny deutete auf die Kirche, aus der er sie ja wohl vertrieben hatte. »Sind Sie gläubig?«, fragte er und wollte sich schütteln im selben Moment. Was für ein Gespräch führten sie denn da, beide auf dem kalten Pflaster hockend, Fremde, ein Mann, der gerade zusammengeschlagen worden war, und eine Frau, die ihm half, sich wieder aufzurappeln.

»Die Kirche ist ein friedlicher Ort, man kann ausruhen.« Anna Westheim sah an ihm vorbei. »Ellen«, sagte sie dann, »meine Kollegin, meine verstorbene Kollegin, für die Sie sich so interessieren, ist aus der Kirche ausgetreten.« Sie rückte ein wenig von Czerny ab. »Ich würde den Priester gern fragen, ob er ihren Tod als Vorsehung ansieht. Ob es so gewollt war, ob es nur jemand ausführen musste. Ich wollte diese Priester immer schon fragen, warum sie so erbarmungslos sind und noch beim Katastrophentod von vielen tausend Menschen sagen, vertraut auf Gott, auch wenn es gerade schwerfällt, aber er ist da.«

»Ich weiß nicht«, murmelte Czerny. Er wusste es wirklich nicht, das waren ja ganz grundlegende Fragen, die sie da stellte, während er immer noch auf dem Boden hockte, den Blicken jener ausgeliefert, die vorübergingen.

Als sie sich über ihn beugte, empfand er es wie ein Streicheln, ihre Hand, die sich auf seine legte. Aber das war nur ein kurzer Moment. Mit erstaunlicher Kraft half sie ihm auf die Beine.

»Ich rufe ein Taxi«, sagte sie.

Er legte eine Hand über die Augen. Das hier war die Frau, der er zweimal vor die Füße gefallen war, die sollte er für alle Zeiten im Gedächtnis behalten. Oder lieber gleich vergessen. Um etwas zu tun, tastete er nach seinen Visitenkarten. Schön, sie waren noch da.

»Friseur«, rief sie, als hätte sie tatsächlich noch nicht mitbekommen, dass es diesen Berufsstand gab. »Battonnstraße«, murmelte sie. Als sie den Kopf hob, war ihr Blick völlig ausdruckslos. »Ist da nicht die Stoltzestraße in der Nähe?«

Er nickte. »Ich will da nicht bleiben.«

»In dieser Gegend müssen Sie das ja kennen«, sagte sie. »Randale und Gewalt.«

Wieder nickte er, um gleich darauf den Kopf zu schütteln. »Ich selber bin noch nie zusammengeschlagen worden. Bloß jetzt.«

»Mein Mann sagt, die ganze Ecke ist versaut, da kommt nichts Gutes. Er sagt, man muss sich schützen.«

Darauf sagte er nichts. Er hatte nicht daran gedacht, dass sie verheiratet war. Tatsächlich trug sie einen schmalen Goldring an der rechten Hand, doch als ewiger Tröster aller einsamen Frauen pflegte er darauf nicht zu achten.

Im Taxi, als er sich noch einmal umdrehte, fiel ihm auf, dass sie den Kopf wie eine Königin trug.

7

Anna ging in die Kirche zurück. Sie setzte sich wieder nach vorn. Der Priester stellte Kerzen auf, und sie wollte seine Hände sehen, das half ihr, der Anblick dieser ruhigen Hände. Kein Geschrei, hier war es still. Noch einmal sah sie sich die Visitenkarte dieses Mannes an, *Czerny. Friseur. Battonnstraße 38*. Sie hatte ihn für tot gehalten, als er so reglos auf dem Pflaster lag.

Wie ihr Vater lag er da.

Sie hatte Ellen erzählt, wie es war, sie kommt aus der Schule und sieht den Vater daliegen, über ihm zwei Schläger. Er hat keine Arbeit, und die Schläger treiben die Schulden ein, es sieht so aus, als hauen sie ihn tot. Einen Hund haben sie auch dabei, ein schwarzes Riesenvieh, das geht ihr an die Beine, beißt, das Blut läuft herunter. Sie pfeifen das Vieh zurück, aber der Vater liegt noch immer da, er streckt die Arme nach ihr aus und schreit *geh rein*. Sie weiß nicht, was sie tun soll, er schickt sie fort und streckt die Arme nach ihr aus.

Was hättest du getan, hatte sie Ellen gefragt, und Ellen sagte, da kann man nicht viel tun.

Anna blickte auf das Kreuz, unter dem der Priester stand wie ein sehr kleines Geschöpf.

Sie hatte nur gebetet. Kein richtiges Gebet, eher eine Bettelei, wie Kinder es eben tun, *mach, dass sie aufhören, mach!* Sie hatte ziemlich lange bitten müssen, als hätte Gott das Für und Wider erwogen, soll ich, soll ich nicht? Als hätte er Knöpfe dabei abgezählt, ja, nein, ja, nein – trug er Knöpfe? Das sollte sie den Priester fragen. Der Vater liegt in einer Pfütze aus Tränen, Blut und Urin, und der böse Hund, der bellt so laut. Oben im Haus schreit die Mutter, dass alle Nachbarn es gesehen haben. Die Schande wieder, schreit sie, die Schande. Das war in jener Zeit, als Anna Westheim noch Anna Kohler war, ein kleiner Mensch in einem kleinen, grauen Leben. Es war die Zeit vor Florian.

Sie stand auf. Der Priester lächelte ihr flüchtig zu, so wie Männer lächelten, die Frauen Türen aufhielten. Zwei lächelnde Männer heute, warum war der Friseur ihr gefolgt? Wegen Ellen vermutlich, Ellen hatte die Männer neugierig gemacht, so war es immer gewesen, selbst jetzt war es noch so. Anna machte die Männer nicht neugierig, was wohl daran lag, dass sie so lange grau gewesen war. Morgens vor dem Unterricht trägt sie Zeitungen aus, und einmal kommt ein Mann aus seinem Haus, um seinen Briefkasten zu öffnen. Der rennt sie um, weil sie ihm einfach nicht aufgefallen ist, so grau.

Sie war zu nervös. Heute Morgen war die Kanzlei wieder voller Polizisten gewesen. Die Angestellten weinten, statt zu antworten. Der Kommissar, der zu ihr gekommen war, hatte von dem tragischen Vorfall gesprochen, weil er die Dinge nicht beim Namen nennen wollte, Ellen war tot, Ellen konnte nicht durchs Feuer gehen. Anna musste daran denken, dass die Nachricht von Ellens Tod sich wie ein Lauffeuer in der Stadt verbreitet hatte, sie konnte nicht aufhören, an das Wort Lauffeuer zu denken.

Der Priester mit dem seltsamen Namen Zorn stand draußen, als sie die Kirche verließ. Manchmal redeten sie ein wenig, er wusste, dass sie in dieser Stille hier zu Kräften kam und nicht hier saß, um zu beten.

»Ich möchte eine Kleiderspende machen«, sagte sie. »Es liegt Vieles herum, was nicht mehr getragen wird.«

»Welche Kleider?«, fragte er. »Frau Rupps Designerklamotten?«

Anna brauchte eine Weile, bis sie sagen konnte: »Davon ist wohl nicht mehr viel da. Meine. Unsere, mein Mann hat auch so viele Sachen, die er nicht mehr trägt. Werden Sie bitte nicht geschmacklos, wenn Ihnen die Marken nicht passen, kann ich ja die Etiketten heraustrennen.«

Zorn schlug seine Faust in die Handfläche und murmelte eine Entschuldigung. Er sagte, dass ihr Leben nach Ellens Tod jetzt wohl ein Chaos war. »Das ist ein entsetzliches Verbrechen«, sagte er. Wieder ein Schlag, als er hinzufügte, wie leid ihm das tat.

Anna sah auf seine Hände. Es sah seltsam aus, ein Priester, der seine Faust in die Handfläche schlug, als hätte er überschüssige Kraft. Hatte er wohl auch, was tat er denn den ganzen Tag, wenn nichts zu predigen war?

»Haben Sie die Zeitungen gelesen?«, fragte sie.

Etwas verlegen hob er die Schultern, natürlich hatte er die Zeitungen gelesen. Phrasen, es hieß, Ellen sei eine knallharte Anwältin gewesen, die vom Staat gefordert hatte, Störenfriede fernzuhalten, um die Wirtschaft nicht zu ärgern. Einer aber schrieb, sie war eine furchtlose Frau, und das stimmte. Ellen hatte nie Angst haben müssen. Anna hatte ihr das gesagt, du konntest einfach so studieren, hast nicht arbeiten, dir das alles nicht verdienen müssen, du hast sofort eine eigene Wohnung gehabt. Du kennst das nicht, hatte sie ihr gesagt, wenn man zu Hause nicht wegkommt, wenn sechs Menschen in einer zu kleinen Wohnung hocken und man sich kaum konzentrieren kann, weil einer immer schreit, manchmal im Suff, meistens aus Wut.

Nein, hatte Ellen gesagt, das kenne ich nicht.

Die Angst nämlich. Ellen hatte die Angst nicht gekannt, sie wusste nicht, was Schande war, ein kleines, mieses Leben. Einmal stand sie in der Küche der Kanzlei, als Anna ihrer Mandantin einen Kaffee holen wollte. Die Frau hatte geweint, war ein halbes Leben lang von ihrem Mann geschlagen worden, war wund von den Schlägen und weinte. Ellen trank einen Espresso in der Küche und fragte, hat die keinen Schalter, kannst du die nicht abstellen? Sie mochte Annas Mandanten nicht, weil die ihr zu laut und zu leidend waren; »deine Ehekrieger«, hatte sie gesagt, und sie hätte eine verprügelte Frau wohl nur gefragt, warum schlagen Sie nicht zurück?

Anna zog die Schultern hoch, sie fror. »Ellen«, sagte sie, »sie hat –«, und sie merkte, wie sie anfing zu stottern, wie sie schon als Kind gestottert hatte, wenn sie in der Schule etwas sagen musste und die Blicke aller auf ihre schäbige, lumpige Kleidung gerichtet sah, »Ellen hat immer ein gutes Leben geführt.«

Der Priester antwortete nicht. Er hörte auf, seine Faust in die Handfläche zu schlagen. Herr Zorn war attraktiv, aber nicht so sehr wie Florian, ihr Mann.

»Was würden Sie ihr noch sagen?«, fragte sie. »Als Priester.«

Er wusste es nicht. Sicher müsste er nachschauen, was die Bibel meinte. Oder er hatte ihr ganz einfach nichts zu sagen.

Sie schüttelte den Kopf. »Dann nennen Sie mir doch wenigstens Ihren Lieblingsspruch. Etwas Heiliges.«

»Lass dir nicht grauen«, sagte er, »und entsetze dich nicht, denn der Herr, dein Gott, ist mit dir in allem, was du tun wirst.«

»Das kommt darauf an, was man tut, oder?« Anna hob die Schultern. »Was ist mit den Kleidern?«

Zorn nickte nur.

»Dieser Mann mit dem Stock«, sagte sie, als sie merkte, dass sie die Visitenkarte des Friseurs noch immer in der Hand hielt, »der ist zusammengeschlagen worden. Ein Unglückswurm, hier drin ist er gefallen, draußen lag er schon wieder am Boden. Der Herr ist mit dir in allem, was du tun wirst, gilt das auch für die Schläger?«

Der Priester wandte sich ab. Einmal hatte sie geträumt, wie er seine Soutane mit Benzin übergossen und die Arme in die brennenden Kerzen gehalten hatte. Dabei hatte er etwas geschrien, doch wusste sie nicht mehr, was das gewesen war.

8

Niklas packte sein Abendessen aus, eine Brezel, und legte sie neben die Notizen. Zwei Brände, sieben Tote. Ein Zettel aus dem Handschuhfach ihres Wagens führte von der Rupp zu einem Mann namens Brecht. Sie war verbrannt worden, zusammen mit ihrem unbekannten Besucher, und kurze Zeit später der Mann, Brecht.

Verbrannt, sagte man, bei lebendigem Leib. Brechts Nachbarn waren an einer Rauchgasvergiftung gestorben, man nannte sie die unschuldigen Opfer, als wären die anderen schuldig gewesen.

Einschüchternd war das. Sie kriegten die Rupp und den Brecht nicht zusammen. Wäre dieser Brecht nicht ein offenbar harmloser Vertreter gewesen, sondern, nur mal angenommen, ein weiteres maßgebendes Mitglied dieser Bürgerinitiative oder, ein ähnlicher Gedanke, ein weiteres Mitglied der oberen Zweitausend dieser Stadt, Niklas hätte einen Zusammenhang gesehen, etwas, an dem er sich festhalten konnte, aber so?

Verbrannt, das war anders als wenn man sagte, erschossen, erschlagen, erwürgt. Der Feuertod war ein Gruß aus der Hölle.

Er packte die angebissene Brezel wieder weg. In den ersten Jahren ihrer Ehe hatte Ute ihm kleine Zettel geschrieben, die er in seinen Hosentaschen fand oder mitten auf dem Pausenbrot, unterm Papier. Nette kleine Zettel, Aufmunterungen, Grüße. Heute schrieb sie nicht mehr mit der Hand. Sie müsste es ausdrucken, weil sie nur noch am Computer schrieb, heute schickte sie manchmal eine SMS, *kannst du Salat kaufen?* Nachrichten von der eigenen Frau, die er auf dem Handy las, kamen ihm nie wie Nachrichten von der eigenen Frau vor, er hatte dann vielmehr den Eindruck, es handele sich um eine Dienstanweisung.

Er hob den Kopf. Urban, der Leiter der Soko Rupp, hatte die Gerichtsmedizinerin mitgebracht. Die Tür im Konferenzraum stand offen, und ringsum konnte man Kollegen telefonieren hören, entschuldigen Sie die Störung, hat Frau Rupp einen Herrn Brecht gekannt? Nein, den Schriftsteller meine ich nicht. Brecht, Michael Brecht. Denken Sie bitte nach. Ja, es ist wichtig.

»Was die sich erdreisten«, murmelte Niklas. »Nachzufragen, ob es wichtig ist.«

Urban klopfte auf den Tisch. Er war bleich, es hatte sich schon das Gerücht verbreitet, er hätte von der Pathologin seltsame Informationen erhalten. Die Beamten hockten übernächtigt da und zogen gereizte Gesichter, als er wieder Brandleichen-Fotos an die Magnettafel pinnte. Sie sahen alle gleich aus, diese Brandleichen, es gab nichts, was die eine von der anderen unterschied.

»Glück gehabt«, sagte Urban. »Zahnärzte abgeklappert, fündig geworden, der Mann hätte ja seinen Zahnarzt in einer anderen Stadt haben können oder im Ausland. Das ist die neueste

Mode, die reisen nach Tschechien, um den Zahnersatz billiger zu kriegen. Zahnersatz-Tourismus, dasselbe wie der Tank-Tourismus, sparen, sparen, sparen.« Er tippte auf ein Foto, das die Brandleiche in der Totalen zeigte. »Hat er aber nicht gemacht. Es handelt sich also definitiv um den Bewohner des Erdgeschosses Howaldtstraße 2a, den 44-jährigen Michael Brecht, geschieden, zwei Kinder, allein lebend, Vertreter für Kraftfahrzeugversicherungen.«

Jetzt schlug er mit einem Fingerknöchel gegen das Bild und leierte alles herunter, keine Vorstrafen, der Mann war nie auffällig geworden, er lebte ohne Gefolgschaft still vor sich hin. Es gab keine Verbindung zur Rupp, bis auf jene, dass in ihrem Wagen dieser Zettel mit seinem Namen und der Anschrift gefunden worden war. Sie hatte ihre Sekretärin nach der Howaldtstraße gefragt und war, wie die Sekretärin sich erinnerte, außerordentlich angespannt gewesen. Das war wenige Tage vor ihrem Tod.

Stille, Urban sah jeden Einzelnen an, als schickte er stumme letzte Grüße. Dann drehte er sich wieder um und klopfte der Brandleiche gegen die Stirn. »Genauso. In unmittelbarer Nähe Benzin verschüttet, in Brand gesteckt, mit den ganzen verheerenden Folgen, Hausbrand mit fünf Toten. Es wurden wieder keine Fesseln gefunden, keine Reste von irgendwas, alles dasselbe wie bei Rupp und ihrem späten Gast, der noch immer nicht identifiziert werden konnte. Aber haben die alle stillgehalten?« Mit ausholender Geste deutete er auf die Gerichtsmedizinerin. »Bitte, Frau Dr. Becker.«

Niklas knisterte mit der Papiertüte, in der der Rest seiner Brezel steckte. Die ganze Zeit, während er die Gerichtsmedizinerin neben Urban stehen sah, stellte er sich vor, wie sie vor ihrem Tisch in die Knie gegangen war, ein kurzer, spürbarer Blutdruckabfall, eine Pathologin, die in Ohnmacht fiel, du lieber Gott.

Dr. Leonore Becker war eine große Frau mit klangvoller Stimme, die ihnen immer Dinge erzählte, die zu dieser Stimme nicht passten. »Brennende Körper erreichen eine Temperatur von etwa 600 Grad«, sagte sie. »Angesichts der äußeren Zerstörung, die Sie bei den Leichen gesehen haben, würden Sie vielleicht nicht erwarten, dass die inneren Organe eine erheblich geringere Veränderung zeigen. Das ist für Brandleichen aber charakteristisch, so haben wir beispielsweise eine nahezu intakte Gebärmutter.«

»Bei wem?«, fragte jemand, worauf Soko-Leiter Urban mit Abscheu in die Runde sah.

Dr. Becker verzog keine Miene. »Durch Hohlräume und Flüssigkeiten in den Organen ist die Temperatur dort geringer als auf der Oberfläche des brennenden Körpers. Dieser Tatsache ist es zu verdanken, dass sich in den Körpern noch Substanzen finden ließen, davon eine identische Substanz in den Körpern aller drei Obduzierten.« Sie zupfte an ihrem Blazer und sagte: »Nitrazepam.«

»So«, sagte Urban und brachte es fertig, die beiden Buchstaben sehr gewichtig auszusprechen.

»Wir rechnen es zu den Benzodiazepinen«, sagte Dr. Becker. »Es wurde in einer starken Dosierung verabreicht, zusammen mit Alkohol, was besonders tückisch ist.« Sie stopfte die Hände in die Jackentaschen. »Die Opfer waren willenlos, bezeichnen Sie das dann als eine Art K.-o.-Tropfen.«

Niklas klopfte auf den Tisch. »Das habe ich doch gesagt.«

»Nein«, sagte sie. »Haben Sie nicht.«

»Was ich sagen will –« Niklas stand auf. »K.-o.-Tropfen werden ja nicht auf dem Löffel verabreicht.«

»K.-o.-Tropfen gibt es so natürlich nicht«, sagte Dr. Becker. »Im medizinischen Bereich dient diese Substanz dazu, Patienten schläfrig zu machen, etwa vor Darmspiegelungen. Im kriminellen Bereich allerdings –«

»Ja eben«, sagte Niklas. »Die Situation ist zunächst harmlos gewesen, es wurde etwas zu trinken angeboten.«

»Muss nicht«, widersprach der Kollege Potofski. »Ich sehe volle Gläser auf dem Tisch und warte den passenden Moment ab.«

»Meinetwegen«, sagte Niklas. »Aber jetzt müssen wir nicht mehr davon ausgehen, dass es mehrere Täter waren, das schafft auch einer alleine.«

Urban ging auf Dr. Becker zu. »Sie sprachen von Substanzen. Haben wir noch mehr?«

Die Pathologin holte Luft, was wie eine Atemübung aussah. »Bei Frau Rupp ließen sich noch Reste von Botulinumtoxin nachweisen. Wenn Sie es griffiger haben wollen: Botox. Das hat aber mit ihrem Tod nichts zu tun.« Sie ging ein paar Schritte auf und ab. »Dass Botulinumtoxin das stärkste bekannte Nervengift ist, wissen Sie vermutlich. In höchster Verdünnung wird es beispielsweise zur Behandlung spastisch gelähmter Muskeln eingesetzt. Es führt zu einer Entkrampfung des Muskels.«

Urban stellte sich auf die Zehenspitzen, damit er genauso groß wie die Pathologin wurde. »Eine amerikanische Behörde hat mal einen Terroranschlag auf Milchprodukte simuliert, das heißt, es gibt ein Papier, in dem das drinsteht, ein Bioanschlag. Ein Angriff auf, nun ja, Milch, wo das Botox in die Milch, wenn sie vom Bauern kommt –«

»Aber nicht hier«, sagte Dr. Becker in das einsetzende Gemurmel hinein. »Frau Rupp wurde mittels Nitrazepam, wenn Sie so wollen, außer Gefecht gesetzt. Gestorben ist sie definitiv an ihren Brandverletzungen. Mit dem Botox war sie vertraut, sie hat es sich regelmäßig injizieren lassen, das weiß ich von ihr selbst.« Sie knöpfte ihren Blazer zu, betrachtete mit gesenktem Kopf das Ergebnis und fing an, ihn wieder aufzuknöpfen. »Wir sind uns dann und wann begegnet.«

Während Urban die Pathologin anstarrte, als hätte sie sich plötzlich in ein Insekt verwandelt, nickte Karl Niklas sacht vor sich hin. Er selbst, wäre er Gerichtsmediziner und man legte ihm einen Bekannten auf den Arbeitstisch, der nun kein Mensch mehr war, sondern als gespenstische, schwarze Brandleiche darauf wartete, von ihm aufgeschnitten zu werden, er selbst, zweifellos, kippte ebenfalls um. Ja, wenn das so war – freundlich lächelte er der Pathologin zu, die das aber nicht zur Kenntnis nahm.

»Sie haben sie näher gekannt?«, fragte Urban.

»Wie man sich eben kennt«, sagte Dr. Becker, »wenn es zu bestimmten Anlässen kommt.«

»Welche Anlässe?«

»Opernpremieren, Varietéabende, Partys, möchten Sie noch mehr?« Sie stand wie eine Statue da.

»Sie hätten streng genommen nicht obduzieren sollen«, sagte Urban.

Die Pathologin sah ihn angewidert an. »Es war mitten in der Nacht, es hat allen fürchterlich pressiert, nicht wahr?«

»Hatte Frau Rupp Krämpfe?«, fragte Niklas. »Sie sagen, man setzt es bei so was wie Spastik ein.«

»Man verwendet es auch im kosmetischen Bereich, wie Sie vermutlich wissen.« Dr. Beckers Blick schien sich zu verdüstern, und Niklas schüttelte den Kopf, nein, wusste er nicht.

»Gegen Falten«, sagte sie. »Zur Minderung von Augenfältchen, zur Glättung von Gesichtsfalten aller Art.«

»Oh«, sagte Niklas. »Silikon.«

»Nein, eben nicht. Botox.« Die Frau schien genervt.

»Wird das da direkt reingespritzt?«, fragte Niklas. Man musste sich doch ein Bild machen.

»Ja.«

Er verzog das Gesicht. »Und das hat sie gemacht?«

»Machen lassen«, sagte Dr. Becker, während das einsetzende Geraschel ringsumher darauf schließen ließ, dass das Foto der lebenden Ellen Rupp hervorgezogen und der therapeutische Erfolg begutachtet wurde.

Dr. Becker stand mit verschränkten Armen da. »Botox ist eine Lifestyle-Droge. Das Verfahren ist eine private und kostspielige Angelegenheit. Von Frau Rupp weiß ich, dass sie bei einem Dr. Rossmann in« – Sie räusperte sich geziert – »Behandlung war. Er ist Neurologe. Sie hat mich nach anderen Ärzten gefragt, die so etwas durchführen, aber da kenne ich mich nicht aus.«

Urban sprang darauf an. »Sie hatte Probleme mit diesem Arzt?«

»Wohl eher persönliche«, sagte sie. »Aber fragen Sie mich nicht, sie hat nichts gesagt.«

»Ein Neurologe«, sagte Urban laut. »Seit wann machen die Schönheitsreparaturen?«

»Er verwendet Botox zur Therapie von Muskelerkrankungen. Er weiß also, was er tut.«

Urban stützte die Arme auf den Tisch und starrte die Pathologin an. »Und als Neurologe verwendet er auch dieses K.-o.-Gesöff –«

»So können Sie das natürlich nicht sagen«, sagte Dr. Becker. »In der neurologischen Praxis ist es durchaus denkbar, Nitrazepam zu verordnen, etwa bei Schlafstörungen. Man sollte bei Schlafstörungen zwar überhaupt nichts verordnen, aber es wird natürlich gemacht.«

Rossmann. Niklas notierte sich den neuen Namen und fragte: »Haben die Opfer das Verbrennen – wie soll ich sagen – mitgekriegt?«

»Die Reaktionsfähigkeit war stark herabgesetzt«, sagte Dr. Becker. »Sie waren schläfrig, die Muskeln waren geschwächt. Aber sie waren nicht bewusstlos, denken Sie an die Schmerzen. Sie möchten wissen, ob sie wussten, dass sie sterben würden – auf diese Art?«

»Ja«, sagte er, und die Pathologin wiederholte es nur, *ja*, und das durfte man sich nicht ausmalen, durfte am besten nicht einmal daran denken.

9

Czerny sah das Meer. Im Taxi, nach seiner Begegnung mit Anna Westheim, träumte er sich an einen Strand am blauen Meer, an einen Ort, den keine schwarze Welle trübte. Zum ersten Mal in seinem Leben war er zusammengeschlagen worden, dabei hatte es doch vorher gar keinen Streit gegeben, überhaupt keinen Anlass. Das war eine Schande. Er musste sich eine Strategie überlegen, so weit war es gekommen, er musste sich vorbereiten für den Fall, dass so etwas noch einmal geschah. Doch das blaue Wasser, von dem er träumte, weichte seine Seele auf wie Badewasser die Haut an den Fingern. Anna Westheim war nicht bei ihm am Meer, sie war zu weit weg. Er versuchte sie herbeizuträumen, doch riss ihn der Taxifahrer aus seinen Gedanken, indem er anfing zu fluchen und heftig auf die Bremse trat. Noch nicht einmal das Fahrgeld zählte er nach, weil in der Stoltzestraße wieder Chaos war.

Ein Auto brannte, zwei Frauen versuchten es zu löschen. Czerny wich aus. Das schafften die nie. Es war ein altes Auto, und sie standen mit zwei Eimern da und weinten, denn die Eimer waren schon leer. Weiter hinten lag ein Mann auf dem Pflaster, so wie er selber vor ein paar Minuten auf dem Pflaster gelegen hatte. Er trug seine Hausschuhe noch. Eine Frau beugte sich aus dem Fenster und schrie, aber es war gar kein richtiges Fenster mehr, nur noch ein Loch. Ein Rahmen ohne Scheibe mit ein paar Glaszacken an den Seiten, die ihr den halben Arm aufrissen, als sie nach unten langte, um die Arme nach dem Mann auszustrecken, an den sie nicht heranreichte, was sie aber immer weiter versuchte, ohne auf das Blut zu achten, das ihr am Arm herunterlief. Ein paar ältere Leute standen um den Mann herum und sagten, sie kann nicht raus, die Frau am Fensterloch, weil sie im Rollstuhl sitzt, und jetzt, siehste, stemmt die sich an der Fensterbank hoch mit ihrem kaputten Arm. So ein Leichtsinn. Der Mann lag auf dem Pflaster und rührte sich nicht. Der hätte das alles verteidigen wollen, sagten sie, seine Wohnung, seine Frau, sein Leben und sein Fenster, aber die Bande war in der Überzahl gewesen, als sie mit Steinen und Flaschen geworfen und ihn auch noch verprügelt hatte, wie er rausgelaufen kam. Fremd diese Bande, man kannte sie nicht, und sie war flink wie der Wind wieder weg. Immer Prügeleien, Flaschen und Steine, immer dasselbe, jetzt steckten sie auch noch die Autos in Brand. Keiner kümmerte sich, man ließ sie hier verrecken. Der Mann blutete aus der Nase, und sie fragten, geht's noch? Mach keine Sachen, gleich kommt der Arzt.

Czerny humpelte vorbei, jede Sekunde damit rechnend, dass ihn wieder jemand packte und zu Boden warf, neben den Mann womöglich, dessen arme Frau nicht aufhörte, seinen Namen zu schreien. Die Polizei kam zu spät, aber dafür mit einer halben Hundertschaft, zumindest hörte es sich so an. Martinshörner und die Schreie der Leute, was für ein Chaos, immer nur Lärm um ihn herum, Jammern und Klagen. Czerny wollte nichts mehr hören und nichts sehen. Moritz Blume stand vor dem Haus, in dem sie wohnten, und ließ seinen Dobermann in den Rinnstein pinkeln.

»So ein Dreck«, sagte Czerny. »Ich hab die Schnauze voll.«

Blume sagte: »Halb so wild. Die haben ihn nicht auf den Kopf getroffen, nur auf die Nase.«

Czerny spürte ein Ziehen in der Schulter und ein Klopfen in den Rippen. Morgen würde er die blauen Flecken zählen.

Blume sah ihn von oben bis unten an. »Hattest du Schwierigkeiten?«

Czerny schüttelte den Kopf. Was sollte er sagen? Mal ganz theoretisch gedacht, war Blume ja schuld. Moritz Blume hatte ihm vor Wochen von diesen teuren Wohnungen in Frau Rupps Straße erzählt, durch die er nach der Flucht aus dem Krankenhaus in seinem Krankenfahrstuhl gerollt war, um seine Ruhe zu haben. Die hatte er da aber nicht. Ohne Blume wäre das alles nicht passiert, keine Melemstraße, keine Anna Westheim und auch, verstehst du, Moritz, keine Schwierigkeiten.

»Es hat wieder gebrannt«, sagte Blume. »Da haben die es hier ja noch gut. Feuer ist was anderes.« Er hob den Kopf und starrte in den dunklen Himmel. »In der Howaldtstraße hat es gebrannt.«

Czerny schob sich an ihm vorbei, er wollte es nicht wissen. »Eben hab ich 'ne seltsame Frau kennengelernt. Nicht gerade schön, das heißt, man weiß es nicht. Michelle Pfeiffer, wenn sie Grippe hat und Unwohlsein, kannst du dich an die erinnern?«

»Nein«, sagte Blume.

»Aber Superklamotten und alles. Na ja, wie gesagt, 'ne seltsame Frau.«

»Und?«, fragte Blume.

»Nix.« Czerny kramte nach seinem Schlüssel. In dieser Gegend hier müsste er das kennen, hatte Anna Westheim vor der Kirche gesagt und die Gewalt gemeint. Ja, das hatte sich herumgesprochen, darum würde sie seine Visitenkarte auch schon weggeworfen haben. Aber sie selber, wenn er sich richtig erinnerte, kannte die Gewalt ja nun auch, warum sonst hatte sie ihm von ihrem zusammengeschlagenen Vater erzählt? Die Schläger hatten Schulden eingetrieben, hatte sie gesagt, was darauf schließen ließ, dass die Anwältin nicht aus allerbesten Verhältnissen kam. Hingegen war die tragisch verstorbene Frau Rupp, wie er gelesen hatte, die Tochter eines Oberlandesgerichtspräsidenten.

Czerny grübelte darüber nach. Neben sich hörte er ein Röcheln, aber das war nur Blumes schwarzer Hund, der sich fürchtete vor Lärm und Dunkelheit.

10

Niklas sah auf seine Liste, die immer länger wurde, denn Ellen Rupp hatte ja Leute gekannt, da machte man sich keine Vorstellung. Er würde sie Kontakte nennen, eine Ansammlung von Kontakten überall in der Stadt, als Schmiermittel für Angelegenheiten, die gelingen sollten. So war das doch, wenn man Kontakte pflegte, man hatte hier ein kleines Vorhaben, brauchte dort Unterstützung und traf sich ab und an zwecks Informationsbeschaffung zum Essen. Er stellte es sich so vor wie das kleine Netz aus zwei, drei Spitzeln, das ihm manchmal behilflich war, aber das waren andere Dimensionen.

Es brauchte Tage und viele Kollegen, um den Dschungel der Kontakte zu lichten. Ihn selbst und die gewöhnlichen Kollegen der Mordkommission ließen sie, seine sensiblen Vorgesetzten, längst nicht an alle Kontakte heran. Niklas hätte gern die Oberbürgermeisterin besucht, die er sehr nett fand, aber Oberbürgermeisterin und Dezernenten waren Gesprächspartner der Ersten Hauptkommissare vom LKA, von denen einer herumtratschte, wie so ein Stadtrat gleich nach seinem Bedauern über ihren schrecklichen Tod Frau Rupp zum neoliberalen Drachen erklärt hatte, mit dem es keine Berührungspunkte gab.

An solche Leute kam er nicht heran, dafür schickten sie ihn zum Botox-Doktor Rossmann oder zum Unternehmensberater Westheim, und der Kollege Potofski maulte, dass die Herrschaften alle dasselbe sagten. Rupps Kontakte waren nervös, so nervös wie die Polizeiführung, die trotz des zweiten Brandes immer nur vom ersten sprach. Rupps Kontakte, insbesondere jene von der Bürgerinitiative *Sichere Stadt*, hatten Angst vor dem Mob, der Steine warf und Wirtschaftsgipfel störte, Autos in Brand steckte, und Menschen, und manche fürchteten, ohne das genau ausführen zu können, dass sie die Nächsten sein könnten. Aber der Nächste war ein einfacher Mann gewesen, ein Vertreter für Kfz-Versicherungen, und das musste man erst einmal zusammenkriegen.

Während alle Ellen Rupp gekannt hatten, kannte niemand Michael Brecht, wenigstens behaupteten sie das. Seine geschiedene Frau hatte ihn seit Jahren nicht gesehen, die beiden Kinder hatten ihn vergessen, seine Kollegen bei der L&L-Versicherung beschrieben ihn als ganz normal, und Nachbarn, die dem Feuer entkommen waren, gaben an, er hätte sie am Briefkasten immer gegrüßt. Das war alles über den Mann.

Auch der Unternehmensberater Florian Westheim, Gatte von Rupps entzückender Sozia, schüttelte den Kopf, als er den Namen hörte.

Es war spät. Sie alle waren müde, aber Westheim war schwer angeschlagen. Seit seiner Kindheit, sagte er immer wieder, hatte er Ellen Rupp gekannt. Sie waren zusammen zur Schule und zur Uni gegangen, sie waren wie Geschwister gewesen und hatten sich nie aus den Augen verloren, bis auf dieses eine Jahr vor seiner Ehe, als sie einen Job in den USA hatte, in Boston. Es war so eine Freundschaft fürs Leben, nicht? Etwas Seltenes, etwas Besonderes. Westheim rang nach Luft. Was hatten sie nicht alles zusammen durchgestanden, Ellens gescheiterte Ehe und all das. Das und noch mehr; er vergrub das Gesicht in den Händen, und Niklas stellte fest, dass sein Büro hier im Ostend weniger elegant daherkam als Rupps prächtige Westend-Kanzlei. Er sah zu, wie Potofski alles mitschrieb, was nicht wichtig war, denn Westheim verlor ein bisschen die Zusammenhänge aus den Augen, wie alle Trauernden es taten, und malte Ellen Rupp in schönen Farben an. Jazz hatte sie geliebt und Schriftsteller, deren Bücher viele bloß im Regal präsentierten, aber sie hatte sie gelesen, um ganze Passagen aus dem Gedächtnis zu zitieren, nehmen Sie mal den Joyce – zitiert! *Ulysses*, sagte Westheim andächtig, ihr Lieblingsbuch, sie hatte selbst das letzte Kapitel gelesen, konnte das jemand von sich behaupten?

»Nun ja«, murmelte Niklas. »Wenn man das letzte Kapitel schon einmal erreicht hat –«

Oder diese Franzosen, donnerte Westheim dazwischen, die liebte sie ja besonders, Flaubert und Vian und diesen Rimbaud – Kollege Potofski schob seinen Stift zwischen die Lippen, weil er womöglich nicht wusste, wie man diese Namen alle schrieb. Machte ja auch nichts. Da saß ein trauriger Mann, der reden wollte.

»Oder auch die Kanzlei«, sagte Westheim gerade. »Wir wissen nun nicht, wie es weitergehen soll, meine Frau müsste verkleinern –«

»Was macht man denn als Unternehmensberater?«, fragte Potofski, und weil in seiner Stimme jene Spur Gehässigkeit mitschwang, die Westheim wohl schon kannte, antwortete er, dass man nicht nur mithalf, Leute zu entlassen. Er selbst, beispielsweise, stellte ein, denn seine Firma lief sehr gut.

»Was tut man denn nun?« Potofski ließ nicht locker.

»Man optimiert zum Beispiel die Abläufe in Unternehmen –« Westheim schwieg eine Weile, dann hob er wie ein Schüler die Hand. »Mir fällt da etwas ein, ich weiß nicht, ob es einen Zusammenhang –«

»Wir auch nicht«, sagte Potofski, »erzählen Sie«, und Westheim fing an, von einem Unternehmen zu erzählen, das seine Vorschläge in die Tat umgesetzt hatte, um sich besser zu positionieren, was einer jener Fälle war, in denen es tatsächlich um Freisetzung, also vielmehr auch um Kostensenkung, nicht wahr – um Entlassungen gegangen war. Sie hätten ja auch dichtmachen können, nicht? Dann säßen jetzt alle auf der Straße, so sah es nämlich aus.

Potofski nickte lächelnd.

Westheim sah ihn unbewegt an. »Einer dieser Entlassenen wollte sich damit nicht abfinden und hat mich in seinem Umfeld verleumdet, in Kneipen und wo der sonst noch so verkehrt, ich spreche von Rufmord. Er hat das Finanzamt auf mich gehetzt, aber da war nichts, das können die Ihnen auch bestätigen.« Er schien verlegen, fühlte sich offenbar unbehaglich, als er fragte: »Soll ich jetzt den Namen nennen? Es hat ja kaum etwas mit Ellen zu tun, nur habe ich sie halt davon unterrichtet.«

»Bitte«, sagte Niklas.

Westheim murmelte: »Ein Mann namens Langenau. Jörg Langenau.«

»Und weiter?«

»Ich habe Ellen gebeten, sich der Sache anzunehmen und ihm zuzusetzen, juristisch. Aber –« Westheim starrte auf seine Hände. Er trug keinen Ehering. »Nun ja, sie hatte wenig Zeit. Sie wollte ihm einen Brief schreiben und mit rechtlichen Schritten drohen. Paragraf hundertnochwas. Ich will nun niemanden meinerseits verleumden, aber wenn es so wäre – man muss ja an alles denken – und der Mann hat ihren Namen aus dem Brief – nur mal so angedacht, ich meine, anscheinend spinnt der ja.«

»Hat sie ihm denn geschrieben?«, fragte Niklas.

»Ich glaube nicht. Da kam ihr Tod –« Westheim holte Luft.

»Hat sie Ihnen von Bedrohungen erzählt?«

»Nein«, murmelte Westheim. »Nichts. Ich glaube, sie hat es dann einfach vergessen, sie hatte ziemlich viel am Hals.«

»Zum Beispiel einen jungen Kerl?«, fragte Potofski. »War sie in letzter Zeit mit einem jüngeren Mann zusammen?«

»Möglich«, murmelte Westheim. »Sie hatte keine feste Beziehung, sie hatte Affären. Na, warum auch nicht? Schließlich war sie keine – na, Sie wissen.«

»Nein«, sagte Potofski.

»Klosterschwester.« Westheim rieb mit dem Daumen seinen Ringfinger, wo kein Ehering und kein Abdruck war.

Hypothese – Niklas unterdrückte ein Gähnen. Der Brecht war eine Affäre, und dem hatte sie etwas erzählt, was sie ihm nicht hätte erzählen dürfen, was wiederum ein anderer erfahren hatte, dem das nicht gefiel. Wusste sie von den Leichen in den Kellern ihrer Kontakte? Als Anwältin bestimmt. War sie geschwätzig im Bett? Konnte man Westheim nicht fragen. Nein, so funktionierte das nicht mit dem Brecht, schließlich hatte sie auf einem Zettel seinen Namen notiert und ihre Sekretärin noch gefragt, wie sie hinkam, zur Howaldtstraße, und selbst wenn man eine Menge Affären hatte, notierte man dann auf Spickzetteln die Namen und malte noch Anfahrtsskizzen dazu? Außerdem war Brecht kein junger Kerl mehr gewesen wie Rupps Besucher, von dem sie nur wussten, dass es sich um einen 25 bis 30 Jahre alten Mann handelte, der möglicherweise, wie Westheims nette Frau errötend von sich gegeben hatte, Dani hieß; zumindest nannte die Rupp denjenigen so, mit dem sie innig telefonierte. In der Kantine des Polizeipräsidiums hatte die Gerichtsmedizinerin Dr. Becker einen Kaffee heruntergestürzt wie die ersten Schlucke Wasser nach einem Wüstenmarsch und gesagt, dass Frau Rupp bisweilen jüngeren Männern eine Menge abgewinnen konnte. Nein, sie wollte sich korrigieren: erheblich jüngeren Männern. Nicht dass sie mit denen zu offiziellen Anlässen erschienen war, aber traf sie einen jungen Kerl auf einer Vernissage, so konnte es passieren, dass sie irgendwann mit ihm verschwand. Der Versicherungsvertreter Brecht aus der Howaldtstraße hatte aber auch keine Vernissage besucht, das war mal sicher, den hätte auch keiner eingeladen.

Affären. Angelegenheiten. Kontakte. Niklas legte Westheim das Foto von Michael Brecht auf den Tisch, das die Brandleiche als Menschen zeigte, und Florian Westheim starrte hin, als hätte er Angst, dass der Mensch sich vor seinen Augen in Kohle zurückverwandelte, einen Geist aus der Hölle.

»Was ist?«, fragte Niklas.

»Was?«, murmelte Westheim. »Wieso?«

»Wäre es möglich, dass Frau Rupp mit diesem Mann –«

»Ich weiß nicht.« Westheims Schultern hoben sich, als sei ihm furchtbar kalt.

»Kennen *Sie* ihn?« Niklas beugte sich vor.

Westheim starrte das Foto an, dann schloss er krampfhaft die Augen. »Das ist einer der anderen Toten? Ich möchte keine Toten sehen.«

»Da lebt er doch noch.« Potofskis Stimme hatte einen hellen

Klang, er hatte es schon so oft gesagt. »Das ist Herr Brecht. Der andere.«

»Nein«, murmelte Westheim. »Ich habe doch schon erwähnt –«

»Was?« Niklas rückte noch näher heran.

»Sie müssen zuhören!« Im Sitzen trat Westheim gegen den Papierkorb unter seinem Tisch, aber der war halbleer und das Malheur hielt sich in Grenzen. »Den kenne ich nicht. Und überhaupt – Ellens Bekanntschaften waren jünger, wie ich sagte. Attraktiver. Oder wenn nicht jung und attraktiv, dann wenigstens männlich, verstehen Sie? Im Sinne von zupackend.«

Zupackend, wiederholte Potofski im Auto. Also so: wenn die schicke, literaturbeflissene Anwältin von Zeit zu Zeit einfach mal durchgebumst werden wollte, ließ sie sich vorher kein Uni-Diplom zeigen. Ganz im Gegenteil, das war nicht erwünscht.

»Na, na«, murmelte Niklas.

»Aber natürlich«, rief Potofski.

»Der hat doch das Foto erkannt. Den Brecht.« Niklas trat auf die Bremse, als am Straßenrand ein alter Mann mit seiner Gehhilfe drohte. Sie waren noch weit vom Zebrastreifen entfernt. »Haben Sie ihn beobachtet? Der Westheim ist erschrocken, der war doch ganz bleich.«

»Der war die ganze Zeit über bleich«, sagte Potofski.

»Nein, nein. Da war etwas, wie er sich das Foto vom Brecht angesehen hat. Dann erzählt er wieder von ihren Affären.«

»Rupps Tippse weiß jedenfalls nichts von einem Brecht«, sagte Potofski. »Der ist weder ein Mandant gewesen noch hat er um einen ersten Termin gebeten, weil sie das wüsste, sagt sie.«

Niklas sah auf die Uhr. Sie hatten noch einen Kontakt vor sich, den Neurologen. Regennass die Straßen und der Himmel über ihnen sah aus wie eine Schlucht.

»Er war auch kein Mandant von der anderen«, sagte Potofski.

»Von der Sozia.«

»Nein.« Potofski blätterte in seinem Notizbuch. »Übrigens

sagt die Sekretärin, dass die Rupp ihrem alten Kumpel Westheim damals einen Gefallen getan und seine junge Frau in die Kanzlei aufgenommen hat.« Er schlug das Notizbuch zu. »Ist auch komisch, da wickelt die eine ganze Millionendeals für ihre Mandanten ab und nebenan macht die andere brav in Familienrecht. Es war der Sekretärin sogar wichtig zu erwähnen, dass die Rupp nicht etwa mit der Sozia zum Lunch ging, sondern mit ihr.«

»Ich glaube, Westheim hat den Brecht erkannt«, murmelte Niklas wieder.

Potofski ging nicht darauf ein. »Es gibt Sachen, von denen sogar die Sekretärin nichts weiß. Ich habe sie nach diesem Privatschnüffler gefragt, mit dem die Rupp wohl zusammengearbeitet hat, aber da wusste sie nur den Vornamen, Leo. Der war nie in der Kanzlei.«

»Wenig hilfreich«, sagte Niklas, dem im selben Moment einfiel, dass diesen Quatsch immer die Politiker sagten, wenn sie der Ansicht waren, das ist ein riesengroßer Scheiß.

Potofski lachte vor sich hin. »Sie hat die ganze Zeit geheult, Rupp war so 'ne fabelhafte Chefin, sagt sie.«

»Irgendwer weint immer.« Niklas trat auf die Bremse und schirmte mit einer Hand die Augen ab. Die kleine Straße hier könnte es sein, Lerchesbergring, beste Lage, die Adresse des Botox-Doktors Rossmann. Sie lag im Dunkeln, ein Müllcontainer stand im Weg. Hecken und Mauern. Irgendwo ein kurzes Aufglühen wie von Zigaretten. Potofski stieg aus, und Niklas, der im Stadtplan blätterte, um sich zu vergewissern, ob sie auch richtig waren, hörte ein Knacken, als lösten sich Zweige von einem Baum. Er sah Hosenbeine, als er aus dem Seitenfenster guckte, und als er den Kopf reckte, waren es huschende Gestalten. Dann hörte er Potofski schreien.

Er sprang aus dem Wagen, rannte auf die kleine Gruppe zu und schrie: »Was soll denn das?«

Dunkel gekleidete Gestalten hatten Potofski umringt. Der Kollege lag fluchend und strampelnd auf dem Boden.

»Polizei! Stehen bleiben!« Niklas genierte sich augenblicklich für seine Worte, weil sie ja schon standen. Jetzt erst zog er seine Waffe. Wenn er bloß nicht immer so umständlich wäre, hatte seine Frau ihm einmal vorgeworfen, ausholend, sich immer verzettelnd, alles so lange bedenkend, bis es nichts mehr zu bedenken gab.

Ein Mann kam auf ihn zu, nicht mehr der Jüngste, obwohl er angenommen hatte, nur Halbwüchsige zu sehen. In seinem Gürtel steckte ein Knüppel. All diese Gestalten trugen eine Art Uniform aus schwarzen Jacken und dunkelblauen Hosen, was ein scheußlicher Anblick war, rein farblich schon.

Ute hatte so ein interessantes Wort gebraucht, Ute kannte viele interessante Worte; Vigilanten, hatte sie gesagt, das sind Vigilanten. Wie im Wilden Westen.

»Was schleicht ihr euch auch ran«, sagte der Mann mit leisem Vorwurf. »Ausweis?«

»Für wen halten Sie sich?«, fragte Niklas. »Wenn Sie jetzt nicht augenblicklich –«

»Hab dich nicht so.« Der Mann machte den anderen ein Zeichen. Potofski kam hoch und sprang ihn wie ein Panther an, riss ihn taumelnd mit und schleuderte ihn gegen den Wagen.

»Beine auseinander!«, brüllte er. »Flossen aufs Dach!«

Es dauerte keine zwei Minuten, da waren sie umlagert von Bewohnern. Die kleine Straße wurde immer heller, weil immer mehr Lichter angingen. Alle kamen aus schönen, weiß gestrichenen Häusern, die Niklas als Bungalows bezeichnen würde. Villen waren größer in seiner Vorstellung, Villen waren von Gärten umringt. Hier sah er am Anfang des Weges einen Zaun. Er fing an, Ausweise zu kontrollieren, sah die Männer, die das hier bewachten, lächelnd in einer Reihe stehen und hörte die Bewohner sagen, diese Jungs hier machten nur ihre Arbeit.

»Welche Arbeit?«, schrie Potofski. »Wo sind wir denn hier?«

Die Arbeit der Polizei, sagten die Bewohner. Wo war die Polizei denn bei den Einbrüchen im Sommer gewesen und was war mit Dr. Rossmanns mutwillig demoliertem Wagen? Wo war die

Polizei, als Ellen Rupp wochenlang bedroht worden war, was tat sie jetzt, um ihre brandschatzenden Mörder zu finden? Die Polizei, sagte ein Mann, der einen gepflegten Hausmantel trug, musste das Pack ja noch mit Samthandschuhen anfassen, so waren die Gesetze. Er fixierte den mit ausgebeulter Hose und Jeansjacke bekleideten Potofski, als er fragte, ob er sich auch abbrennen lassen sollte, als Lohn für ein Leben voller Arbeit? War es das, was den Polizeibeamten Freude machte?

Niklas drehte sich um. »Eine Unverschämtheit«, sagte er laut.

»Wer ist der Rossmann?« Potofski sah wie ein Amokläufer in die Runde.

»*Doktor* Rossmann«, korrigierte ihn eine Frau. »Er *arbeitet*, er besucht einen Kongress.«

Niklas zog einen jungen Kerl zur Seite, dessen Ausweis er gerade kontrollierte: Schmidt, Daniel, 23 Jahre. Auf einem kleinen Streifen seiner schwarzblauen Uniform stand *Securum*.

»Was heißt das?«, wollte er wissen.

»So heißt die Firma«, sagte der Junge. »Security.«

»Aha«, sagte Niklas. »Nennt man Sie Dani?«

»Meine Mutter.«

»Haben Sie Frau Rupp gekannt?«

»Ja klar.«

»Persönlich?«

»Wie – persönlich?« Der Junge scharrte mit den Füßen. »Nee.«

»Sie sind ihr nie begegnet?« Niklas zählte die blonden Strähnen in seinem dunklen Haar.

»Ja nee.« Der Junge schüttelte den Kopf. »Also doch, ich hab sie gesehen, klar. Wir haben sie auf Veranstaltungen beschützt, und hier hab ich sie auch mal gesehen. Meinen Sie, ob ich mit der geredet hab?«

»Ja«, sagte Niklas. »In etwa meine ich das.«

»Sie halten mich für den Hessler«, sagte der Junge. »Den meinen Sie. Der hat ihr das Auto in Schuss gehalten, sie hat ihn mal gefragt.« Er fuchtelte mit den Armen. »Der hatte, will ich mal sagen, näher mit ihr zu tun. Der heißt auch Dani, also Daniel, ich bin das nicht.«

»Daniel Hessler«, murmelte Niklas. Elf blonde Strähnen hatte er gezählt, als er den Jungen fragte: »Wann und wo haben Sie ihn zuletzt gesehen?«

»Keine Ahnung. Hier?« Daniel Schmidt, der andere, der es nicht war, deutete auf das Haus, das zwischen den erleuchteten Bungalows im Dunkeln lag. »Beim Rossmann macht er paar Extras.«

Niklas sah hin, drehte sich weg und guckte erneut. Potofski stritt lauthals mit den Bewohnern, von denen einer ihm gerade erklärte, dass der Staat eine Unterklasse ernähre, die zur Wirtschaft nichts beitrage, sondern die Sozialhilfe in die Wirtschaft trage. Potofski konnte mit dieser Formulierung nichts anfangen und benutzte Kraftausdrücke, was doch recht peinlich war.

»Welche Extras?«, fragte er den Jungen.

»Putzt sein Auto, fährt ihn manchmal. Aber er ist halt ein Kollege, der läuft mit Streife und so. Hier oder in den anderen Straßen, wo sie wohnen. Der Rossmann hat aber ein unehrliches Kind, der braucht Helfer.«

»Inwiefern unehrlich?«, fragte Niklas.

»Na, der hat die Frau nicht fürs Kind, der muss alles alleine –«

»Unehelich«, sagte Niklas.

»Ist aber meistens auf dem Internat.« Der Junge schüttelte den Kopf. »Was wollen Sie denn noch alles wissen? Der Hessler fährt das Kind auch hin und her, vom Internat nach Hause und zurück, die Anzahl der Kilometer hab ich jetzt aber nicht parat. Ist vierzehn, fuffzehn, ein Mädchen. Was ist mit dem Hessler, was wollen Sie von dem?«

Gucken, ob er noch lebt. Niklas steckte sein Notizbuch weg. Jetzt hatte er endlich einen Namen. Am liebsten wollte er sich in einen dieser Bungalows hier zurückziehen und seinen Schlaf bewachen lassen.

11

Anna wollte sie vor sich hinflüstern, die Namen der Stille, Totenstille, Grabesstille. Kleine Kältewellen krochen an ihrem Körper entlang und machten die Fingerspitzen taub. Gab es doch einmal ein Geräusch im Flur der Kanzlei, klang es dumpf wie Erdklumpen, die auf Särge fielen.

Da saß Herr Kolb und sah sie traurig an. Sie hatte hier einen Schriftsatz vom Gericht, den sie ihm seit einer Stunde zu erklären versuchte, aber er war zu bedrückt, um sich zu konzentrieren. Es gab lange Pausen. Herr Kolb war ein wichtiger Mann, er leitete ein Unternehmen. Er war auch im Grunde ein fröhlicher Mensch, aber wie sollte er fröhlich sein in dieser Situation? Viele Mandanten hatten abgesagt, weil ihnen das Ganze unangenehm war, und auch Herr Kolb war in keiner guten Verfassung. Zuerst war er Ellens Mandant gewesen, weil sein Unternehmen sich mit einem anderen zusammengeschlossen hatte.

»Und dann«, erzählte er, »wegen meiner Scheidung, da habe ich Frau Rupp gefragt, und da sagte sie, hier fusionieren wir, scheiden lassen können Sie sich nebenan, ganz wie Sie wünschen. Da hat sie mich quasi zu Ihnen geschickt.« Er seufzte. »Sie war eine tolle Frau.«

Anna nickte.

»Das waren Radikale«, flüsterte Herr Kolb. »Globalisierungsgegner. Terroristen. Alles eins, radikale Tierschützer.«

»*Was?*« Anna starrte ihn an.

»Alles eins, sage ich. Radikale, die haben sie doch auf dem Gewissen. Die legen Brandsätze, das sind diese Leute. Freie Radikale, hab ich letztens gelesen, was die unter Freiheit verstehen –«

»Freie Radikale sind aber im Körper«, sagte Anna.

»Wie bitte?«

»Es sind Teile von Molekülen. Sie versetzen Gewebe sozusagen in Stress. Also innen. Biologisch.«

»Haben Sie denn jetzt keine Angst? Ich meine –« Er fuchtelte, hustete, errötete. »Sind ja welche auf den Geschmack gekommen, da hat's doch im Ostend gleich noch mal gebrannt.«

Angst, sagte er. Als Herr Kolb gegangen war, lehnte sie sich gegen die Tür. Angst vor der Stille. In ihrem Teil der Kanzlei konnte es laut werden, weil viele Menschen weinten, wenn sie ihr berichteten, warum sie sich von jenen trennen wollten, die sie einmal geliebt hatten. Manchmal wollte Anna ihnen dann erzählen, dass man schon durchhalten musste, so wie ihre Eltern gemeinsam durchgehalten hatten, oder sie könnte eine schöne Geschichte erzählen, ihre eigene, sie könnte sagen, manchmal wird auch alles gut. Wenn es Befreiung gibt, dann wird es gut, mein Mann hat mich aus meinem grauen Leben, aus dem Dreck geholt. Doch das würde sie nicht trösten. Das wäre auch recht ungeschickt, weil man als Familienanwältin nicht von der eigenen Ehe sprach.

Bei Ellen drüben wird nicht viel gejammert, weil Geld die Mandanten glücklich macht, da sind sie nur etwas ängstlich in ihrem Bemühen, das geraffte Glück auch zu behalten. Da reißt sich keiner vor Kummer die Haare vom Kopf, und Ellen muss auch nicht dauernd jemanden trösten.

Musste nicht. Vergangenheit. Vorbei. Anna gewöhnte sich nicht daran. Sie riss die Tür auf und sah eine der Sekretärinnen die Post sortieren. Alles verzögerte sich, war mit Ellens Tod aus dem Takt geraten, selbst die Luft schien bleiern und das Licht war fahl. Die Frau sah krank aus, aber Anna hatte sie schon am Morgen gefragt, ob etwas nicht stimmte, worauf sie verwundert sagte, es sei doch der Kummer.

»Das machen Sie bitte morgen zuerst.« Sie legte ihr drei Mappen hin. »Ich habe um elf einen Termin bei Gericht.«

Die Sekretärin nickte stumm.

»Sie können nach Hause gehen«, sagte Anna.

Wieder nickte sie, was sie vermutlich auch täte, würde Anna

sie eine Ziege nennen. Ellen hatte anders mit den Beschäftigten gesprochen, sie könnte jetzt nicht sagen, wie. Aber die Leute hatten ihr zugelächelt.

Als Anna ins Freie trat, fror sie noch immer. Die Häuserwände strahlten Kälte ab, die Menschen auch. Auf dem Lerchesberg war Geschrei zu hören, es kam aus der Nachbarschaft und passte nicht hierher. Das klang nach Gewalt, aber Gewalt war etwas, das unten war, im Dunkeln, an den Rändern des Lebens, nicht hier. Auch Florian war gerade nach Hause gekommen, er sagte, dass vor Rossmanns Haus Polizisten mit dem Wachdienst stritten und sprach von einem kleinen Kompetenzgerangel.

Die Wachleute also. Anna mochte sie nicht. Manchmal, wenn es spät war, konnte sie ihre Blicke spüren, ein Stechen im Rücken, als prüften sie, wie grau sie noch war. Sie trug jetzt teure Kleidung, ihre eigene. Früher hatte sie die alten Sachen ihrer Schwester Klara tragen müssen und sich vor den Blicken gefürchtet, dem Stechen im Rücken.

»Wachleute«, sagte sie.

»Ja und?« Florian nahm eine Flasche aus dem Kühlschrank und hielt sie sich gegen die Wange.

»Einmal ruft mein Vater an«, sagte sie. »Der hängt in einem Kaufhaus fest, die Wachleute lassen ihn nicht gehen. Kaffee hat er gestohlen, Sekt, weil er meint, dass wir auch mal Sekt trinken müssen, und die Mutter jammert über die Schande, sich auch noch dabei erwischen zu lassen.«

Florian drückte sich die kalte Flasche gegen die Stirn. Er sah an ihr vorbei, was sollte er sagen? Seine Frau war die Tochter eines Diebes. Das hatte sie auch Ellen erzählt, wie ihr Vater stahl. Auf einer Baustelle stiehlt er Material und wird entlassen, er verliert seine Jobs, weil er trödelt oder weil ihm Missgeschicke passieren oder weil sie ihn einfach nicht mehr brauchen. Die anderen waren früher da, die dürfen bleiben, er ist der Letzte gewesen, ist immer der Letzte, lebenslang, und zu Hause schreiben sie all ihre Wünsche ab. Aber die Wünsche wachsen immer nach.

»Mein Mutter ist ganz klein geworden.« Anna sah Florian an. »So klein und gebückt, ich glaube, die schrumpft in sich selbst hinein.«

Florian schlug die Kühlschranktür zu, so laut, dass alles darin klirrte. Er schob sich einen Finger in den Mund wie ein Kind. Dann biss er auf einem Nagel herum wie ein Kind mit schlimmen Gewohnheiten. Er sagte nichts. Ellen hatte auch nichts gesagt.

»Trink doch«, sagte sie. »Hast du Hunger?«

Wortlos verließ er die Küche.

»Bleib hier«, sagte sie, aber ihre Stimme war nicht laut genug, und sie merkte, wie sie dastand, die Hände zu Fäusten geballt. Am vergangenen Abend hatte sie die Visitenkarte dieses hinkenden Mannes gefunden, der ihr in die Kirche gefolgt war. Sie hatte sie in ihre Tasche geworfen und vergessen. Ein Friseur, so stand das zumindest auf der Karte, *Czerny. Friseur. Battonnstraße 38*. Ihre Schwester Klara schnitt der ganzen Familie die Haare, nur dem haarlosen Baby nicht. Das war ihr eingefallen, als sie die Karte wieder in der Hand hielt, Klara ist so geschickt, hatte sie Florian erzählt, dass man denken muss, sie hat das gelernt, da brauchten sie gar keinen Friseur. Aber Florian hatte nur den Kopf geschüttelt und das Zimmer verlassen, gestern hatte er das auch getan. Er mochte das nicht, dabei wollte sie ihm doch sagen, hör zu.

Florian hatte keine Geschwister. Er hatte immer ein eigenes Zimmer besessen. Er sah ihr schönes Haus auf dem Lerchesberg auch nicht mit ihren Augen, es war ein anderes Heimkommen bei ihm. Er kam nach Hause, setzte sich und streckte die Beine aus. Er sah nicht umher. Sie selber ging manchmal durch alle Zimmer, ließ keines aus und sagte sich dann, hier wohnst du und da wohnst du und in diesem Zimmer da drüben auch. Alles deins. Grüne Hecken vor dem Haus, nichts war grau, alles war hell.

Lange Jahre war sie grau gewesen. Anna Kohler. Vier Kinder, Sven und Lars, Klara und Anna. Kaum Geld, der Lieblingssatz ihrer Mutter lautet: *Schmink dir das ab*. Aber sie will Anwältin werden und die graue Haut abstreifen, das ist das Einzige, was sie sich nicht abschminkt, weil sie es als Anwältin allen zeigen kann. Das Baby, Lars, ist dauernd krank, ist schon krank auf die Welt gekommen und braucht Medizin. Die Mutter sagt, er hat was mit der Haut. Kann sich noch nicht kratzen, ist zu klein dazu.

Sechs Menschen in vier Zimmern, alle fahl vom kleinen Leben. Die Mutter verbietet ihr das Lachen, sie sagt, der Lars ist endlich eingeschlafen, halt den Mund. Es ist zu eng, man hört das Lachen, das aus der kleinen Küche kommt, in allen grauen Zimmern. Nachher kommt sie, um sich zu entschuldigen, sie sagt, der Lars hat sich das erste Mal gekratzt, jetzt hat er's raus und alles ist voll Blut. Lars ist das Nesthäkchen, die Mutter nennt ihn den Spätzügler und sagt, sie hat nicht aufgepasst.

Und wie der immer fror. Anna hatte Ellen erzählt, wie er fror. So klein und immer gezittert, Lars friert schon als Baby, egal, in wie viel Decken er liegt. Muss mit der kranken Haut zu tun haben, sie wickeln ihn immer fester ein. Für seine Haut geht manchmal alles Geld in einem Monat drauf, für seine Tropfen, Spritzen und Salben.

Ellen sagte, du kannst nicht in der Vergangenheit leben.

Nein, natürlich nicht, hatte sie geantwortet, du machst das doch, du kramst das alles doch hervor.

Anna ging in den Flur. Sie hörte Florians Stimme nicht. Manchmal telefonierte er ja noch mit seiner Firma, um Dinge für den nächsten Tag zu regeln. Dass dich etwas zerreißen kann, wollte sie ihm sagen, dass etwas, an das du nicht mehr denken willst, dir die Luft nimmt, wenn du es trotzdem denkst, das ist mühsam, kennst du das auch? Hör mir doch zu. Dass ihr Bruder Lars, den sie immer den Kleinen nennen, dass er nicht begreifen wird, was Sterben ist, das hatte sie doch jahrelang nicht mehr gedacht. Aber Florian ging weg, wenn sie das sagte, und manchmal schrie er sie an.

Oder Ellen. An diesem Abend. An ihrem Schreibtisch in der

Kanzlei. Ellen ruft nach ihr, es ist dunkel, kein Licht brennt, das Licht kommt von draußen herein. Es ist spät, sie sind allein, Ellen hat nicht mehr lange zu leben. Sie drückt sich die Fingerspitzen auf die Augen, als wäre auch das noch zu viel, das schwache Licht von draußen. Sie sagt, es holt dich ein, Anna, immer, das ist immer so. Ihre Stimme klingt dumpf und schwankend. Es ist eigentlich nicht ihre Stimme, es ist gar nicht Ellen, sie ist in jenem Moment ein ganz anderer Mensch. Komisch, Anna hatte das auch gedacht, als sie Ellen telefonieren hörte, mit ihrem Geliebten, ihrer Flamme, oder wie sollte man den nennen? Nein, nicht Flamme, das nicht. Dani, Süßer. Nicht so von oben herab, wie sonst. Anna hatte das anzüglich gefunden, die Tür stand offen, und Ellen hatte Süßer gesagt, Dani, Süßer, und ein paar anstößige Worte dazu. Aber an diesem Abend, als kein Licht brennt, ist es wieder anders. Ellen steht auf und kommt auf sie zu, und das Licht von draußen scheint zu zittern, ein sterbendes Licht. Irgendwann, es wird Nacht, fängt sie an, ihren Namen zu nennen, immer wieder, immer lauter, *Anna, Anna, Anna.*

Licht in Florians Zimmer. Er hatte Arbeit mitgebracht, er las. Sie wollte ihn in die Arme nehmen, was er nicht mochte, sie wollte mit ihm über Ellen reden, aber das machte ihn verrückt. Florian schlief nicht mehr seit Ellens Tod, er hatte Angst vor den Träumen.

12

Blume glaubte Flammen zu sehen. Wo er ging und stand, schossen sie empor. Ihr sterbt, murmelte er. *Ihr sterbt.*

Nach dem zweiten Brand, weil es ihm einfach nicht aus dem Kopf ging, marschierte er in die Howaldtstraße, um zu gucken, ob es tatsächlich so war, wie Ellen gesagt hatte. Und ja, es passte. Fast konnte er ihre Stimme hören, als sie ihn damals im Café Laumer befragt hatte, *kennst du einen Brecht, hast du den mit Langenau gesehen, kennst du eine Howaldtstraße?* Auf dem unbeschädigten Briefkasten las er ganz unten seinen Namen, M. Brecht. Alle Namen standen da noch, die der Lebenden und die der Toten auch. Was hatte sie gewollt? Warum hatte sie es nicht gesagt?

Leute aus den umliegenden Straßen waren gekommen, die dasselbe taten wie er, sie guckten sich die schmutzige Ruine an. Ängstliche Gesichter. Der aus dem Erdgeschoss war der einzige echt Verbrannte, flüsterten sie, die anderen waren nämlich bloß am Rauch erstickt. Sie sagten, es ginge nicht mit rechten Dingen zu und dass dieses Feuer wohl die Rache für die Rupp-Geschichte war, Auge um Auge, Brand um Brand, bis ein letztes, großes Feuer kam.

Sie sagten, sie würden Fenster und Türen schließen, um den Feuerteufel auszusperren, und dann warnten sie einander, lasst ihn nicht rein. Öffnet nicht, wenn es klingelt, es hilft euch ja keiner.

Abends suchte er Langenau. Blume lief mit dem Hund durch seine Kneipen, doch niemand hatte Langenau gesehen, und Stunden später, als er an der Endstation der Straßenbahn wartete, murmelte er die Worte wieder vor sich hin, *ihr sterbt.* Sie hockten auf einem Mauervorsprung im Schein einer Lampe, Blume und der Hund, und sobald sich eine Bahn heranquälte, hoben sie die Köpfe. Dann sah man Funken auf den Gleisen, und der Wind wirbelte Staub durch die Luft.

Was kann euch Angst noch rühren?

Die Bahn musste eine Schleife fahren, um die Station zu erreichen, dabei quietschten die Räder auf den Gleisen und brachten Blume aus dem Konzept. Der Hund wackelte mit den Ohren. An Blumes halblautes Gemurmel hatte Chef sich gewöhnt, denn er stupste ihn nicht mehr ständig mit seiner feuchten Schnauze an, aber Blume gewöhnte sich nicht an die Worte, die er las. Dabei hatte er sie selbst aufgeschrieben, aber das war es ja, nie zuvor hatte er so etwas notiert. Es waren jene Zeilen, die Ellen ihm bei ihrer letzten Begegnung im Café Laumer mit ihrer seltsamen Nebelstimme vorgetragen hatte, als sie ziemlich fertig war, so müde, und gesagt hatte, die Sache Langenau sei für ihn erledigt.

Was kann euch Angst noch rühren?
Ihr sterbt mit allen Tieren.

Erledigt. Auf seiner Liste stand noch ein Blaumacher, den er für seinen Vorgesetzten belauern musste, der nicht sicher war, ob sein Angestellter wirklich Rückenschmerzen hatte oder sich nur auf seine Kosten einen schönen Lenz machte. Das war der Geschäftsbereich Mitarbeiter-Krankenstandsüberwachung, mehr war gerade nicht. Einen schönen Lenz wollte Blume sich auch einmal machen, aber er hatte Kosten. Es ließ sich auch nicht überall sparen. Ellen hatte gut gezahlt, er hatte sich auf sie verlassen können.

Was kann euch Angst noch rühren?
Ihr sterbt mit allen Tieren
Und es kommt nichts nachher.

Nein. Blume klappte sein Notizbuch zu. Brecht, Bertolt. Etwas schwierig. So tot wie der andere Brecht, aber anders gestorben, oder? Vor vielen Jahren schon verstorben, aber nicht verbrannt. Warum hatte Ellen wissen wollen, ob er den anderen Brecht mit Langenau gesehen hatte? So eine harmlose, kleine Angelegenheit, die mit einem Jörg Langenau begonnen hatte, der abends in den Kneipen Geschichten erzählte, immer neue, immer wüstere Geschichten über diesen Unternehmensberater Florian Westheim, für den sich niemand interessierte außer Langenau selbst. Der nimmt euch die Jobs weg, grölt er, der hinterzieht Steuern, beklaut euch, misshandelt seine Frau, bringt Leute um die Ecke und lacht sich kaputt. Will keiner hören. Glaubt auch keiner, seine mit ihm trinkenden Kumpels drehen sich bloß weg. »Lass mal«, sagen sie, »ist doch normal.«

Was hatte der Langenau mit dem Brecht zu tun? Dem anderen, dem verbrannten.

Klamme Kälte. Blume pustete sich die Fingerspitzen warm, während sein Hund versuchte, einzuschlafen. Die letzte Straßenbahn entließ zwei Frauen, die sich untergehakt auf den Heimweg machten. Sieh mal. Sie flüsterten miteinander und lachten laut. Warfen die Köpfe zurück und schoben die Hüften nach vorn, alles im Gleichklang, wie Synchronschwimmerinnen.

Aber sie war auch drin gewesen. Endlich sah er sie aussteigen, die kleine Frau Langenau in ihrem viel zu weiten Mantel. Manchmal kamen sie zusammen hier an, dann schob sie ihn vorwärts, weil er schwankte und lallte, ihr trauriger Mann.

Blume folgte ihr. Mit Chef an der Leine sah er zu, wie ihre kleinen Füße auf den Boden hämmerten, schnell und immer im Takt, *ihr sterbt, ihr sterbt, ihr sterbt.* Vor der leuchtenden Auslage eines Ladens sprach er sie an; sie fuhr herum und zog die Hände aus den Manteltaschen.

Blume hielt ihr seinen gefälschten Polizeiausweis unter die Nase. »Sie müssen keine Angst haben.«

»Hab ich auch nicht.« Demonstrativ kam sie einen Schritt näher, hielt eine Spraydose in der Hand. Wenn sie durchdrehte, nebelte sie alle mit Tränengas ein, ihn und den Hund, und weil es windig war, woran sie sicher nicht dachte, auch sich selbst.

Höflich sein. »Frau Langenau, entschuldigen Sie die Störung, ich suche Ihren Mann.«

Sie sagte nur: »Den kriegen Sie nicht«, fragte noch nicht einmal, woher er ihren Namen kannte.

»Ich will ihn etwas fragen«, sagte Blume. »Es geht um einen, den er vielleicht gekannt hat, einen Mann namens Brecht. Kennen Sie den auch?«

»Sie kriegen Ihr Geld nicht.« Eine Puppe war sie, neigte den Kopf und sprach ihren Text. »Mein Mann ist verreist, Sie kriegen gar nichts. Er hat Sachen gepackt und ist gefahren, er hat mir noch einen Zettel dagelassen, dass es dauern kann.«

Blume verstellte ihr den Weg. Sie roch nach Pfefferminz. »Wohin ist er gefahren?«

»Mir sagt er nichts.« Ein böser Blick, als trug er die Schuld. »Ich bin die Einzige, die arbeitet, ich kann dreimal die Woche kellnern, aber er verdient ja nichts mehr, weil er nämlich arbeitslos ist. Und die Schulden, glauben Sie bloß nicht, wir könnten das aus dem Ärmel schütteln, Sie sind ja nicht der Einzige, der sein Geld haben will. Er hat das ganze Girokonto abgeräumt und ist weg, und jetzt sagen Sie mir mal, wie ich die Miete zahlen soll? Sie kriegen Ihr Geld nicht, Sie kriegen gar nichts.« Als sie mit der Spraydose auf ihn zielte, schlug er ihr von unten gegen das Handgelenk. Sie ließ die Dose fallen, stand da und keuchte. Dann kam ihr Blick von weit her.

»Kennen Sie einen Florian Westheim?«, fragte Blume.

»Dem gibt er doch die Schuld.« Sie fing an zu lachen, war aber aus der Übung damit, es klang wie Husten. »Es war der Westheim, der Jörgs Chef gesagt hat, er muss zehn Prozent der leistungsschwachen Mitarbeiter entlassen, um Kosten zu sparen, da war der Jörg halt dabei.«

»Hat er vom Westheim eine Anzeige gekriegt?«, fragte Blume. »Wegen übler Nachrede vielleicht?«

»Mir sagt er doch nichts.« Frau Langenau riss sich eine Haarsträhne aus, einfach so. Wohl eine Angewohnheit, wie Nägelkauen. »Ich weiß nicht, was diese Frau ihm erzählt hat, als sie da war, aber wenn Sie mich fragen: der Jörg hat nur einen Grund gesucht, sich abzusetzen. Miete, Kleidung, Lebensmittel, Schulden, das will ja alles bezahlt werden, da lässt er mich lieber hängen, der Herr.«

»Sie war da?« Blume guckte den Hund an. Siehst du? Sie hatte was vor. Hatte ihn nicht einweihen wollen, diesmal nicht. Schräg fiel das Schaufensterlicht auf Frau Langenaus Gesicht und machte es netter. Brachte Glanz in ihre Augen, als würde sie träumen. So viele kleine Dinge im Schaufenster, so klein, so teuer, die lösten die Träume aus. In Ellens Wohnung waren viele von solchen kleinen Dingen gewesen, das weiße Kästchen zum Musikhören, das sie vom Bett fegt, als er das erste Mal bei ihr ist, das erste und einzige Mal in ihrem Schlafzimmer. Es hat sich gelohnt; ob er Geld braucht, will sie wissen, da liegt sie noch halb über ihm und beantwortet ihre Frage gleich selbst, klar brauchst du Geld, pass auf, ich habe mir gerade was überlegt.

Gerade? Er berührt ihre Schultern und meint sich zu verhören.

Ich mache immer zwei Sachen auf einmal, sagt sie. Du kannst für mich arbeiten, Recherche, Ermittlung, aber dann ist hier Schluss mit lustig. Magst du? Sie guckt ihm von oben ins Gesicht. Kann ich mich auf dich verlassen?

Und dann ging sie hin und machte es alleine.

»Sie ist zu Ihrem Mann gekommen?« Noch immer hielt Blume den Blick auf Frau Langenau gerichtet. »Westheims Anwältin?« Er fragte, obwohl er es jetzt wusste.

»Die lassen sich ja gegenseitig nicht hängen«, sagte Frau Langenau. »Diese Herrschaften nicht.«

»Frau Rupp«, murmelte Blume. »Die jetzt tot ist.«

»Ja, komisch.« Die kleine Frau Langenau fing wieder an zu lachen, aber diesmal klang es echt. »Und jetzt meinen Sie, der Jörg hätte die umgebracht? Fangen Sie bloß nicht an, frech zu werden. Ich hab sie noch weggehen sehen, in der Küche haben sie gesessen, ich war ja mal wieder unerwünscht. Da war er etwas kleinlaut, der Herr.«

Blume fragte: »Weswegen ist sie gekommen?«

»Wegen dem Brief wohl. Er hat ihr geschrieben, hat mir den Brief noch mitgegeben, zum Einwerfen. Wird wohl wieder was gewesen sein, ich habe ihm tausendmal gesagt, du kriegst noch Ärger. Ans Fernsehen hat er auch schon geschrieben, weil ihm das Programm nicht gefiel.«

Hörst du? Blume guckte zum Hund runter. Westheim sagte, Ellen wollte Langenau in einem Brief mit rechtlichen Schritten drohen, wegen dem Rufmord an ihm. Und das hat sie gemacht, wohl ohne Westheim Bescheid zu sagen. Und dann hat Langenau geantwortet. Ellen fragt: *Kennst du einen Brecht*, weil Langenau den Namen wohl erwähnt hat. Warum, was war so schlimm mit diesem Namen, diesem Kerl, dass sie ihn, Blume, nein, Leo, auf den sie sich doch verlassen konnte, nicht weiter recherchieren lassen wollte? Dass sie den Langenau selber besuchte, der es wohl wusste?

»Brecht.« Blume murmelte den Namen vor sich hin. »Ihr Mann hat ihr von ihm geschrieben. Oder erzählt. Kennen Sie den Namen denn nicht?«

»Nein, wieso? Und woher soll ich wissen, was er ihr erzählt oder geschrieben hat?« Kopfschüttelnd sah sie ihn an. »Glauben Sie, wir sind so dicke?«

»Seit wann ist Ihr Mann weg?«

»Seit drei Tagen. Und von mir kriegen Sie kein Geld.«

»Als er es in der Zeitung gelesen hat«, murmelte Blume, »da ist er weg. Oder er hat es vielleicht im Radio gehört. Ich hab's ja auch im Radio gehört.«

»Was?«

»Das mit dem zweiten Brand. In der Howaldtstraße. Erst hat es bei Frau Rupp gebrannt und dann in der Howaldtstraße.«

»Ja und?«, fragte Frau Langenau. »Ist er das auch gewesen? Und die Terroranschläge und das Erdbeben, das ist der Jörg auch gewesen, ja?«

Als er ging, stand sie immer noch vor dem Schaufenster. Da hatte sie zwei Finger auf die Scheibe gelegt, vielleicht um zu malen. Vielleicht um ein Herz zu malen, aus der Erinnerung.

13

Niklas wartete in aller Frühe vor Westheims Haus, weil es ihm keine Ruhe ließ, das mit dem Westheim und dem Brecht. Westheim war schließlich ziemlich bleich geworden, als er Brechts Foto sah. Bloß nichts übersehen, nachher stand man sonst da. Dann rückten sie an, vom Soko-Leiter bis zum Polizeipräsidenten in so einem Fall, und wollten wissen, wieso ihm da etwas entgangen war.

Lerchesbergring, sehr still, der Botox-Doktor Rossmann wohnte auch nicht weit. Im Autoradio erzählten sie vom Wassertreten. »Mehrere Monate lang«, berichtete die Reporterin, »wurden Patienten mit chronischer Bronchitis mit der Kneipp-Methode behandelt.« Interessant. Niklas hatte noch keine Bronchitis, könnte aber jederzeit eine bekommen, die dann schnell chronisch wurde. *Kneipp-Methode*, notierte er, *bei chronischer Bronchitis.* Als er das Radio ausschaltete, fiel ihm ein, dass er gar nicht auf das Ergebnis geachtet hatte – war diese Methode bei chronischer Bronchitis überhaupt wirksam gewesen? Dass er so ein Problem aber auch überhaupt zu bedenken hatte.

Potofski wartete im Präsidium auf ihn, um der anonymen Brandleiche nachzuspüren, die vielleicht Daniel Hessler hieß, aber Florian Westheim ließ ihm gerade keine Ruhe. Niklas ging ihm entgegen, als er mit seiner schicken Frau das Haus verließ. Die grüßte wenigstens, während Westheim ihn wie einen Penner anstarrte, der ihn um Geld anging.

»Es geht noch einmal um den Herrn Brecht«, fing Niklas an, als er Westheim auch schon nicken sah. Ja, da hatte er sich seltsam benommen, ja, ja. In der Tat war es ein Schreck gewesen, sein Bild zu sehen, und inzwischen war ihm auch klar geworden, warum, es war die Ähnlichkeit mit Ellens geschiedenem Mann. Westheim holte ein Foto aus seiner Brieftasche, sehen Sie?

Beide waren dunkelhaarig, Brecht und der Ex von Ellen Rupp, ein Stefan Rinn, wie Westheim erklärte, Jazztrompeter, Komponist. Niklas unterdrückte den Wunsch, Westheim zu fragen, ob sie etwa während ihrer Ehe einen Doppelnamen getragen hatte.

»Viel Ähnlichkeit erkenne ich da nicht«, sagte er. Auf dem Foto saßen sie zu dritt an einem Tisch, Westheim, die Rupp und ihr Verflossener. Sie saß in der Mitte und hielt beide Männer umfasst.

Anna Westheim sagte anklagend: »Er hat sie betrogen.«

Westheim, als hätte er niemandem richtig zugehört, murmelte plötzlich: »Ich werde damit nicht fertig. Mit Ellens Tod.«

Seine Frau nahm seinen Arm und sagte sachlich: »Er schläft kaum.«

Was sollte man da sagen, *das gibt sich*? Nachher gab es sich nicht.

Westheim riss sich los. »Wir haben ja noch telefoniert. Zwei Tage vorher habe ich sie noch angerufen, das nimmt man jetzt mit für alle Zeit.« Er schüttelte den Kopf. »Sie hatte zu tun, konnte sich kaum konzentrieren, ihre letzten Worte waren: Ich hab keine Zeit.«

Niklas sah an dem Haus hoch, in dem die Westheims wohnten, alles hübsch verziert, alles roch nach Geld. Er fragte, ob sie sich bewachen ließen, wie beispielsweise Dr. Rossmann.

Westheim nickte. »Nachts gucken welche. Das ist schon beruhigend.«

»Sie wissen, dass die meisten Einbrüche tagsüber passieren?«

»Es ist trotzdem beruhigend«, sagte Westheim wie ein trotziges Kind. »Die Zeiten sind nicht gerade angenehm für Menschen, die etwas leisten.« Über Niklas hinwegsehend, was er meistens tat, murmelte er etwas von dem bitteren Lohn, der das nun war, der Lohn für Ellens Arbeit, ein Attentat, ein unvorstellbarer Tod.

»Und was hat sie alles geleistet.« Er starrte vor sich hin. »Die Kanzlei mit links geführt –« Er stockte, dann fügte er, mit dem Kopf auf seine Frau deutend, hinzu: »Mit ihr natürlich.«

»Natürlich«, sagte Niklas.

»Und dann setzt sie sich in ihrer Freizeit für die Belange freier Bürger ein«, fuhr Westheim fort. »Das hat sie doch in ihrer Freizeit gemacht, die Arbeit im Stadtparlament.«

Niklas wollte ihn ein wenig provozieren, weil die Leute dann schon mal ausfallend wurden und ins Schwatzen kamen. »In einem Zeitungskommentar habe ich gelesen –« er tat, als müsste er sich die Worte erst ins Gedächtnis rufen, dabei kannte er sie auswendig, weil seine Frau sie ihm dreimal vorgelesen hatte – »da stand, dass die Stadtverordnete Ellen Rupp nur Politik für ihre Klienten gemacht hat. Die Forderung nach Fußfesseln und nach härterem Durchgreifen, dann diese Bürgerinitiative, das diente alles nur einem einzigen Ziel, nämlich die Gewinner vor den Verlierern zu schützen. Das war ihre Politik, stand da.« Er fand das blödsinnig, aber das sagte er jetzt nicht.

»So, so«, sagte Westheim. »Das stand da. Dass man sich in diesem Land noch immer für seine Leistungen rechtfertigen muss, das stand da auch?« Er schnaufte vor Verachtung und sagte dann ganz ruhig: »Ellen hat Gewalt verabscheut, nachgerade körperlich verabscheut. Das war schon immer so.«

Niklas hob die Schultern. In die Stille hinein sagte Anna Westheim: »Es heißt Mandanten, nicht Klienten. Wenn Ihre Zeitungsschreiber noch nicht einmal das auseinanderhalten können –«

»Es sind nicht *meine* Zeitungsschreiber. Ich muss halt alles lesen.« Niklas lächelte sie an. »Sie sind auch in dieser Bürgerinitiative?«

Westheim antwortete anstelle seiner Frau. »Ja klar.«

»Und kennen Leute von diesem Sicherheitsdienst?«

»Wir sehen sie da stehen«, sagte Westheim. »Kennen ist was anderes.«

»Daniel Hessler?« Niklas warf ihm den Namen einfach hin.

Westheim schüttelte den Kopf, seine Frau fragte: »Ist das der, mit dem Ellen telefoniert hat? Dani?«

»Vielleicht.«

Sie senkte den Kopf. »Ich hab das doch gehört, es war Zufall, weil ja die Tür offenstand, aber ich glaube, sie war in ihn verliebt.«

»Das soll vorkommen«, sagte Westheim zu laut.

»Ich meine nur.« Erneut legte sie ihre Hand auf seinen Arm und flüsterte, es war der Ton. Wie Ellen seinen Namen nannte, in so einem sehnsüchtigen Ton, der kaum zu ihr passte, Dani, Süßer.

Für Ellen Rupps Besucher fühlte Niklas sich persönlich verantwortlich, weil dieser immer noch Namenlose, süß oder nicht, im Alter seiner Tochter war. Potofski, den er im Präsidium abholte, versuchte aus reinem Stolz alles im Kopf zu behalten, doch Niklas hatte sich jedes Detail notiert. Rupps Verschönerungsarzt, der ihr das Botox in die Augenfältchen spritzte, war Dr. Rossmann. Die angezündeten Menschen waren mittels Nitrazepam ruhiggestellt worden, das zu den Stoffen gehörte, die Dr. Rossmann als Neurologe verschrieb. Aufregend war das nicht unbedingt, aber festhalten sollte man es schon. Der Doktor, der auf einem Ärztekongress weilte, ließ einen Sicherheitsdienst mit Namen Securum in seinem Wohnviertel aufmarschieren. Der junge Kerl vom Sicherheitsdienst, dessen Ausweis Niklas vor Rossmanns Haus kontrolliert hatte, hatte mit dem Namen eines Kollegen aufgewartet, Daniel Hessler, der sowohl die Rupp näher gekannt haben sollte als auch für Dr. Rossmann den Autowäscher und Chauffeur spielte, wenn er nicht gerade sein Haus bewachte.

Sie besuchten den Securum-Boss, einen redseligen Mann namens Heiner Franke, der berichtete, dass Daniel Hessler ein Mitarbeiter auf Abruf war. Wollte sich neu orientieren, der Junge, wofür er Verständnis hatte, denn Hessler war nicht doof, der wollte mehr.

Franke führte sein Unternehmen vom häuslichen Arbeitszimmer aus. Es nahm den oberen Stock eines Einfamilienhauses ein, und wie es aussah, war Heiner Franke ein junger Mann mit sehr viel Geld. Zwei kleine Töchter spielten zu seinen Füßen, als er erzählte, wie er sich vom arbeitslosen Akademiker zum Firmeninhaber gemausert hatte, dank Eigeninitiative und Mut. Mitten in diese Schilderung einer persönlichen Erfolgsgeschichte hinein bellte der Kollege Potofski, vor Franke hin- und hertippelnd, als plage ihn ein dringendes Bedürfnis: »Wieso nennen Sie das Securum? Was ist das wieder für ein Quatsch?«

»Das ist Lateinisch«, erklärte Franke. »Securum bedeutet, ohne

Sorge zu sein. Wir sorgen dafür, dass sie ein paar Sorgen weniger haben.«

»Wer?«, fragte Niklas, der fand, dass Securum sich eher nach der Gummizelle in einer psychiatrischen Klinik anhörte, wo sie toben durften, bis der Arzt kam. Aber Ärzte waren ja auch dabei; die Bürgerinitiative *Sichere Stadt*, führte Franke aus, bestand aus Ärzten, Managern, Anwälten, Unternehmern, also Angehörigen der Ober- und Mittelschicht, die ihren Lebensstil auch manifestierten. Das ging aber nun einher mit einem Bedürfnis nach Sicherheit, das die öffentliche Hand nicht befriedigen könne.

»Dummschwatz«, sagte Potofski, was Franke nicht im mindesten interessierte. Franke führte aus, Franke hielt eine kleine Vorlesung, heiter aus dem Handgelenk, Franke dozierte und spuckte ein Wort aus, Segregation.

Niklas seufzte. Ute, seine liebe Frau, würde wohl wissen, was es bedeutete.

»Entmischung.« Franke lächelte. »Diese Leute möchten mit ihresgleichen zusammenleben. Die Segregation in den Städten ist Realität, diese Leute wünschen keine gemischten Milieus, wie träumende Städteplaner sich das immer so vorstellen. Sie gehen sogar noch einen Schritt weiter, denn sie möchten in geschützten Bereichen leben, denen sich nicht jeder nähern darf. Um es platt zu formulieren« – Franke verzog das Gesicht, es fiel ihm sichtlich schwer, platt zu formulieren – »Arme zu Armen, Reiche zu Reichen. Nichts anderes stellt meine Firma sicher.«

»Und mit welchen Kräften?«, höhnte Potofski. »Mit Proleten, die gleich zuschlagen, wenn jemand sich den Zuckerwattehäuschen nähert. Da hat Ihre Elite den Pöbel ja doch wieder vor der Haustür.«

Auch davon ließ sich Franke nicht beeindrucken. »Warum assoziieren Sie Gewalt, wenn Sie das Wort Prolet aussprechen?«, fragte er den rot anlaufenden Potofski. »Übrigens dulde ich keine unnötige Gewalt. Jeder Fahrscheinkontrolleur hat einen fieseren Charakter als alle meine Mitarbeiter zusammen.«

»Wer hat Sie engagiert«, fragte Niklas. »Frau Rupp selbst?«

Franke nickte und sagte lächelnd zu Potofski: »Sie sagte, wenn ich Glatzen sehe, sind Sie draußen.«

Potofski trat so nahe an Franke heran, dass Niklas Schlimmes befürchtete. »Wo«, fragte er, »ist Ihre Schutzstaffel denn gewesen, als Ellen Rupp in Flammen aufging?«

»Frau Rupp war die Vorsitzende der *Sicheren Stadt*, sie war ihre Stimme, ihr Gesicht.« Eine Spur Entsetzen mischte sich in Frankes Blick. »Leider bedeutete das nicht, dass sie alle Theorie in die Praxis umgesetzt hat.«

»Heißt?«, fragte Potofski.

»Sie hat sich nicht schützen lassen wollen.« Franke bekam so große Augen wie ein Kind, das staunt. »Sie wollte, wie sie es formulierte, keine herumlungernden Gestalten, die womöglich darauf achten, mit wem sie kommt und geht. Man könnte es auch anders formulieren: sie fühlte sich unverwundbar.«

»Dann hatte sie keinen privaten Bodyguard?«, fragte Niklas.

Franke verstand nicht recht.

»Daniel Hessler.«

»Was wollen Sie?«, murmelte Franke. »Wenn Sie darauf abzielen, dass da etwas Privates ist – also, war, dann war es eben privat.«

Niklas zückte sein Notizbuch. »Wann haben Sie Hessler zuletzt gesehen oder gesprochen?«

Franke starrte ihn an und schien zu begreifen. »Das ist wohl einen Monat her, weil er doch, wie ich sagte, etwas Neues –« Er wühlte in Papieren, hatte ja alles irgendwo hieb- und stichfest. Seine Hände wurden flatterig. Daniel Hessler hatte als Mitarbeiter von Securum keine ungewöhnlichen Aufgaben übernommen, Hessler war aber, und das wollte er festhalten, ein durchaus ungewöhnlicher Mensch, belesen, fröhlich und sensibel.

»Um Himmels willen«, murmelte er. »Das kann nicht sein.«

»Kennen Sie einen Brecht?«, fragte Potofski.

Franke nickte flüchtig. »Ich bin schon im Theater gewesen.«

»Ich meine den anderen.« Während Potofski seine Taschen nach dem Foto von Michael Brecht durchsuchte, wies Franke ihn zurecht, es gäbe bloß den einen. Da müsse er etwas verwechseln, was ja passieren konnte, manche Leute verwechselten dauernd irgendwen mit jemand anderem.

14

Blume stand am Fenster und malte sich alles aus. Von der Howaldtstraße, der Adresse von Brecht, war es nicht weit bis zur Hanauer Landstraße und zu Westheims Büro. Man konnte zu Fuß gehen, man konnte die ganze Stadt zu Fuß durchqueren und hatte nur einen Spaziergang gemacht.

Nach zwei Stunden Schlaf guckte er auf den Hinterhof. Viel zu früh. Nichts zu sehen, nur der Baum. Nichts im Kopf und alles. Der Hund soff zwei Näpfe Wasser leer, er selber spürte nichts, keinen Durst, keinen Hunger, keine Müdigkeit. So viele Rätsel.

Wie lange brauchte einer wie Westheim für den Weg? Blume hatte in seinem Büro gewartet, bei dieser dämlichen Sekretärin, und Westheim war von draußen hereingekommen, ziemlich atemlos. Der Verkehr war zusammengebrochen, es war der Abend gewesen, als es in der Howaldtstraße gebrannt hatte.

Vor dem Fenster schwarze Äste, wie Knüppel. Blume kannte den Namen des Baumes nicht, er kannte überhaupt keine Namen von Bäumen. Er hatte eine Frau gekannt, die so etwas wusste. Dafür kannte er Formel-1-Fahrer und alle bedeutenden Boxer, was diese Frau aber albern fand. Dauernd waren sie aneinandergeraten.

Mendez. Der Boxer. Jetzt fiel es ihm wieder ein, und weil der Hund nun einmal neben ihm stand, sagte er laut: »Das war Mendez.«

Ellen hatte einen Zeitungsausschnitt dabei, als sie sich im Café Laumer zum letzten Mal trafen. Hatte er ja vorher nicht gewusst, dass es das letzte Mal war. Wüsste man es vorher, würde man vielleicht nicht kommen. Sie wirft ihn neben sich, er kann nur einen Teil sehen, und es ist ein Bild des Boxers Mendez drauf. Guter Boxer, Kubaner. Laufend fiel ihm etwas ein, wofür es keine Schublade gab. Sie hatte sich doch nicht für Boxer interessiert.

Ellen war nie in seiner Wohnung gewesen, aber an diesem Baum da unten im Hinterhof hatte er sie kennengelernt. Sie stand herum und guckte nach den Häusern. Der Hund hatte sich zu ihr hingezogen gefühlt, Blume selber nicht. Er hatte sich abseits gehalten und gemeint, dass sie auf jemanden warte. Es war interessant gewesen, zu gucken, ob es vielleicht der Friseur war, weil der laufend von den Superfrauen faselte, die er einfach nicht in seinen Laden kriegte. Blume stand herum und wollte es wissen, als sie auf ihn zugeschlendert kam. Sie fragt ihn über die Gegend aus, gibt es Randale, gibt es Drogendeals hier in den Ecken? Er wisse schon, das ganze Programm, sind die Leute hier arbeitslos? Sie reden eine Weile, bis er ihr eine Zigarette anbietet, doch sie schüttelt nur wortlos den Kopf. Rauchen Sie nicht, fragt er, oder möchten Sie keine aus einem Päckchen nehmen, das ich angefasst habe? Ich wohne ja hier. Da steht ihr der Mund offen, und sie guckt ihn eine Weile an, bis sie ruhig sagt: Ich rauche nicht, und Sie gefallen mir, okay?

Später fragt er sie, was sie da draußen eigentlich gewollt hat. Nichts, sagt sie, meine Mandanten wollten etwas. Das ist doch dasselbe, findet er, aber sie sagt, sie muss nicht wollen, was ihre Mandanten wollen. Glaubst du denn nicht, fragt er, dass Mandanten recht haben? Nein, sagt sie, was er nicht begreifen kann. Kannst du sie nicht besser verteidigen, fragt er, wenn du denkst, dass sie recht haben? Ich verteidige sie nicht, sagt sie, ich vertrete ihre Interessen. Seltsamer Beruf. Ihr Mandant Westheim, der mit ihr so gut befreundet war, hatte doch bloß das Interesse, nicht weiter von diesem Langenau belästigt zu werden, kein Mensch ließ sich gern in der ganzen Stadt verleumden.

Interessen vertreten. Zu was hatte das denn geführt und warum? Ihr sterbt, murmelte er. *Ihr sterbt.*

Blume brauchte Geld, aber er hatte noch keine rechte Vorstellung, was er tun sollte. Und das machte es schwierig. Er würde mit leeren Händen kommen, wenn er gleich wieder zu Westheim ging. Was hätte er ihm schon zu erzählen? Passen Sie auf, dieser Langenau muss Frau Rupp etwas gesagt haben, über einen Brecht möglicherweise, den sie dann aufgesucht hat, möglicherweise. Nein, ich weiß nicht, warum. Dann hat Langenau gemerkt, dass sie alle beide übern Jordan sind, Frau Rupp und Herr Brecht, beide ins Feuer, und da hat er Panik gekriegt und ist weg. Oder es war anders, Langenau hat die Brände selbst gelegt, ich weiß es nicht. Oder mal so gesagt, Herr Westheim, als es gebrannt hat, sind Sie ziemlich außer Atem von draußen gekommen. Die Howaldtstraße ist nicht so weit von Ihrem Büro entfernt.

Westheim war schließlich etwas hitzig, diesen Eindruck hatte er gemacht. Irgendwann griff er sich ans Herz und starb.

Das ging alles nicht, das konnte er doch alles nicht erzählen, er würde nur im Trüben fischen und dafür kriegte man kein Geld. Westheim würde ihn nicht bezahlen. Nicht einmal anhören würde er ihn, denn vorn, vor seiner Tür, hockte der Sekretärinnen-Drachen.

Aber was dann? Blume sah zu, wie der schwarze Ast sich im Wind bewegte. Er könnte es mit Westheims Frau versuchen, die war schließlich auch Anwältin, und mit Anwältinnen kannte er sich jetzt aus. Ellen hatte sie nur einmal kurz erwähnt, als sie sagte, ihre Kollegin möge keine Wirtschaftssachen. Sehen Sie, Frau Westheim, ich mag auch keine Wirtschaftssachen, dann machen wir jetzt zusammen Scheidung.

Seltsam still da draußen. Kein Mensch, kein Schritt, kein

Schrei. Auch unten war Ruhe, der Friseur spielte den Mozart nicht, noch zu früh. Blume kannte Mozart inzwischen, weil der Friseur alle paar Tage Klaviersachen hörte. Was spielst du da oben für ein Gedudel, hatte er ihn einmal auf der Treppe gefragt, worauf Czerny hysterisch geworden war, es wäre kein Gedudel, sondern *Mooozart.*

Kannte der Friseur den Brecht? Den anderen. Blume guckte in den dunklen Morgen, packte seinen Hund an den Ohren und murmelte die Worte vor sich hin, »lasst euch nicht verführen zu Fron und Ausgezehr, was kann euch Angst noch rühren? Ihr sterbt mit allen Tieren, und es kommt nichts nachher.«

15

Niklas führte sie in seinem geheimen Notizbuch unter Dünn und Doof, zwei junge Männer, die ihn nicht aus den Augen ließen, als er ihre Wohnung zum ersten Mal betrat. Sie beobachteten ihn mit einer Mischung aus Misstrauen und Angst, ein kleiner Dürrer namens Erik Engel und sein langer Bruder Elmar. Drei Zimmer, ein winziges Bad und eine unordentliche Wohngemeinschaftsküche, drei gemeldete Bewohner, die Brüder Engel und Daniel Hessler. Wo war Daniel?

Ja, sagten sie, im Prinzip wohnte der hier, genau, in diesem Bett pennte er, wenn er denn anwesend war, und richtig, das waren Danis Sachen, ein Motorradhelm und eine Schreibmappe, eine Haarbürste und ein Fläschchen Herrenduft. Der kleine Erik verstellte ihm den Weg – was wollen Sie denn mit der Bürste, lieber Mann, hat sie kein Geld mehr für Bürsten, unsere Polizei?

Die Haarbürste nahm er mit, und nach einer DNA-Analyse stand endlich die Identität der zweiten Brandleiche fest. Ellen

Rupps später Gast war der 26-jährige Daniel Hessler, Mitarbeiter des Sicherheitsdienstes Securum, dessen Mutter sich schon gewundert hatte.

»Über was?«, flüsterte Niklas. In einem Wohnzimmer, in dem hohe Pflanzen wie Wachsoldaten standen, saß er ihr gegenüber und war darauf gefasst, sie gleich schreien zu hören, weil die Mütter so oft einen Unsinn redeten, den sie selber nicht begriffen, um dann das Schreien zu beginnen, dieses furchtbare, unbeschreibliche Schreien.

»Dass so etwas nicht schon viel früher passiert ist«, sagte sie. »Wo der sich überall herumgetrieben hat, einmal war er mit einer Drogensüchtigen zusammen. Sie müssen nicht meinen, er hätte es je mit anständiger Arbeit versucht. Meinen zweiten Mann hat er übrigens halb totgeschlagen, das nur nebenbei.«

»Daniel ist tot«, murmelte Niklas. »Richtig tot, nicht nur halb. Er ist zusammen mit Frau Rupp –«

»Was hätte aus ihm werden können!«, schrie sie ihn an. »Der Junge sah blendend aus, und intelligent war er. Aus seinen Geschwistern *ist* übrigens etwas geworden, der eine ist Informatiker, die andere promoviert in Psychologie. Nur für den Fall, dass Sie jetzt wieder denken, die bösen Mütter sind an allem schuld. Daniel hätte nicht den Gigolo für gestresste Erfolgsfrauen spielen müssen.«

Daniels Mitbewohner, Erik und Elmar Engel, hatten weniger zu sagen, als Niklas ihre Wohnung zum zweiten Mal betrat. Keinen Schimmer, wie das mit dem Dani so gekommen war. Aus stumpfen Augen starrten sie ihn an, wie hohlwangige, kreidebleiche Kinder mit der Angst vor einer Ahnung. Fürchteten sie ihren Boss? Auch die Engel-Brüder waren Mitarbeiter des Sicherheitsdienstes Securum. Aber Heiner Franke war doch ein gefälliger Mann. Niklas saß da, hörte vor dem Fenster Hunde bellen, beobachtete die beiden Brüder und roch ihre Angst.

»Ich habe mit eurem Boss gesprochen«, sagte er. »Mit Franke.«

Die Antwort war ein Schulterzucken.

»Aber ihr habt den Daniel doch besser gekannt.«

Verhaltenes Nicken, das bei einem der beiden in ein Kopfschütteln überging.

»Möchte niemand über Daniel sprechen? Das ist ja gerade so, als hätte er nie gelebt.« Niklas wartete. Meistens wirkten diese Worte; er sagte sie gern, wenn jemand schwieg.

Erik seufzte, Elmar kratzte sich, Erik seufzte erneut.

»Ich kann ein paar Stunden hier sitzen«, sagte Niklas. »Das macht mir nichts aus.«

Okay, nuschelten sie schließlich, dass der Dani mit der Rupp zusammen war, das wussten sie ja nun, und sie hatten sich auch gedacht, er wär' vielleicht mit ihr verbrannt. Da musste man ja bloß zwei und zwei – nicht wahr? Musste man zusammenzählen. Aber sie hatten gewartet, dass es von selber rauskam. Es kam doch immer alles raus, und die Welt war komisch um sie herum, nachher ging es ihnen womöglich wie der Rupp mit ihrer großen Klappe und dem armen Dani Hessler, der ihr doch bloß wie ein Hündchen hinterhergelaufen war. Elmar, der große Hagere, kratzte sich, während der kleinere und noch dünnere Erik das Kinn auf die Hände stützte. Sie hatten Dani noch gesehen an seinem letzten Abend hier, der ja nun, o Mann, der letzte Abend seines Lebens war. Paar Wochen war er mit der Rupp schon zusammen, so übern Daumen. Einmal waren sie im Elsass gewesen, Superessen, Superhotel, hat ihn keinen Cent gekostet. Na gut, am letzten Abend sagt er also, dass er jetzt zu ihr ginge, er hätte gerade mit ihr telefoniert. Er konnte sie überall erreichen, weil er ihre geheime Handynummer kannte, da hatte er auch immer ein Riesengetue drum gemacht. Das war ihm wichtig gewesen, dass sie das wussten, also dass er sie vögeln durfte und ihre Geheimnummer hatte. Sie hatten ja noch ihren Spaß gehabt, als er sich schön machte für sie, Haare geföhnt, Rasierwasser, alle Schikanen. Ging er also hin und kam nie zurück.

»Nein«, murmelte Niklas, der plötzlich glaubte, eine Vision zu haben, weil er sah, wie Rupp und Hessler einander anblickten, als sie wussten, dass sie sterben würden. So hatte er sie gefunden, die eine Person auf dem Sofa und die andere gegenüber an der Wand. Zwei Skulpturen. Eine allumfassende Vision, es roch nach Benzin, und die Flammen schossen empor. Sie hatten einander anschauen können. Niklas rieb sich die Augen.

»Nun fürchten Sie«, sagte er zu Erik und Elmar, »es könnte Ihnen ebenso ergehen.« Er wartete, hörte den Wasserhahn in der Küche tropfen, hörte unten vor dem Fenster Kinder. Die Kinder planten eine neue Welt. Er räusperte sich. »Daniel Hessler hat für diesen Sicherheitsdienst der Bürgerinitiative gearbeitet, Sie tun das auch. Welchen Grund haben Sie denn für Ihre Angst?«

»Das ist alles nicht verboten«, rief der lange Elmar. »Die haben einsam gelegene Häuschen, der Rossmann oder der Dings oder der Apotheker mit seinen fünf Apotheken. Da wird eingebrochen, da passen wir auf. Wir bewachen das da.«

»Daniel hat aber auch speziell für Dr. Rossmann gearbeitet.« Niklas betrachtete den Stift in seiner Hand.

Erik Engel hob die Schultern. »Handlangerdienste und Personenschutz. Dani wollte aber raus, der wollte studieren.«

»Beim Rossmann hat er die Rupp kennengelernt«, sagte sein Bruder.

Rossmann trieb sich auf einem Ärztekongress herum, sie hatten noch immer nicht mit ihm reden können. Potofski war mit der Information gekommen, der Botox-Doktor sei so eine Art Schatzmeister der Bürgerinitiative *Sichere Stadt*.

»Wird Dr. Rossmann bedroht?«, fragte Niklas. »Warum braucht er Personenschutz, wie Sie das nennen?«

»Der ist vielleicht ein bisschen ängstlich?« Der kleine Erik fing an zu lächeln. »Der fürchtet doch jeden Tag einen Einbruch in sein Haus. Der glaubt auch, dass Arbeitslose ihm mal alles zertrümmern könnten.«

»Warum?«

»Weil sie arbeitslos sind«, sagte Erik. »Wegen dem Sozialneid.«

Der lange Elmar hob eine Hand. »Aber die Rupp ist bedroht worden. Von den linken Zecken.«

»Na ja«, sagte Erik sehr laut, und plötzlich hatte Niklas den Eindruck, dass er sich in einen anderen Menschen verwandelte, so von jetzt auf gleich. »Frau Rupp hat den smarten Dr. Rossmann selbst bedroht. Verbal.«

»Bitte was?« Niklas sah sich Erik genauer an.

»Das war draußen vor seinem Haus.« Erik streckte ihm eine Faust entgegen. »Sie kommt raus, und ich weiß nicht, was er gesagt hat, jedenfalls steht sie schon an ihrem Auto, dreht sich noch mal um und schreit ihn an, ich zitiere: Für dich kann es unangenehm werden, du Faschistenschwein, das hat die SS schon gemacht.«

»Was gemacht?«, fragte Niklas.

»Lesen Sie im Geschichtsbuch nach«, sagte Erik.

»Ich will wissen, worum der Streit ging.« Niklas schlug auf den Tisch, er beugte sich eigens nach vorn, um auf den Tisch zu hauen. »Hatten sie Differenzen bezüglich –« Er räusperte sich. »Ging es um den Sicherheitsdienst?«

»Ich habe keine Ahnung«, sagte Erik. »Sie war aber ziemlich leicht erregbar, diesen Eindruck hatte ich.«

»Das stimmt«, sagte Elmar. »Der Dani hat erzählt, sie würd' ihm manchmal einen blasen. Das kannte der nicht, da war der hin und weg. Und dann halt auch –« Er ließ einen Finger in der Luft kreisen. Niklas starrte ihn an.

»Vice versa«, übersetzte Erik.

»Genau«, sagte sein Bruder mit trauriger Sehnsucht in der Stimme, bevor er Niklas so tadelnd ansah, als hätte der das Thema aufgeworfen. »Aber gut jetzt, man muss die Contenance wahren.«

»Er meint die Pietät«, sagte Erik.

Niklas raschelte mit den Blättern aus Daniels Schreibmappe. Es waren Informationen über die Studiengänge Jura, Philosophie, Wirtschaftswissenschaften und Betriebswirtschaftslehre; sicher, erzählte Erik, Dani Hessler hatte natürlich dasselbe studieren wollen wie die Rupp. Wollte sich auf den zweiten Bildungsweg machen. Dumm gelaufen, nicht?

Niklas sah noch einmal hin – vier Sachen hatte die studiert? Seine Tochter Nora gab sich mit zwei Fächern zufrieden, Romanistik und Kunstgeschichte, trotzdem zog es sich ziemlich hin. Er legte das Foto des Mannes aus der Howaldtstraße auf den Tisch, auf dem Michael Brecht in die Kamera guckte, als falle er gerade aus allen Wolken. Da stand er in einem Gärtchen, und dieser Moment sei so einzigartig gewesen, hatte seine geschiedene Frau erzählt, dass sie ihn festhalten musste, denn sehen Sie, daneben wachsen die Rosen. Jahrelang hatte sie ihn aufgezogen, dass er kein Händchen fürs Grüne besaß, aber da, auf diesem Bild, wuchsen Rosen. Die Erste war für sie gewesen, die war zu schnell verblüht. Wie die ganze Ehe, erst gewachsen, dann verblüht, und nun war seit Jahren der Kontakt abgerissen, selbst bei den Kindern hatte er sich nicht mehr gemeldet.

»Michael Brecht«, sagte Niklas laut, er wollte endlich einen Hinweis haben, welches Puzzlesteinchen dieser Mann in der Mordsache Rupp denn nun war, doch in perfekter Eintracht murmelten die Brüder Engel, dass sie keine Ahnung hatten. Niemand schien ihn zu kennen, auch Securum-Franke nicht, was Niklas ihm sogar abnahm, denn ein Versicherungsvertreter hätte kaum Zeit, nebenher noch als Hilfssheriff zu arbeiten.

Ärgerlich mit diesem Typ, diesem Brecht. Nicht einzuordnen, nirgends.

»Vielleicht ist er raus«, flüsterte der lange Elmar. Behutsam tippte er auf das Foto, auf Brechts schiefes Lächeln, auf seine Augen und sein Haar. »Vielleicht war er dabei und ist raus. Dani wollte ja auch raus.«

»Ist es schwer, da rauszukommen?« Niklas wollte ihn an den Schultern packen. Aber im gleichen Moment wollte er seine Hand festhalten. »Gibt es Drohungen?« Er konnte sich das kaum vorstellen, denn bislang lag noch keine einzige Beschwerde gegen diesen Sicherheitsdienst vor.

Der kleine Erik schüttelte den Kopf. »Der Dani war halt

eigensinnig, der fand das irgendwann alles nicht mehr gut. Die Arbeit war ihm zu primitiv. Mit dem Rossmann hat er auch Ärger gehabt, aber er hat sich dazu nicht geäußert.«

Niklas sah ihn eine ganze Weile an. Erik, der seinen Blick nicht erwidern mochte, suchte mit unruhigen Augen das Zimmer ab. Schließlich sagte Niklas: »Dann hatten schon zwei Leute Streit mit Dr. Rossmann.«

»Tja –«, murmelte Erik.

»Hatte Frau Rupp auch Streit mit anderen?«

»Der Dani sagt, ja.«

»Was hat er gesagt?«

»Dass sie ihren edlen Haufen wohl nicht mehr unter Kontrolle hätte.«

»Was noch?«

»Nichts.«

Niklas fragte langsam und jedes Wort betonend: »Wollte Frau Rupp auch da raus?«

»Wie denn«, murmelte Erik. »Sie war ja schließlich die Oberste, wie sollte das denn gehen?«

»Und Sie?«, fragte Niklas. »Wollen Sie raus?«

Erik rieb sich die Nase. Elmar fuhr sich immer wieder durchs Haar.

Niklas schob Daniels Blätter in die Mappe zurück. »Wovor haben Sie Angst?«

»Ich will nicht brennen.« Flüchtig deutete Erik auf seinen Bruder. »Der auch nicht.«

Es war schon fast Morgen, als der Anruf der Kollegen kam, Erik und Elmar Engel hätten das Haus verlassen.

»Sehen Sie?«, sagte Niklas.

»Wer?« Potofski startete den Wagen. »Ich?«

Am Morgen zuvor hatte der junge Kollege ihm das Du angeboten, was ja eigentlich, Niklas war da etwas penibel, seine Sache gewesen wäre. Er hatte sich noch nicht daran gewöhnt. »Siehst du«, murmelte er. »Und überhaupt, es könnte umgekehrt sein. Für uns und die Presse ist das ja naheliegend, dass der Angriff auf die Rupp von außen kam, so quasi als politischer Anschlag. Wenn wir uns jetzt aber mal überlegen, ob er nicht von innen gekommen ist, sozusagen aus den eigenen Reihen – kannst du mir folgen?«

»Wegen was?«, fragte Potofski. »Was gibt es denn in diesen Kreisen, Filz, Korruption, Steuerbetrug? Hat die Rupp nicht Verfilzte, Korrupte und Steuerbetrüger vertreten? Die hatte doch alles, was hier Rang und Namen hat, in der Mandantschaft. Wäre geschäftsschädigend gewesen, diese Krähen hacken sich die Augen doch nicht gegenseitig aus.«

»Krähen?«, fragte Niklas. »Ach so. Ach nein, du übertreibst.«

Ute hätte Potofski wohl recht gegeben, weil sie die Welt ohnehin am Abgrund sah. Beim Abendessen hatte Niklas seiner Frau erzählt, dass es schlechte Zeiten waren, im Grunde und überhaupt, und sie hatte ihm anstandslos zugestimmt. Schlechte Zeiten, hatte er hinzufügen wollen, wenn junge, kreidebleiche Kerle sich Gedanken machten, ob sie wohl verbrannten, aber das hätte er erklären müssen und er wollte nicht. Also hatten sie über Nora gesprochen, ihre Tochter, die, wie es aussah, einen neuen Freund hatte, sehr nett, und das war ein schönes Thema gewesen, bis Ute ihn mit der Horrormeldung erschreckte, dieses Kribbeln in seinen Fingerspitzen müsse nicht unbedingt mit seiner kaputten Wirbelsäule zusammenhängen, sondern könnte auch vom Herzen kommen. Fast war ihm die Gabel aus der Hand gefallen – vom Herzen?

»Du solltest das abklären«, hatte sie gesagt. »Und stell dich nicht wieder so an.«

Herzkrank, siehst du? So geht das Leben dahin. Karl Niklas plagte sich mit einer Menge Beschwerden herum, obwohl seine Frau es wieder besser wusste und behauptete, er sei ein Hypochonder. Zwei Typen Hypochonder gab es, hatte Ute gesagt, von denen der eine sich wöchentlich untersuchen ließ, die Kassen ärgerte und die Ärzteschaft in den Wahnsinn trieb. Der andere aber, Typ zwei, ging überhaupt nie zum Arzt, aus

Angst vor der schrecklichen Wahrheit. Niklas verdrängte seit Jahren schreckliche Wahrheiten. Möglich, dass er herzkrank war, warum auch nicht, was sprach dagegen? Aber er wollte es lieber gar nicht wissen. Letztes Jahr war er lungenkrank gewesen, aber dann, nach einem komplizierten und sich endlos dehnenden Mordfall, waren die Symptome bis auf weiteres verschwunden.

Um sich abzulenken, war er spätabends wieder ins Präsidium gefahren, wo der Soko-Leiter Urban zwischen den Tischen der Kollegen wandelte wie ein Geist, der nicht zur Ruhe kam. Lautstark wünschte er sich eine Nachrichtensperre, wegen der Dimensionen, nicht wahr? Weil es mit der Rupp ein Fass ohne Boden war. Wie ein Asthmatiker bei einem Anfall zog Urban immer wieder an seinem Hemdkragen, während er berichtete, dass Frau Rupp auch die hiesige Anwältin jener amerikanischen Investoren war, die ein hier ansässiges Familienunternehmen übernommen hatten. Sie erinnerten sich doch? Anhaltende Proteste in der Belegschaft, Arbeitsplätze ins Ausland verlegt, die ganze Leier, Hunderte von Entlassung bedroht. Böses Blut. Das waren ihre Kontakte in die USA, murmelte Urban, schließlich hatte sie zu Beginn ihrer Laufbahn ein Jahr da drüben gelebt, weil die schon immer wusste, was sie wollte.

Aber die Anwälte blieben doch im Hintergrund, sagten die Kollegen, wer kannte schon die Anwälte hinter diesen Leuten und wusste, was die taten? Niklas sagte, er ginge doch jetzt nicht los, um frische Arbeitslose zu vernehmen. Welchen Eindruck das im Übrigen bei bestimmten Teilen der Presse hinterließe, davon wollte er lieber gar nicht erst –

»Gerade deshalb will ich eine Nachrichtensperre.« Urban wedelte mit einem Zeitungsausschnitt, den er dabei fast zerriss, und sah herzkranker aus als Niklas sich fühlte. Böses Blut. Da demonstrierte die zu entlassende Belegschaft gegen Rupps Mandanten und zur gleichen Zeit hielt die Dame eine Rede vor der Handelskammer – er suchte seine Brille. Als er sie endlich gefunden hatte, hielt er den Zeitungsausschnitt so weit von sich weg, dass Potofski murmelte, er bräuchte eine neue.

»In der globalisierten –« Urban ließ die Arme sinken. »Was brauche ich?«

»Eine neue Brille«, sagte Potofski.

»Missfällt sie Ihnen?«

»Die ist doch völlig nutzlos.«

»Habe ich je eine Bemerkung über Ihre Frühverglatzung gemacht?« Wütend starrte Urban den kahlrasierten Potofski an, bevor er den Ausschnitt auf den Tisch legte und von oben las. »In der globalisierten Welt ist der Sozialstaat nicht die Lösung, sondern die Ursache mangelnder wirtschaftlicher Dynamik. Sagt sie«, sagte Urban. Und dass er das gar nicht bewerten, sondern nur daran erinnern wollte, welche Ressentiments das aufbaute, kapierten sie das nicht? Bei diesem Thema waren die Leute empfindlich.

»Nur die kleinen Leute«, sagte ein Kollege. »Die sie allerdings wieder auf ihrer Seite hatte, wenn sie forderte, der Staat dürfe Kriminelle nicht schonen.«

»Und wenn ich noch einmal an Herrn Brecht erinnern darf«, fing Niklas an, merkte aber, dass er nicht gut ankam. Diese Leiche aus der Howaldtstraße machte sie alle nervös, der war in Lohn und Brot gewesen, der hatte keiner Firma angehört, deren feindliche Übernehmer Frau Rupp vertreten hatte, nur mal so angemerkt. Brecht. Hin und wieder erging er sich in Spekulationen, er war ihr Lover, wie dieser junge Daniel, weil sie mit einem nicht auskam. Vielleicht hatte dieses faltenmindernde Botox so eine Wirkung – wusste man auch nicht, ob es eine Wirkung oder Nebenwirkung war.

Kam also noch ein dritter Liebhaber, der ihre Eskapaden nicht ertrug, Westheim womöglich, der alte Kumpel, der tatsächlich mit ihr die Ehe brach, lief Amok, um sie alle auszulöschen, Hessler und Brecht und sie dann gleich mit, damit endlich einmal Ruhe war.

Durfte man nicht laut sagen. Niklas fand nichts schlimmer, als in einem Mordfall pietätlos zu sein. Aber was hatte er schon außer einem Zettel von ihr, *Brecht, Howaldtstr. 2a.*

Fast fing er an ihn zu hassen, den Brecht, und schickte ihm noch nachträglich die Pest an den Hals, was nun wirklich pietätlos war. Als die Beamten sich meldeten, die Erik und Elmar Engel überwachten, war die Nacht bald vorbei.

»Sicher ist sicher«, sagte Niklas immer wieder, während er sich mit Potofski auf den Weg machte. Er hatte doch ihre Angst gerochen. Dürre Kerle, die Brüder Engel, mit Blicken, in denen alles Mögliche flackerte, Furcht vor der eigenen Misere und der Wunsch nach einem Leben, bei dem sie etwas abbekamen. Unscheinbare Kerle, ganz anders als ihr verstorbener Mitbewohner und Securum-Kollege Dani Hessler, der schon auf dem Foto ein ansprechender, athletischer junger Mann gewesen war. Der war bei den Frauen angekommen, der hatte solche wie die Rupp gekriegt und ihnen erzählt, was er mit ihr machte oder, besser noch, sie mit ihm. Da hockten sie dann, Erik und Elmar, mit ihren flackernden Blicken. Im Grunde eine Frechheit, Danis Tratscherei, zumal Niklas selber, als er das Foto von Ellen Rupp im Konferenzraum hängen sah, sich sofort an Eriks Worte erinnert hatte, der Dani erzählt, sie würd' ihm manchmal einen blasen. Unverfroren, weil das jetzt so haften blieb, was er wieder pietätlos fand, doch wenn der Dani schon so redselig gewesen war, konnte man sich ausrechnen, dass die Brüder noch ganz andere Dinge wussten.

Potofski war nicht überzeugt, glaubte, dass sie sich nur wieder verzettelten. »Kleine Handlanger von der Security«, sagte er im Wagen. »Wohin sollen diese Engel-Brüder uns schon führen?«

»Fahren jetzt auf der Berliner-, Richtung Battonnstraße«, tönte die Stimme des überwachenden Kollegen.

»Da hörst du es«, sagte Niklas. An einer Straßenbahnhaltestelle stand ein einsamer Mann, aber die letzte Bahn war längst gefahren und die erste stand noch im Depot. Der Mann war nicht sicher, wohin seine Liebe ging, denn er trug eine Jacke mit der Aufschrift *Eintracht Frankfurt* und winkte ihm mit einer *Bayern-München*-Fahne zu, eine abenteuerliche Kombination.

»Battonnstraße?«, murmelte er. »Da sind wir doch gewesen, da wohnt dieser Friseur. Der mit dem geklauten Rollstuhl und dieser Frau überm Küchentisch.«

»Angelina Jolie«, sagte Potofski. »Das ist nicht irgendeine Frau.«

»In einem Jahr hast du die wieder vergessen.« Niklas sah weiter aus dem Fenster. Alles schleppte sich dahin am Ende der Nacht, selbst der Taxifahrer vor ihnen schien unschlüssig, in welche Richtung er die Kurve nehmen sollte. Im Autoradio berichtete eine mutlose Nachrichtensprecherin von den neuesten Katastrophen. Sie räusperte sich zwischen Feuergefechten und verschwundenen Touristen und hustete bei den Überschwemmungen, sie sprach beim Wetterbericht von abnehmender Bevölkerung, was so verkehrt ja nicht war, und Niklas hielt Ausschau nach diesem flirrenden Feuerlicht. Wenn das noch nicht alles gewesen war, schickten sie ihn wieder hin, in die Hölle, zu diesen Gebilden aus Kohle und Ruß.

»Das hat etwas Irres«, murmelte er. »Die Brände.«

»Pyromanen zünden keine Menschen an«, sagte Potofski. »Jedenfalls nicht mit Absicht.«

Niklas schüttelte den Kopf. »Es gibt ja nun Waffen. Aber so ein Feuer zu legen, in der Absicht, dieser Mensch muss jetzt verbrennen, dabei alles in Kauf zu nehmen, Dutzende Tote und auch den eigenen Tod – kannst du mir folgen?«

Die Kollegen lotsten sie in die Battonnstraße, wo der Polo der Engel-Brüder im Halteverbot stand. Niklas und Potofski fuhren weiter, bis sie selbst einen Halteplatz fanden, dann schickten sie die Kollegen nach Hause. Als sie ausstiegen, sahen sie Erik und Elmar an der Ecke zur Stoltzestraße stehen, sie guckten in das Schaufenster des Friseurs. Sie guckten lange. Elmar zurrte einen Rucksack fest, der kleine Erik band sich die Schuhe. Ein Summen in der Luft, unerklärlich. Zu leise für letzte Heimkehrer, zu laut für Menschen, die zur Frühschicht gingen. Dann sah Niklas eine Gestalt im Schein einer Laterne stehen, und als der Lärm begann, hatte er sekundenlang den irren Gedanken, diese

Gestalt wäre hier beschäftigt, um das Licht zu löschen, um das Licht regelrecht zu zertrümmern, mit einem gewaltigen, splitternden Geräusch. Dann lag die Stoltzestraße im Dunkeln.

Potofski rannte als Erster los, immer wieder stolpernd wie im Gewitter, wenn der Donnerschlag einen zusammenschrecken ließ. Hier war der Donner hell, nicht dumpf, ein Splittern, Bersten und Krachen. Gelächter irgendwo, Rufe wie im Fußballstadion, Triumphgeheul. Huschende Schatten, dunkle Gestalten verbreiteten diesen Lärm. Sie huschten hinter geparkten Autos hervor und bewegten sich wie geschmeidige Tänzer. Steine, das Donnergeräusch kam von Steinen. Schwere Steine prallten auf Autodächer, gegen Haustüren und Straßenschilder, Steine flogen durch Glas, Glas zerbarst, Holz splitterte, alles zugleich. Niklas rannte hinter Potofski her, und als sie fast herangekommen waren, fingen die Schreie an. Die Schreie kamen aus den Häusern, und sie waren so laut, weil die Menschen, die um Hilfe riefen, keine Fenster mehr hatten. Womöglich hatten sie gerade noch gelüftet und das Fenster geschlossen, und Sekunden später hatten sie kein Fenster mehr. Oder sie lagen im Bett und kriegten was ab, kriegten sonstwas ab, wenn das Bett unterm Fenster stand, Kopfverletzung, Herzinfarkt, einen Schreck fürs Leben.

Keine Fenster. Als er ein Kind weinen hörte, konnte Niklas endlich einen klaren Gedanken fassen: Sie hatten einen Fehler gemacht. Sie hatten die Kollegen einfach weggeschickt.

Potofski brüllte, und Niklas, außer Atem und noch im Rennen, rief Verstärkung herbei, aber die waren schon unterwegs, sagte der Kollege.

»Macht hin!«, schrie Niklas, als könnte er sie herbeizaubern, denn weiter hinten sah er jemanden liegen. So ein Dussel, ein Bewohner. War aus dem Haus gerannt, in Unterhemd und Trainingshose, und lag jetzt auf dem Rücken. Niklas sah die Stiefel des Vermummten, noch bevor er den Vermummten selber sah, die Stiefel kamen aus der Luft und prallten auf den Kopf des Mannes, auf sein Gesicht. Dann verwandelten sie sich in die

Schuhe einer Ballerina, so schnell und leicht flogen sie davon. Er sah die Kapuze des Vermummten und hörte die Schreie des Mannes, und als er einen Stoß im Rücken spürte, war es nur noch ein Summen um ihn herum, aus Hilferufen und brüllendem Gelächter, aus Klagetönen und dem Schreien von Kindern, er griff ins Leere, stolperte und fiel. Er streckte die Arme aus, lag da wie beim Sonnenbad am Strand. Zwei Meter entfernt der Mann in der Trainingshose, doch Niklas konnte sein Gesicht nicht sehen. Links und rechts, wenn er hinsah, waren Stiefel. Rennende Stiefel, ein Wunder, er sah nur Stiefel, keine Beine, keine Menschen, und als er sich aufrichten wollte, schaffte er es nicht, denn er hatte sich womöglich etwas gebrochen. Oder sein Herz, sein schwaches, krankes Herz hinderte ihn daran, was wusste er denn, wie man starb. Sein halbes Berufsleben lang hatte er Tote gesehen und wusste doch nicht, wie man starb. Was für ein Lärm. Der Mann in der Trainingshose hatte sich beide Hände aufs Gesicht gedrückt und schrie.

Niklas stützte sich auf und konnte Potofski sehen, Potofski brüllte die Schatten an, diese huschenden Gestalten, dann wurde er umgerannt und jemand trampelte über ihn hinweg. Alle Schatten rannten und lösten sich auf, aber Potofski kam wieder hoch, mit der Waffe in der Hand, und schoss in die Luft. Einen Moment lang war es ruhig, dann schrie eine Frau, sie würden alle sterben. Ein aufheulender Motor und die müde Stimme eines alten Mannes, »lasst uns in Ruh, lasst uns in Ruh.«

Potofski zog ihn hoch. Niklas stand inmitten von Scherben. Jetzt war es still.

Da stehst du, vor Ort. Hallo Nachbarn, Polizei ist schon da. Nichts gebrochen, auch das Herz hat gehalten, Polizei auf dem Damm, aber drumherum ist alles kaputt. Niklas beugte sich über den Mann in der Trainingshose. Der lag jetzt auf dem Bauch, lebte, schrie. »Die Augen«, schrie er, »*die Augen sind weg.*«

»Gleich kommt der Krankenwagen«, flüsterte Niklas. Es war doch hoffentlich etwas anderes, seine Zähne, nicht seine Augen, denn die Zähne ließen sich richten. Sollte er ihn umdrehen?

Besser nicht. Verunglückten Motorradfahrern sollte man auch den Helm nicht abnehmen.

»*Die Augäpfel sind drinne*«, schrie der Mann.

Endlich die Kollegen. Als Niklas die Sanitäter heranwinkte, sah er einen Schatten hinter einem Baum. Behutsam ging er darauf zu. Der dürre Erik Engel kniete mit erhobenen Armen da und rief: »Ich habe nichts gemacht, ich bin verletzt worden.«

Niklas murmelte: »Was seid ihr für Schweine.«

»Wir haben nichts gemacht.« Erik ließ die Arme sinken. »Wir sind hier reingeraten. Der Elmar ist gleich wieder weg, der ist ja auch nicht verletzt.«

»Aber der da drüben«, sagte Niklas. »Der hat keine Augen mehr. Siehst du den liegen? Guck hin.«

Aber Erik guckte nicht hin.

Potofski kam angerannt wie ein schnaubender Stier dem roten Tuch hinterher. Er packte Erik an den Schultern, zog ihn halb hoch und schlug seinen Kopf gegen den Baum. Erik schrie auf und fiel ihm in die Arme.

»Ich kann nicht laufen«, stöhnte er, »mir ist was auf den Fuß gefallen.«

Ein Pflasterstein vermutlich, es war ihm zu gönnen. Niklas drehte sich um. Fünf Meter entfernt, im Schein seiner Taschenlampe, stand ein Mann, der sie reglos beobachtete. Zitternd drückte sich ein Dobermann gegen seine langen Beine – ein ängstlicher Dobermann, da musste man sich wundern.

»Was ist?«, schrie Potofski. »Jetzt ist keine Zeit fürs Gassigehen.«

Der Mann nickte und zog den schwarzen Hund hinter sich her.

»Moment noch«, rief Niklas. »Möchten Sie uns etwas mitteilen?«

»Nein«, sagte der Mann. »Es ist nur gerade Stoßzeit. Die Leute bestellen den Glaser und dann ist gleich wieder alles kaputt.« Mit dem Daumen deutete er irgendwohin. »Das letzte Mal ist ein Mieter aus Nummer 1 schwer verletzt worden, Schädelbasisbruch. Ich dachte zuerst, sie hätten ihm nur die Nase zerhauen. Brauchen Sie mich noch?«

»Haben Sie den hier gesehen?« Potofski packte Erik Engel am Kragen.

Der Mann schüttelte den Kopf.

»Wo wohnen Sie?«, fragte Niklas.

»Battonnstraße 38«, sagte er. »Da war noch nichts. 38 ist meine Glückszahl.«

»Und Ihr Name?«

»Moritz Blume.«

»Ich habe nichts gemacht«, jammerte Erik. »Wir sind hier doch nur reingeraten.«

Weitere Bewohner hatten sich nach draußen gewagt und guckten an ihren Häusern hoch. Eingeschlagene Fenster, bröckelnde Fassaden, faustgroße Löcher überall. Sie zitterten vor Kälte und vor Angst, aber sie guckten auch, als müssten sie sich schämen. Wie das aussah hier. Wie im Slum. Ein Mann hielt einen Baseballschläger in beiden Händen, hielt ihn falsch herum und schien zu staunen über sein Gewicht.

»Was heißt denn *reingeraten*?« Niklas versuchte es weiter mit Erik Engel. »Ihr seid gezielt hierhergekommen.«

Als keine Antwort kam, packte Potofski Erik an den Haaren und riss seinen Kopf nach hinten. »Was bist du?«, schrie er und antwortete gleich selbst. »Du bist ein nutzloses, überflüssiges, feiges Schwein.«

»Ja und?«, schrie Erik. »Mein Mitbewohner ist jetzt Asche, korrekt?«

Niklas stand mit hängenden Schultern da. »Hat Daniel Hessler sich hier auch beteiligt?«

»Er wollte doch nicht mehr.« Engels Stimme zwischen Wimmern und Schreien. »Hat sich geweigert.«

»Und du meinst, wenn du auch nicht mehr willst, brennst du ab?« Potofski brüllte ihn nieder. »Das musst du mir erklären.«

Engel schloss die Augen und fragte, wie er ausgesehen hatte, der Dani, in der Wohnung der Rupp, als sie ihn aufkehren mussten. Das mussten sie doch tun? Ihn aufkehren, seine Reste, das, was von ihm noch übrig war.

»Das war hier also eine Versammlung der Kollegen vom Sicherheitsdienst.« Niklas legte den Kopf in den Nacken, am Himmel eine Ahnung von Morgenrot. Securum, hatte der sich vom arbeitslosen Akademiker zum Unternehmensgründer gemauserte Heiner Franke gesagt, Securum bedeutete, sorglos zu sein. Nein, hatte er nicht gesagt, Securum hieß, ohne Sorgen zu sein, was etwas anderes war. Musste man sich Sorgen um diese Häuser machen? Jetzt schon. Aber hier wohnte kein Mitglied der Bürgerinitiative *Sichere Stadt*, wenigstens sah das hier so aus.

Potofski boxte Erik Engel in den Magen, dann zog er ihn zu sich heran. »Securum-Franke, euer Boss, ja? Dann heißt es, keine Uniform, Jungs, normale Kleidung, ist das so? Und warum?«

Erik murmelte, er sage nichts, was immer seltsam war, wenn sie sagten, dass sie nichts sagten. Er hielt sich ja auch nicht daran, fing wieder an, vom Feuer zu faseln, in dem der Dani umgekommen war. Man wurde ja zerstört im Feuer, hatte er recht? Atomisiert. So ein Mensch dann nur noch Teilchen, Krümel. Was zum Wegkehren, auf die Schippe damit.

»Sie verwechseln das mit dem Krematorium«, sagte Niklas, aber Engel hörte nicht zu. Nur noch Partikel, Reste der Mensch. Und der Dani, Mann, der hatte seinen Körper gepflegt und trainiert, das war einer gewesen. Und dann war es ja vielleicht so, dass auch die Seele – Erik schwankte und legte seinen Kopf auf Potofskis Schulter – dass die Seele sich in Luft auflöste, was bedeutete, dass der Mensch, den es einmal gegeben hatte, ganz und gar vernichtet war.

Potofski lachte und stieß ihn zur Seite. Engel fiel auf den Boden und sagte nichts mehr. Als er den uniformierten Kollegen bereitwillig die Hände entgegenstreckte, packte Niklas sein Notizbuch wieder weg. Ein Kollege sagte, die Schläger kämen aus den Kneipen und reagierten sich hier ab, hier wohnten viele Alte, da hätten die Typen leichtes Spiel. Niklas schüttelte den Kopf. Nein, die waren doch gezielt hierhergekommen. Die hatten sich getroffen, vor diesen Häusern hier, das war eine Verabredung gewesen. Schreie, wieder hörte er Schreie, eine Frau stand hinter ihrem Fensterloch und schrie, die Gesellschaft kümmere sich nicht.

Niklas sah zu ihr hoch. Sie trug einen Mantel über ihrem Nachthemd, es war jetzt kalt bei ihr. Vorsichtig fragte er: »Wieso die Gesellschaft?« Die war ja nun nicht an allem schuld. Er wartete auf Beschimpfungen, er wartete wenigstens auf die Frage, warum sie hier herumstanden und es nicht verhindert hatten.

»Denen gehört das«, schrie die Frau. »Die Wohnungsgesellschaft. Die kümmern sich nicht, da kann man sich beschweren bis ins Grab. Die machen uns doch kaputt. Die bringen uns um.«

Wohnungsgesellschaft, murmelte Niklas vor sich hin. Ein weites Feld, ein anderes. Aber sieh es so: Erik Engel arbeitete für den Sicherheitsdienst. Sag es dir immer wieder vor, der Sicherheitsdienst gehörte zur Bürgerinitiative und die Bürgerinitiative gehörte zum Mordopfer Rupp. Als sie gingen, drehte er sich immer wieder um, der Mieter mit dem Baseballschläger hatte sich kein einziges Mal gerührt. Er drückte den Schläger gegen die Brust, was von weitem so aussah, als ob er ein Baby hielt.

16

Blume zog seinen zitternden Hund nach Hause. Auf der Treppe fiel ihm ein, dass die Randale nur vor den Häusern am Anfang der Stoltzestraße war, weiter hinten war noch nichts gewesen. Das hätte er den Polizisten sagen können. Aber die waren ihm ja nicht geheuer gewesen, so ein grauer Beamter im feinen Anzug und sein brüllender Kollege, der mit seinem rasierten Schädel wie ein Penner aussah, dem sie im Gesundheitsamt die Flöhe ausgetrieben hatten. Das waren heute Polizisten, solche wie die.

Waren es auch die Häuser, die Ellen sich angesehen hatte, damals, als er sie kennenlernte? Er erinnerte sich nur daran, dass sie unten stand, bei diesem Baum.

Neulich fragt sie ihn doch nach der Randale. Wie läuft das ab, fragt sie, was machen die da? Pass auf, sagt sie noch, geh nicht runter, wenn was passiert, auf dein Dobermännchen kannst du dich nicht verlassen. Kannst mich ja als Untermieter nehmen, sagt er, hast doch Platz für zwei Familien.

Als er das erste Mal bei ihr war, das erste und das letzte Mal in ihrem Schlafzimmer, hatten sie nach der Bettgeschichte noch in ihrem Esszimmer gesessen, mit Rotwein und Broten, weil sie meint, sie hätte immer Hunger nach dem Sex. Dann futterst du sicher 'ne Menge, sagt er, und sie verschluckt sich fast und schüttelt den Kopf. Sie zupft ihn am Ohrläppchen, als sie ihm nachschenkt, und er guckt sich das wirre bunte Bild an der hohen weißen Wand über dem Esstisch an. Es gefällt ihm nicht, die ganze Wohnung gefällt ihm nicht, nur die Flügeltüren. Warum brauchten Leute ein Esszimmer? Essen konnte man überall. Ein Tisch für eine Tischgesellschaft, der hält sie auf Distanz. Sie spricht sehr leise, er meint, es liegt an der Entfernung. Wie Verlorene sitzen sie einander gegenüber, es ist alles so groß.

Er stieg die Treppen hoch und hörte Leute jammern über den

Krawall nebenan. Über ihm hing der Friseur auf dem Treppengeländer und wollte wissen, was mit seinem Laden war.

»Steht noch.« Blume trat einen Schritt zurück, um ihn besser zu sehen. Czerny trug einen weinroten Schlafanzug und sah darin genauso aus, wie er ihn sich vorgestellt hatte, einen Friseur bei Nacht.

»Ich zieh aus«, sagte Czerny.

»Wohin?« Blume schob seinen Schlüssel ins Schloss.

»Ich finde schon was, es wird ja wohl noch bezahlbaren Wohnraum geben. Ich will auch einen neuen Laden. Was ist passiert, was haben sie gemacht?«

»Ein Verletzter«, murmelte Blume. »Hat was am Auge. Sonst wie immer.«

»*Wie immer*? Du hast ja wirklich einen an der Waffel.«

Blume nickte nur, seine Gedanken gingen im Kreis. Es war eine Ablenkung gewesen, nach draußen zu gehen, um zu gucken. Er schlief sowieso kaum, ging ins Bett und stand drei Stunden später wieder auf, trank literweise Kaffee und versuchte sich zu erinnern. Er legte jetzt ständig alles auf die Goldwaage, was Ellen im Café Laumer gesagt hatte, wühlte in seiner Erinnerung nach Worten, nach Gesten, nach Silben. Immer wieder ging er alles durch – sie kommt zu spät, aber das ist nichts Ungewöhnliches, sie forderte Pünktlichkeit und verspätete sich selbst andauernd. Wie immer steht er auf, als sie an den Tisch kommt, weil er findet, dass sie die Frau ist, für die man das tut. Beim ersten Mal, als sie sich trafen, um seine Ergebnisse zu besprechen, konnte er dieses Lachen in ihren Augen sehen, bevor sie sagte: Danke, Leo, setzen.

Gut, er steht auf, setzt sich wieder hin, und sie hat die Hände voll, was auch nicht ungewöhnlich ist, sie wirft einen Aktenordner auf den leeren Stuhl neben sich – nein, keinen Ordner, nur Mappen. Klarsichthüllen mit Papieren – Kopien, richtig, und oben liegt doch dieser Zeitungsausschnitt mit dem Bild des Boxers Mendez, der verunglückt war.

Und dann? Hat sie gleich davon angefangen?

Nein, an diesem Nachmittag redet sie fast nichts, sie sieht auch nicht gut aus. Erkältet oder sonstwie krank. Versteinert. Nie hatte Blume es fertiggebracht, eine Frau zu fragen, was mit ihr los war, weil er Tränen fürchtete und nicht wusste, was in diesem speziellen Fall dann zu sagen war.

Er übergeht das also. Das hätte er nicht tun sollen, vielleicht hätte sie ihm alles erzählt und er müsste jetzt nicht grübeln. Er berichtet ihr, dass der Verdacht ihres Mandanten Westheim sich bestätigt hat, der Langenau läuft herum und zieht ihn in den Dreck, doch sie hört nicht richtig zu. Er berichtet, wie Langenau verbreitet, Westheim, der feine Unternehmensberater und Arbeitsplatzvernichter, hinterziehe nicht nur Steuern, sondern verprügele seine Frau und missbrauche seine Kinder.

Da sieht sie auf, sieht ihn endlich an und murmelt: Sie haben gar keine Kinder.

Eben. Und er – unwichtig, er macht wohl eine Bemerkung, dass Westheim natürlich auch seine Frau vergöttere, alles bestens; er sagt es nur, um überhaupt etwas zu sagen, weil ihm die Situation nicht gefällt, da guckt sie lange auf ihre Hände mit diesen schön lackierten Fingernägeln, bis sie schließlich sagt: Sie ist ihm vom Himmel gefallen.

Na schön. Er sagt, dass ihm noch ein paar Zeugen fehlen – lass es, sagt sie da, das ist Quatsch, das mit dem Langenau ist erledigt. Er will wissen, warum, sie hat ihn doch nicht losgeschickt, um ihn dann zurückzupfeifen, doch sie sagt, sie habe Besseres zu tun. Ich wollte ihm nur einen Gefallen tun, sagt sie, ohne Westheims Namen zu nennen. Aber dann stellt sie ihm die Frage nach der Straße und diesem anderen Mann, kennst du einen Brecht? Hast du den mit Langenau gesehen? Kennst du eine Howaldtstraße?

Da musste sie bereits bei Langenau gewesen sein, zu Hause in seiner Küche, wie dessen kleine Frau berichtet hatte, aber hatte sie den Brecht da auch schon gekannt?

Blume trank seine Tasse leer. So oft er das auch durchging, mehr war da nicht gewesen, bis auf das Gedicht, das sie ihm aufsagt, weil ihm der andere Brecht nicht gleich geläufig ist. Der andere oder der eine. Er sah auf seine Notizen, konnte sich den Anfang einfach nicht merken.

Der Tag steht in den Türen.

Ihr könnt schon Nachtwind spüren

Später, beim Spülen der Kaffeekanne, hielt er inne – er konnte sich das nicht merken, weil es unlogisch war. Wieso spürte man den Nachtwind, wenn der Tag doch erst begann?

Schon spüren, na gut, so gesehen vielleicht. Dichter durften das. Mit dem Spültuch in der Hand schlurfte Blume zum Tisch zurück, um zu gucken, wie es weiterging.

Es kommt kein Morgen mehr.

Warum hatte Ellen so etwas auswendig gewusst? Sie hatte sich schließlich einmal die Mühe machen müssen, es zu lernen, das flog einem doch nicht zu. Oder es hatte ihr so sehr gefallen, dass sie es so oft las, bis sie es dahersagen konnte, was er jedoch seltsam fand, so wie er sich an sie erinnerte.

Als er das Haus wieder verließ, lagen noch Scherben auf dem Boden, und hinter einem Fensterloch konnte er einen beten sehen. Der trug eine dicke Jacke und einen Schal, weil der Glaser noch nicht gekommen war.

17

Niklas sah zu, wie seine Frau ihm Frühstück machte. Er wartete auf die Müdigkeit, die nicht kam.

»Ich bin ganz schön gerannt heute Nacht«, sagte er. »Und das mit meinem Herzen.«

»Ohne Herz«, fing Ute an, besann sich aber darauf, Rücksicht zu nehmen und brachte es anders zu Ende: »Du hast nichts am Herzen.«

»Aber dieses Kribbeln in den Fingerspitzen –«

»Solltest du abklären«, sagte sie. »Meistens sind es die Halswirbel. Wenn es ernst wäre, hättest du andere Beschwerden.«

»Welche?«

»Das werde ich dir auch auf die Nase binden, damit du sie in fünf Minuten dann gleich hast.« Sie schüttelte den Kopf. »Wenn du die ganze Nacht nicht nach Hause kommst, habe ich eher Angst, man hat dich erschossen.«

»Oder erschlagen«, murmelte er. Mit Steinen. Oder in Brand gesteckt.

»Das ist ein Tick von mir«, hörte er sie sagen. »Du kannst ja auch tagsüber erschossen werden.«

»Richtig.«

»Aber tagsüber denke ich an so etwas nicht. Es ist doch nicht zu viel verlangt, wenn du mal kurz anrufst.« Sie seufzte und fing an, einen Politiker zu beschimpfen, der bedauerlicherweise ein Interview im Radio gegeben hatte, als sie gerade von ihrem Radiowecker geweckt worden war.

»Hat man die Augen noch nicht offen«, sagte sie, »schon kriegt man etwas vorgelogen.«

»Tja«, sagte er. Die Zeitung lag auf dem Tisch. Sie hatte schon wieder etwas angestrichen, etwas über Kriege. Er mochte es nicht lesen. Für Ute setzte sich das Elend ohnehin nur aus Raketen und Armut zusammen, aus Erdöl-Kriegen und Staatsoberhäuptern, die keinen Pisa-Test bestehen würden, aber seine eigene schlechte Welt bestand aus Leuten, die ihre Nachbarn wegen einer lauten Stereoanlage erschossen, aus gebrechlichen Rentnern, die ihre Ehepartner nach vierzig langen Jahren mit einem Kissen erstickten, weil sie einander doch nie verstanden hatten, aus Müttern, die nicht um ihre Kinder trauerten, und aus Kindern, die ihn bei der Hand nahmen und erzählten, dass der Papa der Mama so doll auf den Kopp gehauen hatte, bis er ganz rot war und so dick, der Mama ihr Kopp. Aber das mochte er ihr nicht erzählen, weil ihm sein kleiner Teil der schlechten Welt so gewaltig erschien, so viel monströser noch als Raketen oder Erdöl-Kriege.

Die Vorstellung, im Bett zu liegen und sie schleuderten einem Pflastersteine ins Zimmer. Dieser Mann mit dem Baseballschläger vor dem Haus ohne Fensterscheiben, der ausgesehen hatte wie aus dem eigenen Leben in eine neue dunkle Welt geworfen, in der man Baseballschläger in Händen halten musste, um alles zu ertragen. Oder der Mann in der Trainingshose. Aus dem Haus gelaufen, mitten hinein. Wollte für Ordnung sorgen, was war mit seinen Augen? Niklas hatte den Krankenwagen wegfahren sehen und wusste nicht, was mit seinen Augen war.

»Kann man eigentlich –« Er räusperte sich umständlich. »Was ich sagen will, wenn man einen Tritt ins Gesicht kriegt, können einem da die Augäpfel nach innen rutschen?«

»Was?« Ute starrte ihn an.

»Nur so«, murmelte er. »Es hätte mich interessiert.«

»Die Augäpfel?«, fragte sie, und es hörte sich an wie: Eine Spinne im Brotkasten?

»Schon gut«, sagte er. Hatte Daniel Hessler Steine geworfen, Menschen ins Gesicht getreten? Hatte die Rupp es gewusst? Nach fast dreißig Dienstjahren konnte Niklas sich noch immer über die Wege wundern, die sie gingen. Frau Rupp war verbrannt worden, zusammen mit ihrem jugendlichen Liebhaber, dann ein anderer Mann mit einem Dichternamen, über den sie immer noch nichts wussten, und jetzt kümmerten sie sich um zerstörte Fensterscheiben in tristen Häusern.

Sie kümmerten sich um die Angst, denn der festgenommene Erik Engel nannte keine Namen. Ängstlich und alles bedenkend, war er zu dem Schluss gekommen, wenn ich der Erste bin, der redet, werde ich der Nächste sein, der brennt. Der musste nur auf die Brandleichen verweisen, insbesondere auf seinen Mitbewohner und Securum-Kollegen Dani Hessler. Rupps jugendlicher Liebhaber hatte den Sicherheitsdienst verlassen wollen, der nahezu exklusiv für die Bürgerinitiative *Sichere Stadt* arbeitete, Frau Rupps Haufen, den sie, wie Engel hatte anklingen lassen, nicht mehr unbedingt im Griff hatte – ein Netz. Ein Netz mit Rissen, ein Netz ohne Brecht bislang.

Eine Schlinge. Niklas machte sich selber Mut, eine sich zuziehende Schlinge wollte er sehen, doch Heiner Franke, den Potofski und er eine Stunde später aus der Dusche holten, hielt stand. Der Securum-Chef setzte sich an seinen Schreibtisch. Einen Stock tiefer tobten seine Töchter mit seiner netten Ehefrau, hier oben standen ihre Fotos auf dem Tisch. Franke sah sie traurig an; nein, die Häuser in der Stoltzestraße gehörten nicht zu den Objekten, die sie bewachten. Natürlich nicht, was sollten sie denn da bewachen?

»Sie bewachen auch nichts«, sagte Niklas. »Sie hauen alles klein.«

»Das unterstellen Sie mir jetzt«, stellte Franke richtig fest. Er wirkte matt, als er murmelte, dass er andererseits ja nicht wissen könne, was seine Leute in der Freizeit taten. Gutes Personal war schwer zu finden, manche reagierten sich bloß ab. Suchten die Gewalt, aber wem sagte er das? Sicherheitsdienst, Polizei, die nahmen sich nichts, gab solche und solche, überall.

Das gefiel Potofski nicht. »*So dicht*, verstehen Sie?« Er spreizte Daumen und Zeigefinger. »Dann hat es sich mit Ihrem Securum. Dann hat es sich ausgesichert.«

Franke sah wie ein schwermütiger Schauspieler aus, der gleich zum großen Monolog ansetzt, Sein oder Nichtsein, singen oder Maul halten? »Wenn Leute, die man gekannt hat, ermordet werden«, sagte er schließlich, »hat das etwas entsetzlich Beklemmendes.« Dabei griff er nach dem Foto seiner Töchter.

»Was passiert da in der Stoltzestraße?« Niklas versuchte ihm ins Gesicht zu sehen. »Sie wollten uns womöglich gerade sagen, dass da ein Auftrag vergeben wurde. Dass Sie selber sich das nicht ausgedacht haben.« Er fügte eine kleine Lüge an. »Damit wären Sie nämlich schon ein gutes Stück aus dem Schneider.«

»In Brand gesteckt.« Franke schloss die Augen. »Das ist, als wäre der Teufel selber gekommen.«

»Hören Sie, was ich sage?« Niklas setzte sich auf die Schreibtischkante. »Wir beschäftigen uns gar nicht mit Ihnen und

Ihrer Firma, wir beschäftigen uns mit den Brandmorden. Frau Rupp hat Sie für diese Bürgerinitiative engagiert, Herr Hessler hat für Sie gearbeitet. Zwei weitere Ihrer Mitarbeiter erwischen wir in einem Haufen, der kein Eigentum sichert, sondern es zertrümmert. Diese beiden teilten sich eine Wohnung mit Hessler.« Mit zwei Fingern tippte er Franke auf die Schulter. »Sehen Sie, jetzt beschäftigen wir uns doch mit Ihnen.«

Franke sah weggetreten aus. Er fing an, kleine Kreise in die Luft zu zeichnen.

Potofski schlug auf den Tisch. »Ist die Rupp Ihre umsichtige Anwältin gewesen? Hat sie Ihnen geraten, im Zweifelsfall die Klappe zu halten?«

Franke schüttelte den Kopf. »Leute wie mich hat sie nicht vertreten.«

Potofski fragte: »Was wusste sie über die Stoltzestraße?«

Franke legte den Kopf in den Nacken und sprach zur Decke. »Diese Häuser gehörten einmal zu einem schönen Projekt, bezahlbarer Wohnraum für alle. Interessante Geschichte. Kein Happy End. Das wird sie wohl gewusst haben.«

Niklas sah auf das Foto in Frankes Händen, lachende Kinder. Musste man sich Mut machen, siehst du, das ist doch wieder was, egal, was es bedeutet. Und er hier, Franke, mit Angst in den Augen. Aber Angst hatten viele.

18

Anna blieb an der Tür zu Florians Arbeitszimmer stehen. Er goss die Kakteen, an seine zwanzig kleinen Biester ließ er niemanden heran. Manchmal, wenn sie auf Empfängen oder mit anderen im Theater waren, wollte sie es der ganzen Welt verkünden, er ist mein Mann. Nach all den Jahren hatten diese Worte noch immer diesen wunderbaren Klang, mein Mann.

Bei ihrer Hochzeit waren sie allein, er hatte keine Gäste gewollt. Ellen hatte einen Job in Boston, und als sie zurückkehrte, konnte sie es nicht glauben, Florian hatte geheiratet, ohne ihr Bescheid zu sagen? Sie hatte Anna so verblüfft angesehen, als würde sie denken, was will er denn mit dir?

Ellen hatte mehr mit Florian geredet als mit anderen Menschen, mehr auch als mit Stefan, ihrem Mann, als er sie noch nicht betrogen hatte. Einmal, als sie zusammen campen waren, hatten Anna und Stefan abseits gesessen und sich gelangweilt, aber Ellen und Florian besprachen die ganze Welt.

Es war schwer, die beiden hatten einander so lange gekannt. Erst in der Nacht war er nach Hause gekommen, nach einem Treffen mit Ellens Schwester. Ellen hatte ihn einmal ihren Blutsbruder genannt, da wurde er einbezogen in die ganzen Formalitäten. Dann hatte Anna ihn gehört, wie er mit Riesenschritten durch die Wohnung ging, er schlief ja nicht. Trotzdem fing sie jetzt an, mit ihm zu reden, sie hatte die Konzertkarten besorgt, sehr gute Plätze, und ihre Bekannten hatten vorgeschlagen, dass man nach dem Konzert noch gemeinsam essen ginge in dieses neue Restaurant –

Hörte er zu? Sie dachte schon, er hätte keine Antwort für sie, bis sie ihn schließlich sagen hörte: »Meinetwegen.«

Gut. Dann schlug sie ihm vor, dass sie alte Sachen aussortieren könnten, für die Kirche. Er wusste doch, dass sie den Priester kannte? Ein Mann mit einem schönen Namen für einen Priester, Zorn.

Florian machte weiter mit dem Gießen. »Welche Sachen?«, fragte er.

»Kleidung. Der Priester sammelt sie für Bedürftige.« Sie verschränkte die Arme. »Wir haben doch genug. Wir haben mehr als genug, andere müssen anstehen, weil sie nichts haben. Meine Mutter hat uns mal in die Kirche geschleppt, wir mussten da essen, eine ganz widerliche Situation. Da hofft man, dass einen keiner sieht, und sie hockt die ganze Zeit mit dieser Jammermiene da, als würde sie *hoffen*, dass die ganze Welt einen sieht.«

Florian drehte sich zu ihr um. Er hielt die Gießkanne so, dass noch etwas Wasser auf den Boden tropfte, wie Blut floss es auf den Küchenboden, Klaras Blut. Ihre Schwester blutet und schreit, sie steht vor der Spüle, sie krümmt sich und schreit. Schafft sie hier raus, brüllt der Vater, ich will das nicht sehen. Nein, natürlich nicht, der wollte ja immer nur das Schöne sehen, wenn er darauf bestand, dass sie eine perfekte Familie waren. Zwei Mädchen und zwei Jungs, sagt er immer, alles bestens, alles rund. Zu Anna sagt er, du wirst einmal die Topanwältin, wirst sie alle fertigmachen. Dass der kleine Lars krank ist, stört ihn aber, da kann er nicht hinsehen, wenn der sich kratzt, und auch, als Klara blutet, fängt er an zu wimmern und will es nicht sehen.

»Mit fünfzehn«, murmelte Anna.

Florian blinzelte sie an. »Was?«

»Knapp fünfzehn. Meine Schwester.« Anna rieb mit der Fußspitze über den Boden. »Klara hatte eine Abtreibung, sie ist bei einem Pfuscher gewesen. Heimlich war sie da, dann kommt sie heim und läuft regelrecht aus.«

Florian kratzte sich an der Nase. Das Gießwasser lief ihm jetzt über die Schuhe.

»Ich habe das Blut aufwischen müssen«, sagte sie. »Ich musste immer den ganzen Dreck wegmachen.«

Florian schleuderte die Kanne auf den Boden. »Lass das!«, schrie er, »hör auf!« Er boxte gegen die Wand und schlug gegen die Tür, aber dann wurde seine Stimme ganz leise und klein. »Was soll das?«, flüsterte er. »Warum machst du das?«

Sie ging hinaus. Er arbeitete viel, das war alles nicht so leicht für ihn. Aber Klara ist nie mehr gesund geworden, weißt du?

Ihre Geschichten mochte er nicht hören, Florian kam aus gutem Haus, wie Ellen. Sie hatten beide nicht so viel erlebt.

Anna nahm ihre Tasche. Es gab noch ein weiteres neues Restaurant, das sie mit einer Bekannten heute Mittag testen wollte. Der Mann am Telefon hatte »Gerne, Frau Westheim« gesagt, »wann darf ich Sie erwarten?« Anna mochte solche Sätze, ein wenig geschraubt, aber angemessen. Der ganze Tag war ausgefüllt, in der Kanzlei wartete eine Mandantin mit Alkoholproblemen, deren Mann ihr die Kinder wegnehmen wollte. Auch so ein Leben, das Ellen nicht begriffen hatte.

Florians Tür war jetzt geschlossen. Einen Moment noch stand sie davor, ehe sie ging. Sie erwartete einen normalen Tag in der Kanzlei, trotz des großen Kummers über Ellens Tod.

19

Blume fuhr zur Kanzlei im Kettenhofweg, denn er musste schließlich sehen, wo das Geld herkam. Ging ohne Ellen gar nichts mehr, würde er einen Weg finden müssen, eine Niere zu verkaufen. Diesen Notfallplan zögerte er besser noch hinaus.

Ihr Name stand noch immer auf dem Messingschild: *Ellen Rupp, Anna Westheim, Rechtsanwältinnen.* Es regnete, und deshalb nahm er den Hund mit hinein. Drinnen schwarze, kalte Eleganz, vorn ein riesiger Tresen. Stumme Bürokräfte schlichen durch die Gegend, an der Wand hing ein Foto von Ellen mit Trauerflor. Er war nie hier gewesen. Sie hatte ihn in ihre Wohnung gelassen und einmal in ihr Bett, aber nie in die Kanzlei. Eine Empfangsdame, viel freundlicher als Westheims Drachen, fing an zu bedauern, es wäre unmöglich ohne Termin, dabei presste sie die Handflächen gegeneinander und sah wie eine Madonnenfigur aus.

»Es ist wichtig«, sagte Blume. »Ich möchte Frau Westheim nur etwas fragen. Es dauert nicht lange.« Weil sie nicht reagierte, fügte er hinzu: »Ich kenne ihren Mann, den Gatten, Herrn Westheim.«

Als er das sagte, hockte der Hund sich auf die Hinterpfoten, nichts Besonderes, aber es reichte, um der Empfangsdame ein Lächeln aufs Gesicht zu zaubern. Die Menschen wurden nachgiebiger, wenn der Hund bei ihm war.

»Der guckt aber lieb«, sagte sie. »Der beißt doch nicht?«

»Ich weiß es nicht«, sagte Blume. »Bisher hat er es noch nicht gemacht.«

Bevor sie zum Telefon griff, zwinkerte sie ihm zu. »Frau Westheim, hier wäre ein Herr«, sagte sie, was Blume sehr gefiel. »Er hätte eine dringende Angelegenheit, die nicht viel Zeit in Anspruch nähme.« Das gefiel ihm noch besser. Er beobachtete die Empfangsdame, die an ihrer Unterlippe zupfte, wartete, um dann wortlos aufzulegen.

»Sie ist noch im Gespräch«, sagte sie. »Sie müssten warten. Wenn Sie allerdings Reporter sind, können Sie gleich wieder gehen.« Dann murmelte sie, er bringe den Hund besser nach hinten, in den kleinen Abstellraum. »Sie hat«, sagte sie lächelnd, »eine Art Hundephobie.«

Was die Leute so alles hatten. Blume band Chef an einem Schirmständer fest, und während er das tat, fiel sein Blick auf einen in der Ecke stehenden Kopierer. Er richtete sich auf, leicht benommen, als wäre ihm die plötzlich aufsteigende Erinnerung gegen die Schädeldecke gesprungen. Der kubanische Boxer. Mendez. Wieso war ihm das noch nicht eingefallen? Ellen wirft diesen Packen auf den Stuhl im Café, und zuoberst liegt die Kopie einer Zeitungsseite. Der Ausschnitt, den er sehen kann, befasst sich mit dem Tod von Mendez, ein Unfalltod, soweit er sich erinnerte, der Boxer war unter einen Zug geraten. Aber das war doch viele Jahre her.

Das war mindestens zehn Jahre her, wenn nicht länger, das musste um die Zeit gewesen sein, als Blume noch nicht hier wohnte, und diese Frau, die alle Bäume kannte, ihm verbieten wollte, Sportsendungen zu gucken. Sie war nicht lange bei ihm gewesen, eine Verkäuferin oder Lehrerin, auch daran konnte er sich nicht mehr erinnern. Er wäre rücksichtslos, hatte sie ihm vorgeworfen, dabei kam das vom vielen Alleinsein.

Was hatte Ellen mit einer uralten Zeitung gewollt?

»Entschuldigung«, sagte er. Die Empfangsdame hinter ihrem schwarzen Tresen sah er kaum. »Hat Frau Rupp in letzter Zeit etwas aus alten Zeitungen fotokopiert?«

Die Dame wurde plötzlich riesengroß, als sie aufstand, und ihr Blick war ein wenig zerstreut.

»Oder hat sie Sie vielleicht nach alten Zeitungen suchen lassen?«

Sie schüttelte nur den Kopf.

»Na gut«, sagte Blume. »Ich habe sie gekannt. Ja, das habe ich vergessen zu sagen.«

»O Gott«, sagte sie nur.

Blume räusperte sich. »Und Frau Rupp hat sich auch nicht für Boxer interessiert?«

»Für –« Sie schien sich zu verschlucken. »Für Hunde?«

»Nein, ich meine Sportler. Faustkämpfer. Der Name Mendez, der ist Ihnen auch nicht –«

»Nein«, sagte sie streng. Jetzt schien sich ihre Meinung über ihn zu ändern. Mit kleinen, steifen Schritten kam sie hinter dem Tresen hervor und blieb da so lange wie ein Wachhund stehen, bis aus einem der vielen Zimmer eine weinende Frau kam, die aber trotzdem nicht zu verzweifelt war, um sich ein paar Mal hintereinander bei einer anderen Frau zu bedanken. Das war Frau Westheim, die andere. Blume schluckte. Sie war ja wohl zehn Jahre jünger als ihr Mann. Das hatte Ellen sicher gemeint, als sie sagte, sie sei ihm vom Himmel gefallen.

Frau Westheim hatte eine kalte Hand, obwohl sie warm angezogen war, eingemummelt von oben bis unten. In ihrem Zimmer, das größer als das ihres Mannes war, bot sie ihm einen Sessel in einer Sitzecke an. Da könnte man wohnen, in so einem Büro. Unterm Fenster stand ihr Schreibtisch, der nicht so aussah, als würde sie sich überarbeiten. Keine Papiere, nur ein Laptop, zwei Lampen und so ein kleines elektronisches Notizbuch, das die Handschrift erkannte.

Er war noch immer etwas durcheinander, wegen dem Boxer und wegen ihr. »Es ist so«, sagte er, »ich bin ja nicht verheiratet.«

Sie lächelte ihn an. »Das kann noch kommen.«

»Oh, ich glaube nicht, ich meine –« Er kratzte sich am Knie. »Wegen der Scheidung. Ihr Fachgebiet.«

Sie lächelte noch immer, als sie ihm erklärte, dass es wie mit den Ärzten war: wenn lauter Erkältete kamen, aber einer litt an Gastritis, schickte man den auch nicht weg. Ihre Stimme war sanft und ihre Augen ziemlich grün.

»Ja«, sagte Blume, »schon, aber ich bin ja nun überhaupt kein Mandant.« Er merkte selbst, wie umständlich es war, ausgerechnet einer Scheidungsanwältin zu erklären, welchen Ärger es bei Scheidungen geben konnte, aber er tat es trotzdem. Da spielten die Leute falsch, da ging es um Geld und um Sorgerechte, da logen die Leute, insbesondere auf der Gegenseite – eigentlich immer auf der Gegenseite – und sie, die Anwältin, konnte ja auch nicht jedem hinterherlaufen, um zu gucken, welches Spiel er wirklich spielte.

»Nur mal angenommen«, sagte er, »so eine scheidungswillige Ehefrau beschuldigt in böser Absicht den Ehemann, das Kind zu missbrauchen, das steht dann im Raum. Da hat er ganz schlechte Karten. Oder er verprügelt sie, ein anderer Ehemann, und streitet das ab.«

Der Schweiß brach ihm aus, das kam vom Reden. Frau Westheim kniff die Augen zusammen, als müsse sie sich arg konzentrieren.

»Sie haben sich sicher schon gewünscht«, sagte er, »von der Wahrheit etwas herauszufinden, und genau das kann ich für Sie tun. Recherche und Ermittlung. Das habe ich auch für Frau Rupp gemacht, in ihren Angelegenheiten natürlich, in diesen Wirtschaftssachen.«

»*Waaas*?« Sie beugte sich nach vorn.

»Recherche und Ermittlung«, wiederholte Blume.

Anna Westheim lehnte sich wieder zurück. Sie drückte den Daumen gegen die Unterlippe, um so zu verharren, sehr lange, als wäre er Maler und sie saß ihm Modell. Kapierte sie das nicht? Blume kam sich vor wie einer, der den Zug abfahren sieht, obwohl er doch pünktlich am Bahnhof war.

»Sie?«, fragte sie endlich mit einer Stimme, von der er sich vorstellte, dass sie die morgens hatte, wenn die Nacht zu kurz gewesen war. »Sie – sind der Detektiv?«

»Ja«, sagte er. »Frau Rupp war zufrieden mit mir.«

Sie schüttelte nur den Kopf, kaum merklich, aber er konnte es sehen und rutschte auf seinem Stuhl hin und her. Komisch, wie ihre Augen sich veränderten. Jetzt waren sie dunkler und matter, als hätte sich etwas gehäutet da drin. Da war etwas falsch gelaufen, aber was?

»Ja«, sagte sie endlich in die Stille hinein. »Wenn Sie meinen.« Er sah, wie sie Anlauf nahm für ein paar kurze, krampfhafte Atemzüge, dann sprang sie auf und sah auf ihn hinab. »Im Moment habe ich aber nichts. Ich melde mich.«

»Gut«, sagte er.

Zögernd fragte sie: »Ist das alles?«

Er nickte.

»Haben Sie –« Was es auch war, sie kam nicht drauf, und er fragte schnell: »Referenzen? Das nicht, aber –«

»Eine Adresse«, sagte sie laut.

»Natürlich habe ich eine Adresse. Moritz Blume, Battonnstraße 38, das ist meine Glückszahl. Auf der Telefonnummer können Sie mir auch ein Fax schicken.« Als er ihr eine der Visitenkarten reichte, die er einmal am Automaten hatte machen lassen, sah er sie ein bisschen lächeln. Sie ging zu ihrem Schreibtisch und wühlte in einer Schublade herum, in der sie wohl jede Menge Visitenkarten aufbewahrte.

»Warum ist 38 Ihre Glückszahl?«, wollte sie wissen. »Ist das Ihr IQ?«

»Ich weiß es nicht. 38 ist rund.«

Sie richtete sich auf. Jetzt hielt sie zwei Visitenkarten in der Hand und fragte: »Sie haben so eine Art Sozius?«

Er schüttelte den Kopf. »Nur meinen Hund. Er ist der Chef.« Dann guckte er woanders hin, als er merkte, wie fad und humorlos sie war.

20

Niklas fand, man sollte hier auf Zehenspitzen gehen, wegen der Schwermut und der Stille. Alles war gedämpft in Ellen Rupps Kanzlei, Stimmen und Schritte, selbst die Espressomaschine zischte so leise, als hätte man sie in Watte gepackt. Er starrte auf Frau Rupps leeren Schreibtisch und dann auf das Poster an der Wand. Es zeigte die Umrisse eines jungen Mannes, darunter die Worte *Arthur Rimbaud: Ein Aufenthalt in der Hölle.*

Schon wieder. Ihre Dichter und die Worte von Feuer und Tod. Ein Anflug von Gänsehaut, der sich legte, als er Potofski beobachtete, denn wieder fiel ihm dessen Eigenart auf, bei nervöser Anspannung kleine, tänzelnde Schritte zu machen. Wurde es arg, fing er regelrecht an zu hüpfen. Die Sekretärin, auf die sie warteten, würde verschnupft reagieren, weil er mit dieser Tippelei schwarze Spuren auf dem glänzenden Parkett hinterließ. Schon der Empfangsdame war das Entsetzen anzumerken gewesen, als er dreist nach Frau Rupps Tippse fragte. Potofski konnte sich aber nicht damit abfinden, dass eine Anwaltskanzlei sowohl Empfangsdamen als auch Sekretärinnen beschäftigte, womöglich auch noch Empfangsherren und Sekretäre; Protzerei, sagte er, bei vernünftiger Arbeitsaufteilung bekam eine das alleine hin. Seine Freundin schmiss auch einen ganzen Laden und zwar mit links.

»Was für einen Laden?«, fragte Niklas.

»Eine Zoohandlung.«

»Siehst du?«

»Ja was?« Potofski machte einen kleinen Hüpfer. »Diese Viecher wuseln heftiger herum als alle Mandanten zusammen. Allein der Dreck, den die hinterlassen.«

»Du stehst doch auf dem Standpunkt, Rupps Mandantschaft hinterlässt auch nur –« Niklas hustete laut, als die Sekretärin wie hingezaubert in der Tür stand. Ihr Name war Wolf, schon sprachlich eine perfekte Ergänzung zu Frau Rupp. Eine wunderbare Frau, eine ganz in Schwarz gekleidete Perle, die nur »Momentchen« sagte und kehrtmachte, als er nach möglichen Unterlagen über die Stoltzestraße fragte.

»Sie haben was«, flüsterte er.

»Das zieht sich.« Frau Wolf legte einen dicken Ordner auf den Tisch.

Was sie dann in Händen hielten, waren Vermerke, Briefe und Protokolle über Verkaufsverhandlungen. Es ging um drei Häuser, Stoltzestraße 1 bis 5, die Häuser am Anfang der Straße, das kleine Kriegsgebiet. Noch gehörten sie einer städtischen Wohnungsgesellschaft, aber die wollte sie verkaufen. Frau Rupp hatte die Interessenten vertreten, eine Gruppe hier ansässiger privater Investoren, und da wurde wohl geschachert. Die Anwältin hatte Briefe voller Zahlen geschrieben, es ging um Sanierungskosten, Rendite und Eigenkapital, um Kredite, die aus zu erwartenden Mieteinnahmen getilgt wurden. Um die Attraktivität von Wohngebieten ging es in Briefen an eine Bank; die Innenstadt brauche gute Wohngebiete, damit zahlungskräftige Mieter nicht gezwungen würden, täglich dreißig Kilometer ins Umland zu fahren. Sanierung, lasen sie, Komplettsanierung aller Gebäude zwecks Aufwertung.

Das Zahlenwerk durchschaute er nicht, Niklas wagte dennoch eine Zusammenfassung. »Diese Häuser sollen also an Frau Rupps Mandanten verkauft werden. Die Verhandlungen stehen kurz vor dem Abschluss, ist das richtig? Zum Schluss war sie noch am Preisdrücken?«

»Könnte man sagen«, sagte die Sekretärin.

Niklas erinnerte sich an die Bewohner, die er in der Gewaltnacht gesehen hatte, an den alten Mann, der seinen Baseballschläger kaum halten konnte, an die Frau auf ihrem zerschlagenen Balkon und an den Mann in der Trainingshose, dem sie womöglich, die Augäpfel … besser nicht daran denken.

»Was ist denn mit den jetzigen Mietern?«, fragte er. »Nach einem Verkauf steigen doch die Mieten, oder? Können die das zahlen?«

»Ich glaube nicht«, sagte Frau Wolf.

»Wer sind die Investoren?«, fragte er, »wo sind die Namen?« Frau Wolf murmelte, irgendwo stünden die auch. Er blätterte weiter. Hinter einem roten Trennblatt steckten Rupps handschriftliche Notizen. Er las sie durch und ging einen Schritt auf die Sekretärin zu. »Hier hat Frau Rupp etwas notiert, schauen Sie mal –« Er las es vor: »*Stoltze 1–5, A-Mieter – Drehen?* Was hat sie damit gemeint?«

»Dass da viele A-Mieter wohnen«, sagte sie.

»Nämlich?«

»Arme, Alte, Ausländer, Asoziale, Alkoholiker, Arbeitslose.«

»Ah«, sagte Niklas. »Aha.«

Potofski, tänzelnd, sagte: »Ich kannte mal einen A-Anwalt. *A* wie Arschloch.«

Niklas raschelte mit dem Blatt in seiner Hand. Wer hatte Potofski beigebracht, sich zu benehmen? Das LKA wohl nicht. »Da steht aber noch –«, fing er an.

»Ich werde mich über Herrn Podolski beschweren«, sagte die Sekretärin, ohne jemanden anzusehen.

»Warum?«, fragte Potofski. »Was hat er getan?«

»Da steht –«, wiederholte Niklas, dann hob er den Kopf. Aus irgendeinem Winkel drang Hundegebell.

»Frau Westheims Mandant«, erklärte Frau Wolf.

»Ein Hund?« Potofski lachte und verstummte auch nicht, als sie ihn so verächtlich anstarrte, dass sich ihre Nasenflügel blähten.

»Also.« Niklas versuchte es erneut. »Da steht aber noch über die Mieter: *Drehen*, was bedeutet das?«

»Da ist ein Fragezeichen«, sagte Frau Wolf.

»Ich sehe es. Aber was meinte sie?«

Die Perle sagte: »Einkommensschwache Mieter durch einkommensstarke zu ersetzen, das ist Drehen.«

»So«, brummte Niklas. »Ersetzen ist Kündigen?«

»Man versucht Anreize zu bieten, Alternativen –« Sie wedelte mit einem Finger, und er hatte schon wieder zwei Worte mit *A*.

Noch einmal las er, was Ellen Rupp notiert hatte, *Stoltze 1–5, A-Mieter – Drehen?* Mit so etwas hatte sie sich befasst? Er hatte eine gewisse Zuneigung zu ihr entwickelt, zu ihrem nonchalanten Lebensstil und all dem, womit sie sich umgab. Musste man sich nur umschauen, da hing das Bild eines Dichters, von dessen Existenz er nicht einmal gewusst hatte. Oder die Musik, Jazz; Niklas hatte sich immer gewünscht, Jazz zu mögen, aber er verstand diese Musik nicht, er würde es nur interessant finden, einer zu sein, der mit anderen über Jazz redete. Er hätte auch gern in einer Riesenwohnung gewohnt oder einen schnittigen M6 gefahren, das konnte er sich alles vorstellen. Nein, den M6 doch lieber nicht, würde man ihn ja auslachen. Oder junge Frauen in seinem Fall, Frauen im Alter seiner Tochter, diese Vorstellung war ihm genauso peinlich wie der M6. Aber dass sie sich einfach die Männer genommen hatte, die sie gerade wollte, ganz egal, wie alt beziehungsweise jung die waren, hatte er darauf zurückgeführt, dass es in ihrem Leben zu viele Kontaktpersonen und zu wenig Liebe gab, da war er wieder sentimental gewesen. Er guckte auch im Fernsehen gerne Seifenopern.

»Die Anreize für A-Mieter, damit sie gedreht werden können«, hörte er Potofski sagen, »bestehen in der Stoltzestraße im Simulieren von Ausschreitungen, die auch schnell mal eskalieren. Für diese Aufgabe steht ein sogenannter Sicherheitsdienst bereit.«

Er staunte. Wenn er wollte, konnte Potofski vernünftige Sätze bilden.

»Hat Frau Rupp diese Gewalttätigkeiten –« Niklas wollte *veranlasst* sagen, entschied sich aber anders. »Hat sie davon gewusst?«

Frau Wolf sagte, das habe ja nun in der Zeitung gestanden.

Potofski schnippte mit den Fingern. »Man schickt ein paar Leute los, damit sie Randale machen. Mieterschutz, da kann man nicht einfach sagen, raus, und vier Wochen später sind die weg, da muss man sich was überlegen, damit sie ausziehen und zwar so schnell wie möglich.« Er schnappte nach Luft. »Hat sie mit Ihnen darüber gesprochen? Es wäre nicht klug, wenn Sie uns etwas vormachen.«

Langsam und betont sagte die Sekretärin: »Das ist doch unlogisch.« Eine Lehrerin, die dem Klassendeppen etwas zu erklären versucht. »So etwas können Sie höchstens gewissen Vermietern unterstellen, das wäre aber in diesem Fall noch immer die Wohnungsgesellschaft.«

»Nein«, sagte Niklas. »Damit kann man auch den Preis drücken. Natürlich. Ständige Randale, da sind die doch froh, wenn sie die Häuser endlich losschlagen können. Und der Preis sinkt weiter. Für die Investoren wird es billiger, wenn sie diese Mieter nicht mehr drin haben.« Er sah die Sekretärin an. »Können Sie mir folgen? Hat Frau Rupp das so gesehen?«

Tadelnd schüttelte sie den Kopf. »Ich selber habe mal eine Liste mit verfügbaren Sozialwohnungen für Ellen erstellen müssen.«

»Haben Sie mal«, murmelte er. Aus der Erinnerung tauchte die Stimme Erik Engels auf, wie er von einem lautstarken Streit zwischen Rupp und ihrem Schönheitsdoktor Rossmann berichtete. Hatte Engel nicht davon erzählt, wie sie Rossmann drohte? »Für dich kann es unangenehm werden, du Faschistenschwein, das hat die SS schon gemacht.«

»Ich finde die Namen der Investoren nicht«, sagte Niklas. »Zum Beispiel der Dr. Rossmann, wo ist der denn verzeichnet?«

»In der Beiakte«, sagte Frau Wolf.

»Ja, dann geben Sie mir mal die Beiakte.«

Potofski tippelte wieder herum, als sie die Namen lasen. Der Apotheker Michaelis war dabei und der Neurologe Dr. Rossmann. Niklas hörte ihn leise »Bingo« sagen, auch eines dieser Worte, mit denen er nichts anfangen konnte.

Er sah auf. Durch die halboffene Tür konnte er die Sozia sehen und hören, Frau Westheim kam auf klackenden Stöckeln heran, mit denen sie draußen unversehens in Straßenbahngleisen stecken bleiben könnte. Schlimme Sache, er hatte das mit einer anderen jungen Frau erlebt, der er helfen wollte, weil sie nicht von den Schienen kam. Der Pfennigabsatz steckte im Gleis und die Straßenbahn nahte heran. Sie müssen raus aus dem Schuh, hatte er sie angefleht, jetzt machen Sie doch, da kommt die Bahn. Aber sie wollte nicht, ohne ihre Schuhe hatte sie nicht leben wollen. Es war eine Vollbremsung nötig gewesen, soweit er sich erinnerte.

Frau Westheim schrie über den ganzen Flur: »Seit wann werden hier Hunde hereingelassen?« Für ihr anmutiges Äußeres hatte sie eine ordinäre Stimme, sie sollte nicht laut werden. Dann hörte man die freundliche Empfangsdame ein paar Rechtfertigungen murmeln.

Potofski lachte. »Prima Klima haben Sie hier.«

Ellen Rupps Perle blies über ihre Fingernägel, als hätte sie die gerade lackiert, und sagte, Frau Westheim hätte ihre eigene Sekretärin.

Niklas blätterte in seinem Notizbuch. Rossmann kriegte einen Kringel, höchste Priorität. Den Namen des Apothekers schrieb er gleich darunter. Aber er hatte noch eine Strichliste für Frau Wolf, Dinge, die zu klären waren, etwa dieser Privatermittler ohne Namen, hatte der auch mit der Stoltzestraße zu tun?

»Der hat einen Namen.« Sie verschränkte die Arme. »Wie ich bereits sagte, hat Ellen ihn Leo genannt, das hat sie immer so gemacht.«

»Wie«, fragte Niklas, »sie hat alle Männer Leo genannt?«

»Nach Romanfiguren, wenn es ihr passend erschien.« Sie nickte vor sich hin, als sei das selbstverständlich.

»Welchen Namen hatte sie denn für Dr. Rossmann?«, fragte er.

»Rossmann?« Den Namen schrie sie fast. Wieder blähten sich ihre Nasenflügel, was sehr interessant aussah. »Ripley.«

Niklas schwieg. Von Potofski kam auch nichts, das war zu erwarten gewesen. Albern, eine Frau und ihre Marotte. Den Leo, hörte er die Sekretärin sagen, den könne er aber vergessen.

»Das überlassen Sie mal mir«, sagte er. »Frau Rupp hat ihn doch beschäftigt.«

»Beschäftigt, ja.« Sie brachte ein kleines, trauriges Lächeln zustande. »Genauer gesagt, sie hat ihn bezahlt.«

»Ja eben.«

Sie nickte vor sich hin, eine elegante Frau in elegantem Trauerschwarz, die ihnen erklärte, wie ihre verstorbene Chefin beispielsweise ein Unternehmen beim Börsengang begleitete. Da waren tausend Dinge auszuhandeln, man machte sich ja keine Vorstellung. Der Vertrag mit der Bank war das Wichtigste. Möglich, dass Ellen den leisen Verdacht hegte, die Mandanten könnten sich noch für eine andere Bank hübsch machen, ohne ihr das zu sagen, möglich, aber irrelevant.

»Irrelevant«, wiederholte sie laut, weil die Polizisten mit den Füßen scharrten, sie wollten keinen Vortrag hören. »Aber es wäre auch nicht verkehrt, es zu wissen«, fuhr sie fort. »Also sagte Ellen diesem Leo, der Herr X von der Firma Y, guck mal, was der macht, in welche Bank er geht. Das hat der Leo auch gemacht und kriegte sein Honorar.«

»Ja eben«, sagte Niklas erneut.

»Blödsinn«, sagte sie. »Es war ihr egal, das hat das Mandat doch nicht berührt. Sie hat sich noch seltsamere Sachen aus den Fingern gesogen, damit sie etwas für ihn hatte.«

Niklas schüttelte den Kopf. »Aus den Fingern gesogen?«

Wieder dieses traurige Lächeln. »Sie wollte, dass er seine Miete zahlen kann. So dolle Aufträge hatte er nicht, sie sagte mal, er hat noch nicht mal eine technische Ausrüstung, nichts. Natürlich waren da mal Kleinigkeiten dabei, die sie sich zunutze machen konnte, aber das war die Ausnahme. Sie hat sogar versucht, ihn bei Frau Westheim unterzubringen, als Familienanwältin könnte die ihn doch verwenden, aber die wollte nicht.« Sie hüstelte. »Frau Westheim fand das wohl illegal. Nun, wie gesagt, Ellen brauchte ihn eigentlich nicht. Sie machte sich bloß Sorgen, dass er nicht genug verdient.«

»Nanu«, sagte Potofski. »Sie hat sicher auch für Brot für die Welt gespendet?«

Frau Wolf ging einen Schritt auf Niklas zu. »Beschäftigt die Polizei noch mehr von diesen Straßenkötern?«

Niklas sah woanders hin. Er musste Potofski unbedingt sagen, dass das ungehörig war. Gleich draußen, ausdrücklich. Es war ein erstes Gebot, Mordopfer nicht zu verhöhnen, jedenfalls nicht öffentlich, wie standen sie denn da. Nachher erzählte die Perle das weiter.

Bei Potofski war es nun der pure Trotz, als er fragte: »Welchen Auftrag hat 007 von ihrer Majestät denn zuletzt erhalten?«

Frau Wolf reagierte nicht, sie prüfte ihre Fingernägel.

Niklas sagte: »Ich hätte das auch gern gewusst.«

»Leo war Ellens Privatsache.« Sie sah Niklas an. »Ich weiß es nicht.«

»Nun ja«, murmelte er. Erneut sah er seine Strichliste durch. »Hier habe ich noch etwas, das uns Herr Westheim erzählt hat. Der fühlte sich durch einen Herrn Langenau beleidigt und hat Frau Rupp davon unterrichtet. Sagt Ihnen der Name Langenau etwas? Der ist wohl durch Herrn Westheim arbeitslos geworden, wenn ich das richtig verstanden habe.«

Die Sekretärin sagte, Ellen hätte dem Westheim alle möglichen Gefallen getan, ohne Rechnung, versteht sich. Nichts Weltbewegendes, Freundschaftsdienste. Allein das Ausstatten der Kanzlei mit Frau Westheim war ein immenser Freundschaftsdienst gewesen.

»Haben die Damen sich nicht verstanden?«, fragte Niklas.

Sie hob die Brauen. »Sie sind sich auf dem Flur begegnet, haben *Hallo* gesagt, das war alles. Hier zumindest, privat mussten sie ja miteinander auskommen, Empfänge, Theater, da haben sie sich ja dauernd gesehen. Aber Ellen konnte nicht viel mit ihr anfangen.«

»Wie Sie natürlich auch nicht«, sagte Potofski, und Niklas, der nicht wollte, dass Potofski noch einmal das Wort ergriff, fragte schnell: »Was ist denn nun mit diesem Langenau?«

»Ich meine –« Frau Wolf zog den Computer zu Rate. Listen wanderten über den Monitor, dann schüttelte sie den Kopf. »Nein, da ist nichts. Ich dachte, ich hätte den Namen gelesen, aber sie hat das wieder gelöscht. Das hat sich wohl erledigt, sie hat nichts unternommen.« Sie sah zur Decke, ihre Fingerspitzen auf dem Tisch fingen an, Klavier zu spielen. »Das war eh in den Tagen, als sie keine Nerven für solchen Pipifax hatte. Sie wissen schon, als es ihr so dreckig ging, kurz vor – Sie wissen.«

Ja, er wusste. »Kurz vor ihrem Tod«, sagte Niklas dennoch.

»Sie war so nervös«, murmelte sie. »Ich durfte kaum Gespräche durchstellen, dann ist sie zwischendurch einfach weg, obwohl sie doch Mandanten erwartete, und ich weise sie noch darauf hin, aber sie sagt nur, egal, schick sie halt weg, das war« – Sie holte Luft, suchte nach dem passenden Wort – »unüblich. Vielleicht war etwas mit ihrer Wohnung, weil sie noch wissen wollte, wo man Möbel einlagern kann, aber man konnte sie nicht fragen, was los ist, das konnte man nie.«

»Wieso wollte sie Möbel einlagern?«

»Ich weiß es doch nicht.«

Gleich würde sie weinen. Niklas ging einen Schritt zurück. »Nervös, das ist so ein Wort – hatte sie Angst, war es das?«

Die Sekretärin schüttelte den Kopf und murmelte, es wäre eher so gewesen, als hätte Ellen einen Geist gesehen. Verstehen Sie? Als wäre etwas passiert.

21

Anna saß an ihrem Schreibtisch. Keine Termine mehr, nicht heute, nur die Polizisten waren noch da. Trotz geschlossener Türen konnte sie die Stimme von Ellens hochnäsiger Sekretärin hören, bald war die ja wohl arbeitslos. Von dieser Frau hatte Ellen sich duzen lassen, was ein starkes Stück war, sich von Untergebenen duzen zu lassen. Annas Sekretärin war älter, da stellte sich diese Frage ohnehin nicht, und bei Florian gab es das auch nicht, Anna hatte ihn extra einmal gefragt, darf deine Sekretärin dich duzen? Was, hatte er entgeistert gefragt, wieso? Nein, darf sie nicht.

Florian wirkte oft ein wenig entgeistert, wenn sie ihn etwas fragte, wenn sie ihn überhaupt ansprach, als wäre er ganz versunken in seine eigene Welt. Man sollte meinen, er wäre ein schweigsamer Mann, doch wenn sie eingeladen waren, hörte sie ihn reden.

Polizei, immer wieder. Wie sollte man eine Kanzlei führen, die nahezu täglich von der Polizei belästigt wurde? Darunter litt selbst die renommierteste Kanzlei, die renommierteste wohl ganz besonders.

Jetzt zog sie die Karten heran, vorsichtig, als krochen Insekten darauf herum. Billige Visitenkarten, Automaten-Schrott, alle beide. Battonnstraße 38, alle beide, der hinkende Friseur, der ihr gefolgt war, und er, der mit dem Monster, diesem Hund. Karten für Arme, feierlich überreicht, was lächerlich war. Dann konnte man es auch lassen, dann sagte man nur seinen Namen und nannte die Adresse, bevor man sich mit diesem Dreck blamierte. Wie ihr Vater, der lässt sich auch Visitenkarten drucken, sie begreift das nicht, was will er damit? Er hat keinen Beruf und keine Arbeit, was schreibt er denn da drauf? Anna kommt spät nach Hause, als sie die Karten auf dem Küchentisch liegen sieht. Morgens geht sie zur Uni und arbeitet am Nachmittag im Lager eines Supermarkts. Sie kann sich keine eigene Wohnung leisten, die Eltern und die Geschwister fressen doch alles auf. Als sie nach Hause kommt, mit ein paar abgelaufenen Lebensmitteln, die sie billiger kriegt, sieht sie die Visitenkarten mit der geschwungenen, protzigen Schrift und fängt an zu schreien; dafür hast du Geld, schreit sie, für so einen Dreck, dafür schon.

Der Vater sagt, du bist wie deine Mutter, du bist genauso zickig. Überall verteilt er diese Karten, in allen Kneipen, die er kennt, weil etwas dabei herausspringen könnte. Einer, sagt er, erinnert sich immer.

Aber kein Mensch hat sich erinnert. Namenlos ist ihr Vater geblieben, ein unbedeutender Mann.

Auf Florians Schreibtisch lag das Buch von Flaubert, aus dem die Worte stammten, die Ellen zu Rossmann gesagt hatte, dem Neurologen aus der Nachbarschaft. Jetzt interessierte sich wohl die Polizei für ihn, zumindest hatte die blasierte Frau Wolf da drüben seinen Namen laut genug genannt.

»Arbeiten«, hatte Ellen gesagt, »alles einer Idee, einem jämmerlichen, trivialen Ehrgeiz aufzuopfern, eine Stellung, einen Namen erringen?«

Rossmann hatte versucht mitzukommen, nur war er längst nicht so belesen wie sie. Ja wie, hatte er gefragt, ja und?

Und Ellen hatte gesagt: »Und dann? Wozu?«

Anna hatte es nachgelesen, Ellen hatte es richtig zitiert, *eine Stellung, einen Namen erringen, und dann? Wozu?*

Ellen war doch immer alles zugeflogen, da konnte sie so reden. Sie hatte den Mut oder die Frechheit besessen, den Leuten alles Undenkbare ins Gesicht zu sagen. Aber mit dem Zitat hatte sie sich geirrt, oder nein, der Dichter, den sie zitierte, hatte sich geirrt, weil man nämlich sehr wohl eine Stellung erringen musste, um sich später nicht sagen zu müssen, du hast nichts hinterlassen, keine einzige Spur.

So wie Reinhard Kohler, Annas Vater. Nichts hinterlassen, keine Spur. Nur Visitenkarten. Oder Ursula, seine Frau.

Geschrumpft, lange vor dem Tod. Sven und Lars und Klara Kohler, kleine Flammen, die erloschen waren. Kaum richtig gelebt, immer nur geträumt. An kalten Tagen sah sie die Kinder noch immer durch die Straßen laufen, Anna, Sven und Klara. Sie gucken in Schaufenster, Sven schmeißt die Scheiben ein. Lars, der Kleine, friert, wenn sie nach Hause kommen, und er schreit, weil er friert. Noch dicker kann man ihn nicht anziehen, sagt die Mutter, und dass die Nachbarn sich beschwert haben über dieses Geschrei und dass der Vermieter sie noch rauswerfen wird, diese Angst immer, kannst du das verstehen?

In jener Nacht, kurz vor ihrem Tod, hatte Anna Ellen das alles erzählt. Nebenan. In ihrem Zimmer, an ihrem Tisch. Die Zeit vor Florian, die graue, kalte Zeit, als sie noch Anna Kohler war. Heute hatte das Leben andere Farben, denn er hatte sie gerettet. Sie sagt ihr das alles, sie geht vor Ellens Schreibtisch auf und ab wie an guten Tagen vor Gericht, konzentriert und immer in Bewegung.

Aber Ellen hatte nichts begriffen.

Ellen sagt, noch kälter ist der Tod, ach ja. Vielleicht hatte ein Dichter das gesagt, man wusste ja nie, was sie meinte und was sie bloß zitierte.

Das wusste man doch nicht. Ellen mit dieser schwachsinnigen Angewohnheit, Menschen beim falschen Namen zu nennen. Ripley. Also Rossmann. Sie allein wusste, warum, vielleicht war dieser Ripley ein böser Mensch gewesen, es deutete doch alles darauf hin. Ellen, wie sie mit Florian sprach, kurz vor ihrem Tod, wie sie über Rossmann sagte, er ist ein Dreckskerl, ein ganz mieses Schwein.

Oder wenn sie einen Mann Brecht nannte, wenn sie einen Zettel herumliegen hatte, auf dem sie einen Namen notiert hatte, *Brecht*, dann musste man glauben, wenn man sie kannte, dass sie ihn nur so nannte, weil er sie an etwas erinnerte, was mit dem Dichter zu tun hatte und mit seinem Werk. Wenn er dann aber wirklich so hieß und es dennoch nicht war oder einer von Vielen? Wenn ein anderer kam, wie im bösen Traum die Schlange mit den nachwachsenden Köpfen, immer mehr Köpfe, mehr Augen, mehr Zungen, was dann?

Na gut. Blume, Battonnstraße 38. Ellens Aufgebot, armselige Kerle. Anna blickte auf die geschwungene Schrift. Billig und banal.

Als sie aufstand, fing sie wieder an zu frieren. Sie rannte zur Tür. Kältewellen wie Stromstöße, wie Schocks.

22

Niklas rief »Hoppla«, als Ellen Rupps Sozia auf ihn zugeschossen kam, als hätte sie etwas gestochen. Er hörte sie eine Entschuldigung murmeln, hielt sich selber aber nicht mit Höflichkeiten auf.

»Wir haben gerade mit Frau Rupps Sekretärin gesprochen«, sagte er. »Kurz vor ihrem Tod ist es ihr nicht besonders gut gegangen.«

»Der Sekretärin?« Frau Westheim ging an ihren Schreibtisch zurück. In ihren grünen Augen lag eine Spur Verachtung.

»Frau Rupp.« Er seufzte. »Haben Sie davon nichts mitgekriegt? So Tür an Tür in der Kanzlei?«

»Nein«, sagte sie nur, und wie sie da stand, die Arme gegen den Körper gedrückt, sah sie aus, als sei sie schwer erkältet.

»Frau Rupp war am Abend ihres Todes mit ein paar Leuten in einem Restaurant«, sagte Niklas. »Gut, da waren Sie nicht dabei, aber diese Leute haben alle dasselbe gesagt, dass sie fahrig wirkte, abwesend. Das ging also eine Weile so.« Er kratzte sich am Kopf. »Frau Westheim, ich bin der Meinung, das hätten Sie mitkriegen müssen.«

Sie presste die Lippen aufeinander, als würde sie Lippenrot verteilen. Ute machte das immer so. »Ellen war öfter mal gehetzt«, sagte sie. »Sie wollte noch jemanden in die Kanzlei holen, der ihr Mandanten abnimmt. Mit mir konnte sie ja nicht rechnen, ich verstehe nicht viel von Wirtschaft.« Übergangslos fügte sie hinzu: »Vielleicht hatte sie Angst, ihn zu verlieren. Diesen Dani. Sie wurde ja auch nicht jünger.« Sie machte ein Geräusch, als müsste sie ein Niesen unterdrücken.

»Er war bei ihr«, sagte Niklas. »Das wissen Sie doch.«

Und sie waren zusammen gestorben, sie hatten einander anschauen können, Hessler an der einen, Rupp an der gegenüberliegenden Wand. Sie allein auf dem Sofa, als hätte er da Platz gemacht für jemand anderen.

Niklas rieb sich die Nase, dann die Stirn, weil dieses Bild nicht zu vertreiben war, zwei Skulpturen in einer ausgebrannten Wohnung, drei. Eine dritte in einer anderen Wohnung.

»Warum wollte sie Möbel einlagern?«, fragte er.

»Was wollte sie?« Frau Westheim starrte ihn an.

»Wollte sie nicht?« Er räusperte sich. »Sie hat ihre Sekretärin danach gefragt.«

Anna Westheim sah ihn an, als könnte sie sich plötzlich nicht mehr an seinen Namen erinnern oder als passten ihr seine Worte nicht. »Vielleicht brauchte sie neue Möbel und dann –« Sie schüttelte den Kopf. »Keine Ahnung.«

»Was wissen Sie denn über die Stoltzestraße?«, fragte er.

»Tja«, sagte sie nur.

»Bitte?« Er schob die Hände in die Hosentaschen.

»Ellen hatte Mandanten, die da investieren, meinen Sie das?« Mit einer Hand klappte sie ihren Computer zu. »Sie hat sich mal darüber lustig gemacht, wie so ein Haufen Mittelständler sich auf Teufel komm raus als Investoren betätigen will. Sie sagte, das erinnere sie an Schoßhunde, die unbedingt mit den großen Kötern pinkeln wollen.«

Niklas gab sich einen kleinen Ruck, als er sagte: »Und die Schoßhunde schicken Kampfhunde los. Können Sie mir folgen?«

Gleichgültig sah sie ihn an. »Nicht unbedingt.«

»Wie gut kennen Sie Dr. Rossmann?«

Sie nickte vor sich hin. »Wir haben gesellschaftlichen Umgang mit ihm. Mit dem müssen Sie vorsichtig sein, er hat Einfluss.«

»Passen Sie mal auf«, sagte Niklas. »Ohne genauere Erkenntnisse kann man das folgendermaßen sehen: Frau Rupp hat die Verkaufsverhandlungen geregelt, das wissen wir. Alles Mögliche hat sie geregelt. Entweder hat sie die Gewalttaten in der Stoltzestraße in Auftrag gegeben oder sie zumindest billigend in Kauf genommen.«

»Ich weiß es nicht.« Ruhig stand Frau Westheim da, größer als er auf diesen halsbrecherischen Stöckeln. Sollte er sich jemals scheiden lassen, was er doch nicht hoffen wollte, würde er sie nicht als Anwältin nehmen, ausgeschlossen. Er wusste nicht, warum, aber er wusste, dass er es nicht fertigbringen würde, ihr beispielsweise zu sagen: Meine liebe Frau weiß immer alles besser, egal was ich sage.

»Sie wissen es nicht«, wiederholte er.

»Das wäre nicht ihr Stil.« Fast amüsiert sah sie ihn an. »Die Stoltzestraße stand ja auf ihrer Prioritätenliste nicht weit oben, sie war vielleicht die Letzte, die das mit den Ausschreitungen richtig mitbekam. Es gab doch Gerüchte über Rossmann und Michaelis, dass die es da sehr eilig haben.«

»So«, sagte Niklas, »aha.« Aus den Augenwinkeln konnte er Potofski sehen, der sich auch gleich bemerkbar machte.

»Sieh an, es gab Gerüchte«, sagte Potofski. »Das ist also allgemein bekannt in Ihrer Clique.«

Anna Westheim sah ihn an, als sei er ein seltenes Tier im Zoo. »Als Polizist sollten Sie den Unterschied zwischen Gerüchten und Tatsachenbehauptungen aber kennen.« Während sie einen eleganten Blazer anzog, erzählte sie, dass ihr Ehemann den Dr. Rossmann nicht sehr schätzte, weil der ihm zu kalt und zu berechnend war.

Niklas guckte auf ihre Hände. Rechts, wo er hingehörte, steckte der schmale Ehering. Florian Westheim, fiel ihm ein, trug keinen. Dann hob er den Kopf; sie starrte an ihm vorbei mit den Augen einer Katze, einschüchternd grün. Vor Katzen empfand er eine große Scheu.

»War das alles?«, fragte sie. »Ich habe eine Verabredung in der Stadt.«

23

Blume schrieb auf, was er wusste. Punkt eins war dieser Langenau, mit dem hatte es doch angefangen. Mit den Briefen, Langenau gibt dem Unternehmensberater Westheim die Schuld daran, dass er jetzt arbeitslos ist, und Ellen fordert ihn auf, das Krakeelen zu lassen. Eine Anwaltsgeschichte, so was gab es jeden Tag. Aber sie reden nicht mehr darüber, und Westheim glaubt, sie hätte zu schreiben vergessen. Langenaus Frau sagt aber, dass er geantwortet hat, sie hat seinen Brief an Ellen ja noch eingeworfen. Und Ellen besucht ihn danach und hört vielleicht von einem Mann namens Brecht.

Ellen stirbt als Erste im Feuer, dann Brecht, und der Langenau taucht ab. Das war alles, Blume kam mit einer Seite aus. Es waren nutzlose Informationen dabei, wie diese Mappe, die Ellen im Café Laumer auf den Tisch legt, ein alter Zeitungsausschnitt mit dem Bild des toten Boxers Mendez.

Es war sehr still, als er schrieb. Er besaß keinen Computer, da klapperte nichts, er schrieb mit der Hand. Nach einer ruhigen Nacht ohne Randale folgte ein lautloser Tag. Oben beim Friseur tat sich auch nichts, der warf nicht mehr ständig seine Krücke durch die Gegend. Ellen hatte manchmal angerufen, daran musste er jetzt denken, hatte bloß *Hallo* gesagt, kommst du klar? Der einzige Anruf in letzter Zeit war, als ein Marktforschungsinstitut etwas von ihm wissen wollte.

Blume schrieb seine Liste auch deshalb, weil er nicht wusste, was er sonst tun sollte. Geld organisieren, eine Niere verkaufen, schön, aber das machte auch Arbeit. Er musste Abnehmer finden, den Preis aushandeln, all das. Musste sich auch noch operieren lassen, was der unangenehmste Gedanke war. Nach seiner Begegnung mit der Westheim war er sicher, dass die ihn nicht engagieren würde. Die wollte ihn nicht, die hatte das bloß nicht sagen wollen.

Langenau war abgetaucht. Blume hatte noch einmal mit seiner kleinen Frau reden wollen, die war inzwischen aber auch weg. Verreist, sagte eine Nachbarin, mit zwei Koffern. Ihrem Mann wohl hinterher, bloß wohin? Sinnlos, zu grübeln. Aber Blume kannte den Namen der Firma, die ihn entlassen hatte, Langenau hatte ihn in seinen Kneipen ja laut genug herumgebrüllt. Es war die Nadina-Versicherung. Blume zog sein dunkles Jackett an und fuhr hin. Draußen, unter einem Regendach, war Platz für den Hund, das ließ sich gut an. Drinnen das Übliche, ein Tresen mit Frau. Er hatte sich das gut überlegt, seinen gefälschten Polizeiausweis hatte er bisher nur Leuten gezeigt, die sowieso keine Ahnung hatten. Jetzt knallte er ihn auf den Tresen und fragte: »Wer kann mir etwas über den entlassenen Herrn Langenau sagen?«

»Ui«, sagte die Frau. Sie guckte aber kaum hin. »Die Personalabteilung.«

Ein Mann aus der Personalabteilung guckte sich den Ausweis genauer an, fand aber keinen Fehler. Er saß hinter einem Schreibtisch aus Glas und hatte Glastierchen darauf stehen. Er war blond und trug einen sandfarbenen Pullover. Er sagte, dass Herr Langenau nicht mehr zum Kreis ihrer Mitarbeiter gehörte und er jetzt nicht wüsste –

»Es geht um eine Anzeige.« Blume lehnte sich zurück, das wirkte lässiger. »Das ist Routine. Das Umfeld befragen.«

»Eine Anzeige gegen uns?«

»Nein«, sagte Blume. »Das nicht.«

Der blonde Mann, vielleicht war es der Personalchef selber, entspannte sich. Als Blume wissen wollte, was Langenau bei der

Nadina-Versicherung gemacht hatte, sah er ihn etwas ratlos an.

»Ja, was soll er gemacht haben –« Er blätterte in einer gelben Mappe. »Er hat Schadensfälle geprüft. Wenn sie ankommen und behaupten, sie hätten mit ihrem Pkw einen unverschuldeten Unfall gehabt und wollen den Schaden dann beglichen haben. Sie kennen das ja, in hohem Tempo näherte sich mir ein Telegrafenmast, und obwohl ich unverzüglich einen Zick-Zack-Kurs einschlug, traf er mich am Kühler. Solche Sachen.« Er blätterte weiter. »Das heißt, er hat auch nicht selber vor Ort geprüft, das hat er wohl bei der HT gemacht. Hier hat er das Ganze im System verwaltet. Das war eine Tätigkeit, die dann umorganisiert wurde. Gestrafft. Die Stelle fiel weg.« Er ließ die gelbe Mappe auf den Tisch fallen.

»Was bedeutet HT?«, fragte Blume.

»Hessen-Thüringen Assekuranz.« Der Mann sah ihn an, als sollte man das wissen. »Da war er vorher beschäftigt. Was hat er denn überhaupt angestellt?«

Blume beugte sich vor. »Das wollte ich Sie fragen.«

»Hier? Nichts.« Der Mann klopfte auf den Glastisch und hinterließ Fingerabdrücke. »Er ist wirklich nur freigesetzt worden, weil wir mit den Personalkosten dringend runtermussten. Wir wären sonst draufgegangen.«

»Sagt Ihnen der Name Brecht etwas?«, fragte Blume. »Michael Brecht.«

Der Mann schüttelte den Kopf. Blume hatte damit gerechnet. Kein Mensch hatte diesen Brecht gekannt.

Als er ging, lächelte die Empfangsdame ihn an. Er blieb stehen und fragte nach der Adresse der Hessen-Thüringen Assekuranz.

24

Czerny träumte Tag und Nacht von seinem Laden. Nachts hörte er es krachen, auch wenn gerade einmal Ruhe war. Er sah Pflastersteine in sein Schaufenster fliegen, bevor alles in Flammen aufging. Das fehlte noch. Er war ein kleiner, unterversicherter Mittelständler, und wenn sein Laden hochging, ging er unter. Diese Bande, das war doch ein Unding, die kam und verschwand, und die Polizei guckte zu.

Am Tag, da träumte er sich weg, in eine feine Gegend, in der sein neuer Laden einmal stehen würde. Inzwischen hasste er jede Straße hier und wollte weg, er hatte Angst vor den Steinen und vor einem Feuer, das vielleicht kam. In den schwarzen Träumen hinterließ es Trauerränder wie auf dem herrschaftlichen Haus in der Melemstraße, und es würde ihn töten, wie es die schöne, tragische Frau Rupp getötet hatte. Die Rentnerin, deren Löckchen er gerade frisierte, sagte schon zum dritten Mal, er wäre doch ein junger Mann und könnte sich doch wehren. Wenn die Radaubrüder kämen, sollte er rausgehen und die Steine zurückschmeißen. Er nickte nur, ja, ja. Die Rentnerin sagte, wenn sie jünger wäre, würde sie es selber machen.

Czerny nickte, ja, ja. Er hatte schon mehr mit der Kundschaft geredet, aber er lebte gerade nicht in Frieden mit sich. Die eigene Angst wurmte ihn wie sein Knie, das nur langsam heilte und ihm nicht gestatten würde, zu fliehen, falls es nötig war. Er musste sich dringend ablenken. Alle paar Minuten begann er über einen Namen für den neuen Laden nachzudenken. *Cirrus* wäre eine Möglichkeit, ein Wort aus seinem alten Latein-Wörterbuch, das Haarlocke bedeutete. Mit den Namen und Begriffen war das ohnehin so eine Sache, man kriegte schicke Leute unmöglich in einen Salon, der *Monas Frisierstübchen* hieß, *Hubsis Haarparadies* oder *Flinke Schere*. Hoffnungslos. Seine Exfreundin Luise Stenzel, die sich selber nur Lu nannte und in deren Laden er gelernt hatte, fand, ein Friseursalon müsse einen dunklen, mystischen Namen tragen, *Vertigo* etwa. Das war doch ein Filmtitel, hatte Czerny gesagt, und in diesem Film von Hitchcock ging es um Höhenangst, und irgendwann fiel auch eine Frau von einem Turm herunter, aber das hatte Lu mit einem Achselzucken abgetan und gemeint, den Schönen und Reichen mangele es ohnehin an kultureller Bildung, auch wenn sie stets das Gegenteil behaupteten.

Als er die Rentnerin zur Kasse führte, sie war noch schlechter zu Fuß als er, stellte er sich das neue Ladenschild vor: *Cirrus by Czerny*. Nicht schlecht. Durchaus etwas mystisch.

Eine Stunde später kam Hanife, die er und sein Nachbar Moritz Blume nur Suleika nannten, eine Fünfzehnjährige, die ihr Kopftuch herunterriss, ihn verächtlich anblickte und was Fetziges wollte. Stufen wir alles durch, schlug er vor, und machen ein paar Strähnchen.

»Weiß net«, sagte Hanife, bevor sie ihr Handy aus der Tasche zog und anfing, SMS zu schreiben. »Fetzig halt. Kannste das?«

»Kann ich«, sagte er, und als er fertig war und sie ungefähr achtzehn SMS verschickt hatte, nickte sie nur, band ihr Kopftuch wieder fest und fragte: »Was kost'n das jetzt?«

Dann kam Anna Westheim, aber das kriegte er nicht gleich mit. Er fegte den Boden, und als er sich nach der Schaufel bückte, eine immer noch mühselige Angelegenheit, weil das Knie ja ins Bücken gleichsam involviert war, sah er einen Schatten an der Tür. Er richtete sich auf und stand dann wie sein eigener Lehrling da, mit der Schaufel in der einen und dem Besen in der anderen Hand.

Anna Westheim lächelte ihn an. Zwischen zwei Fingern hielt sie seine Visitenkarte, die er ihr vor der Kirche gegeben hatte. Auf wunderschönen High Heels stand sie da, sehr gerade und wegen der Schuhe auch sehr groß. Sie war zu ihm gekommen, und wenn es eine Gerechtigkeit gab, dann war sie jetzt der Lohn für eine schlimme Nacht voller Unruhe und Angst.

»Möchten Sie einen Kaffee?«, murmelte er.

Sie war zu einem Empfang eingeladen, erzählte sie, da könnte er ihr doch die Haare machen?

Czerny nickte nur. Als Friseur machte man die Haare zwar nicht, die waren ja schon da, aber man brachte sie in Form, und das konnte sie gebrauchen. Bis auf den Haarschnitt war sie perfekt. Schön, sie war verheiratet, falls das etwas Schönes war – nein, das war es eher nicht – trotzdem umgab sie jene Stille, die er von all den einsamen Frauen kannte, die er für eine gewisse Zeit zu erlösen pflegte, die Stille und die Scheu. Als sie sich zum Waschen hinsetzte, legte sie die Hände auf die Stuhllehnen und schloss die Augen.

Er wollte vorsichtig sein und ihr die Schläfen ein wenig massieren, das mochten sie. Er nahm das Apfelshampoo, denn das liebten sie auch. Feine, kleine Kreise zog er über ihre Kopfhaut, und der Duft stieg ihm in die Nase; er meinte, dass er das stundenlang so machen konnte, bis eine warme Sonne sie überflutete. Seine Fingerspitzen strichen über ihre Stirn, als sie plötzlich die Augen öffnete und tatsächlich, so kam es ihm vor, ihre grünen Katzenaugen in die seinen grub. Das haute ihn fast um, dieser Blick von unten, dieses unergründliche Licht.

Musste er etwas sagen? Sie sah ihn immer weiter an, bis er leise fragte: »Haben Sie sie schon unter die Erde gebracht?«

»Was –?«

»Ihre tragisch verstorbene Kollegin.«

Da schloss sie die Augen wieder. Das grüne Licht erlosch. Sie murmelte: »Das wollte sie nicht. Ihr Testament sagt, dass sie verbrannt –«

»O Gott«, sagte er. »Das hat sie ja nun schon hinter sich.«

Sie fing an zu hüsteln und bat ihn, das Shampoo auszuspülen. Sie meinte, das entspanne so sehr, sie schlafe gleich ein.

»Schrecklich«, murmelte er, als sie sich auf den Frisierstuhl setzte, und damit sie das nicht falsch verstand, schließlich guckte sie sich gerade im Spiegel an, setzte er hinzu, er meinte Frau Rupp. Er musste oft daran denken, so eine furchtbare Geschichte.

Mit zwei Fingern strich sie das nasse Haar zur Seite. Sie seufzte, als sie sagte: »Sie konnte nicht durchs Feuer gehen.«

Czerny nahm seine Schere und hielt inne. Hatte sie das nicht schon einmal gesagt? Vor der Kirche, als er ihr erzählte, wie er in der Melemstraße das Feuer sah, ein im Krankenfahrstuhl Gefangener, der Frau Rupp doch überhaupt nicht helfen konnte, da hatte sie ihm sachlich erklärt, er könne nicht durchs Feuer gehen.

»Nicht zu viel.« Durchdringend sah sie ihn an und griff sich wie zum Schutz ins Haar.

Er schüttelte den Kopf und fing an zu schneiden, er hatte es noch nie so behutsam getan. Er wusste ja nicht, was sie wollte; immer wenn sie sagten: »nicht zu viel«, wollten sie im Grunde, dass alles so blieb, wie es war. Oder sie sagten: »Bloß die Spitzen«, dann hatten sie auch keine weitreichenden Pläne.

Wieder hielt sie den Blick auf ihn gerichtet, als sie wissen wollte, wie er hier zurechtkam, wo doch in der Stoltzestraße nebenan dauernd etwas passierte. Sie hatte schon überlegt, ob sie überhaupt kommen sollte. Er sagte, er ziehe bald weg und konzentrierte sich auf ihr Haar. Tat er das nicht, blendete ihn das grüne Licht aus ihren Augen. Sie hatte die Namensschilder gelesen, sagte sie, er wohnte ja hier im Haus, was doch recht praktisch war, weil der Weg zur Arbeit entfiel. Sie zog den schwarzen Frisierkittel über der Brust zusammen. Czerny war ein schöner Name, wie hieß er denn mit Vornamen?

»Das ist nicht von Bedeutung.«

»Sag ihn mir doch«, murmelte sie, und vor lauter Schreck, weil sie ihn plötzlich duzte, buchstabierte er seinen verhassten Namen: »Charly, Lima, Alpha, Uniform, Delta, Echo. Das ist das Nato-Alphabet.«

»Claude.« Sie verzog keine Miene. »Da muss man aufpassen, wie man es ausspricht.«

»So ist es. Ich glaube, meine Eltern waren betrunken. Ich werde lieber Czerny genannt, hinten wie vorne.«

Sie streckte die Beine aus. In seinem Haus wohnten viele Ausländer, nicht? Die meisten Namen waren ja kaum zu entziffern, bis auf einen, ein Mann namens Blume. Das Schild unter seinem.

Czerny lächelte. »Woher weißt du, dass es ein Mann ist?«

Sie schüttelte nur den Kopf, was beim Haareschneiden etwas misslich war, und sagte: »Süßer Name.«

»Mein Nachbar.« Czerny biss sich auf die Lippen. Was man so redete – was sollte Blume sonst sein, wenn sein Namensschild unter seinem hing? Sie verwirrte ihn. Gewöhnlich trugen seine Kundinnen ihren Lebenslauf vor, angefangen vom ersten Eklat in der Krabbelstube bis zum aktuellen Knatsch zu Hause, und dann murmelte er Zustimmung oder fand schrecklich, was sie schrecklich fanden, ganz wie sie es wünschten. Anna Westheim aber kam in seine Welt und sah ihn an. Als sie sagte, wie nett es wäre, wenn ein Mann namens Blume Blumen verkaufen würde, murmelte er nur, dass er keine Ahnung hatte, was sein Nachbar so trieb.

»Nein?« Einen Moment lang starrte sie sich selber an, im Spiegel. »Denk dir eine Geschichte aus«, sagte sie dann. »Ellen hat das auch immer gemacht. Czerny und Blume spionieren zusammen Frauen aus. Blume tut das hauptberuflich, falls das ein Beruf ist, und Czerny hilft, um seine Kasse aufzubessern.«

Czerny ließ die Schere sinken. »Wieso?«

»Vor der Kirche.« Sie lächelte. »Du hast mich beschattet.«

Ach wo. Beschatten klang ja richtig kriminell. Nein, sie hatte ihn neugierig gemacht. Frauen, die Männer neugierig machten, Männer, die der Neugier nachgaben: die normalste Geschichte der Welt.

Nein, murmelte Anna, sie machte Männer nicht neugierig, nein, nein. Sie schloss die Augen und flüsterte, dass sie grau gewesen war, lange Zeit ganz grau. Nicht die Haare, nein, das sah er doch. Alles Übrige aber schon.

Aber nein. Czerny hatte sich vor Schreck verschnitten. Ein wenig nur, am Hinterkopf, das fiel nicht weiter auf. Nein, nein, sie war doch eine tolle Frau, wie kam sie bloß auf solche Gedanken? Fertig. Mit einem Pinsel wollte er ihr lose Härchen aus dem Nacken streichen, und als er ihren Pullover ein kleines Stück zurückzog, glaubte er es doch für einen Moment. Grau. Nein, eher farblos. Was er sah, war vielleicht einmal rot gewesen oder blau. Oder violett, eine große Fläche, als wäre da keine Haut. Nein, das war schon Haut, ein Rest davon. Wundmale. Jetzt Narben. Es fing oben an, und er konnte kein Ende sehen. Sie rückte nach vorn, und von dem Schreck fing er an zu husten.

Das war doch ihr Mann gewesen, ja, ganz sicher, so ein Schwein, das sie misshandelte und schlug.

Sie stand auf, ohne einen weiteren Blick auf die Frisur zu werfen. Einen Moment lang stand sie mitten im Raum und schien zu überlegen, wie sie bloß hierhergekommen war, dann fragte sie ganz leise: »Kann ich noch bleiben?«

»Ja«, sagte er. Er sah sie an, und sie guckte zurück, zwischen ihnen der Frisierwagen mit den Bürsten und Scheren. Als sie eine Weile so gestanden hatten, fiel ihm ein, dass noch zwei Kunden angemeldet waren.

»Also«, sagte er, »jetzt mache ich den Laden zu.«

25

Blume lief durch das ganze Gebäude der Hessen-Thüringen Assekuranz, bis ihm endlich jemand helfen konnte. Wieder ein Name, wieder ein Ort, doch bei der HT erinnerte sich kein Mensch mehr an Langenau. Sie schickten ihn in den zweiten Stock und dann zurück in den ersten, wo sie ihm sagten, es wäre kompliziert mit alten Personalakten, nicht, wie er sich das vorstellte. Aber er stellte sich ja gar nichts vor. Diesmal sagte er, Langenau ist vermisst, falsch war das nicht. Mitarbeiter guckten auf seinen gefälschten Polizeiausweis und fragten, was hat das denn mit uns zu tun? Nachdem er wieder im zweiten Stock angekommen war, schickten sie ihn runter in den Keller, ins Archiv, wo eine ältere Frau sagte, sie müsste gucken.

Blume nickte.

»Es ist zweigeteilt«, sagte sie. »Ich habe alte Akten hier, die oben auch. Die haben mal angefangen, das ganze Archiv umzumodeln, da hat's dann gelbe Aufkleber gegeben und blaue, und nachher hat kein Mensch mehr den Unterschied zwischen Gelb und Blau gekannt. Jetzt ruht's, jetzt hammer Chaos.« Sie sprach vor sich hin, öffnete Rollschränke und erzählte von ihren Computern, die noch schlimmer waren, weil sie ab 21 Grad Raumtemperatur seltsame Dinge taten. Plötzlich legte sie eine dunkelblaue Mappe mit einem gelben Aufkleber auf den Tisch neben ihre Kaffeetasse und sagte: »Da isser.« Sie öffnete die Akte und murmelte: »Ach, der ist das.«

Blume sah hin. Langenaus Foto und ein Lebenslauf. Er wusste nicht genau, was er jetzt fragen sollte, hatte es Besonderheiten gegeben? Sie schüttelte den Kopf, was wollte er denn wissen? Normaler Mitarbeiter, nichts mit ihm gewesen. War ein schnieker Kerl damals, sie kannte ihn aus der Kantine.

»Hat er vielleicht einen Michael Brecht gekannt?«, fragte Blume. »Oder Sie, kennen Sie –«

»Ja, freilich«, rief sie. »Die sind doch in einer Abteilung gewesen. Wo ich den hier sehe, weiß ich's wieder.« Sie tippte auf Langenaus Foto. »Mit dem Brecht, das ist aber noch länger her, der ist noch früher hier weg.«

Blume lehnte sich gegen die Wand. Gegenüber klebte das Foto von einem Dackel. Postkarten darunter, viele Grüße.

»Das waren Herren im Außendienst«, sagte sie. »So haben die sich auch aufgeführt, immer auf dem Sprung.«

»Was haben die denn gemacht?«, fragte Blume.

»Na, zum Beispiel haben sie Gefälligkeitsschäden begutachtet.« Grimmig guckte sie ihn an. »Autobumser, die verabreden sich, dass einer dem anderen hinten reinfährt. Nachher hat's Auto Totalschaden und die Versicherung darf zahlen.«

»Was war das für ein Typ«, fragte er. »Der Brecht?«

»Lustig war er. Wie der Langenau auch. Um wen geht's Ihnen denn nun?«

Blume sah an ihr vorbei. Sie wusste nichts von Brechts Tod. Sie wusste vielleicht vom Feuer in der Howaldtstraße, aber da waren namenlose Leute verbrannt. Von Ellens Tod hatten alle erfahren.

Gut, sie waren also in einer Abteilung gewesen, vor langer Zeit. Hier, bei der Hessen-Thüringen Assekuranz. Kollegen.

Gefälligkeitsschäden. Schäden. Leuten nachstellen, die ihre eigenen Sachen demolierten. Blume hatte einen gekannt, der seinen Laden unter Wasser gesetzt hatte. Er war aufgeflogen.

Oder Fensterscheiben. Ellen hatte sich nach der Randale in der Stoltzestraße erkundigt, sie fragt ihn, was machen die da?

Sie demolierten.

Kaputte Fensterscheiben und Balkone. Die Stoltzestraße, war es das? Wollte da einer verdienen, war es die ganze Zeit vor seiner Nase?

Aber Brecht und Langenau waren doch vor vielen Jahren Kollegen gewesen, das war viel zu lange her. Mit der Nadina-Versicherung, Langenaus letztem Arbeitsplatz, hatte Brecht nichts zu tun, und Langenau hatte da eine andere Arbeit gemacht. Das passte doch nicht.

Blume seufzte. Er hatte so viel Neues gehört, das musste er bedenken.

»Wann sind Brecht und Langenau hier weg?«, fragte er die Frau. Er sah sie gerne an, denn sie machte so einen Eindruck auf ihn, als würde sie sich freundlich kümmern, wenn jemand sich mal wehgetan hätte. Ein bisschen dick war sie und auch ein bisschen älter, aber das machte nichts. Er kannte eine andere Frau, Erni, eine Hure, die im Wohnwagen wartete, bei der das genauso war. Sie machten einen so netten Eindruck auf ihn, dass er dachte, man könnte vor ihnen weinen, wenn man könnte.

Oder das Gedicht aufsagen, das vom anderen Brecht, das er jetzt fast auswendig wusste, *lasst euch nicht vertrösten, ihr habt nicht zu viel Zeit, lasst Moder den Erlösten, es steht nicht mehr bereit.*

»Liegt schon Staub drauf.« Die Frau hob die Akte an. »Der Brecht ist doch schon vor über zehn Jahren weg, der Langenau dann später. Die haben halt gekündigt. Hatten was Besseres, damals ging das noch.«

Blume starrte vor sich hin. Lange her. Auch der Zeitungsausschnitt, den Ellen im Café Laumer dabei hatte, musste über zehn Jahre alt gewesen sein, weil der Boxer Mendez 1994 umgekommen war. Er hatte doch extra nachgesehen. Der Zeitungsausschnitt, wenn er sich richtig erinnerte, berichtete vom Tod des Boxers, und sie schrieben schließlich nicht erst Jahre später, dass ein bedeutender Mann gestorben war.

Er versuchte sich zu erinnern, wie hatte der Ausschnitt ausgesehen? Keine Bildzeitung, eine richtige. Wohl eine aus der Stadt, aber nicht die, die meistens ohne Fotos kam. Die andere, er könnte es zumindest versuchen, die hatten doch ein Archiv. Er musste diesen Ausschnitt kriegen, vielleicht brachte der ihn weiter.

»Konnt' ich Ihnen helfen?«, fragte die Frau.

»Ja«, murmelte er. Als er ihr die Hand gab, bekam er ein seltsames Gefühl, er wollte nicht loslassen. Red mit mir. Übers Boxen oder nur so.

Draußen sprang der Hund an ihm hoch. Die Empfangsdame aus Ellens Kanzlei hatte gesagt, die Westheim hätte eine Hundephobie, auch das noch.

Er wollte mit Ellen reden, mitten im einsetzenden Regen jetzt, er wollte ihr sagen, vielleicht krieg ich das raus. Die ganze Zeit hatte er vermieden, genauer darüber nachzudenken, wie sie gestorben war, er wollte das nicht. Aber das Gedicht wollte er ihr aufsagen, weil es doch sicher ihr Lieblingsgedicht war, *ihr könnt schon Nachtwind spüren, es kommt kein Morgen mehr.*

Aber er wusste ja nicht einmal, wo sie ihr Grab hatte, wo sie jetzt war.

26

Niklas sah auf das hell erleuchtete Haus, neben ihm schnippte Potofski mit den Fingern zur Musik. Budenzauber auf dem teuren, stillen Lerchesberg, da musste man sich wundern. Dr. Rossmann war zurück. Auch Frankes Security war zur Stelle, doch zeigten die Männer ein gewisses Benehmen, weil sie den dröhnenden Potofski ignorierten, der wissen wollte, ob sie sich zum Pinkeln in die gehätschelten Büsche schlugen.

»Damit düngen sie vielleicht«, murmelte Niklas. »Guck mal, wie das hier wächst.«

Wieder drehte er sich zu den uniformierten Männern um, guckte ihnen auf die Füße und sah einfache, schwarze Schuhe. In der Stoltzestraße hatte er Stiefel gesehen, fliegende, tretende, fliehende Stiefel.

Dr. Rossmann selbst öffnete die Tür. Niklas hatte an eine Haushälterin gedacht, an so ein Mädchen, eigens dazu angestellt, Besuch zu melden. Ein Mädchen, alterslos, mit weißer Schürze vor dem schwarzen Kleid; wusste man auch nicht so genau, woher diese Vorstellung jetzt kam.

Rossmann war ein kleiner, schmaler Mann mit lichtem Haar, der sofort zu nörgeln begann. Ungünstiger Zeitpunkt, sagte er, doch das machte ihnen nichts. Potofski ging voran, als wäre er hier zu Hause, und Niklas trottete hinterher. Die Heim des Botox-Doktors schüchterte ihn nicht weiter ein, er hatte sich das alles noch viel größer vorgestellt. Was ihn irritierte, waren Rossmanns Gäste. Im Wohnzimmer saßen fünf Frauen in unmöglich geformten Sesselchen. Würde er selber Platz nehmen, er käme womöglich nicht mehr hoch, gequält von einer Bandscheibe, die ihn jeden Morgen ächzen ließ. Auch Rossmanns Besucherinnen hockten da wie für alle Zeiten festgenagelt, doch machten sie immerhin den Eindruck, als hätten sie es ganz außerordentlich bequem.

Rossmann führte sie in sein Arbeitszimmer. »Halten Sie mich nicht für einen Schwerenöter«, sagte er auf dem Flur, »die Damen werden behandelt.«

Potofski fing an zu kichern.

»Eine Behandlung mit Botulinum«, erklärte Rossmann, während Niklas überlegte, ob diese Auskunft, um die sie nicht gebeten hatten, die ärztliche Schweigepflicht verletzte. Momentan fiel ihm auch nicht ein, wann er das Wort Schwerenöter zum letzten Mal gehört hatte.

»Wir machen das in zwanglosem Rahmen«, sagte der Neurologe. »Da ertragen sie die Injektionen leichter. Außerdem ist es billiger.«

Niklas überlegte, was das verdammte Zeug wohl kostete, wenn die Damen sich die Ampullen teilten. Ute hatte ihm erzählt, dass es Botox-Partys gab, so wie es Tupper- und Dessous-Partys gab; mal traf man sich mit der Verkäuferin, dann wieder mit dem Arzt.

In Rossmanns Arbeitszimmer standen sieben Rollschränke, einer wie der andere, über jedem hing ein buntes Bild. Dr. Rossmann begann vom Bürgerkrieg zu sprechen. Schleichend kam er an, ein Bürgerkrieg, den die Menschen nicht erkennen wollten. Einbrüche, Gewaltdelikte und überhaupt das unverschämte Benehmen gewisser Leute, all das deutete darauf hin, dass bestimmte Gruppen der Gesellschaft sich mit Gewalt das holen wollten, was andere sich erarbeitet hatten. Der barbarische Mord an Ellen Rupp war ein Indiz für das Ausmaß an Hass, das in diesen Kreisen herrschte.

Potofski sah sich die Bilder an, eines wie das andere. Niklas sagte: »Sie waren ein guter Bekannter von Frau Rupp, ihr Arzt und ihr Mandant.«

»Arzt nicht«, murmelte Rossmann. »Oder meinen Sie das Botox? Sie war ja auch –« Er machte eine schlappe Handbewegung in Richtung seines Wohnzimmers.

»Oder auch das Nitrazepam«, sagte Potofski. Bewundernswert, wie mühelos er das aussprach.

»Ni –« Rossmann selbst schien Schwierigkeiten zu haben. »Das haben Sie gefunden? Bei der Obduktion?«

»Sie kommen da gut ran als Neurologe.« Potofski hatte Freude an dem Wort. »Ans Nitrazepam.«

»Ich komme da überhaupt nicht heran«, sagte Rossmann. »Ich muss es verschreiben. Glauben Sie vielleicht, ich habe das gehortet?«

Potofski ging einen Schritt auf ihn zu. »Ellen Rupp, Daniel Hessler sowie Michael Brecht sind mit Nitrazepam betäubt worden, bevor man sie in Brand steckte. Haben Sie Frau Rupp Nitrazepam verschrieben?«

»Nein«, sagte Rossmann. »Ich glaube im Gegenteil, dass sie gelegentlich ein sogenanntes Aufputschmittel genommen hat, sie lief ja immer hochtourig. Das hat sie aber nicht von mir bekommen.«

»Welche Beziehung hatten Sie zu Brecht?«, fragte Potofski.

»Beziehung?« Rossmann zog das Wort sehr lang. »Ich kenne überhaupt keinen Brecht. Außer natürlich –«

»Ja, ja.« Potofski hob eine Hand. »Sie hatten Streit mit Daniel Hessler. Worum ging es?«

Rossmann schüttelte den Kopf. »Das ist privat. Ich habe eben erst erfahren, dass Hessler bei ihr war. Also auch – ehm – verschieden ist.«

»Es ist nicht privat«, sagte Niklas. »Worum ging es bei dem Streit?«

Rossmann sah ihn wütend an. »Er hat meine Tochter belästigt. Ich habe ihn den Wagen fahren lassen, damit er sie ins Internat fährt, und dann das.«

»Was?«

»Belästigt!«, rief Rossmann. »Sie war ja ganz verrückt, hat

ihn fotografiert auf dem Handy, das ganze Handy war voll mit dem.«

»Wie alt ist Ihre Tochter?«, wollte Potofski wissen.

»Noch nicht ganz siebzehn«, sagte Rossmann. »Ja und?«

»Was hat er sonst noch für Sie gemacht?«, fragte Niklas.

»Wagen gewaschen, Hecken gestutzt, Wachdienst.« Rossmann nickte vor sich hin. »Es tut mir leid, das sagen zu müssen, aber zu mehr war der auch nicht geeignet. Ellen hat das wohl anders gesehen, aber von diesen Qualitäten weiß ich natürlich nichts.«

»Ja«, sagte Niklas. »Besonders viel wussten Sie nicht von ihr?«

»Wir waren gute Bekannte«, sagte Rossmann feierlich. »Weggefährten.«

»Nun«, sagte Niklas, »jetzt haben wir die Situation, dass Frau Rupp ihren guten Bekannten und Mandanten als Faschistenschwein beschimpft und ihm droht, es könnte unangenehm für ihn werden. Können Sie mir folgen?« Er beobachtete Rossmann, dessen Mienenspiel erst Verwirrung, dann gar nichts mehr zeigte. »Faschistenschwein, das ist ein böses Wort«, sagte er. »Es gibt einen Zeugen, der gehört hat, wie Frau Rupp Sie hier vor dem Haus –«

»Ach ja.« Rossmann machte eine ungeduldige Handbewegung. »Sie hat alles Mögliche gesagt. Sie war etwas impulsiv, das kam dann so raus.«

»Für dich kann es unangenehm werden, du Faschistenschwein«, sagte Niklas langsam. »Das ist eine Drohung, nicht?«

Rossmann hob die Schultern.

»Wie kam sie dazu, das zu sagen?«

Rossmann wusste es nicht mehr. Es konnte sich das nicht erklären.

»Der Grund war vielleicht die Stoltzestraße.« Potofski fing wieder an zu tänzeln. »Sie und ein paar andere Herren, beispielsweise der Inhaber der Michaelis-Apotheken, bilden eine Investorengruppe. Frau Rupp hat den Ankauf geregelt. Es geht um die Sanierung und Aufwertung der Häuser 1 bis 5, richtig?«

»Ja, was heißt Aufwertung –« Rossmann setzte sich auf die Schreibtischkante. »Das war einmal sozialer Wohnungsbau und damit haben wir immer noch zu kämpfen. Die Anhäufung von Sozialmietern schadet jeder Innenstadt, die Leistungsträger müssen ins Umland fliehen. Wir brauchen eine Neustrukturierung, damit die Leistungsträger –« Er unterbrach sich selber. »Was hat das denn mit Ellens Ermordung zu tun?«

Potofski stellte sich auf die Zehenspitzen und ließ sich dann auf die Hacken zurückfallen. Niklas beobachtete ihn fasziniert – auch eine Art Hüpfer. »Frau Rupp«, sagte Potofski, »hat in diesen Häusern Mieter ausfindig gemacht, die sie A-Mieter nannte. Also von alt über arbeitslos bis arm.«

»Das ist Fakt«, sagte Rossmann. »Da musste sie nicht suchen. Aber die Substanz ist gut.«

Niklas meinte, er würde vielleicht andeuten wollen, dass diese A-Mieter dann doch nette Menschen waren, sozusagen Leute mit dem Herzen auf dem rechten Fleck, aber der Neurologe sprach von der Bausubstanz. Er seufzte und sagte: »Sie haben Probleme in der Stoltzestraße. Da wird randaliert vor den Häusern, gehen Scheiben zu Bruch, werden Menschen verletzt.«

»So ist es.« Rossmann hob einen Finger. »Ich sage nicht zu viel, wenn ich von einem schleichenden Bürgerkrieg spreche. Aber da wird abgewiegelt, wird von Integration gefaselt.«

Niklas fragte: »Was bedeutet Mieter drehen?«

Rossmann antwortete nicht, Potofski tat es für ihn: »Drehen heißt, die einkommensschwachen Mieter rauszudrücken, um sie durch besser Betuchte zu ersetzen. Hat Frau Rupp Ihnen das vorgeschlagen?«

Rossmann schwieg eine Weile und wollte dann wissen, was das für blöde Fragen waren.

»Mieter, die sich nicht so schnell drehen lassen«, sagte Potofski, »kann man auch so verschrecken, dass sie freiwillig ausziehen. Durch Simulieren von Ausschreitungen zum Beispiel. Man schickt Leute los, die Randale machen.«

»Wissen Sie, wie wir darauf kommen?« Niklas blickte in Rossmanns Gesicht. »Da haben wir welche aufgegriffen, die in Diensten von Securum stehen, dem Sicherheitsdienst, der exklusiv für Sie und Ihre Bürgerinitiative *Sichere Stadt* arbeitet. Wo aufgegriffen, werden Sie fragen. Nun ja, in der Stoltzestraße. In den Häusern an der Ecke wurden gerade mal wieder die Fensterscheiben eingeschlagen. Ihre Objekte. Da wurde auch ein Mieter schwer verletzt.«

Er wartete. Rossmanns Augen waren ausdruckslos. Aber Potofski hatte es gerade wieder gesagt, Simulieren von Randale. Nun ja, die Gewalt war echt, die Scheiben waren zerbrochen, und die Menschen waren verletzt. Aber das Wort war schön.

Was ihm jetzt einfiel, war dieses Mittel, Nitrazepam, mit dem die Opfer, bevor sie brannten, betäubt worden waren. Da kamen auch Apotheker gut heran, nicht nur Neurologen. Rossmanns Investorenpartner, Michaelis. Fünf Apotheken – wenn alles einmal verschwand in einer Stadt, Kirchen, Kindergärten, Supermärkte, die Apotheken blieben.

Und weder Rossmann noch Michaelis waren am Abend ihres Todes bei Ellen Rupps letztem Restaurantbesuch zugegen gewesen.

Simulieren, kluges Wort. Ausschreitungen simulieren, ja, sehr klug. Sollten diese Herren tatsächlich in der Stoltzestraße Randale in Auftrag geben, könnte es streng genommen ja auch sein, dass sie, wollten sie die Rupp beseitigen, wieder etwas simulierten, etwas Riesengroßes dann, einen Brandanschlag, etwas Politisches, damit niemand groß nachdachte, sondern sagte, ja, das hat so kommen müssen, die Frau, die hat sich ja auch sehr exponiert.

Simulieren. Einen Anschlag. Aber sie hatten keine üblichen Brandsätze, wie sollten sie da auch herankommen? Und dieses Vorhaben ebenfalls bei ihrer Security in Auftrag zu geben, war sicher mehr als heikel, obwohl sie Franke in der Hand hatten mit ihren Exklusivaufträgen. Diesen Auftrag konnten sie nicht vergeben, aber Feuer zu legen, das trauten sie sich zu, und da mussten sie lediglich dafür sorgen, dass es glatt über die Bühne ging und der Mensch nicht pausenlos schrie. Also erst Nitrazepam, dann Benzin, dann das Feuer. Sie besuchten ihre Anwältin und trafen den Dani Hessler bei ihr an, der auch eine Menge wusste, weil er an der Randale womöglich beteiligt war. Dann packten sie den Hessler gleich dazu.

Aber all das wegen der Stoltzestraße? So ein Verbrechen? Sahen sie das Mieter-Drehen durch Randale nicht eher als Kavaliersdelikt an? Mussten sie das wirklich unter allen Umständen verbergen? Warum sollten sie ihre eigene Anwältin beseitigen, die ihnen doch gute Dienste leistete? Weil sie vielleicht nicht mit im Boot saß, sondern alles auffliegen lassen wollte?

War ihr das wichtig gewesen, hatte sie sich so sehr darüber aufgeregt, dass sie es auffliegen lassen wollte? Was die Rupp doch alles am Hals hatte, amerikanische Großinvestoren, Fußfesseln für Straftäter, die Abschaffung des Sozialstaates, in der Freizeit junge Männer – und hatte sie ihnen das mit dem Mieter-Drehen nicht erst in die Köpfe gepflanzt? Sie hatte es doch notiert, wie eine Erinnerung an sich selber, was da eventuell zu tun war, »*Stoltze 1–5, A-Mieter – Drehen?*«.

Aber sie hatte den Dr. Rossmann hier ein Faschistenschwein genannt und ihm gedroht. Niklas hörte sich selber atmen. Und der Brecht? Was war mit dem? Dieser blöde Hund da in der Howaldtstraße. Passte nicht, schon wieder nicht, passte einfach nicht hinein.

Dr. Rossmann musste sich sammeln. »Sind Sie etwa gekommen«, fragte er schließlich, »um Unterstellungen loszuwerden, während die Täter feiern dürfen? Was haben Sie meine Geschäfte zu interessieren, warum kümmern Sie sich nicht um die Asozialen, die Ellen Rupp auf dem Gewissen haben?«

»Das tun wir«, sagte Potofski, was den Neurologen noch mehr in Rage brachte. Dr. Rossmann wies ihnen die Tür, wobei er laut mit dem Polizeipräsidenten drohte, was aber nichts Neues war, denn irgendjemand drohte damit immer.

»Ich bin bereits gefragt worden, wo ich am Abend von Ellens

Tod gewesen bin«, schrie er. »Das ist Ihre Effizienz, nicht wahr?«

Niklas schüttelte den Kopf. Es hatte keinen Zweck, in Aufregung zu verfallen.

Potofski sah das genauso. »Sie erhalten eine Vorladung.«

»So verbleiben wir«, murmelte Niklas. Sie mussten sich bei Urban rückversichern, das war immer dasselbe. Wenn sie ihn jetzt mitnahmen, rief er einen ausgefuchsten Rechtsbeistand herbei. Andererseits – er hatte ja keinen mehr.

»Ich war auf dem Weg zu einem Kongress«, sagte Rossmann.

»Das ist dünn.« Potofski lächelte ihn an. »Und Sie sollten die Stadt in den nächsten Tagen nicht verlassen. Auch nicht wegen eines Kongresses.«

27

Czerny wollte Anna für immer in Erinnerung behalten, nicht einmal, weil sie die tollste Frau in seinem Leben war, sondern die merkwürdigste. Ein guter Friseur, erzählte er gern, musste ein Frauenversteher sein. Für einen guten Friseur hielt er sich noch immer, doch Anna Westheim zu verstehen, entwickelte sich zum Quiz mit tausend Möglichkeiten, keine traf zu. Sie machte ihn konfus, sie kam zu ihm, und sie redeten, dann löschte sie das Licht. Seltsam war sie dann, wie eine Frau aus alten Romanen, deren gewagtester Schritt es war, im Halbdunkel, mit allen Kleidern, einen kleinen Ehebruch zu begehen.

Er wusste nicht, was sie wollte, in ihren Augen lag eine Mischung aus Scheu und Entschlossenheit, nur wusste er nicht, zu was sie sich entschlossen hatte. Brauchte sie noch einen zweiten Priester, weil Gottes Zorn aus der Kirche im Westend überfordert war? Aber sie redeten nur über alltägliche

Dinge, und über seine Witze lächelte sie nur, wenn er es selber tat.

Er erzählte ihr von seinen Träumen. Wie er die tollsten Frauen frisierte, selbst wenn es sich um joggingbehoste Matronen handelte. Oder wie er anfing, einen neuen, großen Laden einzurichten, mitten in der Nacht, wenn nebenan die Steine flogen und die Menschen vor Angst brüllten. Solche Träume, sagte er, retten dich vor der Wirklichkeit.

Anna sah ihn an und wollte nicht begreifen. Von was träumst du, fragte er und meinte, es musste die Freiheit sein, die Flucht vor ihrem Mann, weil dieses Bild noch immer in ihm brannte, ihre Wundmale, die sich den Nacken entlangzogen, soweit er hatte sehen können.

Sie schüttelte den Kopf. Meine Träume, sagte sie unbestimmt, sind wahr geworden, aber sie erzählte ihm nicht, welche Träume das waren, und weil sie dabei nicht sehr froh aussah, glaubte er ihr auch nicht. Er war bereit, sie zu trösten, er wollte, dass sie bei ihm blieb.

War sie nicht ein wahr gewordener Traum? Mal ehrlich, sagte er wieder und wieder, du kommst aus dem Westend, aus einer Prominentenkanzlei, zu einem Friseur in die Battonnstraße, da hängt auch noch die Stoltzestraße dran, also hör mal –

Er konnte es ja nicht in Worte fassen, dieses Gefühl. Dass sie ihn ausgesucht, sich überhaupt an ihn erinnert hatte. Die Umstände ihres Kennenlernens waren doch recht peinlich gewesen, kein Kerl ließ sich gern vor den Augen einer Frau zusammenschlagen – mal ehrlich, sagte er, das waren recht ungünstige Momente.

Anna sagte nur: »Es ist keine Prominentenkanzlei. Wenigstens zu mir kommen ganz normale Leute.«

Sie wirkte atemlos, gleich an der Tür hatte sie gesagt, wie stinkt das denn, da unten riecht's nach Hund. Ach wo, sagte er, der Hund vom Nachbarn riecht doch ganz neutral. Doch, sagte sie, ich habe Angst, dass er ankommt mit seiner Töle, ich will diesen Hund nicht sehen, ich hab was gegen Hunde.

Womit sie untertrieb. Panik hatte sie, rannte wie eine Hürdensprinterin an Blumes Wohnung vorbei, als hätte sein Dobermann nur auf sie gelauert. Er ist ein Schisser, versuchte er sie zu beruhigen, der Hund heißt Chef, aber er hat die Seele eines Mopses.

»Was weiß ich denn von Möpsen«, sagte sie laut. »Köter ist Köter.«

»Hat dich mal einer gebissen?«, fragte er.

Sie nickte nur.

»Da hast du es«, sagte er, denn irgendetwas trug doch jeder mit sich herum, irgendeine Angst, irgendeine Wut.

Dann erzählte er ihr, dass er sie nie kennengelernt hätte, wäre die tragische Frau Rupp noch am Leben, aber es war ja noch verzwickter – hätte sein Nachbar Moritz Blume ihm nicht von diesen impertinent teuren Zimmerfluchten erzählt, wäre er nach seiner Flucht aus dem Krankenhaus nie am Wohnsitz der Frau Rupp vorbeigerollt. Und doch war er ihr nie begegnet, erzählte er, in Annas Katzenaugen blickend, er war vor ihrem Haus gewesen, als sie starb, es war Zufall, sonst nichts.

Hatte sie zugehört? Hörte sie ihm überhaupt jemals zu? Sie streichelte sein Haar und lächelte ihn an, lange blieb sie nie. Wie ein Engel flog sie in sein Leben, eine flüchtige, unbegreifliche Gestalt.

28

Blume ging die Gleise entlang. Überall Gerümpel. Alte Schuhe, Einkaufswagen, Sessel ohne Lehnen, überall lagen Steine. Jahrelang war er diese Strecke gefahren, aber jetzt fuhr die Straßenbahn nicht mehr. Er meinte dennoch ihr Klingeln zu hören wie ein kurzes Zeichen aus der Ferne. Er war unterwegs zu Erni, seiner ältesten Bekanntschaft, und meinte doch, dass es der Weg zu Ellen war. Dass er ihr folgte, ihren Weg jetzt ging.

Wie er war sie vielleicht im Zeitungsarchiv gewesen, oder Langenau hatte ihr den Artikel gegeben. Oder Brecht, egal. Als Blume am Nachmittag im Archiv der Zeitung angekommen war, hatten sie ihm zuerst erklärt, wie es vor sich ging. Sie brauchten ein Stichwort, er sagte: »Juli 1994«, das war der Monat, in dem der Boxer Mendez gestorben war. Er hatte es extra so allgemein gehalten, weil er nicht wusste, ob sein Tod im Sportteil oder bei den anderen Nachrichten gemeldet worden war, auch den genauen Tag im Juli kannte er nicht. Dann saß er lange vor einem Monitor und las haufenweise Sportmeldungen, klar, im Juli 1994 war Fußball-WM. Er las andere Überschriften, die sich mit anderen Dingen befassten, sah Bilder von Unglücken und Politikern. Er hatte eine Vorstellung, erinnerte sich an das Foto, das er hatte sehen können, als Ellen das Blatt im Café Laumer neben sich auf den freien Stuhl legte, und er meinte, das würde alles nicht enden, so lang war ein Monat, so viel passierte da. Mehrmals rieb er sich die Augen, glaubte nichts mehr zu erkennen. Bis er das Foto endlich sah.

Das war es. Mendez im Ring nach einem Sieg, die Arme oben, matt, aber froh. Blume guckte auf das Datum. 4. Juli 1994. Er hatte falsch herum angefangen, von hinten nach vorne.

Roberto Balado Mendez, las er, *von einem Güterzug erfasst und schwer verletzt... starb am 2. Juli in Havanna im Alter von 25 Jahren.*

Blume stand auf. Dem Zeitungsangestellten sagte er: »Ich möchte diese Seite im Original.« Der Mann sprach von Kopien, die er bezahlen musste.

»Ja«, sagte Blume, »aber ich möchte die Seite so haben, wie sie ist.« Er räusperte sich. »Wie sie gewesen ist.«

Der Mann sah ihn einen Moment an, bevor er sich lautlos entfernte. Blume wartete und dachte an nichts. Als der Mann zurückkehrte, hielt er eine Mappe in der Hand, eine Klarsichtfolie, wie Ellen sie dabei gehabt hatte. Mit spitzen Fingern reichte er ihm die Seite, Blume las dasselbe noch einmal, *starb in Havanna im Alter von 25 Jahren.* Dann drehte er die Seite um, ein Bericht aus der Stadt.

Brandkatastrophe in Fechenheim.

Ein Feuerbild, ein brennendes Haus, Worte, die in seinem Magen auf und ab hüpften. *Bei einem verheerenden Feuer, ausgelöst durch eine Explosion, kamen in der Nacht zum Montag elf Bewohner eines Mehrfamilienhauses im Stadtteil Fechenheim ums Leben.*

Feuer, immer wieder große Feuer. Ellen hatte sich nicht für Boxer interessiert.

»Ich möchte eine Kopie davon«, sagte Blume. »Und auch von den Tagen danach.«

»Natürlich«, sagte der Angestellte.

»Ist eine Frau hier gewesen?«, fragte Blume. »Ich meine, eine Frau, die dieselbe Seite haben wollte, nicht das über den Boxer. Das hier, über den Brand.«

»Das weiß ich nicht«, sagte der Mann. »Ich bin nicht jeden Tag hier. Ich würde auch keine Auskunft geben.«

»Na gut«, sagte Blume. War das Datenschutz, wenn sie hier gewesen war und er es nicht sagen wollte?

Dann kam er raus aus dem Gebäude und stand im Wind. Den ganzen Tag über war es diesig gewesen, jetzt trieben Windböen ihm Regentropfen ins Gesicht. Lauter kleine Tränen. Blume schob die Blätter unter seine Jacke und zog die Schultern hoch. In diesem Moment, was seltsam war, fühlte er großen Kummer über Ellens Tod, er wollte ihr sagen, komm doch zurück. Siehst du, wollte er sagen, da bin ich jetzt auch, an dieser Stelle mit der Zeitung, ich bin dir gefolgt.

Auch der Hund duckte sich unterm Wind. Blume band ihn los, und sie marschierten durch den Nieselregen, bis sie zu den Gleisen kamen, da ließ er ihn ohne Leine laufen, denn er wusste ja den Weg und tänzelte an all dem Müll vorbei, zu Erni.

Blume kannte sie seit vielen Jahren. Sie war älter als er, ein ganzes Stück. Fünfzig vielleicht, aber gepflegt. Immer astrein geschminkt und all das, aber sie müsste mal Schluss machen, weil die Männer jetzt anfingen, sie zu verhöhnen. Sie wartete in einem Wohnwagen auf Kunden, und meistens kamen LKW-Fahrer, aber die mochte sie nicht. Ihn mochte sie, das wusste er, und als er ans Fenster des Wohnwagens klopfte, dauerte es keine Minute, bis sie die Tür aufriss und »Moritz!« rief, »das ist aber schön«. Sie tätschelte Chef, der begeistert an ihr hochsprang, und erzählte, dass nichts los war bei diesem Wetter. Sie schob es immer auf das Wetter, zu heiß, zu kalt, zu nass. Blume setzte sich aufs Bett, und sie ließ das Rollo herunter, was ein Zeichen für Kundschaft war, sie könnte auch ein Schild dazu hängen, *Bitte nicht stören*. Sie stellte ihm eine Tasse Kaffee hin, dann saßen sie nebeneinander und teilten sich eine Orange. Lernte er einmal eine Frau kennen, war sie jünger als Erni, aber mit ihr war das praktisch so, dass sie zur Familie gehörte. Erni, Chef und er, eine kleine Familie.

Bei Ellen hatte er gar nicht gemerkt, dass sie ja auch älter gewesen war. In der Zeitung hatte er es gelesen, 43. Glaubte man nicht. Er dachte jetzt viel über sie nach, konnte es nicht abstellen, selbst die kurze Bettgeschichte kam ihm immer wieder in den Sinn. Gern erinnerte er sich daran nicht. Er fand es nicht toll mit ihr, sie hatte Sachen gemacht, die er nicht mochte, als müsste sie ihn führen und ihm noch etwas beibringen. Er mochte es doch lieber, wenn sie etwas ruhiger waren, so wie Erni, die legte sich hin und gut. Aber an die Kleinigkeiten dachte er gern zurück, Ellen war ja immer sehr nett gewesen. Sie küsst ihn auf die Wange, einfach so, oder tippt ihm kurz auf die Nase. Diese winzigen Momente, sie streicht mit zwei Fingern über seine Hand beim Verabschieden im Café.

»Hast du was?«, fragte Erni. Ihr Kleid war wie ein Zelt, und als sie anfing, es über den Kopf zu ziehen, sagte er: »Lass sein, wir könnten noch einen Kaffee trinken.«

Sie nahm seine Hand. »Gell, ich hab ganz schön zugelegt?«

»Nein«, sagte er. »Es geht.«

»Also doch«, sagte sie.

Er nickte. »Macht aber nichts.« Dann zog er den Zeitungsausschnitt heraus und legte ihn ihr auf den Schoß. »Kannst du dich daran erinnern? Ich war zu der Zeit noch nicht hier.«

Blume war aus einer kleinen Stadt gekommen, hatte immer schon hierher gewollt. Wo es so schöne Türme gibt, hatte er gemeint, wächst doch alles in den Himmel, da ist Platz.

»Brandkatastrophe.« Erni sah alles durch. »Stimmt, da ist doch noch was eingestürzt. So viele tot geblieben.«

Sie fing an zu jammern, wie furchtbar das war, eingeschlossen in einem brennenden Haus, unter Trümmern begraben, aber er hörte kaum zu. Ellen war im Feuer gestorben und hatte sich kurz vorher für ein Feuer interessiert, das war ja wie für einen Film. Ellen geht zu Langenau, dann weiter zum Brecht, beide waren Kollegen gewesen zu jener Zeit des ersten Feuers, Außendienst-Kollegen. Blume sah auf die Uhr. In der Hessen-Thüringen Assekuranz war jetzt sicher schon Feierabend. Er wollte noch einmal mit dieser Frau sprechen, die so dick wie Erni war und auch so nett.

»Moritz!«, hörte er Erni sagen. »Hörst du mir überhaupt zu? Soll ich dir was kochen? Ich hab alles hier.«

Er schüttelte den Kopf. »Ich habe eine Frau gekannt, die hat mich Leo genannt.«

»Warum das denn?« Sie lachte. »Leo hat der Hund von meinem Opa geheißen.«

»Nach einem Roman.« Er rieb sich die Stirn. »Wir haben uns mal getroffen, da hat es geregnet. Ich bin ohne Schirm gewesen –«

»Du bist immer ohne Schirm«, sagte Erni.

»Ja. Und da sagt sie, Herr Blume läuft durch die Straßen hier wie Mr. Bloom durch Dublin. Das ist der Roman.« Er zuckte mit den Schultern. »Sie sagt noch, dass er Leopold heißt, der aus Dublin. Seit dem Tag hat sie mich Leo genannt.«

Erni fragte kichernd: »Was kennst du denn für Frauen?«

Blume legte die Hände auf die Knie. Der Hund schlief. Der Wind wurde immer stärker, drückte gegen den Wohnwagen, und sie rückten enger zusammen da drin. Erni legte ein bisschen Musik auf, aber draußen war es zu laut. Sie hörten dem Wind zu und aßen Orangen.

29

Anna stieg leise die Treppen hoch. So ein hässliches Haus, da passte er hin mit seinem hässlichen Hund. Nur ein handgeschriebenes Schild auf seiner Tür, *M. Blume*. Alles mies, eine Tür, die aussah, als flog sie ganz schnell aus den Angeln.

Czerny wartete oben. Es war nicht sehr hell in seiner Wohnung, weil er so ein Romantiker mit Kerzen war. Jedes Mal fuhr er ihr durchs Haar, du musst sie nach vorne föhnen, sagte er, das konnte er nicht lassen. Er bewunderte ihre Kleidung, befühlte mit zwei Fingern den Stoff und fand ihn ganz edel.

Shoppen mit zwei Kreditkarten, Ellen hat doch auch gewusst, wie schön das ist. Entspannend. In Ruhe leben, keine Gedanken. Keine Sorgen ums Geld, um die Wohnung und die Miete. Nicht diese Armseligkeit zu Hause, Klara, ihre Schwester, wie sie tagelang im Bett liegt und nicht aufsteht, obwohl sie könnte. Will aber nicht, pinkelt das Bett voll und muss gefüttert werden, wehrt sich, schlägt nach ihr. Mit der Abtreibung hat das angefangen, was lässt sie auch den Erstbesten ran.

Keine Angst mehr. Wenn sie im Rückstand sind, droht der Vermieter mit Zwangsräumung, im Grunde droht er dauernd. Der Vermieter ist ein verbissener, alter Mann, der ständig in die Wohnung kommt und alles kontrolliert. Die Eltern regen sich darüber auf und rücken die Möbel auseinander, damit es aussieht, als wären mehr davon da. Sie wickeln den Kleinen in seine Decken, weil der hässlich ist mit seiner kranken Haut, und dann sehen sie zu, wie der Vermieter durch die Räume geht.

Sechs Menschen in vier Zimmern, wie in der Sardinenbüchse, sagt er, wie stellt ihr das an? *Kein Problem*, sagt der Vater, als der Vermieter verkündet, er müsse die Miete erhöhen. Kein Problem. So ein Lügner, so ein dummes Schwein. Anna sieht die Angst in den Augen der Mutter und ihren Hass auf die ganze Welt.

Lange her. Czerny sah sie immer noch an und sagte: »Die Frau Rupp hatte ähnliche Klamotten, in der Zeitung habe ich Fotos gesehen. Das ist euer Business-Einheitsmodell.«

»Ellen hat einmal über bestimmte Viertel gesprochen, die keinen guten Ruf haben«, sagte Anna. »Sie hat darauf hingewiesen, dass diese Menschen als Konsumenten kaum noch zu gebrauchen sind.«

Czerny schüttelte den Kopf. »Was meinte sie?«

Anna lächelte ihn an. »Die können nichts kaufen. Das hat sie gemeint.«

Sie lehnte sich in seinen Armen zurück, und wieder konnte sie sich selber sehen, wie sie an seinem Haar zupfte, das sich weich anfühlte, seidig. Sie sah eine Frau normale Dinge tun, sie knöpfte sein Hemd auf und streichelte seine Brust. Dann nahm sie seine Hand und schob sie unter ihren Pullover und dann tiefer, auf ihren Bauch, und sie hörte sich atmen und ihn auch. Sie konnte seine Stimme hören, seine Hände auf ihrem Körper spürte sie nicht. Sie schloss die Augen und hörte ihn sagen: »Das kannst du doch ausziehen.«

»Nein«, sagte sie, immer wieder sagte sie ihm das und musste andauernd dieses Wort denken, mal dachte sie es halb und mal dachte sie es ganz, unempfindlich, schmerzunempfindlich, ich spüre dich nicht.

Dieses Wochenende beim Campen, als es diesen kleinen Unfall mit dem Gasgrill gab; Anna hatte zu dicht davor gesessen, Florian rannte auf sie zu und schrie: »Geh da weg!« Als er sie hochzog, murmelte sie es vor sich hin, einmal halb und einmal ganz, unempfindlich, schmerzunempfindlich, aber er hörte es nicht oder wollte es nicht hören, er zog sie nur hoch.

Keine Schmerzen, nichts. Als Czerny sie gegen die Wand drückte, registrierte sie die Kraft, mit der er das tat, alles andere war wie ein Hauch, sein leises Seufzen, als sie ihre Fingernägel in seine Schultern grub, sein Atem an ihrem Ohr. Ein Luftzug das alles, seine Haut, sein Zittern, sein kleines Leben. Nie wusste sie, wie sie ihn ansprechen sollte, weil sein Vorname so eigenartig war, und auch jetzt, als sie ihre Beine um seine Hüften schlang, und ihr war, als würde sie schweben, weil er sie hob, auch jetzt wollte sie es nicht tun.

Florians Namen wollte sie nennen, in diesem halbdunklen Zimmer hier, er war doch ihr Mann.

Sie lehnte sich zurück und sagte: »Mein Mann hatte wieder Pech mit Aktien. Ellen hat ihm mal gesagt, du tappst wie ein Rhinozeros in die Bullenfalle. Weißt du, was das ist?« Sie legte zwei Finger auf seine Lippen. »Eine Bullenfalle ist keine Polizeikontrolle. Wenn ein Anleger auf steigende Kurse spekuliert und sich damit fürchterlich vertut, dann tappt er in die Bullenfalle.«

Es interessierte ihn nicht. Der Baum vor seinem Fenster warf einen Schatten auf Czernys Gesicht, als hätte man mit einer Axt hineingeschlagen, als wäre überhaupt kein Gesicht mehr da.

»Hör auf«, flüsterte sie, aber sie meinte ihn nicht. Es war das Geräusch, das von unten kam, aus der Wohnung unter ihm, es war dieser Hund.

»Ist er nachts zu Hause?«, fragte sie. »Bellt er da auch?«

»Blume?« Czerny fing an zu lachen wie ein Kind. »Blume bellt nie. Was hast du?«

Sie meinte ein Glänzen in seinen Augen zu sehen, wie Tränen. Aber das war das Kerzenlicht hier, es war dunkel, so wie sie das wollte, und wenn sie meinte, dass es heller wurde, legte sie eine Hand auf seine Augen.

»Die Geschichte von der Hölle«, sagte sie. »Weißt du, woher das Wort stammt?«

»Hölle«, murmelte er. »Du hast ja Themen.«

»Es ist die Unterwelt«, sagte sie. »Ihre Herrscherin heißt Hel, davon leitet sich das Wort Hölle ab. Ihr Reich ist eine Burg mit großen Sälen, es gibt keine Sonne. Durch das Dach rinnt giftiger Regen.« Sie streichelte seinen Nacken. »Hels Haut ist zur einen Hälfte normal und zur anderen schwarz«, sagte sie, »weil sie halb tot und halb lebendig ist.«

Aber er wollte nicht zuhören, und Anna stellte sich vor, wie es wäre, ein schwebender Geist zu sein, der alles sah, einen Mann, der eine Frau berührte.

30

Blume sah der netten Frau ins Gesicht. Ebert hieß sie, so weit waren sie inzwischen. Sie erzählte, dass ihr Posten bei der Hessen-Thüringen eher untergeordnet war, und wenn er fundamentale, versicherungsrelevante Dinge wissen wollte, brauchte es eine Genehmigung.

Blume konnte sich unter fundamentalen, versicherungsrelevanten Dingen nichts vorstellen, bloß die anderen Dinge hämmerten in seinem Kopf, Ellen, Brecht und das Feuer. Viele Feuer, große Feuer.

»Die fundamentalen, versicherungsrelevanten Dinge habe ich auch gar nicht hier«, sagte Frau Ebert. Es war schon spät, sicher wollte sie Feierabend machen.

Blume nickte. »Sie haben mir doch schon einmal geholfen, mit dem Langenau und dem Brecht. Die haben im Außendienst ermittelt, nicht? Haben Schäden geprüft.«

Frau Ebert nickte und sah ihn abwartend an.

»Ich brauche den Juli 1994«, sagte Blume.

Sie verzog das Gesicht. Er sah sie regelrecht Anlauf nehmen, um zu sagen, nein, das wäre fundamental und womöglich sogar versicherungsrelevant, darum war es nicht verkehrt, einen Zahn zuzulegen.

»Ich weiß schon, was Brecht und Langenau da gemacht haben«, sagte Blume. »Es ist nur noch etwas abzuklären. Gucken Sie nach, die Nacht vom 3. Juli 1994, die Fachfeldstraße in Fechenheim.«

Zögernd zog Frau Ebert, die ihn schon wieder an Erni erinnerte, ihre Tastatur heran. Sie tippte mit zwei Fingern, aber schnell. Heiß war ihm, sein Kopf wurde rot. Das musste einfach stimmen.

»Ist ja nun schon lange her«, murmelte sie. Mit dem kleinen Finger drückte sie auf eine Pfeil-Taste. »Gasleitung defekt. Das Haus ist explodiert.«

»Fechenheim«, sagte Blume, nur um es noch einmal zu bekräftigen. »Fachfeldstraße.«

»Ja«, sagte sie. »Das war der Brecht. Der hat's bearbeitet. Der Langenau hat damit gar nichts zu tun gehabt. Die saßen halt im selben Zimmer, da kriegt man die Angelegenheiten ja mit.« Sie drückte noch weitere Tasten, aber das ging alles so schnell. »Die Polizei hat das auch untersucht. Misswirtschaft und Schlamperei, da war wohl etwas mit der Wartungsfirma, die einen Schaden nicht erkannt hat.«

Blume stützte sich auf ihren Tisch, jetzt meinte er, das Blut lief ihm aus dem Kopf zurück. Er konnte nicht viel lesen auf dem Monitor, da stand alles so eng und gedrückt, Zahlen, Straßennamen. Er kniff die Augen zusammen, alles flimmerte, Fachfeldstraße stand ein paar Mal da, immer mit einer Nummer davor; ganz unten stand etwas anderes.

»Das sind ihre Arbeitsbögen«, sagte Frau Ebert. »Da mussten sie eintragen, wo sie hingingen.«

»Ottostraße 25.« Blume zielte mit einem Finger. »Die ist am Bahnhof.«

»Eine Firma vielleicht«, sagte sie. »Der Brecht musste ja gucken, was mit der Heizungsfirma war, die im Haus für die Wartung verantwortlich war.«

»Da ist keine Nummer vor der Ottostraße«, sagte Blume.

»Wissen Sie, das war die EDV«, sagte Frau Ebert. »Die war fehleranfällig. Damals haben wir das EDV genannt, heute sagen wir System. Wir sagen, es ist im System drin oder nicht drin, aber damals, als wir noch EDV gesagt haben, da war das noch nicht so ausgetüftelt wie heute, da ist viel schiefgelaufen.« Sie drückte eine Taste und alles verschwand. Wie das Haus, das war auch verschwunden. Blume war hingefahren, es war nicht mehr da.

»Was machen Sie denn eigentlich bei der Polizei?« Als Frau Ebert das fragte, schimmerte vielleicht ein Lächeln in ihren Augen, er war nicht sicher.

»Recherche und Ermittlung«, murmelte er. Das hatte er Ellen damals gesagt, ganz am Anfang, als sie ihn fragte, was er so trieb, und sie sah ihn groß an, um nach einer Pause zu sagen: »Ah ja.« Das hatte er auch der Westheim gesagt, die ihn genauso groß anguckte, aber anders. Anders. Er sah zur Decke, wollte etwas zu Ende denken, konnte es nicht.

31

Anna fuhr von der Kanzlei nach Hause, um sich umzuziehen, dann setzte sie sich wieder in den Wagen und fuhr in den Wald. Sie nahm den Schleichweg zur Hütte, da bewahrte Florian seine Camping-Utensilien auf. Er war ein ordentlicher Mensch, der alles so aufstellte, dass man es selbst im Dunkeln fand, Grill, Kocher, Gasflasche.

Beim Campen kam er zur Ruhe, er liebte diese Stille am frühen Morgen. Ellen hatte das furchtbar gefunden, es war ihr zu wenig Komfort. Sie hatte sie nur zweimal begleitet, schlug nach Mücken und Motten und machte sich über Florian lustig; »*Out-*

door«, sagte sie, weil sie das Wort so komisch fand, »machen wir jetzt auch noch Feuerläufe? Schau hin, Flori, deiner Frau gefällt es auch nicht.«

Anna sagte: »Natürlich gefällt es mir«, da setzte Ellen sich neben sie ins Gras. Sie wartete, bis Florian außer Hörweite war. »Es gefällt dir?«, fragte sie dann. »Warum sieht man dir das denn nie an?«

Sie fuhr langsamer, weil die Strecke holprig wurde. Damals hatte sie nicht geantwortet, erst später hatte sie ihr erklärt, dass man sich trotzdem freuen konnte, auch wenn man vielleicht nicht dauernd grinste.

Annas Vater hatte das auch immer gesagt, glotz doch nicht so. Lach mal. Zieh nicht so eine Fresse. Eines Tages zog der Sohn des Vermieters ins Haus, er war der erste Mann, der ihr gefiel, nur konnte sie es nicht zeigen. Aber alles war da, Herzklopfen, weiche Knie, weil er so freundlich war und so schön. Er lächelte sie an, wenn sie ihm im Hausflur begegnete, als wäre sie gleichwertig und nicht diese graue, lumpenbekleidete Laus. Wer ist das, fragt sie die Mutter, und die sagt, das ist der Sohn des Vermieters, der wohnt jetzt hier, den schickt der Alte wohl als Spion ins Haus.

So war es aber nicht. Vor seinem Vater hat sie nur Angst, aber der Sohn des Vermieters lächelt sie an. Anna will ihn ansprechen, jedes Mal. Sie will ihm etwas Schönes sagen, wenn sie ihm begegnet, sie will sein Lächeln erwidern, nur gelingt es ihr nicht.

Ellen konnte die Männer anmachen, einfach so. Aber sie kam ja nie mit einem aus, im Bett nicht, nirgends; *der Detektiv* sagte sie, aber dann waren es zwei oder drei oder wie viele noch? Ellen hatte eine kleine schäbige Armee losgeschickt, um sie und Florian zu vernichten.

Die Hütte lag verlassen da. Man brauchte keine Taschenlampe, alles war an seinem Platz, Grill, Kocher, Gasflasche.

Ein rotes Hütchen schmückte die Gasflasche, wie ein fetter Zwerg, der in seiner Ecke saß. Sie musste die Flasche hervorziehen, brauchte Handschuhe, um nicht vom Metall abzurutschen, sie rollte sie über den Boden, bis sie vor ihr lag, ein stummer, fetter Zwerg. Sie prüfte die Ventile: geschlossen, natürlich, Florian war ein ordentlicher Mann. Dann setzte sie sich auf einen Hocker, an nichts denkend, an überhaupt nichts mehr, bis sie wieder anfing zu frieren.

32

Niklas wollte reinen Tisch machen, wenigstens mit Franke, dem Chef der Security. Sie holten alle ins Präsidium, Franke, Rossmann und den Apotheker Michaelis, um sie einzeln zu vernehmen. Wer hatte die Gewalt in der Stoltzestraße gesteuert, die Rupp oder ihre Mandanten? Soko-Leiter Urban sprach von einem Anhaltspunkt, falls die Rupp ihre Mandanten auffliegen lassen wollte, er war jedoch noch nicht geneigt, von einem Motiv zu sprechen, und er sorgte sich um die Einordnung. War das politisch oder doch eher privat, falls der Dr. Rossmann, also immerhin ein Arzt, ein Neurologe, seine Anwältin in Brand gesteckt haben sollte, zusammen mit einem Apotheker, was doch im Grunde gar nicht auszudenken war?

Ärzte und Apotheker, meinte Potofski, arbeiteten des Öfteren konspirativ zusammen.

»Beim Abrechnungsbetrug?«, fragte Urban. »Oder wie?«

Potofski nickte. »Da auch.«

Als Heiner Franke vor ihnen saß, blass und ein wenig entkräftet, zählten sie noch einmal alles auf. Seine Firma arbeitete für die Bürgerinitiative *Sichere Stadt.* Zum Personal gehörte Erik Engel, der aufgegriffen worden war, als Schläger in drei Häusern der Stoltzestraße Fenster zertrümmerten und einen Mieter schwer verletzten. Es waren jene Häuser, die Beteiligte der Bürgerinitiative von Grund auf sanieren wollten. Zum Personal gehörte auch Engels Mitbewohner Daniel Hessler, der nach einer Weile die Bekanntschaft von Frau Rupp gemacht hatte.

Franke sagte: »Jawohl. Die hat sich nämlich alles ins Bett geholt, was unter vierzig und nicht bei drei auf den Bäumen war.«

Niklas ging nicht darauf ein. Das wusste er bereits. »Welche anderen Klienten haben Sie außer dieser Bürgerinitiative?«

»Damit sind wir ausgelastet«, sagte Franke.

»Und weil Sie vor dem Nichts stehen, wenn Ihnen das flöten geht« sagte Potofski, »ließen Sie zu, dass man Ihr kleines Unternehmen auch für die Aufgabe heranzog, die Objekte der Investoren zu entmieten. Da ging es dann richtig ab.«

»Passen Sie auf«, sagte Niklas. »Wir nehmen uns jeden Ihrer Mitarbeiter vor. Jeden. Wir stellen Ihre ganze Firma auf den Kopf. Alles. Es gibt immer einen, der reden will oder reden muss, wir kehren das Unterste –«

»Ja«, sagte Franke, »ja.« Dann schwieg er eine Weile. »Bedenken Sie bitte«, sagte er schließlich, »dass die Rupp die Anwältin dieser, ehm, Investoren war. Und solche Leute gehen nicht einmal aufs Klo ohne ihren Rechtsbeistand. Wobei ich anmerken möchte, dass der Begriff Rechtsbeistand mit dem Recht nicht mehr viel zu tun hat.«

Siehst du? Niklas warf Potofski einen Blick zu. Franke setzte sich ab. Rossmann würde das Gleiche tun. Rossmann randalierte nebenan, auf dem Flur konnte man ihn hören.

»Wer hat Ihnen die Anweisung gegeben«, fragte Niklas, »in der Stoltzestraße Gewalt auszuüben?«

»Ich habe Kredite laufen«, sagte Franke.

»Das interessiert mich nicht«, sagte Niklas.

Franke sah aus, als sei ihm zum Heulen zumute. »Alles geht den Bach runter, meine Frau kann nicht arbeiten, wegen der Kleinen. Die Jüngste hat etwas am Herzen, das steht unter Beobachtung, das Herz. Sie ist doch erst zweieinhalb. Es hieß, ich wäre erledigt, wenn ich dieser Bitte nicht entspreche.«

Niklas stellte sich neben seinen Stuhl. »Wer sagt das?«

»Sie«, murmelte Franke. »Frau Rupp halt. Die Leute da sollten einfach nur die Wohnungen freimachen.«

Niklas wartete eine Weile, bevor er sagte: »Frau Rupp hatte das Mandat aber längst zurückgegeben.«

Franke zuckte zusammen.

»Sie selber hat da auch nicht investiert«, ergänzte Potofski. »Warum sollte sie das denn veranlasst haben? Sie hatte kein Interesse an den Häusern.«

Niklas tippte Franke auf die Schulter. »Hat der Dr. Rossmann Ihnen das verschwiegen? Wie viel hat er Ihnen denn diesmal wieder gezahlt? Ich meine, für diese Aussage jetzt?«

Franke sprang auf und stieß seinen Stuhl gegen die Wand. Nach einer Schrecksekunde stellte er ihn wieder ordentlich hin und legte eine Pause ein, es sah aus, als spreche er ein Gebet. Dann wollte er etwas trinken, aber er guckte nur zu, wie das Wasser sich sachte im Glas bewegte.

»Ich war in ihrer Kanzlei«, sagte er endlich. »Was die Morde betrifft, möchte ich eine Aussage machen, ich habe etwas gehört. Und ich möchte nicht von mir ablenken, ich will es nur aussagen.« Er legte die Handflächen aneinander, betete weiter. »Frau Rupp hat mich kurz vor ihrem Tod – also da musste ich in die Kanzlei. Sie hat mich noch nicht einmal angerufen, sondern einfach herbestellt, durch die Sekretärin, diese Frau Wolf. Man ist ja doch nur ein Kuli für solche Leute, das lassen die einen spüren.« Er starrte vor sich hin. »Sie hat mich eine Stunde warten lassen, aber dann war nichts, ich meine, dann ging es ganz schnell.«

»Und Sie machen es jetzt ganz langsam«, sagte Potofski.

Franke nickte. »Ich darf dann also endlich rein, da fragt sie mich – ohne zu grüßen – fragt sie mich etwas über diese Straße.«

»Nämlich?« Niklas trat einen Schritt näher.

»Unverbindlich«, murmelte Franke. »Ich stehe vor ihrem Schreibtisch, sie guckt in irgendwelche Akten und sagt, ohne mich auch nur eines Blickes zu würdigen: Erzählen Sie mir etwas über die Stoltzestraße.«

»Wörtlich«, sagte Potofski.

Franke schluckte und zeichnete mit einem Finger die Silben nach. »Wörtlich war es so, sie sagt: Erzählen Sie mir etwas über die Stoltzestraße, aber lispeln Sie nicht. Das empfand ich als verletzend, weil ich ihr bei unserem ersten Gespräch erzählt habe, dass ich als Kind einen Sprachfehler hatte. Ich wollte damit zeigen, dass man ein Handicap sehr wohl überwinden –«

»Weiter«, sagte Potofski.

»Aber im selben Moment kriegt sie einen Anruf. Ich gehe vor die Tür, kann sie aber hören, sie sagt: Herr Brecht.« Franke sah flehentlich zu ihnen auf. »Verstehen Sie? Sie hat mit dem anderen Toten telefoniert, also, da lebte er ja noch –«

»Wörtlich«, sagte Potofski wieder.

Franke nickte eifrig. »Sie sagt also: Herr Brecht und dann etwas vom Friedhof – es war vielleicht so, dass sie sich auf einem Friedhof mit ihm treffen wollte. Oder dass sie ihn gefragt hat, ob er da gewesen ist, auf einem Friedhof.« Franke sah erst Niklas, dann Potofski an. »Aber ich schwöre jeden Eid, dass sie ihn so genannt hat, Herr Brecht. Und dann sagt sie noch: Ich kann Sie von der Klippe stoßen, vergessen Sie das nicht.« Er drückte sich die Fäuste unters Kinn. »Ich dachte mir nämlich noch, Mensch, hat die einen Ton, und jetzt kommst du selber dran, aber sie saust dann tatsächlich an mir vorbei und sagt, dass sie weg muss und wir uns noch sprechen. Aber wir haben uns nicht mehr gesprochen.«

Sie sahen einander an, Potofski kaute auf seiner Unterlippe, und Niklas' erster Gedanke war, dass sie ihn tatsächlich nicht so gut gekannt haben konnte, den Brecht. Kein Liebesgeflüster, wie mit dem Hessler. Wie er sich das gedacht hatte. Herr Brecht. Der hatte etwas angestellt, und sie war ihm draufgekommen. Oder er hatte Informationen, die sie haben wollte und sich, man müsste darüber nachdenken, ausgerechnet auf einem Friedhof holen wollte. *Ich kann Sie von der Klippe stoßen*, hatte sie gesagt, *vergessen Sie das nicht*, ja, so stellte er sich diese Frau auch vor. Was hatte der Brecht ihr zu bieten, Unterlagen über die Stoltzestraße, über Rossmann? Vor ihr steht der Franke mit seinem gesammelten Wissen, dann ruft Herr Brecht sie an und sie lässt den Franke einfach stehen.

Etwas anderes hatte der Brecht, etwas, das ihr wichtiger war. Friedhof, sagte sie. Etwas Hässliches musste das sein, und das wusste sie, also schüchterte sie ihn damit ein. *Ich kann Sie von der Klippe stoßen.*

Was wussten sie selber über Michael Brecht? Sie hatten seine geschiedene Frau und seine Kinder befragt, sie waren an seinem Arbeitsplatz gewesen und bei seinen wenigen Bekannten, aber sie wussten doch nichts.

»Wollen Sie jetzt eine Belohnung?« Potofski lächelte. »Wir können Sie auch von der Klippe stoßen. Und nicht nur Sie.«

Franke sackte in sich zusammen. »Wann hat sie das Mandat denn zurückgegeben?«, flüsterte er. »Dem Rossmann.«

»Überhaupt nicht«, sagte Potofski feierlich. »Das hatte sie bis in den Tod.«

33

Czerny schloss seinen Laden ab. Als er sich umdrehte, sah er ein Kind winken. Es saß in der vorwärtskriechenden Straßenbahn, mitten unter Leuten, die wie Schaufensterpuppen aneinanderlehnten, und fuchtelte in seine Richtung. Aber vielleicht winkte es gar nicht, sondern drohte.

Unten im Hausflur stand ein alter Kinderwagen, gefüllt mit allerlei Plunder, da kam er kaum vorbei. Langsam stieg er die Treppen hoch. Bei Blume kein Laut. Manchmal hörte er ihn mit schnellen Schritten durch die Wohnung gehen wie einen

Getriebenen, doch wer wusste schon, was ihn trieb? Musik war nie bei ihm zu hören, denn Moritz Blume war ein kulturloser Mensch.

Es war mühselig, bis in den vierten Stock zu humpeln. Anna hatte sein Knie verbunden, sie hatte schöne Hände.

Sie hatte auch eine schüchterne Art zu klingeln, ganz kurz nur, trotzdem zuckte er bei diesem Laut zusammen. Als er öffnete, erschrak er noch mehr, weil sie einen riesigen Rucksack schleppte und er sich völlig unvorbereitet fühlte. Hatte sie ihren Mann verlassen, um bei ihm einzuziehen? Er wollte ihr sagen, dass es für alles eine Grenze gab, nein, besser so: man musste die Grenzen erst einmal stecken. Schließlich war seine Wohnung auch ziemlich klein.

Sie lächelte ihn an, etwas verloren, als müsste sie das erst üben. Mit Jeans und flachen Schuhen sah sie anders aus, als er sie in Erinnerung hatte, kleiner und verzagter. Vielleicht las sie seine Gedanken, weil sie ihm gleich erklärte, dass im Rucksack ihre Sportsachen waren, was man so brauchte für Tennis und Golf. Sie holte eine Plastiktüte heraus, verschloss den Rucksack wieder und schob ihn vorsichtig in die Ecke.

»Ah so«, murmelte Czerny. Trainierte sie auch mit Hanteln? Seltsamerweise spürte er Erleichterung und Enttäuschung zugleich.

Wein hatte sie mitgebracht und Essen vom Chinesen. Sie bestand auf Stäbchen, ließ ihn zweimal in die Küche humpeln, weil es nicht die richtigen waren, und während sie sich damit abmühten, erzählte er ihr von seinen Kunden. Lauter störrische Männer heute und Frauen, die ihm erzählten, welches Pech sie mit der neuen Waschmaschine hatten oder dem alten Mann.

Vielleicht war es auch umgekehrt, war die Waschmaschine alt und der Mann neu. Ab einem bestimmten Gesprächsniveau, sagte er, spielte das keine Rolle mehr.

»Wie sind deine Einnahmen?«, fragte sie ganz sachlich.

Seine Einnahmen, ach Gott. Natürlich war er unzufrieden, wer war das nicht? Sollten diese Wirtschaftsforscher ihn je in ihren Geschäftsklima-Index aufnehmen, würde er dafür sorgen, dass das Barometer fiel, aber ihn fragte ja keiner. Die Stimmung in der Wirtschaft war ohnehin kaum zu fassen, nicht wahr? Mal verdüsterte sie sich, dann hellte sie sich wieder auf. Das war genauso wie mit den Börsianern, die andauernd von einer psychischen Extremlage in die nächste fielen, unter Zinsängsten litten, um sich kurz darauf Übernahmephantasien hinzugeben. In den Wirtschaftsnachrichten hatte er von einem Nachmittags-Fixing an der Börse gehört und sich gefragt, was sie da zu fixen hatten. Dann platzten auch noch Blasen.

Er redete so viel, weil sie ihm abwesend vorkam, nahezu weggetreten; was glaubst du, fragte er, von was die Börsianer träumen? Er selber glaubte ja nicht, dass es Geld war, es musste etwas anderes sein. Aber sie antwortete nicht, das tat sie nie, wenn es um Träume ging.

»Was ist mit deinem Mann?« Das hatte er gar nicht fragen wollen, das war ihm so herausgerutscht.

»Wenn ich heute Nacht hierbleibe«, sagte sie langsam, »wird er das kaum merken.«

»Nicht?« Czerny räusperte sich.

»Wir haben getrennte Schlafzimmer«, sagte sie. »Aus diesen und anderen Gründen haben wir auch keine Kinder.«

Er wollte den letzten Bissen herunterschlucken, aber es gelang ihm nicht recht. »Ist er schwul?«, nuschelte er.

»Nein.« Sie stand auf und ging zum Fenster.

Er hat dich doch misshandelt, wollte Czerny sagen, aber ihm fehlten die richtigen Worte, so war das nicht zartfühlend genug. Er suchte sie, die richtigen Worte, aber er wurde so müde, irgendwie erschöpfte ihn diese Frau. Dass Schuster die ältesten Schuhe trugen, fiel ihm ein, und Friseure nicht immer die besten Frisuren. Scheidungsanwältinnen verharrten in komischen Ehen.

Anna legte zwei Finger auf die Fensterscheibe, als würde sie ein Bild malen wollen. Aber sie stand nur reglos da und blickte auf die Straße.

34

Blume versuchte, wie dieser Brecht zu denken, als er das Versicherungsgebäude wieder verließ. Warum hatte der in einer Liste, in der es nur um den Brand in der Fachfeldstraße ging, noch die Ottostraße dazugeschrieben? Die hatte ihn vielleicht so sehr beschäftigt, dass er einen Moment lang unaufmerksam gewesen war. Das war eine langweilige Arbeit, so eine Liste auszufüllen, ganze Reihen mit Zahlen vollzutippen und immer wieder denselben Straßennamen zu notieren. Da war ihm der andere Name hereingerutscht, so wie einem auch mal etwas herausrutschen konnte und man etwas sagte, das man eigentlich nicht hatte sagen wollen.

Blume ging langsam, aber der Hund wollte rennen, der zerrte und zog. Leute stießen ihn an, er nahm sie wahr als flüchtige Schatten. Kurz vor dem Hauptbahnhof, im Licht einer Straßenlampe, stand eine alte Frau im kurzen Rock, der er am liebsten sagen wollte, geh heim.

Das Haus in der Ottostraße war eher ein Schuppen. Es war wohl bewohnt gewesen, als der Brecht damals diese Hausnummer notierte. Jetzt nicht mehr, nur unterm Dach sah er ein schwaches Licht. Ein paar Illegale vielleicht, die nachts in einem Zimmer hausten. Nichts an den Fenstern, an den Briefkästen keine Namen. An der verwitterten Mauer klebte ein Schild, *Walkes & Partner*, darunter ein Pfeil, der ihn in einen Hinterhof führte. Der schien immer größer zu werden, er ging an Kästen mit toten Blumen entlang, bis er vor einem flachen, langgestreckten Gebäude stand. Alles dunkel. Unschlüssig stand er herum, bis der Hund anfing zu bellen. Zwei Schritte entfernt stand ein alter Mann mit einem Besen in der Hand.

»Was machen Sie hier?«, fragte Blume.

»Was *ich* hier mache?« Der Alte stieß den Besen auf den

Boden. »Das wollt' ich Sie grad fragen. Wie kommen *Sie* dazu, *mich* zu fragen, was *ich* hier mache?«

»Ich wollte wissen«, sagte Blume, »was das für eine Firma ist. Ein Lager?«

»Ja, wollen Sie denn was lagern?«

Blume schüttelte den Kopf. Der verarschte ihn doch. Oder war giftig geworden mit der Zeit.

»Dann machen Sie mal einen Termin«, sagte der Alte. »So geht das, sortieren Sie sich mal, dann mach ich auch auf.« Er streckte dem Hund einen Finger entgegen und brüllte: »Sitz!«, aber der Chef gehorchte keinem Fremden.

Blume sah noch ein Schild über der Tür. Der Alte drückte auf einen Schalter, kraftloses Licht fiel auf das Wort *Staub*. Blume ging näher heran.

Staub-sichere Lagerung Ihrer Möbel in abschließbaren Boxen und Übersee-Containern. Wir lagern für Tage, Wochen und Monate.

»Ach so«, murmelte Blume. »Sie lagern Möbel ein.«

»Nein, ich back Pizza!«, schrie der Alte. »Jetzt sortieren Sie sich oder machen die Biege.«

Blume holte seinen Polizeiausweis hervor. »Kennen Sie einen Michael Brecht, war der mal hier? Der hat bei einer Versicherung gearbeitet.« Er konnte dem Alten jetzt nicht sagen, dass das 1994 gewesen war, dann flippte er ihm aus.

Aber der Alte wurde auf einmal ganz ruhig, als er sagte: »Der Ausweis ist gefälscht.«

Darauf wusste Blume nichts zu sagen.

»Passen Sie mal auf.« Der Alte fuchtelte mit seinem Besen. »Wenn Sie sich mal richtig aussprechen wollen, machen Sie rüber zur Bahnhofsmission, die haben auch immer eine warme Suppe. Jetzt weg hier, aber fix.«

Er hätte ihn an den Schultern packen und schütteln sollen. Blume dachte den ganzen Heimweg lang darüber nach. Der war doch zerbrechlich, hatte bestimmt Angst um seine alten Knochen. Er hätte ihn anbrüllen und ordentlich durcheinanderschütteln sollen, vielleicht brachte ihn das weiter. Morgen würde er wiederkommen und genau das tun.

Der Hund müsste etwas bedrohlicher auftreten. Wenn er mal die Zähne fletschte, half das ja schon.

Als er in der Battonnstraße ankam, fiel ihm auf, dass der Friseur schon wieder etwas Neues im Schaufenster stehen hatte, eine merkwürdige Figur aus Holz. Wie ein Engel. Der holte Sachen aus seiner Wohnung, um sie im Laden auszustellen und zu behaupten, es wäre Kunst.

Die Straßenbahn fuhr vorbei, sie war halbleer, hinten drin standen zwei, die sich küssten. Blume sah hin, bevor der Hund ihn weiterzog. Er lehnte sich gegen den Laternenpfahl und ließ ihn schnüffeln. Im Haus, hinter Czernys Fenster, sah er einen Schatten, war er das selber oder eine Frau? Blume legte den Kopf in den Nacken, und der Schatten verschwand.

35

Czerny nahm eine brennende Kerze und starrte in die Flamme. Er musste sich konzentrieren, sonst schlief er noch ein. Ein Unding, so eine Frau in der Wohnung zu haben, nur um vor ihren Augen wegzudösen.

Aber er war nicht direkt müde, bloß war sein Körper so schwer. Anna ging es auch nicht besser. Matt sah sie aus und verfiel in allerlei Gewohnheiten, die Frauen so an sich hatten, strich ihr Haar zurück und presste die Lippen aufeinander, griff in den Kragen ihres Pullovers, um an einer Halskette zu fummeln, und drehte ihren schmalen Ehering hin und her. Er konzentrierte sich darauf, weil das alles doch einen Sinn haben musste, einen Zweck.

Ihm fiel auf, dass sie nicht mehr viel redeten, vielleicht war sie die Frau, bei der er schweigen konnte. Das wäre eine neue Situation.

Ein Unding, wirklich. Als sie sich über ihn beugte, wurde sie ihm fremd, so wie ihm sein eigener Körper fremd geworden war. Anna küsste ihn auf den Mund, was sie noch nie getan hatte, obwohl sie andere Sachen mit ihm gemacht hatte, dann schob sie ihm das Glas zwischen die Lippen. Es war immer noch Wein. Aber er schmeckte ihm nicht mehr, schmeckte metallisch wie Blut.

»Ich glaube«, murmelte er, »der Wein ist schlecht.«

»Man hört den Lärm von der Straße«, sagte sie. »Wenn sie nebenan die Stoltzestraße entmieten, hast du keine ruhige Minute, richtig? Nur Dreck, Lärm und Gewalt.«

»Wenn sie – was?« Er blinzelte sie an, begriff ihre Worte nicht mehr.

Sie hielt den Blick auf ihn gerichtet wie eine misstrauische Kundin, die fürchtete, er würde sie verschandeln. Er verschandelte aber keine Kundinnen, das hatte er noch nie getan, er war ein guter Friseur.

»Du musst schlafen.« Sie kam auf ihn zu. »Ich bringe dich ins Bett und gehe dann.«

»Bleib doch hier.« Er rieb sich die Augen. Alles war gedämpft und still um ihn herum, die Geräusche kamen aus der Ferne, wie in den Straßen im Winter, wenn Schnee gefallen war. Anna wurde kleiner vor seinen Augen, eine zerbrechliche Gestalt.

Er lehnte sich zurück. Eine kalte Nacht, das musste man sagen. Und eine Frau, die ihn nicht wärmte.

36

Blume stützte die Ellbogen auf den Tisch. Alles war ruhig. Bald fuhr die letzte Straßenbahn vorbei, ein Geräusch, das er immer wahrnahm, so ein Summen, das viel klarer war als jedes Geschrei. Vor ihm seine beschriebenen Blätter, der Zeitungsausschnitt und sein Notizbuch mit Ellens Gedicht. Das war es, wenn er daran dachte, ihr Gedicht.

Lasst euch nicht betrügen!
Das Leben wenig ist.
Schlürft es in vollen Zügen,
Es wird euch nicht genügen
Wenn ihr es lassen müsst.

Ja, siehst du? Das hätten die alle auch nicht gedacht, Ellen und der andere Brecht und die vielen Leute in dem Fechenheimer Haus. Dass sie es lassen mussten.

»Das Leben wenig ist«, murmelte er. Also kurz, oder? Schneller vorbei als du denkst. Hätte man auch so sagen können, wäre dann aber kein Gedicht geworden.

Weißt du was? Blume drehte sich zu seinem Hund, aber der schlief. Weißt du was, das ist Absicht gewesen. Ellen fragt ihn, kennst du einen Brecht, um den Namen zu erklären: wie der Dichter. Aber weil er den Dichter nicht kennt, sagt sie ihm dieses Gedicht auf, der hatte ja noch mehr davon. Aber sie nimmt dieses, *das Leben wenig ist.* Weil sie da wusste, dass das Fechenheimer Haus in die Luft geflogen war, weil sie weiter war und fast am Ziel. Weil das Gedicht passte, darum hatte sie es gesagt.

Warum hat sie überhaupt gemeint, dass er den Michael Brecht kennen würde? Glaubte sie, der liefe immer noch mit Langenau herum, was Blume, der den Langenau beschattete, dann wissen müsste? Nein, die waren längst nicht mehr Kollegen, das musste der Langenau ihr doch gesagt haben.

Brecht und Langenau. Früher im Außendienst. Haben geprüft,

Schäden ermittelt. Recherchiert und ermittelt, wie Detektive. Blume nickte. Darum meinte sie, er kenne ihn vielleicht, den Brecht, so von Kollege zu Kollege. Recherche und Ermittlung, so stellte Blume sich vor, wenn er Arbeit suchte. Auch bei der Frau Westheim stellt er sich so vor, als er nach Arbeit fragt, aber die glotzt ihn so entgeistert an, als er das sagt. Das war es doch, was ihm schon einmal im Kopf herumgegangen war, als er bei der Hessen-Thüringen war, bei Frau Ebert. Wie die Westheim ihn anstarrt, als er ihr sagt, wer er ist und dass er für Ellen gearbeitet hat, Recherche und Ermittlung.

Hat man ihr genau ansehen können, wie sprachlos sie war.

Nein, sprachlos war sie nicht; *Sie*, fragt sie, *Sie* sind der Detektiv? Als hätte sie da etwas verwechselt.

37

Anna brachte ihn ins Bett. Wie ein angsterfülltes Kind schlief Czerny langsam ein, immer wieder zusammenschreckend, bis jeder Widerstand verebbt. Er fand sie doch attraktiv, nicht wahr? Er hatte es gesagt, und er hatte sie berührt, dabei kannte er sie ja nicht, hatte sie nie richtig gesehen.

Sie zog ihm die Decke bis zu den Schultern hinauf, schlaf. Unterm Fenster stand ein schönes Sideboard, sie hatten ein ähnliches zu Hause, etwas teurer wohl. Jahrelang hatte sie ihr Heim eingerichtet, wobei sie sich erst kundig machen musste, denn der gute Geschmack, war man schadhaften Dreck gewohnt, flog einem ja nicht zu.

Schlaf. Sie saß neben seinem Bett, bis jedes Geräusch im Haus verstummte. Seine Lider flatterten nicht. Hatte er blaue Augen, braune? Sie sollte es doch wissen, doch sie konnte sich nicht erinnern.

Der andere hatte leblose Augen, eisig und öde. Ein halbtoter Mann, dieser Blume, ist Ellen das nicht aufgefallen? Alle, die sie losschickte, waren so, ein Brecht, ein Blume, heruntergekommene Kerle, Ellens erbärmliche Armee.

Anna wartete, bis unten die letzte Straßenbahn vorüberfuhr. Niemand betrat das Haus. Wer hatte schon ein Auto von den Leuten hier, die fuhren alle Bahn. Linie 11, quer durch die Stadt bis nach Fechenheim, zur Endstation.

Nach eins stand sie auf und holte ihren Rucksack. Im Hausflur ging sie auf Zehenspitzen, nirgendwo ein Geräusch. Im dritten Stock stellte sie den Rucksack ab und lief leise nach unten, wo das Gerümpel stand. Das kümmerte hier keinen, alte Decken in einem abgestellten Kinderwagen, ein paar Fahrradreifen und zusammengefaltete Kartons.

Oder sie hatten keinen Platz dafür. Alles so eng, so elend und eng, das ganze Leben ohne Luft, das musste hier weg. Sie trug hoch, was sie tragen konnte, und stellte es ab vor Blumes Tür im dritten Stock. Leise, sonst schickte er den Hund. Kein Laut, aber er wartete doch. Der lauerte da drin in seinem Bau, bis er wieder zu ihr kam.

Sie hörte ihn nicht. Nirgendwo Leben, nirgends ein Laut. Es würde ruhig bleiben, bis die Farben kamen, erst dieses Rot, wenn die Hitze aussah wie ein großer Ball. Rot und schwebend, nachher mit Blau vermischt, so ein Feuer hatte viele Farben, und dann konnte es Geräusche machen, fing es an zu knirschen wie schwere Schuhe im Schnee. Da musste man durch, wenn man konnte, musste durchs Feuer gehen und war nur überrascht, dass ein Feuer nach Kälte klang und nach Eis, nach einer kalten, frostigen Nacht.

Sie zog die Gasflasche aus dem Rucksack und schob sie neben das Gerümpel, dann öffnete sie das Ventil. Nirgendwo Leben, überhaupt kein Geräusch. Sie nahm ihr Feuerzeug. Dann lösten alle Gedanken sich auf.

38

Blume hob den Kopf. Ein Uhr, die letzte Straßenbahn war durch. Er trank den letzten Rest Bier. Immer wieder zog er sein Notizbuch heran. Es war die erste Strophe von dem Dichter Brecht, die ihm noch immer so schwer fiel, die anderen konnte er ja.

Der Tag steht in den Türen,
Ihr könnt schon Nachtwind spüren

Nachtwind. Ja, es war spät. Bloß jetzt wurde der Hund wieder wach, der hob den Kopf und schnüffelte in die Luft.

Mit der Westheim musste er noch einmal reden, da ging er einfach wieder hin. Jetzt wollte er sich nicht damit beschäftigen, weil es seltsam war.

Der Hund fing leise an zu winseln. Blume drehte sich zu ihm hin. Der hatte genug gefressen heute. »Ist gut«, murmelte er, »gib Ruhe.«

Aber der Hund sprang auf und schlich geduckt durchs Zimmer, das hatte er noch nie gemacht. Man sollte ihn wohl besser impfen lassen, aber gegen was? Staupe, Tollwut, was konnten die denn alles kriegen? Ein seltsamer Geruch war im Haus, das musste es sein, diese Tiere hatten feine Nasen. Irgendwer kochte noch um diese Zeit. Blume stand auf und öffnete das Fenster, dann räumte er auf, schob seine Blätter zusammen und klappte das Notizbuch zu.

»Der Tag steht in den Türen«, murmelte er, »ihr könnt schon Nachtwind spüren –«

Siehst du? Geht schon wieder nicht. Er schlug das Notizbuch wieder auf.

Es kommt kein Morgen mehr.

Na gut. »Morgen«, murmelte er, während der Hund die Ohren anlegte, was komisch aussah, ungewohnt. Morgen musste er noch einmal in die Ottostraße und den Alten weiter triezen.

Und die Westheim auch. Ja, die auch. Oder er würde mit Chef zum Tierarzt müssen, was teuer war. Um seine Finanzen musste er sich auch einmal kümmern, sollte wenigstens nachsehen, einen Kontoauszug ziehen. Er zögerte das immer wieder hinaus, denn er hatte ein bisschen Angst vor dem Ergebnis.

Als er sich vorbeugte, um den Hund am Halsband zu packen, hörte er einen Knall. Als hätte jemand im Treppenhaus etwas fallen lassen oder wäre selber gefallen. Draußen war etwas. Blume richtete sich auf. Jemand mit einem Presslufthammer. Ein Geist im Boden, der an seinen Füßen zerrte. Er ging zur Tür. Musste nachsehen. Aber die Tür veränderte sich, beim Hingucken fing sie an zu springen, dann ein Zischen und Geraschel, wie Wind, der durch die Bäume fegt.

Laut war das, so laut.

39

Niklas sah nach, was im Kühlschrank war. Nichts Schweres mehr nach Mitternacht, sonst schlief er nicht oder träumte schlecht und wachte dann mit Magenschmerzen wieder auf.

»Joghurt«, sagte seine Frau hinter ihm. Ziemlich wach sah sie aus.

Niklas nahm sich ein Stück Käse und ließ sich auf einen Stuhl fallen. Seine Tochter hatte einmal eine Ansichtskarte aus einem Urlaubsort geschrieben, der ihr missfiel. Sie hatten sie aufgehoben. Ein hübsches Panorama war darauf zu sehen, auf der Rückseite stand: *Alles Scheiße, Eure Nora.*

So etwas wollte er jetzt auch sagen. Rossmann und der Apotheker hatten neue Anwälte, gleich zwei, wo Frau Rupp es vorher alleine geschafft hatte. Allerdings waren diese Anwälte nicht in der Lage gewesen, die Herrschaften zu bändigen, nur Gezeter und ein unverschämtes Benehmen, das machte einen verrückt. Rossmann wies mehrmals darauf hin, dass Frankes Security vielleicht doch nicht so sauber war, was hatte der denn für Leute eingestellt, die kamen doch zum Teil direkt aus dem Knast. Glaubten sie im Ernst, man selbst hätte auch nur annähernd mit Ellen Rupps Tod zu tun – warum eigentlich, wegen der Geschäfte? Die hatte sie doch selber eingefädelt. Und Ellen selber, das nur am Rande, hatte einmal gesagt, bis so ein Mietshaus sich leere, ging wertvolle Zeit ins Land, man konnte den Mietern ja nicht einfach kündigen.

So, aha, das hatte sie gesagt?

»Vielleicht wollte sie es schneller haben«, hatte Rossmann hinzugefügt. »Sie war immer so schnell.«

Niklas starrte vor sich hin. Sie mussten alles rekonstruieren, Rossmanns Tage vor Rupps Tod und jene Nacht, in der sie starb. Rossmann auf der Autobahn – angeblich. Dem musste man doch irgendwie beikommen. Dem Apotheker auch, der allerdings ein Alibi besaß. Am besten blätterten sie Rossmanns ganzes Leben auf. Das versprach eine mühsame Angelegenheit zu werden.

Und dann war da noch das Brandopfer Michael Brecht. Wenn Frankes Aussage stimmte, könnte man meinen, die Rupp hätte ihn mit etwas in der Hand gehabt. Wenn Frankes Aussage stimmte, hatte sie Brecht gegenüber einen Friedhof erwähnt.

Brecht – was ließ sich denn da noch aufrollen? Seit Jahren geschieden, ein paar Frauenbekanntschaften, die nichts wussten. Seit über zehn Jahren bei der L&L-Versicherung, ohne dass er aufgefallen wäre; Kunden, denen er Kfz-Versicherungen angedreht hatte, konnten sich kaum an ihn erinnern.

Niklas nahm sich noch eine Gurke zum Käse und fragte Ute, was Nora machte, hatte sie diesen letzten Schein für das Semester jetzt endlich in der Tasche?

»Sie hat da diesen dämlichen Professor«, fing Ute an, doch kam sie nicht dazu, den Satz zu beenden, weil es an der Tür klingelte und sie vor Schreck ihren Joghurtbecher fallen ließ.

»Doch nicht jetzt noch«, rief sie. »Guck mal auf die Uhr.«

Potofski stand draußen und folgte Niklas zögernd in die Küche. »Entschuldigung«, sagte er höflich zu Ute, »aber Ihr Mann ist nicht ans Handy gegangen.«

»Ich habe es bei der Vernehmung auf Vibrieren gestellt.« Niklas zog das Handy aus der Hosentasche. Auf dem Display leuchteten die Worte *Anruf verpasst.*

»Wieso kriege ich das nie mit?«, rief er. »Wieso merke ich nicht, wenn es vibriert?« Er knallte das Handy auf den Küchentisch. »Wenn ich einen Herzschrittmacher kriege, darf ich das eh nicht mehr benutzen.«

»Kriegt er?«, fragte Potofski.

»Ach was«, sagte Ute.

»Was heißt *ach was?*« Niklas drehte sich zu Potofski um. »Also, wo brennt's denn?«

»Battonn-, Ecke Stoltzestraße«, sagte Potofski.

»Es brennt?« Atemstillstand, sekundenlang. Und jetzt das noch.

Aber, murmelte Niklas, die gehörten doch nicht dazu, die Häuser da. Da hatten die Herren nicht investiert, an dieser Ecke. Das war doch jetzt ganz und gar –

»Es brennt aber.« Potofski räusperte sich. »Kann ich noch mal aufs Klo?«

Niklas plumpste wieder auf seinen Stuhl. Ute brachte ihm einen alten Pullover. »Dass sie euch da überhaupt hinschicken«, sagte sie. »Es gibt doch Brandexperten. Was muten die euch denn zu?«

»Was soll ich damit?« Niklas gab ihr den Pullover zurück.

»Bitte zieh ihn an und lass das Jackett hier«, sagte sie. »Das geht einfach nicht raus, auch nicht in der Reinigung.«

»Was?«

»Der Gestank«, sagte sie. »Dieser Rauch.«

»Den ziehe ich nicht an«, sagte er. »Wie sieht das denn aus?«

»Glaubst du«, rief sie, »es kümmert sich in einer solchen Situation irgendjemand um deine Klamotten?«

»So gehe ich nicht«, murmelte er. »Das ist despektierlich bei Toten.«

Es war nicht weit von Bornheim bis zur Innenstadt. Niklas saß zusammengekauert auf dem Beifahrersitz, die Hände auf dem Schoß verschränkt. Ohne Potofski anzusehen, fragte er: »Warum hast du eigentlich diese Glatze?«

»Ich würde mir die Haare gern wieder wachsen lassen«, sagte Potofski, »schon wegen der Kälte. Aber ich trau mich nicht. Bei meiner Freundin ist das genauso. Wir spinnen.«

Niklas drehte so ruckartig den Kopf, dass es in seinem Halswirbel knackste. »*Deine Freundin hat eine Glatze?*«

Potofski nickte. »Vor zwei Jahren hatten wir einen Unfall. Um Mitternacht auf einer Landstraße. Auto gekippt. Und wir da drin, eingeklemmt, kommen nicht raus. Wir dachten, es kommt keiner. Da haben wir uns geschworen, falls wir das hier packen, machen wir was ganz Blödes, Ehrenwort. Da fiel uns das mit der Glatze ein.« Er nickte vor sich hin. »Hat geholfen, aber jetzt haben wir Angst, dass wieder was passiert, wenn wir die Haare wieder wachsen lassen.«

»Aber so werdet ihr doch immer daran erinnert.«

»Gegen solches Denken kann man nichts tun«, sagte Potofski sachlich. »So entstehen auch Zwangsneurosen.«

Am Allerheiligentor standen letzte Kneipengänger Spalier, Blaulicht erhellte die Nacht. Sie liefen zu Fuß in die Battonnstraße, wo der Einsatzleiter der Feuerwehr hinter der Absperrung stand wie ein Türsteher vor der Disco. Es war derselbe wie in der Howaldtstraße, als der Brecht verbrannte. Kollegen waren da, die halbe Soko Rupp hatte sich versammelt, weil man nicht wusste, was das jetzt wieder war.

»Hier sind wir gewesen. Bei dem Friseur im geklauten Rollstuhl.« Niklas sah an dem Haus hoch. Eine leere Drehleiter an der Ecke zur Stoltzestraße. Keine Flammen mehr, trotzdem glaubte er einen hellen Schein zu sehen, als ob das alte Haus im Innern glühte.

Es war merkwürdig still. Eine surrende Stille, aus der jeden Moment etwas hervorgehen konnte, ein Schlag, ein Schrei, ein Dröhnen.

Der Friseur wohnte ziemlich weit oben, fiel ihm ein. Niklas sah umher. Sein Laden im Erdgeschoss war heil geblieben, im Fenster stand ein kleiner Engel.

»Also«, sagte der Einsatzleiter. »Im dritten Stock wurde Gerümpel angezündet, im Erdgeschoss sind noch Reste. Das stand da natürlich herum, das ist den Leuten ja nicht abzugewöhnen. Es wurde nach oben getragen und entzündet. Das Gas kriecht dann ganz rasch zur Zündquelle hin.«

»Das *was*?«, schrie Potofski.

»Das Gas.« Der Blick des Einsatzleiters hatte etwas Drohendes. »Neben dem entzündeten Gerümpel stand eine Gasflasche mit geöffnetem Ventil, Propan oder Butan.«

»Und die ist hochgegangen?« Potofski hüpfte auf und ab.

»Mit ordentlicher Sprengkraft«, sagte der Einsatzleiter. »Dem Mieter hat's die Tür herausgehauen. Sein Fenster stand offen, was das Malheur verschlimmert hat, es gab Zug. Ich habe euren Kollegen schon gesagt, dass es ein Fall für die Mordkommission ist.«

Sie wurden vorwärtsgeschoben. Notarztwagen fuhren mit Blaulicht davon, vor ihnen sprach eine Frau auf einen Sanitäter ein; renoviert, sagte sie, gerade erst alles neu gemacht, die ganze Wohnung. Blümchentapete im Zimmer der Kleinen, mit Bären dazwischen. Sie malte sie mit zwei Fingern in die Luft, die Blümchen und die Bären, so schöne Farben. Die Kleine hatte geschlafen und war nicht richtig aufgewacht, aber sie würde leben, hatte der Doktor gesagt, jetzt fuhr ihr Mann im Rettungswagen mit. Sie selber musste bleiben, wusste man denn, ob Plünderer kamen? Oben wohnte die alte Frau Lehmann, was war denn mit der? Sie hob beide Arme; ab dem dritten Stock haben sie die Leute herausholen müssen, die kamen von alleine nicht raus. Es war so ein fürchterlicher Lärm im Haus. Die Tapete, sagte sie noch einmal nachdrücklich, die neue Tapete war kaputt.

Ein Feuerwehrmann lief mit einem schwarzen Hund vorbei. Das Tier war nervös, es jaulte und bockte. Ein Dobermann.

»Der ist rausgekommen«, sagte der Einsatzleiter, und Niklas wollte sagen, dass der Hund ihm bekannt vorkam, aber das war dumm, so etwas zu sagen, und er kramte in seiner Erinnerung. Dann stand er im Hauseingang und wollte doch nicht hinein, er hörte einen der Kollegen sagen: »Ein Stockwerk ist hin, eine Wohnung da, und es sind, wie es ausschaut, zwei Opfer. Einer mit Herzinfarkt, alter Mann.«

»Der lebt aber noch«, rief der Einsatzleiter. »Den habe ich im Notarztwagen herumfuchteln sehen.«

Feuerwehrleute kamen die Treppen herunter, einer sagte: »Vorsicht.« Es knirschte unter ihren Füßen. Dritter Stock, alles schwarz angemalt, so sah das aus. Rechts, wo die Tür gewesen war, ein Loch, ein Schleier aus Ruß. Alles kaputt.

Niklas stieß Potofski an. »Der Friseur wohnt eins höher, kannst du dich erinnern? Das war doch weiter oben.«

»Welcher Friseur?«, fragte ein anderer Kollege. Er trug einen Plastikumhang, als hätte er beim Friseur einen Kittel gemopst. Ute würde das gefallen, da stank hinterher nichts.

Niklas machte einen langen Schritt in die Wohnung. Er wollte vorsichtig sein und peilte die Ecke an, aber da lag das Bündel ja, und als er merkte, dass er eine Leiche getreten hatte, zwang er sich, langsam zu atmen. Es gab Grenzen, es kam einmal der Punkt, da wollte man nicht mehr.

Er sah ein Gesicht. Der Tote war nicht zur Skulptur verbrannt, das war anders als bei Rupp, Hessler und Brecht, der Täter hatte es von draußen gemacht.

Niklas murmelte: »Den kenne ich.«

»Durch die Explosion«, sagte der Kollege, »hat's ihm hier die Tür aus den Angeln gehoben und zwar mit einer solchen Wucht, dass sie ihn quasi unter sich begraben hat. Er wollte wohl gucken, was los war. Dann hat er unter der Tür gelegen, was erklärt, dass er nicht vollends verbrannt ist. Es ist sogar möglich, dass er von der Tür erschlagen wurde und den Rest gar nicht mitgekriegt hat.«

Der Kollege sah müde aus, sicher war er hier der Erste gewesen. »Siehst du da eine Verbindung zur Rupp-Geschichte? Ich nicht. Auseinandersetzung zwischen Kriminellen vielleicht, der Täter bringt vor seiner Tür die Gasflasche zur Explosion und haut ab.« Er rieb sich die Stirn. »Wieso kennst du ihn?«

»Der Mann mit dem Hund.« Niklas holte sein Notizbuch aus der Tasche und blätterte zurück. »Blume, Moritz. Battonnstraße 38.«

»Ja«, sagte der Kollege. »Genau.«

»Der hat seinen Hund Gassi geführt, als in der Stoltzestraße Randale war. Zeuge, das heißt, kein Zeuge, er konnte uns nicht helfen.« Niklas hob den Kopf. »Draußen ist der Hund.«

»Und dieser Friseur«, sagte Potofski. »Erst meldet er das Feuer bei der Rupp, dann brennt es bei ihm selber.«

»Da könnte einer annehmen«, sagte Niklas, »dass der Friseur ein Zeuge ist.«

»Aber das hier ist er doch nicht«, sagte der Kollege.

»Ich weiß es ja auch nicht!« Niklas wollte mit dem Fuß aufstampfen. »Der wohnte oben.«

»Da wohnt er noch«, sagte der Kollege. »Die sind rausgeholt und in die Klinik gebracht worden.«

»Und wir haben noch mit ihm gesprochen«, sagte Niklas.

»Mit dem Friseur?«

»Mit ihm hier.« Niklas sah wieder auf den Toten, dann spähte er in seine Wohnung. Ruß auf den Möbeln, überall verbranntes Papier. Ein verformter Hundenapf in einem winzigen Flur. Unmittelbar neben der Leiche lag etwas Schwarzes. Er deutete darauf, sofort war der Kollege mit Cellophan zur Stelle und murmelte, es könnte ein Notizbuch sein. Mit einer Pinzette schob er Papierreste ineinander, *Moder*, lasen sie nach ein paar Minuten, *den Erlösten*. Der Mann hatte vielleicht Romane geschrieben. Ein Tisch, ein Stuhl, ein Bett, guck dich doch um, sagte der Kollege, ein armer Dichter.

Als Niklas nach Hause kam, hängte er seinen Anzug zum Lüften ans offene Fenster, was von draußen sicher aussah, als hätte er sich am Fensterkreuz erhängt.

Bis zum Morgen waren sie alles durchgegangen, hatte die Soko Rupp einen Zusammenhang gesucht, den es vermutlich nicht gab. Dieser Blume hatte sich vor Jahren bei der Polizei beworben, wurde aber wegen mangelnder Fitness abgelehnt, sonst war nichts über ihn bekannt.

»Wohl ein klassischer Versager«, sagte ein junger Kollege, da sprang Niklas auf, er wusste selber nicht, warum, und schrie: »Mäßigen Sie sich!«

»Ist ja gut«, sagte der junge Kollege.

»Du Hansel.« Niklas musste ein Glas Wasser trinken, weil ihm plötzlich das Herz so seltsam schlug.

Kaum Berührungspunkte, Rupp, Hessler und Brecht hatten den oder die Täter in die Wohnung gelassen, Blume hatte seinen Mörder wohl gar nicht gesehen. Bei Rupp und Brecht waren die Wohnungen in Brand gesteckt, sie selber dadurch geradewegs angezündet worden, vor Blumes Tür war eine Gasflasche explodiert. Bei Rupp, ihrem Freund und bei Brecht fand sich Nitrazepam im Blut, Blume hatte Bier getrunken. Die kümmerlichen Reste seines Notizbuches waren bereits bei den Kriminaltechnikern, die ihnen aber wenig Hoffnung machten.

Es gab Verletzte in den oberen Stockwerken, unter ihnen eine 80-Jährige, die schon im Notarztwagen behauptet hatte, ihr junger Nachbar hätte eher den Eindruck eines Betrunkenen als eines Rauchvergifteten gemacht.

»Ist das der Friseur?«, fragte Niklas.

Richtig, ein Mann namens Czerny. Die Feuerwehrleute hatten ihn gleichsam zwischen Tür und Angel gefunden, als hätte er rausgewollt und es nicht geschafft. Keine Lebensgefahr.

Bis zum Morgen hatten sie einander immer wieder die Frage gestellt: Wo war der Zusammenhang? Sie sahen keinen.

Nach drei Stunden Schlaf wachte Niklas mit der Erinnerung auf, noch kurz vor seinem Tod mit einem Mann gesprochen zu haben, der jetzt nicht mehr war. Seine Adresse hatte er ihm genannt und seinen Namen, Moritz Blume, wenige Tage, bevor er getötet worden war.

Ute hatte es eilig, trotzdem stellte sie ihm ein üppiges Frühstück hin. Sie erzählte, dass sie erst am Nachmittag zur Arbeit ging, dafür aber bis in den späten Abend –

Er sah auf. »Kannst du mal für mich ins Internet?«

»Das kannst du doch selbst.« Sie sprach wie mit einem Dreijährigen. »Aber verlauf dich nicht wieder.«

»Du bist da gewitzter«, sagte er. »Man kann doch, auch wenn man nur zwei Worte hat –« Er warf noch ein Stück Zucker in seinen Kaffee. »Also, ich hätte gern gewusst, ob die Worte *Moder den Erlösten* aus einem Roman stammen.

Sie verzog das Gesicht und sagte, dass es drei Worte waren, aber sie war so gut und setzte sich an den Computer.

Es dauerte nicht lange, bis sie mit einem Zettel kam. »Lasst Moder den Erlösten«, las sie vor, »das Leben ist am größten, es steht nicht mehr bereit.«

»So«, murmelte er.

»Das ist aus einem Gedicht von Brecht.«

Niklas hieb mit der Faust auf den Tisch.

»Es heißt *Gegen Verführung*«, sagte sie. »Und ich weiß nicht, warum du dich so aufregst.« Eine ganze Weile las sie, was sie ausgedruckt hatte. »Hör mal«, sagte sie dann. »Lasst euch nicht verführen zu Fron und Ausgezehr. Was kann euch Angst noch rühren? Ihr sterbt mit allen Tieren, und es kommt nichts nachher.«

Niklas schüttelte den Kopf. Von wegen. Das Tier, der Dobermann, der lebte.

Tage vergingen, in denen er weitermachte, wo er aufgehört hatte, er spürte dem Botox-Doktor nach. Was hatte Rossmann vor Rupps Feuertod getan? Kannte er vielleicht einen Moritz Blume? Dieser Blume fiel ihm immer wieder ein, die Tatsache nämlich, dass er mit einem Mann gesprochen hatte, kurz bevor der getötet worden war. Seltsam, er malte sich das immer wieder aus. So ein stoischer Kerl, draußen mit seinem Hund. Als ob er nie viel geredet hätte, nicht mit Menschen, nur mit dem Hund. Darum sprang er auch gleich auf, als eine Kollegin der Sitte mit der Nachricht kam, bei ihr säße eine Frau, der es um die letzte Brandgeschichte ging, um diesen Mann namens Blume.

Die Frau war wohl in seinem Alter, eine füllige Person, die ihm noch auf dem Flur erzählte, dass sie nur Kontakt zur Sitte hatte, notgedrungen, sonst zu keinem bei der Polizei. Kleine Schritte machte sie und atmete sehr schwer.

»Ich habe aber nie Ärger mit der Sitte«, sagte sie, sobald er ihr einen Stuhl angeboten hatte. »Ich sitze in meinem Caravan, da hab ich alles, was ich brauche. Mein Name ist Erni Fromm.« Sie zog ein Stofftüchlein aus dem Ärmel ihres Pullovers und behielt es in der Hand. »Der Moritz Blume war ein guter Bekannter. Er hat mich regelmäßig besucht.«

»Als Kunde«, sagte Niklas.

»Ja und? Er hat mir nie etwas angetan, da könnte ich Ihnen ganz andere Geschichten erzählen.« Sie hielt ihr Tüchlein gegen die Wange, betupfte ihre Augen, und dann weinte sie. Niklas sah zu, das war ja gewissermaßen verkehrt herum.

»Es geht mir jetzt um den Chef«, murmelte sie. »Ich habe das über ihn doch in der Zeitung gelesen.«

»Über den Polizeipräsidenten?« Niklas lehnte sich zurück.

»Dass er jetzt im Tierheim ist«, sagte sie.

»Der –«

Eifrig nickte sie. »Der hat doch überlebt.«

»Blumes *Hund*«, sagte er laut. »Sie meinen – heißt der Chef?«

»Ja sicher. Ich möchte ihn zu mir nehmen.« Sie senkte den Kopf. »Dem Moritz würde das gefallen. Ich habe nur Angst, dass sie im Tierheim sagen, es wäre zu eng bei mir.«

»Bei ihm war es auch eng«, sagte Niklas. »Sie müssen halt nur öfter mit ihm raus, nicht? Allerdings kann ich das nicht für Sie regeln, da müssen Sie schon selber ins Heim fahren.« Er seufzte.

Im Grunde war das ja ein starkes Stück, dass dieser Dobermann so mir nichts, dir nichts aus dem Haus geflüchtet war. So ein gestandenes Hundsbild. Ließ das Herrchen da liegen, dabei hätte er eine Heldentat doch wenigstens versuchen können, man las doch immer wieder davon.

»Es ist ein so liebes Tier«, sagte sie. »Der Moritz hatte ja sonst niemanden außer dem Chef und mir. Das heißt« – jetzt knüllte sie ihr Tüchlein zusammen – »letztens erzählt er mir von einer Frau. Das hat er noch nie gemacht.«

»Aha. Was sagt er denn?«

Etwas ratlos sah sie ihn an. »Wo er doch Moritz geheißen hat. Aber die hat ihn Leo genannt, nach einem –«

»Leo?« Niklas schob seinen Stuhl zurück.

»Nach einem Roman, so hat er's erzählt.«

»Einen Moment.« Er stand auf, öffnete behutsam die Tür und lief ein paar Schritte den Flur hinunter, bis er Potofski bei Urban stehen sah.

»Eine Frau hat ihn Leo genannt«, flüsterte er.

Urban schob eine Hand hinters Ohr. »Niklas, haben Sie etwas gesagt?«

Weil es diese Marotte nicht zweimal gab, nein, bestimmt nicht. »*Dieser Blume*«, schrie er, »*das ist Rupps Detektiv!*« Als er sah, wie Potofski sich in Bewegung setzte, flüsterte er »gewesen« vor sich hin.

40

Anna setzte sich nach vorn. An diesem Abend war die Kirche wie ein Hafen, wie ein Heim, denn draußen der Sturm hatte sie aus der Welt drücken wollen mit seinem Pfeifen und Heulen.

Zorn, der Priester, sprach ein Abendgebet. »Aus Feindeshand

befreit«, hörte sie ihn sagen, »ihm furchtlos dienen in Heiligkeit und Gerechtigkeit, all unsere Tage.«

Nur wenige Menschen hörten ihm zu, Alte und Traurige, ärmliche Leute. Es war interessant, dass nur sie zum Gottesdienst kamen, vielleicht, weil ihnen auf Erden niemand ihre Wünsche erfüllte. Die Orgel spielte eine kleine Melodie, die aus tastenden Tönen bestand, spielte sie immer wieder von vorn. Ein Kind sang die Worte dazu, »bleibet hier und wachet mit mir.« Es stand vorne am Altar, es sang mit einem hohen Stimmchen. Ein kleiner Ministrant, ein Junge. Sein Gewand war viel zu weit, es verschluckte ihn, bis er fortging und verschwand, er ging ihr verloren wie ein kleiner Mensch, über den man eine große Decke legt.

»Wachet und betet, wachet und betet.«

Lars, murmelte sie, doch niemand hatte es gehört. Sie streckte die Hände nach ihm aus, überall Hitze und ein schwebendes Licht, sie streckte die Hände nach ihm aus und griff nach der Decke, unter der er lag, alles war schwarz jetzt, die Straße, die Decke und er.

Sie stand auf und ging nach vorn; »wachet und betet«, sang er, »wachet und betet«. Dann blickte er sie an. Nur ein Junge.

Als die Orgel verstummte, sah sie ein Lachen in seinen Augen, und sie lächelte zurück, alles ist gut, ein Junge im grünen Gewand. Zu Hause, wenn er genug zu essen bekam, würde er von seinem Tag erzählen, jetzt faltete er die Hände, als der Priester wieder zu sprechen begann. »Wie im Anfang«, sagte Zorn, »so auch jetzt und alle Zeit und in Ewigkeit«, und die Alten und Traurigen murmelten »Amen«, wurden älter und trauriger und würden wohl sitzen bleiben, ließ man sie nur, jetzt und alle Zeit und in Ewigkeit.

Anna verließ die Kirche, stemmte sich gegen Regen und Wind, bis der Priester wieder vor ihr stand.

»Was ist mit Ihnen?«, fragte er.

Sie fragte ihn, warum er dieses Gebet gesprochen hatte, *aus Feindeshand befreit*. Ein Canticum, sagte er, es gehörte zur

Vesper dazu. Sie verstand ihn nicht. Einmal hatte er gepredigt, dass erst das Christentum das Feuer mit der Hölle verband.

»Ich dachte, ich hätte meinen kleinen Bruder gesehen«, sagte sie. »Der Messdiener da drin, der Ministrant. Natürlich habe ich ihn nicht gesehen, man hat ja manchmal solche Erinnerungen, nicht?«

Er sagte nichts. Sie musste aufpassen, dass sie später Florian nichts davon erzählte. Ein Junge wie Lars. Florian mochte das doch nicht, schon am Tag ihrer Hochzeit hatte es eine dumme Situation gegeben, als sie sagte, mein Bruder Sven kann mit den Ohren wackeln. Sie wusste nicht mehr, in welchem Zusammenhang das gewesen war, aber Sven konnte das wirklich, und sie hatte zu Florian gesagt, das musst du mal sehen. Florian hatte es aber nicht hören wollen, es war ihr ja auch nur herausgerutscht. Hör auf, hatte er damals gesagt, hör auf.

»Es wird schon gut werden«, sagte sie. Einmal, als sie nach einem Theaterbesuch sehr spät nach Hause gekommen und Florian direkt in die Arme gelaufen war, hatte er wissen wollen, wo sie sich herumtreibe. Dabei hatte er die Uhrzeit genannt, aufgebracht die Uhrzeit genannt wie ein eifersüchtiger Mann, das war schön. Er wusste doch, dass er sie brauchte, er brauchte sie ein Leben lang.

»Was?«, fragte der Priester.

»Was?«, wiederholte sie. Sie lachte ihn an, er trug noch immer seine Soutane, in der er aussah wie ein Karnevalsprinz.

»Sie sagen, es wird schon gut werden«, sagte er. »Da wollte ich wissen, was.«

»Alles«, sagte sie. Ja. Sie sollten sie einfach nur in Ruhe lassen, Ellen und ihre Armee.

»Alles«, sagte sie wieder, alles.

41

Niklas suchte seine Brezel. Auch das noch, da lag sie unter einem Papierstoß mitten auf dem Tisch. Da konnte man ja nun nicht wissen – wann war der Tisch denn geputzt worden? Nachher fing er sich Viren und Bakterien ein.

Unangenehmes Wetter. Ein Sturm schlug wahre Fluten gegen das Fenster, und hier drin, im Licht seiner Schreibtischlampe, sah er Fragezeichen hinter seinen Notizen. Dieser Blume war Ellen Rupps Detektiv gewesen. Das war das einzige Ausrufezeichen.

Zwei Stunden lang hatte die arme Erni Fromm das wenige, das sie wusste, immer wieder von vorn erzählen müssen, obwohl sie doch nur des Hundes wegen gekommen war, Moritz Blumes verwaistem Dobermann. Nein, aus seinem Berufsleben hat er nie erzählt, eigentlich auch nie etwas Privates, so ist der Moritz halt gewesen. Er hat mal gesagt, ich bin ein Freiberufler, und als sie wissen wollte, was er da tat, sagte er: alles Mögliche. Nein, den Namen der verrückten Frau hat er nicht genannt, er hat überhaupt nichts weiter über sie erzählt, außer halt, dass sie ihn Leo nannte, weil er einmal ohne Schirm – oder so. Weil er wie ein Romanheld durch die Stadt gelaufen ist, darum hat sie ihn so genannt. Ihr Stofftüchlein gegen Stirn und Wangen drückend, hatte Erni Fromm hinzugefügt: »Weil der Romanheld, an den diese Tussi dachte, wohl Leo heißen tut.«

Und überhaupt war der Moritz an diesem Abend sehr schweigsam gewesen. Einen alten Zeitungsausschnitt hatte er noch dabei und wollte wissen, ob sie sich an diese Geschichte erinnern konnte, die war aber sehr lange her, so ein großer Brand in Fechenheim, ein explodiertes Haus.

Erni Fromm hatte das Wort Brand nur aussprechen müssen, da waren sie alle zusammengezuckt, bloß Potofski hatte wieder mit dem Hüpfen angefangen. Niklas, der sich an eine Katastrophe in Fechenheim erinnerte, telefonierte im ganzen Haus herum, bis er an die Kollegin Mühl geriet, die einmal mit so etwas befasst gewesen war, da hieß sie noch Müller-Mühl und wurde Mümü genannt. Er machte es dringend, und sie versprach ihm, ins Archiv zu gucken.

Blume war also Ellen Rupps Detektiv gewesen. Niklas selber, und das kriegte er nicht heraus aus seinem Kopf, hatte noch mit ihm gesprochen, als in der Stoltzestraße Randale war, ein Nachbar nur, der seinen Hund ausführte. Zwar hatte Rupps Sekretärin gesagt, dass die Anwältin ihm viele Scheinaufträge gab, weil sie den Mann wohl irgendwie mochte, aber hin und wieder war wohl etwas anderes dabei, und man fragte sich, ob er etwas in ihrem Auftrag erschnüffelt hatte oder nach ihrem Tod alleine vorgegangen war. Hatte er sich nicht einmal bei der Polizei beworben und hatte die ihn nicht abgelehnt? Da dachte er sich vielleicht, da könnt ihr mich kreuzweise, das kann ich alleine – aber was?

Man musste sich auch fragen, warum der Täter eine andere Art des Vorgehens gewählt und den Mann mittels einer explodierenden Gasflasche getötet hatte. War ihm der Ruhigsteller ausgegangen, das Nitrazepam? Überhaupt, was war das für ein Vorgehen, vor der geschlossenen Wohnungstür so ein Ding zu deponieren – Blume hätte nicht zu Hause sein können, jemand hätte stören können, als er anfing, das Gerümpel neben der Gasflasche zu entzünden, das war doch kein Profi, der hatte was am Hirn. Aber es gab Hoffnung. Die Techniker hatten Anhaftungen an der Gasflasche gefunden, Spuren, die darauf hindeuteten, dass sie wohl über längere Zeit in einem Schuppen gelagert worden war. Der musste erst einmal gefunden werden – Rossmann, behauptete er, besaß keinen.

Niklas erinnerte sich an den Spruch *Der Hunger treibt's rein*, als er tapfer in die bestimmt bakterienverseuchte Brezel biss. Zu Potofski, der mit der Kollegin Mühl ins Zimmer kam, sagte er: »Am Hirn hat der es ja nicht.«

»Wer?«, fragte Potofski.

»Rossmann.« Niklas schluckte das Stück Brezel herunter, es schmeckte krankheitserregend. Hauptkommissarin Mühl legte ihm Unterlagen auf den Tisch und sagte, das viele Salz an der Brezel treibe den Blutdruck hoch.

»Ich esse sie sowieso nicht.« Er wischte sich die Hände ab. »Ist es das?«

»Fachfeldstraße«, sagte sie. »Ich war vor Ort. Defekte Gasleitung, Explosion, ein Höllenbrand, elf Tote, viele verschüttet. Kurz vorher hatte der Hausbesitzer noch um eine Wartung der Gasleitungen gebeten, da haben wir uns also um die Wartungsfirma kümmern müssen, Verzug und Fahrlässigkeit und so weiter.«

Trümmer, die Überreste eines Hauses. Niklas sah Bilder einer Verwüstung, und auf einer Todesliste sah er viele Namen. Rossi, Andrea – ein Mann, oder? War anders bei den Italienern, da war Andrea männlich, genauso wie Nicola. Berger, Friedrich, so hieß auch sein Nachbar. Dieser hier war tot.

»Meine Güte«, murmelte er, »da hat's ja ganze Familien ausgelöscht – hier: Kohler, Reinhard. Kohler, Ursula. Kohler, Sven. Kohler, Lars. Kohler, Klara.«

»Nur eine hat überlebt.« Die Kollegin hielt eine andere Liste in der Hand. »Kohler, Anna. Das war schlimm.« Hauptkommissarin Mühl, in vielen Jahren Polizeidienst gereift und gestählt, sagte: »Man hat mir damals Tranquilizer geben müssen, dem Brandmeister aber auch. Der hat ihr einen Namen gegeben: die Frau, die aus dem Feuer kam. Habe ich nie vergessen. Da war noch etwas mit einem toten Jungen – ich meine, sie hätte ihn im Arm gehabt.«

Niklas schüttelte den Kopf. »Ich will das gar nicht wissen.«

»Das Haus war vorher schon in keinem guten Zustand«, sagte die Kollegin. »Den Brandmeister hat's damals fast aus den Schuhen gehauen, aber das sagte ich schon.«

»Also ein tragisches Unglück«, murmelte Niklas. »Nicht das, was wir hier haben. Was hat der Blume denn damit gewollt?«

»Wir haben uns um die Wartungsfirma kümmern müssen,

was da eigentlich gelaufen oder nicht gelaufen ist.« Hauptkommissarin Mühl hatte etwas Grimmiges im Blick. »Kommste heut' nicht, kommste morgen, so geht das ja nicht. Der Hausbesitzer hatte es schließlich dringend gemacht. Mehrmals hat er einen Trupp vom Notdienst bestellt, weil er meinte, im Keller riecht es nach Gas, aber die wollten nichts gefunden haben. Dann macht er trotzdem einen Wartungstermin, wollte alles von vorne bis hinten überprüft wissen, und kurz vor diesem Termin ist es passiert.« Sie nahm ihm die Akte aus der Hand und fing an zu blättern. »Wie wollten wir die Wartungsfirma festnageln? Ich weiß es nicht mehr, aber es ist uns ja nicht gelungen. Der Hausbesitzer wollte prozessieren, meine ich. Der hätte ja nun auch mit draufgehen können, schließlich wohnte er selber da –« Wie im Daumenkino raschelte sie mit den Blättern. »Nein, stimmt nicht, er selber, der alte Westheim, wohnte woanders. Aber sein Sohn, der wohnte in dem Haus.«

Niklas stand auf und warf seine Brezel in den Papierkorb. Potofski sprang wie ein Überfalltäter auf die Kollegin zu.

»Noch einmal diesen Namen«, sagte Niklas. »Langsam und deutlich.«

»Westheim, Georg«, sagte die Hauptkommissarin. Wohnhaft damals Mörikestraße –«

»Und der Sohn?«

»Na, auch Westheim.« Sie legte die Akte wieder auf den Tisch. »Florian.«

Niklas setzte sich. Potofski stupste ihn an. Stumm deutete er auf die Liste der Hausbewohner, auf die Namen ohne Kreuz, die Überlebenden. Mit dem Finger umkreiste er zwei Namen. Westheim, Florian. Kohler, Anna.

Lange sahen sie hin. Als wäre das hier Zauberpapier und unsichtbare Tinte würde sich vor ihren Augen in leserliche Schrift verwandeln.

Seit diesem Augenblick grübelte er über die Worte nach, gebranntes Kind. Zwei Worte wie der Anfang eines Liedes, von dem man auch nicht wusste, wie es weiterging. Niklas schob all seine Blätter in eine gerade Linie. Juli 1994, Fachfeldstraße 77. Die 20-jährige Mieterin Anna Kohler überlebt die Brandkatastrophe in dem Wohnhaus schwer verletzt, ihre Eltern und die drei Geschwister sterben. Ein paar Monate später heiratet sie einen anderen Überlebenden, den 31-jährigen Nachbarn Florian Westheim, Sohn des Eigentümers.

Potofski sagte, dieses Unglück hatte sie wohl zusammengeschweißt.

»Sicher«, murmelte Niklas. Gebranntes Kind.

Er hatte so oft mit ihr gesprochen, Anna Westheim hatte nichts davon erzählt. Aber das wäre ja wohl auch zu viel verlangt, wer, außer vielleicht diesen Talkshowgästen, ging mit seinen Tragödien schon hausieren? Es hatte ja auch keine Veranlassung bestanden, da hätte sie höchstens sagen können, sehen Sie, meine Sozia ist verbrannt, ich damals aber nicht, genauso wenig wie mein Mann. Wie hätte das denn ausgesehen?

Das musste Florian Westheim sich genauso gedacht haben. Gebrannte Kinder. Welchen Grund hatte dieser Blume, sich einen alten Zeitungsartikel über das Unglück zu besorgen?

1994. Niklas guckte nach, zum wievielten Mal eigentlich? Als das Haus in die Luft flog, war die Rupp nicht in Deutschland gewesen. Konnte ihrem Jugendfreund Florian nicht beistehen, war in Amerika zum Karrieremachen, in Boston.

Gebranntes Kind – Urban, der Leiter der Soko Rupp, kam mit der Information, Dr. Rossmann hätte am Hattenbacher Dreieck in einer Tankstelle eingekauft und zwar keineswegs, wie er behauptete, an jenem Abend, als Rupp und Hessler getötet wurden, sondern bereits am frühen Nachmittag.

»Jetzt lassen Sie uns mal mit dem Rossmann in Ruhe«, sagte Potofski.

Urban stemmte die Arme in die Hüften. »*Sie* haben sich doch auf den kapriziert.«

Niklas hob den Kopf. »Gebranntes Kind sucht das Feuer«, sagte er laut. »Jetzt hab ich's.«

»Nein«, sagte Urban. »Gebranntes Kind *scheut* das Feuer. Das ist das klare Gegenteil.«

»Ja«, murmelte Niklas. »Richtig. Darum mögen sie beide nicht darüber reden.« Er schlug auf den Tisch. »Warum hat der Blume sich für diesen Brand interessiert?«

»Das Wort Fachfeldstraße hat er wohl auch notiert. Das ist mein zweiter Punkt.« Urban zeigte ihnen das Ergebnis der Kriminaltechniker, die sich an den Resten von Blumes Notizbuch versucht hatten. Niederschmetternd im Grunde, weil sie nur wenige Silben rekonstruieren konnten. Wortfetzen, *Moder den Erlösten*, das kannten sie ja nun schon, dann ging es weiter mit *kehr, Tieren, Fach* und *genau.*

Fach für Fachfeldstraße, genau. »Da sollten wir mal rekonstruieren«, sagte Niklas, »was die beteiligten Personen im Jahr 1994 gemacht haben. Die Westheims – gut, das wissen wir. Der Daniel Hessler war zu jung damals, den lassen wir mal außen vor. Die Rupp war in Amerika. Blume selber, über den wissen wir ja nun überhaupt nichts.« Er starrte erst Urban, dann Potofski an. »Und der Brecht? Was war mit dem?«

Potofski wühlte in den Unterlagen. »Den haben wir doch von vorne bis hinten –«

»Ja sicher, wir sind zehn Jahre zurück«, sagte Niklas. »Arbeitgeber, Exfrau, Kinder, Kollegen, Kunden und ein paar Bekannte, das reicht wohl nicht. Was hat er 1994 gemacht? Pass auf, nachher hat's der Blume gewusst.«

Er stützte den Kopf auf die Hände und starrte auf das, was von diesem Notizbuch übrig geblieben war. *Fach, genau.* Nachher war der Blume womöglich an etwas dran gewesen, war er weiter als sie selbst, was sehr unangenehm und im Grunde nicht auszudenken war. Weil er dann womöglich, man musste das zu Ende denken, nicht hätte sterben müssen, und das malte man sich lieber gar nicht weiter aus.

42

Anna sah ihn auf der anderen Straßenseite. Sie war aufgestanden, um das Fenster zu öffnen, und sah ihn vor der Ampel stehen. So klein von hier oben, aber so stark, denn er lebte. Die Ampel zeigte Grün, jetzt ging er los, kam auf das Haus zu, kam her.

Sie ging zu ihrem Schreibtisch zurück. Die Frau, die da saß, hatte nicht aufgehört, sich über die Gegenseite zu beschweren, ihren künftigen Exmann, der ihr nur Böses wollte.

»Er behauptet, ich würde den Kindern schaden«, sagte sie gerade. »Ich war beduselt, das haben die Kinder gesehen und sich darüber amüsiert. Das kann passieren, wenn ich von einem erfolgreichen Geschäftsessen komme, das sind allerdings keine Alkoholprobleme, wie er behauptet. Nicht jedes Geschäftsessen ist erfolgreich, da geht man oft sehr schnell auseinander.«

Anna fragte, ob sie nach jedem erfolgreichen Geschäftsessen – wie nannte sie das?

»Nur beduselt«, sagte die Mandantin. »Ich bin dann sehr lustig, aber jederzeit klar im Kopf, da können Sie die Kinder fragen. Ich trinke niemals allein.«

Sie wiederholte das alles noch ein paar Mal, bis sie aufstand und fragte: »Da kann man doch was machen?«

»Ja«, sagte Anna, »sicher.«

Sie begleitete die Mandantin zur Tür, folgte ihr zwei Schritte in den Flur und sah ihn vorn am Tresen stehen. Sie knallte die Tür wieder zu, sofort ertönten die Geräusche wie das Lachen von Kobolden, erst ihr Handy, dann die Sprechanlage.

»Hier wäre ein Herr Czerny«, sagte die Frau vom Empfang, »er –«

Ja, ja. Einen Moment noch. Soll warten. Anna presste das Handy ans Ohr und hörte die Stimme einer Bekannten, sie hörte lauter Fragen und antwortete wie ein Automat, danke, es geht, ja sicher, der Stress, nein, mit Ellen hat sich nichts ergeben, die ist immer noch tot.

Was sagst du? Entschuldige, murmelte sie, ich wollte nicht – Vernissage, ach ja? Gerne, sagte sie, die eigene Stimme wie durch einen Trichter hörend, ich frage Florian, ob er mitkommt, er hat so viel am Hals zur Zeit. Sie hörte die Bekannte sagen, dass sie den Künstler kannte, ein ganz wunderbarer Mann; ach, sagte Anna, das ist ja interessant, sie selber kannte ihn nicht, würde ihn aber gerne kennenlernen, und dann sprachen sie noch über das Alter des Künstlers, er war noch sehr jung, das hätte Ellen interessiert, nicht wahr, und Anna sagte, dass sie ihre liebe Not mit Florian hatte, der so ein Muffel war, was moderne Kunst betraf, der überall nur Dilettanten sah, ja richtig, er war etwas streng. Sie lachten, oder was waren das für Geräusche, die sie da machten? Sie glaubte, eine Uhr ticken zu hören und sagte: bis bald. Dann öffnete sie die Tür.

Czerny stand ein paar Meter von ihr entfernt, schmal und bleich. Als er langsam auf sie zukam, sah sie, dass er immer noch hinkte.

Aber er konnte durchs Feuer gehen.

»Ja«, sagte er zur Begrüßung, »ich bin entlassen worden. Ich habe viel Sauerstoff bekommen.«

Sie rückte ihm einen Sessel zurecht, doch er blieb stehen. Blinzelnd sah er sie an. »Mein Nachbar ist tot. Blume. Der mit dem Hund.«

»Ich habe die Nachrichten nicht verfolgt«, murmelte sie.

»Zuerst habe ich gedacht, dass ich träume.« Er schaute umher, sah nach links, wo die große Pflanze stand, und nach rechts, zur Wand mit den Drucken. »Dass ich träume, es brennt. Ich habe schon oft geträumt, dass es brennt.« Er guckte nach oben, zu den Rosetten an der Decke. »Aber es war so laut im Haus, die Leute haben gebrüllt, und ich weiß noch, wie ich auf der Treppe war, und auf einmal war ich im Krankenhaus.« Krampfhaft schloss er die Augen. »Nur Moritz Blume ist nicht mehr rausgekommen. Das sollte er auch nicht.«

Anna ging zwei Schritte auf ihn zu. »Ich habe kein Feuer gesehen, als ich gegangen bin.«

Er nickte. »Die Polizei war da, aber ich habe nichts von dir gesagt. Ich wollte dich nicht kompri…« Er hustete.

»Kompromittieren«, half sie ihm.

Er nickte erneut. »Dann kommen sie zu dir, und wegen deinem Mann wird dir das nicht recht sein.«

»Lass uns essen gehen«, sagte sie. »Hier um die Ecke ist –«

»Ich hatte was im Blut.« Er kniff die Augen zusammen. »Ein Beruhigungsmittel. Die Ärzte haben gesagt, ich soll so was nie mit Alkohol nehmen, da habe ich gesagt, ich werd's mir merken. Ich nehme aber keine Beruhigungsmittel. Davon weiß die Polizei auch noch nichts.«

»Es ist ein Italiener«, sagte Anna. »Man isst da sehr gut.«

43

Niklas spürte eine Feder quietschen oder was immer das war, das in alten Sofas quietschen konnte. Außerdem kniff es. Er rückte ein wenig weg von dieser Stelle, aber sie hatte es bemerkt. Iris Brecht, geschiedene Ehefrau des Mordopfers Michael Brecht, erzählte sofort, dass sie in der Tat sehr gern ein neues Sofa hätte, »aber machen Sie das mal mit meinem Gehalt«.

»Tja«, murmelte er, wo war er stehengeblieben? »Leo Blu… Verzeihung.« Als er sich räusperte, quietschte diese Feder erneut, wie zum Hohn. »Moritz, nicht wahr, Moritz Blume, sagt Ihnen dieser Name etwas?«

»Sie meinen, ob mein Mann –« Jetzt hatte sie sich auch versprochen, irgendwie. »Ob mein geschiedener, ob Michael so einen gekannt hat?« Sie schüttelte den Kopf. »Keine Ahnung, der hat einige gekannt.«

Niklas zeigte ihr ein altes Passfoto und fing trotzdem an, den Blume zu beschreiben, den er selber fünf Minuten lang in der Stoltzestraße gesehen hatte, so einer mit langen Beinen, wissen Sie? Also groß, schlank, einfach gekleidet, eher schweigsam – nein? Da war wieder dieses leidige Gefühl, als er das sagte, zum Auswachsen, dieser unangenehme Druck zwischen Magen und Brust, weil er mit diesem Kerl gesprochen hatte, um ihn kurz darauf als Leiche zu sehen. Hatte man nicht alle Tage, nein, alle Tage ging man hin und sah die Toten ein erstes und ein letztes Mal.

Sie wusste aber nichts. Vielleicht einer seiner Kumpel, mit denen er Geld ausgeben konnte; Michael Brecht, sagte sie, hatte ja nicht mit Geld umgehen können, der hatte alles gleich verjubelt, was das ganze Elend war.

»Aha«, murmelte Niklas.

Verjuxt und verjubelt! Eindringlich sah sie ihn an. Hatte er tatsächlich einmal gut verdient, Provisionen eingestrichen, was auch immer, kaufte er gleich ein teures Auto und Klamotten, lauter schöne Sachen für sie und die Kinder, neuen Fernseher, neue Anlage, da buchte er den teuersten Urlaub, ohne etwas zurückzulegen, weil sie nur das eine, kurze Leben hatten, wie er immer sagte. Bloß hinterher, womit er nicht gerechnet hatte, weil er nie mit irgendetwas rechnete, wurde das Leben immer länger und jeder lebte es für sich.

Niklas schwieg, was sollte er sagen? Also keine Verbindung zu Moritz Blume, zumindest wusste sie nichts davon. Sie konnte auch nicht sagen, ob im Jahr 1994 etwas Ungewöhnliches geschehen war.

»Wo hat er denn zu dieser Zeit gearbeitet?«, fragte er.

»War das nicht die HT?« Sie rechnete zurück und fing an zu lächeln, sie rechnete in glücklichen Jahren. »Ja«, sagte sie, »da war er bei der Hessen-Thüringen Assekuranz. Da ging es uns noch gut.«

44

Anna legte eine Hand auf seine Hüfte, als sie Czerny durchs Gedränge schob. Das Restaurant war so voll, dass Gäste zurückgewiesen werden mussten, aber der italienische Kellner winkte ihr zu und führte sie an einen freien Ecktisch. Sie bekam immer einen Platz, so wie Ellen einen Platz bekommen hatte, wenn sie hierher mit ihrer aufgeblasenen Sekretärin kam. Der Kellner deutete eine Verbeugung an, wie das nur italienische Kellner konnten.

Czerny schaute sich um. Anna empfahl ihm das Tagesgericht, und er nickte, bestellte aber nur ein Dessert. Als die Getränke kamen, legte er einen Bierdeckel auf sein Glas mit Mineralwasser, als säßen sie draußen im Apfelweinlokal. Er blickte umher, wie er es auch in der Kanzlei getan hatte, wie einer, der die Welt mit neuen Augen sah. Endlich, als er sein Dessert fast ausgelöffelt hatte, fing an zu reden.

»Rot und Blau«, sagte er, »so habe ich an das Glück gedacht. In Farben. So wie die Sonne über dem Meer.« Er rieb sich die Augen, vielleicht hatte er das auswendig gelernt. »Aber rot«, sagte er, »ist das Feuer.«

»Ja«, sagte Anna. Rot und rund, wie ein Ball.

»Und Feuer ist Unglück. Und Tod.« Er starrte sie an, so lange, bis sie die Gabel aus der Hand legte.

»Pass mal auf«, sagte er. »Ich habe im Krankenhaus viel nachdenken können. Zuerst habe ich mir überlegt, warum ich nichts von dir höre. Du bist doch bei mir gewesen in der Nacht, und dann meldest du dich nicht.«

»Du bist eingeschlafen«, sagte sie. »Und ich bin gegangen. Dann wusste ich nicht, wo du warst.«

»Eingeschlafen.« Er packte sein Wasserglas mit beiden Händen, trank aber nicht, der Bierdeckel blieb drauf. »Ich war hin und weg. Aber nicht von dir, sondern von dem Wein. Du hast mich in die Küche geschickt, dann hast du den Wein eingegossen. Ich schlafe nicht einfach ein, wenn ich mal was trinke, und schon gar nicht, wenn eine Frau da ist, aber dann war ich weg. Und im Krankenhaus sagen sie mir, ich hätte noch Reste von meinem schweren Beruhigungsmittel im Blut. Nur war es nicht mein Mittel, denn ich nehme nie etwas ein.«

»Ich habe den gleichen Wein getrunken wie du«, sagte Anna. »Rede doch keinen Unsinn.« Sie schob ihren Teller zur Seite. Gegenüber an der Wand, neben dem Notenständer mit der Speisekarte, klebte ein Schild mit schwungvoller Schrift: *Sollten Sie Ihre Lesebrille vergessen haben, kein Problem! Wir halten viele Brillen bereit!* Ellen hatte einmal die Hand des Kellners gepackt und gefragt: »Was steht da, Marco? Ich kann das nicht lesen.«

»Und dann«, sagte Czerny, »bin ich zu mir gekommen, vielleicht wegen dem Lärm und den Schreien im Haus. Ich war auf der Treppe und habe keine Luft gekriegt, dann war ich wieder weg.« Behutsam nahm er den Bierdeckel vom Glas und trank einen Schluck.

Anna sah über ihn hinweg. Ein Gast am Nebentisch machte sich mit einem Messer über Spaghetti her, was war denn mit dem los?

»Die Gasflasche vor Blumes Wohnung –« Czerny legte den Deckel wieder auf sein Glas. »Die Polizei sagt, in der Nähe ist Gerümpel angezündet worden, da hatte der Täter Zeit, das Haus zu verlassen, bis die Flasche explodiert ist. Ich habe mir mal schildern lassen, wie groß so eine Gasflasche ist und wie schwer.« Er drehte die Handflächen nach außen und sah aus, als ob er ein Baby in den Armen hielt. »Die passt in einen großen Rucksack, in so einen, wie du ihn dabeihattest. Ich hab ja erst noch gedacht, du willst deinen Mann verlassen, aber du hast ja gesagt, du hast deine Sportsachen drin.«

»Ja«, sagte sie.

Er nickte vor sich hin. »Ich will nichts wissen, ich bin dem Tod gerade von der Schippe gesprungen, da möchte ich noch ein Weilchen am Leben bleiben.«

Anna winkte dem Keller und bestellte Espresso. Sie sah Czerny an. »Du auch?«

Czerny schüttelte den Kopf, als verstehe er die Worte nicht. Eine Weile war er still, bis er flüsterte: »Alle hätten draufgehen können. So ein Geschrei, so ein Lärm im Haus, kannst du dir das überhaupt vorstellen?«

»Ja, ja«, murmelte sie, »sicher.« Sie verschränkte die Arme. Geschrei.

Lärm, natürlich.

Zuerst ist es wieder dieses Gezänk. Die Fenster stehen offen, es ist warm in dieser Nacht, und der Lärm dringt nach draußen. Die Mutter beschwert sich noch, sie schreit den Vater an, er soll den Fernseher leiser stellen. Es ist Wochenende, da läuft ein Fußballspiel, Sven und der Vater wollen das sehen, sie sitzen da und saufen, und dann brüllen sie die Mutter an, wenn die sich über die Lautstärke beschwert. Anna beschwert sich nicht, das hat ja keinen Zweck. Sie arbeitet für die Uni oder macht etwas anderes, ihr Studium läuft nicht besonders gut, weil sie kaum Zeit dafür hat, weil sie arbeiten muss, um diese Leute da zu unterhalten. Sie hockt am Ecktisch in der Küche und hört den Lärm. 2. Juli 1994, es ist Fußballweltmeisterschaft, die Spiele kommen spät, wegen dem Zeitunterschied, der Vater ist schon am Nachmittag besoffen, sie hat das Ellen doch alles erzählt. Lars, der Kleine, schläft schon, die haben ihn ja noch verhöhnt, weil er keinen Fußball gucken wollte; wird mal 'ne Schwuchtel, hat der Vater gesagt. Und Klara, was macht die? Liegt wohl im Bett, die liegt doch immer im Bett und muss gefüttert werden, obwohl sie doch essen könnte, selbstständig essen, sie kann sich sogar waschen, ist das nicht toll, nur tut sie es seit der Abtreibung nicht mehr, sie hat aber nichts weiter außer diesem Zustand, für den es keine Worte gibt, dieser endlosen schwarzen Trauer.

Sie streiten schon wieder; Saufen und Fußballgucken, schreit die Mutter, statt sich um Arbeit zu bemühen, aber Sven und der Vater schreien zurück, es ist ja nun Wochenende, nicht? Kann man sich da Arbeit suchen, blöde Kuh? Sven hat irgendwann angefangen, die Mutter blöde Kuh zu nennen, wie der Vater auch. Dann ist das Bier alle.

Sie schicken die Mutter runter in den Keller, alle beide, der Vater und Sven, Annas netter Bruder, der mit den Ohren wackeln kann und sonst nichts. Vorbestraft wegen Körperverletzung, der wird die Mutter prügeln, wenn die nicht spurt, aber die gibt ja wieder nicht nach. Also gut. Anna nimmt den Korb und geht in den Keller, wo ihre Familienschätze lagern, Kartoffeln und Bier. Der Keller ist kühl und nahezu still, und dann? Dann geht sie wieder hoch, stellt ihnen das Bier auf den Tisch, ein Tor ist gefallen, sie kreischen. Die hören ja überhaupt mit dem Grölen kaum noch auf, haben Oberwasser, weil der Sohn des Vermieters, dieser schöne, sanfte Mann, der jetzt im Haus wohnt, sie in Ruhe lässt, weil er immer nur lächelt und nie etwas sagt. Anna weiß, dass er Florian heißt, auf einem Umschlag, der nur mit einer Ecke im Briefkasten steckte, hat sie seinen Namen gelesen. Manchmal flüstert sie ihn vor sich hin in der Nacht.

Noch ein Tor, das Geschrei hört nicht auf. Lars ist aufgewacht, Anna sieht nach ihm, und weil er schlechte Laune hat, nimmt sie ihn mit in die Küche. Sie könnten noch eine Partie Scrabble spielen, schlägt sie ihm vor, du kannst doch ausschlafen. Die Mutter steht da, in der Küche am offenen Fenster, sie guckt in die Nacht und sagt noch, ich häng mich irgendwann mal auf. Dann rüttelt der Teufel am Haus.

Ein Donnerschlag wie beim Gewitter, aber es ist ein verkehrtes Gewitter, erst kommt der Donner, dann kommt der Blitz, erst bleibt es dunkel, dann wird es hell. Alles fliegt, es fallen Sachen von der Wand. Möbel haben ein Leben, überall dringen sie ein, sind da, wo sie nie waren, aber sie kommen und verformen sich, die Wände auch, sie verbiegen die Menschen, und die Menschen schreien und stürzen, sie fliegen. Sie kämpfen mit den Gegenständen, Holz und Haut klumpen sich zusammen, und man kann nicht mehr sehen, wo die Menschen sind und wo die Dinge, weil der Teufel am Haus rüttelt und die Menschen sich ihm entgegenstemmen. Anna sieht die Mutter nicht mehr, aber Lars, den Kleinen, kann sie spüren. Sie müssen Riesen überwinden und Felsen stemmen, da sind Gewichte auf ihnen drauf, Möbel und Mauern, die lassen sie nicht gehen. Anna merkt, dass sie alleine kämpft, Lars macht nichts und sagt nichts, aber sie lässt ihn nicht los. Plötzlich kann sie kriechen, und sie zieht den Jungen hinter sich her, sie fangen wieder an zu fliegen und sie redet auf ihn ein, sie sagt, wir fliegen weg, dann kommt das Licht.

Sie weiß nicht, wo es herkommt, es ist auf der Treppe und es ist unten, aber über ihr ist es auch. Heißes Licht, rot wie ein hüpfender Ball. Sie weiß auch nicht, wie sie auf die Treppe kommt und welche Macht sie da stößt, immer weiter hinschiebt zum Licht. Es ist ein rotes Licht, das anfängt zu schweben und sich erhebt wie ein Schwarm auffliegender Vögel, ein zitterndes Licht, das alles verschlingt. Sie merkt nicht, dass es Feuer ist, sie meint, die kochende Hitze in ihr hat eine andere Bedeutung, weil das Geräusch um sie herum nach Kälte klingt, nach Eis und nach Schritten im Schnee. Lars ist bei ihr, sie spürt ihn doch, sie will, dass er sich an ihr festhält, aber immer wieder rutscht er weg von ihr, und sie packt ihn noch fester, sie fallen und fliegen, und das Geräusch um sie herum ist das von Bäumen, die sich ducken unterm Sturm.

Mehr wusste sie nicht von dem Geräusch. Ein Teufel rüttelte am Haus, die Menschen stemmten sich ihm entgegen, Anna hörte sie schreien.

Sie weiß nicht, ob sie selber schreit, sie kann sich nicht erinnern. Überall ist Hitze, erst sieht sie Flammen ihren Arm heraufkriechen, dann spürt sie auf dem Rücken die Glut, um sie herum fallen Dinge und Menschen. Sie hält einen Schuh in der Hand, aber es ist nicht ihrer, auch Lars gehört er nicht, der hat doch so kleine Füße, dann sieht sie das Bein mit dem Fuß, dem der Schuh gehört. Sie meint, dass sie weiterkriecht und niemals mehr ankommen wird, denn Lars wird immer schwerer in ihrem Arm. Sie muss ihn ziehen, immer weiter, durch die Hitze, durch das Rumpeln und das Schreien, bis es kühler wird und sie ihn sieht.

Florian ist da draußen, und sie merkt, dass sie selber vor dem Haus ist, nur ist er schon weiter, und er starrt zu ihr hin. Dann kommt er zurück und kämpft sich vor zu ihr, er wankt, er stürzt und taumelt auf sie zu, sie kann ihn sehen, durch Rauch und Dampf. Sie löst sich auf, weil das Feuer sie kocht, und als Florian herankommt, schreit sie seinen Namen. Da zieht er sie aus dem Feuer und wirft sich über sie, bis es nicht mehr so brennt, aber sie glaubt, dass sie schon tot ist. Es wird stiller um sie herum, und nach einer Weile, als sie Florians krampfhaften Atem hört, fängt sie wieder an zu leben, weil sie ihn hören kann, sein Keuchen und Schluchzen, und weil sie ihn spürt, er hält sie im Arm.

Anna hob den Kopf. Sie zerriss eine Serviette in kleine Teile. Sie merkte es und hörte damit auf. Am Nebentisch lachte ein Kellner mit einem Gast, sie hörte leise Musik, italienische Schnulzen. Czerny, der Friseur, hockte da und starrte sie an. So eine Kummermiene, als brauchte er Trost. Wir ähneln einander, wir können durchs Feuer gehen, ob ihm das reichte? Lars hatte es nicht gekonnt.

Czerny sah aus, als warte er auf eine Antwort, nur wusste sie nicht mehr genau, was er gefragt hatte – etwas über Florian, oder nicht?

»Warum sollte ich meinen Mann verlassen? Nur weil ich bei dir war?« Sacht klopfte sie mit dem Löffel gegen die Espressotasse. »Was hast du denn für Vorstellungen?«

Czerny sagte nichts. Sein Blick war dumpf.

»Überhaupt war er der Erste, in den ich verliebt war«, sagte sie. »Ohne ihn würde ich überhaupt nicht hier sitzen.«

Aber Lars hat nicht weiterleben können. Darum hörte Florian ja auch nie zu, wenn sie von den Toten sprach. Sie wollte es ja selber nicht, es rutschte ihr nur manchmal so heraus, wenn sie sagte, Klara schneidet uns die Haare oder Lars ist dauernd krank; hör auf, sagte Florian dann, hör auf. Er hatte Lars nicht retten können, weil der schon tot war, bevor sie draußen waren, denn der erste Donner hatte ihn schon erschlagen.

Sie hat das nicht gleich begriffen. Sie hatte ihn doch die ganze Zeit im Arm. Nach dem Rütteln des Teufels sind die Helfer da, jemand beatmet sie und steckt Schläuche in sie hinein, und als sie die Augen öffnet, wehen an den Bäumen zerfetzte Gardinen und auf der Straße glänzen Überreste, schwarzer Abfall, Steine, glimmender Schutt. Die Schmerzen kriechen von den Schultern bis zu den Füßen, aber dann sieht sie Lars, und die Schmerzen wandern woanders hin, in eine Gegend, für die sie keinen Namen hat, sie sieht den kleinen Körper, über den sie eine große, schwarze Decke legen.

»Das begreifst du alles nicht«, sagte sie zu Czerny. »Ellen hat es auch nicht kapiert.«

»Ja, sie«, sagte er und kam ganz nah an sie heran. Er griff nach ihrem Arm und wurde unverschämt. Dass sie ihm nicht davonkäme, flüsterte er und dass er seine Konsequenzen zog. Dann ließ er sie los. Er sagte, dass er jetzt ein Bier trinken wolle, was sie ihm bitte bezahlen würde, wie alles, nebenbei gesagt, wie alles Übrige auch.

45

Niklas sah Potofski vor dem Gebäude warten. Beim Frühstück war er noch einmal die spärlichen Aussagen über das Mordopfer Michael Brecht durchgegangen, von Nachbarn, die meinten, sie hätten ihn gelegentlich mit Frauen gesehen, oder von Kollegen, die erzählten, dass er als Vertreter für Kfz-Versicherungen ordentliche Abschlüsse erzielt hatte, ordentlich, ja. Das waren aber Kollegen der Firma L&L gewesen, bei der Brecht in den letzten zehn Jahren beschäftigt war; 1994 war er Angestellter der Hessen-Thüringen Assekuranz. 1994 war ein Haus in der Fachfeldstraße explodiert und abgebrannt, zu den Überlebenden zählten Ellen Rupps Sozia Anna Westheim und deren Mann Florian, Rupps ältester Freund. Rupp war tot, Brecht war tot, und das letzte Opfer, Moritz Blume, hatte sich für die Fachfeldstraße interessiert. Blieb als Unbeteiligter nur Rupps mit ihr verbrannter Freund, der arme Dani Hessler. Kollateralschaden, hatte der Soko-Leiter gesagt, der Junge war zur falschen Zeit – Sie wissen schon, was ich meine.

Im Grunde wusste man aber nichts. Potofski stürmte voran in das Gebäude der Hessen-Thüringen Assekuranz und drehte sich mit einem Ausdruck der Empörung zu Niklas um, als ein ungehobelter Jüngling am Empfang ihnen mitteilte, es sei doch nun schon mehrmals jemand da gewesen.

Blume, nicht wahr? Niklas legte sein Passfoto auf den Tresen.

Exakt. Frau Ebert hatte sich mit ihm befasst, eins drunter.

Drunter?

Untergeschoss.

Das war dann auch das Erste, was sie von Frau Ebert wissen wollten, einer im Gegensatz zum Empfangsjüngling sehr gütig wirkenden Frau, ob dieser Mann hier, sie zeigten das Foto erneut, sich als Polizeibeamter ausgegeben habe.

»Aber natürlich«, sagte sie. »Ich habe mir ja noch den Polizeiausweis zeigen lassen.«

Potofski ließ einen Zischlaut hören, Niklas fragte: »Was hat er denn gewollt?«

Frau Ebert stellte die naheliegende Gegenfrage, ob sie so schlecht koordiniert waren bei der Polizei, oder ob der nette Herr Blume unter Umständen überhaupt kein Polizeibeamter war. Im letzteren Fall, fuhr sie fort, hätte sie ja einem Außenstehenden – was zwar einerseits ein Lapsus war, aber andererseits nichtsdestoweniger nun gar nicht ihre Schuld.

Niklas grübelte darüber nach, was sie eigentlich gerade gesagt hatte, während er Potofski »gut, gut« bellen hörte. »Also, was wollte er?«

Nach einem Herrn Brecht hatte der falsche Herr Blume sich erkundigt, obwohl der doch schon vor über zehn Jahren gekündigt hatte, darüber hinaus nach einem Vorgang aus dem Jahr 1994, das Unglück in der Fachfeldstraße.

Niklas spürte ein Frösteln, als er fragte: »Und Michael Brecht, Ihr ehemaliger Kollege, hat den Vorgang Fachfeldstraße bearbeitet?«

Richtig, sagte sie, und mehr hatte sie auch dem Herrn Blume nicht sagen können, weil die fundamentalen versicherungstechnischen Dinge weiter oben angesiedelt waren, aber da wollte er nicht hin, aus gutem Grund, wie sie ja jetzt wusste.

»Ich hatte den Eindruck«, sagte sie, »dass Herr Blume nicht so recht wusste, was er wollte. Einerseits wollte er wissen, wie die beiden denn nun waren, andererseits guckt er sich die Liste hier an und interessiert sich für Straßen.« Sie tippte mit dem kleinen Finger auf den Monitor. »Das Haus stand ja nun in der Fachfeldstraße, bloß hier hat der Brecht aus irgendwelchen Gründen einmal die Ottostraße eingetragen. Ich habe ihm erklärt, dass wir früher, als wir mit der EDV in den Kinderschuhen – also, dass da Fehler passiert sind.«

»Drucken Sie mir das bitte aus«, sagte Niklas. Dass es hoffentlich nicht zu viel Mühe machte, wollte er noch hinzufügen, aber da hielt er plötzlich für einen Moment inne, weil ihre Worte jetzt erst richtig angekommen waren.

»Welche beiden?«, fragte er. »Sie sagen, er wollte wissen, wie die beiden waren –«

Sie nickte. »Brecht und Langenau.«

»Brecht und –« Niklas hob den Kopf wie ein schnüffelnder Hund. Als er nach seinem Notizbuch tastete, wusste er es schon, den Namen hatte er eingetragen. Er sah Potofski auf sich zutippeln, während er blätterte, dann sah er Potofskis Finger mitten auf der Seite. Da stand es, *Langenau*, ein unbedeutender Vorgang, ein Name, den Florian Westheim erwähnt hatte, irgendein Arbeitsloser, von dem er sich verleumdet fühlte. Hatte er nicht die Rupp gebeten, sich darum zu kümmern? Aber ihre

Perle hatte gesagt, dass die Anwältin diesen Vorgang wieder gelöscht hatte. Da stand es, sie hatte sich doch gar nicht damit befasst.

»Für den Langenau hat Herr Blume sich zuerst interessiert«, hörte er Frau Ebert zu seinem Entsetzen sagen. »Und wie er dann erfahren hat, dass die beiden hier vor Jahren Kollegen waren, da ist er, wie soll ich sagen, auf den Brecht übergeschwenkt.«

»Kollegen – wir müssen –«, murmelte Niklas, »wir kommen wieder. Wer hat die kompletten Akten hier im Haus?«

»Oben«, sagte sie. »Die obere Etage, aber die ist in einer Sitzung und am Nachmittag dann aushäusig.«

»Aus –« Niklas hielt sein Notizbuch mit beiden Händen. Früher, als kleiner Junge, hatte er sein Gesangbuch so gehalten. Jeden Sonntag Gottesdienst, erst in der harten Kirchenbank und später vor dem Altar, als Ministrant. Das Schlimmste war die Wandlung, *Herr, ich bin nicht würdig, dass du einkehrst unter mein Dach.* Dass man nicht anfing zu husten, wenn das Glöckchen in der Stille klingelte, *aber sprich nur ein Wort, so wird meine Seele gesund*, dass man sich da keinen Lapsus erlaubte, wieso, um Himmels willen, fiel ihm das jetzt ein?

Das ist Mist, sagte er auf dem Weg zu Westheims Büro, mehrmals sagte er zu Potofski, dass sie da etwas verbockt hatten.

»Was denn?«, rief Potofski. »Rupps Sekretärin sagt, die hätte sich nicht darum gekümmert. Pipifax hat sie das genannt.«

Trotzdem war es Mist. Dieser Blume, der war weiter gewesen. Hatte es allein versucht, dieser Depp. Stand noch in der Stoltzestraße herum, so ein Simpel, hatte Polizisten vor der Nase und schwieg.

»Genau«, sagte Niklas.

»Was?«, fragte Potofski. »Mach mich nicht wahnsinnig.«

»Was der Blume in seinem Notizbuch stehen hatte, diese rekonstruierten Fetzen da, das hieß nicht *genau*, das hieß Langenau.«

»Ja, ja!«, rief Potofski.

»Eben«, sagte Niklas.

Westheim ließ sie warten, was Potofskis Blutdruck noch weiter nach oben trieb. Als er endlich bitten ließ, stand er hemdsärmelig da und sprach von einem wichtigen Kunden, den er nicht abwürgen konnte.

Potofski sagte: »Erzählen Sie uns noch einmal von Herrn Langenau.«

»Ach«, sagte Westheim. »Hat sich da etwas ergeben?«

»Von Anfang an bitte«, sagte Niklas.

Westheim sah genervt aus, als er die Geschichte von Neuem erzählte, von einem Mann, den er persönlich nicht kannte, der aber zu den betriebsbedingt Entlassenen der Nadina-Versicherung gehörte, eines kleinen Unternehmens, dem Westheim als Berater zur Seite stand. Statt nun seine Energie darauf zu verwenden, eine neue Stelle zu finden, machte dieser Herr Langenau ihn, den Unternehmensberater, persönlich für seine Entlassung verantwortlich, betrieb Rufmord und üble Nachrede und zeigte ihn grundlos beim Finanzamt an. Da hatte er also Ellen Rupp gebeten, ihm Bescheid zu stoßen, nur wusste er nicht, wie weit diese Angelegenheit gediehen war.

Potofski fragte: »Hat sie Ihnen irgendetwas über diesen Mann erzählt?«

»Sie mir? Nein«, sagte Westheim. »Wir haben nicht mehr darüber gesprochen.«

»Langenau war früher einmal ein Kollege von Michael Brecht.« Niklas spürte eine gewisse Scheu und bemühte sich um einen neutralen Gesichtsausdruck. »Die beiden haben 1994 zusammen bei der Hessen-Thüringen Assekuranz gearbeitet. Sagt Ihnen das etwas?«

Westheim nickte nur. »Mit denen hatte ich zu tun«, sagte er schließlich. »Langenau kenne ich trotzdem nicht.«

»Aber Brecht.« Niklas räusperte sich. »Der hat sich mit, ehm – also, ich will sagen, er hat sich mit dem Unglück in der Fachfeldstraße 77 befasst. Sie hatten mit denen zu tun, sagen

Sie. Sehen Sie, Herr Westheim, ich habe Sie das schon einmal gefragt, jetzt frage ich wieder: Sie haben den Brecht gekannt, nicht wahr? Er war es, mit dem Sie zu tun hatten.«

»Das ist es gewesen?« Florian Westheim lehnte sich in seinem Chefsessel so heftig zurück, als hätte er Rücken- oder Magenschmerzen. »Auf dem Foto, das Sie mir gezeigt hatten, kam er mir bekannt vor, richtig. Das war ein unangenehmes Gefühl, und ich wusste nicht, warum. Aber ich konnte ihn nicht einordnen, ich dachte, er ähnelt Ellens Exmann, und das stimmt ja auch.« Er starrte an ihnen vorbei. »Das wollte ich alles vergessen. Ich habe damals mit so vielen Leuten gesprochen, als das passiert ist, mit Polizisten, Ärzten, Versicherungsleuten, dann wohl auch mit ihm. Ich weiß es nicht mehr.« Er machte eine lange Pause und sagte nach einer Weile: »Das ist alles wie hinter einem Schleier. Mein Vater ist daran gestorben.« Er räusperte sich. »Etwas später.«

»Der wohnte doch gar nicht im Haus«, sagte Potofski.

»Nein.« Westheim zog die Brauen hoch. »Aber es hat bewirkt, dass etwas in ihm zerbrochen ist.«

Potofski fragte: »Kannte Ihre Frau den Brecht vielleicht?«

»Sicher nicht«, sagte Westheim. »Sie war eine normale Mieterin, hatte mit der Verwaltung nichts zu tun. Außerdem lag sie wochenlang im Krankenhaus.« Er stand wieder auf und schob seinen Papierkorb mit dem Fuß zur Seite. »Sie hat ja schwerste Verbrennungen erlitten. Der ganze Rücken, die Arme, alles. Glücklicherweise nicht im Gesicht.«

Niklas starrte ihn an. Der Mann klang irgendwie rasend.

»Sie kann nicht schwimmen gehen«, sagte Westheim, »zumindest will sie nicht. Sie zieht sich auch bei 35 Grad langärmelig an, ist Ihnen das aufgefallen?«

»Wir haben nicht einmal 20 Grad«, sagte Potofski leise.

»Aber dieser Brecht«, fing Westheim an, bevor er nun auch zu flüstern begann. »Das ist so lange her, was hat das denn alles mit Ellens Tod zu tun?«

»Und mit dem Tod von Brecht, nicht wahr?« Niklas rückte

hin und her auf seinem Stuhl. »Kennen Sie einen Moritz Blume?«

»Dieser komische Privatdetektiv?« Westheim nickte. »Ellen hatte einen Narren an ihm gefressen.«

»Zum Teufel noch mal!« Niklas schlug sich aufs eigene Knie.

»Aber der hat das doch recherchiert mit Langenaus Verleumdungen«, sagte Westheim. »Er hat mir die Unterlagen gebracht. Ich weiß nicht, was Sie jetzt eigentlich wollen –«

»Sie hätten uns das sagen müssen«, sagte Potofski, und als Westheim konterte, sie hätten ihn doch überhaupt nicht gefragt, wollte Niklas den Kollegen wieder schütteln, siehst du mal, wir haben was verbockt.

Potofski schien das nun ähnlich zu sehen, zumindest war sein Gesicht wieder ziemlich rot, als er fragte: »Haben Sie nichts von dem Brand in der Battonnstraße gehört?«

»Doch, da –« Westheim fiel auf seinen Stuhl zurück. »Der wohnt ja da – Sie meinen, es ist dieses Haus?«

»Und dieses neue Opfer«, sagte Potofski. »Blume.«

»Nein«, sagte Westheim nur.

»Aber ja.« Potofski malte mit einem Finger in die Luft. »Sehen Sie den Kreis? Irgendwo in der Mitte suchen wir.«

Westheim rührte sich nicht. Verstört sah er aus und flüsterte: »Das verstehe ich nicht. Das ist alles sehr seltsam.«

46

Czerny verrammelte seinen Laden. Er ließ die Jalousie herunter, schlug Bretter an die Eingangstür und brachte zur Sicherheit noch ein Schild an: *Wegen Krankheit geschlossen.*

Alles, was er dachte, war: er musste hier raus.

Bis vor ein paar Wochen war er doch ein halbwegs zufriedener Mensch gewesen, da war nur sein Knie kaputt, aber jetzt war es das Herz, und der Kopf war es auch. Das Herz, das so ängstlich schlug, und der Kopf, der nicht aufhörte zu denken. Nur das Knie hatte schon wieder gehalten, auch diesmal, als sie ihn aus dem Haus getragen hatten.

Das Haus war hin, überall war Ruß. Schwärze auch im Innern der Leute, sie liefen ängstlich umher. Das Schlimmste war der dritte Stock; immer wenn er an Blumes Wohnung vorüberkam, wollte er etwas tun. Hätte er eine Kappe auf, würde er sie abnehmen, aber er stand nur stumm vor diesem vernagelten Loch und wollte weg für alle Zeit.

Polizisten hatten ihn im Krankenhaus verhört, auch der Kommissar Niklas, der schon einmal bei ihm gewesen war, aber Czerny konnte nichts sagen. Sein Kopf war wie ein verstopfter Wasserhahn, viel zu langsam tröpfelten die Gedanken. Immer wieder fiel ihm ein, dass er jetzt besser dran wäre, hätte er damals, nach dieser Knie-Operation, in seinem geklauten Krankenfahrstuhl eine andere Route genommen.

In der Wohnung fand er keine Ruhe, lief dauernd zum Fenster und zurück; alles Unglück dieser Welt, hatte er einmal gelesen, kam daher, dass die Menschen nicht still im Zimmer sitzen konnten. Noch immer roch er den Rauch und glaubte, Dampf hüllte ihn ein. Morgens hatte er beides zugleich gesehen, den wolkenlosen Himmel und Rauchschwaden, die über die Straße wehten.

Bilder im Kopf, Erinnerungen; was er an Anna so interessant gefunden hatte, als er sie das erste Mal sah, war ihm bei diesem Italiener jetzt wieder aufgefallen. Damals hatte sie ein Papiertuch zerrissen und die Schnipsel auf die Straße gestreut wie ein träumendes Kind, diesmal war es eine Serviette, die sie zerfetzte. Wie weggetreten hatte sie am Tisch gehockt, er wusste nicht, wer sie war. Er durfte nicht an sie denken.

Er guckte runter auf die Straße. Die Bahn, die Autos und die Fußgänger, alles wie immer. Dann ging er zum Tisch zurück und blätterte die Anzeigen durch. Es gab Läden zu kaufen, aber er hatte kein Geld, es gab sie teuer zu pachten, aber sie waren nicht weit genug weg. Nach fünf Minuten stand er wieder auf und guckte erneut. Nur die Bahn. Da drüben noch ein kleiner Hund, viel kleiner als Chef, und auch der Mann, der ihn ausführte, war nicht so groß wie Moritz Blume. Czerny hörte seinen zittrigen Atem, als sie langsam aus seinem Blickfeld verschwanden.

Nach zehn Minuten sah er sie. Diesmal trug sie keinen Rucksack, nur ein putziges Handtäschchen, und sie war auch nicht gekleidet, als hätte sie Angst, sich schmutzig zu machen. Keine Jeans, heute war sie wieder wie aus dem Katalog entsprungen, mit High Heels, enger Hose, kurzer Jacke. Er ließ sie klingeln, ließ sie warten, und als sie dann vor ihm stand, sagte sie nichts, sie sah ihn nur an.

»Alles voller Ruß«, murmelte er schließlich. »Hast du es gesehen?«

Als sie immer noch nichts sagte, folgte er ihrem Blick. Anna sah sich die alte Brennschere an, die er aus seinem Laden mitgenommen hatte und die er manchmal Kundinnen zeigte, um sie ein wenig zu erheitern, seht her, damit habt ihr euch mal Löckchen einbrennen lassen, mit diesem glühenden, brütenden Ding.

»Ich habe alles aufgeschrieben«, sagte er. »Dass ich keine Beruhigungsmittel nehme, aber welche im Blut hatte und so.«

»Das hast du aufgeschrieben«, sagte sie höhnisch. »Vermutlich hast du dieses Schriftstück bei einem Anwalt hinterlegt, der es im Falle eines Falles der Polizei aushändigt.«

Er nicke nur. Sie tat das auch. Eine Weile sahen sie einander an, bis er sagte: »Ich ziehe weg. Mein neuer Laden wird in einer besseren Gegend liegen.« Da fiel ihm ein, dass er einmal mir ihr wegfahren wollte, zumindest hatte er ihr das oft genug erzählt, weit weg ans Meer, um mit ihr die aufgehende Sonne zu sehen.

»Ich brauche also einen Laden«, sagte er.

Anna fragte: »Wie viele Bereiche?«

Er wusste es nicht. Vorsichtig sagte er: »Drei.« Warten, waschen, stylen.

»Marmortresen? Parkett? Panoramablick?« Sie lächelte ihn an, aber es war nur ein kurzer Moment, dann deutete sie auf die rotglühende Brennschere und fragte: »Sie funktioniert, oder?«

»Ja«, sagte er.

»Ich habe keine Angst.« Sanft schüttelte sie den Kopf, als käme ihr ein kleiner Junge mit irgendwelchem Unsinn. »Probier es ruhig, das macht mir nichts. Ich spüre das nicht. Wenn du mich anfasst, spüre ich das auch nicht. Hab ich auch nie.« Sie senkte den Blick. »Das ist nichts Gestörtes, es liegt an der Haut.«

Die dunklen Narben fielen ihm ein, die er auf ihrem Nacken gesehen hatte, als er sie frisierte, und als hätte sie seine Gedanken gelesen, sagte sie sachlich: »Es ist nicht mehr viel Platz. Das sieht dumm aus, schmerzt aber nicht, es ist das genaue Gegenteil von Schmerz, überall. Erst waren es Schmerzen, dann gar nichts mehr, nirgends. Wenn mein Mann mit mir schlafen könnte, würde ich das wohl auch nicht richtig spüren, ein bisschen vielleicht, so wie mit dir. Oder etwas mehr, weil ich will, dass er es tut, und ich dachte mal, wir könnten es so machen, dass man nichts sieht, so wie mit dir, aber das will er auch nicht.«

Czerny lehnte sich gegen die Wand, weil er glaubte, nicht mehr stehen zu können. Beide Knie jetzt, sie wackelten ihm beide. Die ganze Zeit hatte er diese Brennschere in die Hand nehmen und sie ihr dicht vor die Augen halten wollen, aber er stand ja bloß da. Er wollte Anna aus der Wohnung und aus seinem Leben haben, er kannte sich doch überhaupt nicht mit ihr aus. Nie hatte er sich mit ihr ausgekannt, und dann kam die Angst hinzu, diese höllische Angst, als Blume tot war und beinahe auch er, als er wieder an ihre Kollegin denken musste, die schöne Frau Rupp, oder sogar an diesen anderen Mann aus der Howaldtstraße, von dem er gelesen hatte und nicht wusste, ob der irgendwas mit der Rupp zu tun hatte. Ob vielleicht alles miteinander zusammenhing und etwas vor sich ging, von dem er niemals etwas wissen würde. So stand er nun vor ihr, mit leeren Händen und auf schwankenden Beinen, und alles, was er ihr sagen wollte, war, geh weg. Hör auf und geh, ich bin doch bloß dein Friseur. Wir kennen uns nicht, wir haben einander niemals gekannt.

Anna aber sagte, dass sie einen Weg wüsste, um richtig aus dem Leben zu gehen, denn es tat ja nicht weh. Das war ihre Freiheit, sagte sie, sie hatte keine Angst vor dem Feuer. Sie war wie die Frau, von der sie ihm erzählt hatte, er erinnerte sich doch? Hel, die Herrscherin aus der Unterwelt, deren Haut zur Hälfte schwarz schimmerte, weil sie halb tot und halb lebendig war. Doch dann nahm sie ihre Handtasche und kehrte ins Leben zurück, da konnte man ja zugucken, wie diese Hel, falls sie es war, sich aus der Unterwelt nach oben kämpfte. Anna hängte sich das Täschchen über die Schulter und sagte: »Ein neuer Laden, na ja – steuerlich nicht übel. Wenn ich dich mit einem neuen Laden unterstütze, müsste ich das aus meinem Privatvermögen nehmen, gut, und dann? Dann möchtest du vielleicht eine Eigentumswohnung haben?«

Czerny schüttelte nur den Kopf.

»Andererseits könnte ich investieren.« Sie lächelte plötzlich. »Sozusagen in dich. Ja, ich kann dich unterstützen, wenn du ein paar verrückte Sachen machst.« Sie sah aus, als hätte sie die Geschäftsidee ihres Lebens. »Wenn du einen neuen Trend kreierst oder ein ganz neues Konzept oder so, dann bin ich so etwas wie deine Mäzenin, glaubst du, das geht?«

Er wusste es nicht. Er meinte vielmehr, dass überhaupt nichts mehr ging und er hier weg musste, ganz schnell. Verrückte Sachen, ja. Verrückte Sätze. Als er so vor ihr stand und sein Herz in einem irrsinnigen Tempo schlagen spürte, fiel ihm ein, wie sie ihm einmal vom Schlafzimmer der Frau Rupp erzählt hatte. Da hing ein Plakat, hatte sie erzählt, das die Rupp von ihrem Bett aus sehen konnte; *genieße das Leben ständig*, stand drauf, *denn du bist länger tot als lebendig.*

47

Niklas hatte mehrmals über den ganzen Flur gebrüllt, holt mir diesen Langenau, ich will wissen, was mit dem ist. Aber die Kollegen konnten ihn nicht erreichen. Ausgeflogen, sagten sie, offiziell verreist.

Ausgeflogen, auf und davon? Besaß der einen Schuppen, in dem er sich versteckte? Jenen, aus dem die Anhaftungen stammten, die sie an der Gasflasche gefunden hatten? Gebt ihn in die Fahndung, rief Niklas, doch der Soko-Leiter meldete Bedenken an. Urban wollte wissen, ob etwas Konkretes vorlag; nichts war im Leben konkret, sagte Niklas, außer der Aussicht auf den Tod, ein Umstand, der wiederum nicht fassbar war. Nur mal ins Unreine gesprochen, sozusagen philosophiert. So ein Herr Langenau konnte alles sein, Unbeteiligter, Mitwisser oder Täter. Das trifft auf jeden zu, sagte Urban, und Niklas hockte da mit seinen düsteren Gedanken – einen Faden nicht verfolgt und möglicherweise auch noch schuld daran, dass sie mit diesem Blume ein weiteres Opfer hatten.

Potofski stritt das alles ab; Faden nicht verfolgt, schrie er immer wieder, da war doch überhaupt kein Faden zu sehen. Niklas aber sagte, sieh es mal so, wir gehen jetzt Blumes Weg.

Blumes Weg zur Hessen-Thüringen Assekuranz. Er war im Keller gewesen, bei der leutseligen Frau Ebert, und hatte sich nicht nach oben getraut. Oben, in der Chefetage, wartete ein Mann namens Rabe, der natürlich hinzusetzen musste: wie der Vogel. Er bat um Diskretion. Nach Langenau erkundigte Niklas sich zuerst und erfuhr nichts Spektakuläres. Ein unauffälliger Kollege, an den Rabe sich kaum erinnern konnte. Er sah seine Unterlagen durch; in der Hauptsache war er mit Verkehrsunfällen befasst, hatte beispielsweise Berichte von Verkehrsteilnehmern zu prüfen.

»Berichte?«, fragte Potofski.

Rabe nickte und sprach mit leisem Widerwillen: »Plötzlich kam ein Fußgänger vom Bürgersteig ab und verschwand wortlos unter meinem Wagen.«

»Ach so«, sagte Potofski.

»Der Unfall wurde polizeilich aufgenommen«, zitierte Rabe, »wobei an Ort und Stelle meine Unschuld einwandfrei erwiesen wurde.«

»Na dann«, murmelte Potofski.

Rabe seufzte. Was Herrn Brecht betraf, so war sein Arbeitsgebiet in der Dimension etwas größer. Sie wüssten ja, Versicherung von Wohngebäuden, was da alles dranhing, welche Summen da im Spiel waren, dazu brauchte es Sorgfalt in der Planung und im Abschluss und hinterher erst recht.

»Hinterher«, wiederholte Potofski.

»Wenn es passiert ist.« Rabe hüstelte. »Wenn wir in Leistung, ehm –«

»Wenn Sie zahlen«, sagte Niklas.

Rabe nickte, Niklas auch. Das war ein Dilemma, richtig, weil es für eine Versicherung doch zunächst einmal darum ging, eben nicht zu zahlen. Aber das waren heikle Dinge, da rührte man besser nicht dran. Bei einem Besuch hatte er den teuren Spiegel seiner Tochter zerstört, der im Flur hing, um den engen Schlauch optisch zu vergrößern, was Niklas verrückt machte, weil er da jede Orientierung verlor. An einem frühen Morgen war er dann regelrecht hineingerannt, hatte den Spiegel zerstört und sich selbst beinahe auch, er hatte sich sogar dem beißenden Spott seiner lieben Frau aussetzen müssen, die überall herumerzählte, er habe sich selbst begrüßen wollen, nur war der anschließende Kampf mit der Versicherung aussichtslos gewesen.

»1994, Fachfeldstraße«, sagte Potofski. »Da war die Dimension enorm.«

Rabe nickte und blätterte in einem dicken Ordner. »Das wird Sie als Polizeibeamte ja auch interessieren, ermittlungstechnisch stand die Firma im Mittelpunkt, die für die Instandhaltung der

Gasleitungen und überhaupt des Heizsystems verantwortlich war. Sie erklärten unverschämterweise, die vom Hauseigentümer behaupteten Mängel wären nicht nachvollziehbar gewesen. Nun ja, wir haben es ja gesehen.«

»Der Besitzer wohnte aber doch nicht in dem Haus«, sagte Niklas. »Das war dann wohl sein Sohn, der diese Mängel –«

»Doch«, hörte er Rabe sagen.

»– und der bei dem Unglück auch verletzt –« Er kniff die Augen zusammen. »Wer«, fragte er. »Wem gehörte das Haus?«

Rabe schob ihnen den Ordner hin. Unten auf der Seite lasen sie den Namen des Eigentümers, Florian Westheim.

»Der«, murmelte Niklas.

»Er hatte das Haus von seinem Vater übernommen«, sagte Rabe. »Ungefähr ein Jahr vor dem Desaster.«

»War das amtlich?«

»Was meinen Sie?« Rabe nahm den Ordner wieder an sich. »Für uns schon. Er hat ja die Versicherung abgeschlossen. Es handelte sich dabei um die Verbundene Wohngebäudeversicherung, Kompaktschutz, mit Einschluss des Sorglospaketes.«

»Sorglos«, sagte Niklas.

»Das Haus war versichert gegen Feuerschäden durch Brand, inklusive Kurzschluss, Blitzschlag, Brandstiftung, Explosion, Anprall oder Absturz von unbemannten Flugkörpern.« Rabe hatte nicht Luft holen müssen. »Der Vorbesitzer, Georg Westheim, war unterversichert, sein Sohn, als er das Haus übernahm, hat dann komplett neu abgeschlossen.«

Potofski stand auf. »Hat Florian Westheim diese Versicherung mit anwaltlichem Beistand abgeschlossen?«

»Aber nein«, sagte Rabe. »So etwas steht hier nicht.«

»Brecht nun«, sagte Niklas, »war der Sachbearbeiter, als der Schaden, will ich mal sagen, entstanden ist. Als da alles zerstört war, hatte Brecht zu prüfen.«

»Richtig«, sagte Rabe.

»Was?«, fragte Niklas. »Was gab es da zu prüfen?«

»Was es immer zu prüfen gibt. Beispielsweise, ob Fahrlässigkeiten vorliegen. Wer eine Steckdose falsch verlegt, nebenbei gesagt, riskiert den Versicherungsschutz.«

»Geprüft wird, ob die Versicherungssumme ausgezahlt werden muss«, sagte Niklas.

»Nun ja, natürlich.« Rabe zupfte sich einen Fussel von der Krawatte. »Herr Brecht hat immer sehr gründlich gearbeitet. Wir haben seinen Weggang seinerzeit bedauert.«

»Die Versicherungssumme –«, begann Niklas, als Rabe auch schon zu einem kleinen Vortrag ansetzte.

»Man muss da verschiedene Faktoren berücksichtigen«, sagte er, »Baujahr, Bauweise, Wohneinheiten. Ist das Gebäude zerstört, gibt es den ortsüblichen Neubauwert, wird es vom Besitzer nicht wieder aufgebaut, gilt die Zeitwertentschädigung, das heißt –«

»Gehen wir mal von einer Million aus«, sagte Potofski.

Rabe nickte. »D-Mark damals.«

Niklas zeigte ihm die Aufstellung, die er im Untergeschoss von Frau Ebert bekommen hatte. »Hier listet Brecht alles Mögliche über die Fachfeldstraße auf, schreibt aber einmal Ottostraße. Hat das eine Bedeutung?«

»Das hatte dann wohl«, sagte Rabe, »mit dieser Wartungsfirma zu tun. Soviel ich weiß, gibt es die aber nicht mehr. Das sind alte Unterlagen, wir benutzen heute ein ganz anderes System.«

»Könnte man Brechts Tätigkeit bei Ihnen dergestalt beschreiben«, sagte Potofski seltsam geschraubt, »dass er ein Versicherungsdetektiv war?«

»Diesen Ausdruck benutzen wir nicht«, sagte Rabe. »Er hat geprüft. Bei diesen Dimensionen muss immer geprüft werden. Gibt es Unstimmigkeiten, ziehen wir die Polizei hinzu.«

48

Anna verließ die Kanzlei gegen sieben. Vielleicht hatte er Zeit, und sie konnte mit Florian essen gehen, um in schöner Atmosphäre von ihrem Plan zu erzählen, einen aufstrebenden Unternehmer zu unterstützen. Glaub mir, der hat richtig Potenzial. Ein Friseur, nein, lach nicht, ein begabter Kerl mit großen Fähigkeiten.

Manchmal redete sie mit Florian, als übte sie gewissermaßen, dann sprach sie in Gedanken mit ihm und sah ihn lauschen und lächeln. Sieh es doch so, das ist ein gutes Geschäft. Ein Friseur ist heutzutage ein Künstler, und wenn er gut ist, zieht er zahlungskräftige Kundschaft an. Gut zu sein, bedeutet aber auch, ein neues Konzept zu entwickeln, einen Laden, der den Kunden mehr bietet als Waschen und Legen und Schneiden und Föhnen.

Ja, es ging alles auf. Wie bei einem Geduldspiel, wenn man sich verrannte und denken musste, alles falsch, bis man das fehlende Steinchen dann sah. So war es hier auch.

Leise Musik kam aus dem Autoradio, es war schön, etwas zu planen. Das würde Ellens kleine Unternehmung in den Schatten stellen, die einem unreifen Künstler eine Ausstellung ermöglicht hatte, natürlich nur, weil sie ihn im Bett haben wollte.

Dieser Dani, der mit ihr gestorben war, was hatte sie denn für den getan? Er war ziemlich attraktiv gewesen, hatte sie den einfach so bekommen? Wenn die Männer jünger waren, musste man doch immer Angst haben, sie zu verlieren, aber wenn man zusammen mit einem Geliebten starb, dann war die Liebe doch irgendwie – Anna zuckte zusammen, als es hinter ihr hupte, denn sie fuhr zu langsam, achtete kaum auf den Verkehr – war sie für immer, die Liebe, etwas Ewiges, was schön war, sehr schön.

Ellen hatte ihn ja noch angeschrien, was man nur tat, wenn man jemanden liebte, dieses bange Schreien. Als er ohnmächtig geworden war und sie ihn anstarrte und seinen Namen schrie, *Dani, was ist los?*

Anna hatte auch Florians Namen geschrien, damals, als er ihr im Feuer entgegenkam, um sie ins Leben zu führen.

Sie fuhr durch die Innenstadt und weiter nach Osten, man brauchte natürlich eine gute Lage. Keinesfalls durfte so ein Friseurgeschäft in einer trostlosen Gegend stehen. Mit Czerny kam sie zurecht, der war ja doch süß und sehr angenehm, auch wenn er seine Eigenarten hatte.

In der Hanauer Landstraße hielt sie vor Florians Büro. Im Sommer konnte man in einem wunderschönen Hinterhof sitzen, jetzt nicht, es war zu kalt. Sein Wagen stand nicht da, also ging sie gar nicht erst hinein, sie wählte die Nummer seines Handys und fragte, ob er Zeit hatte.

»Nein«, sagte er nur. »Es geht nicht.«

»Bist du im Büro?«, fragte sie.

»Ja«, murmelte er, und sie lächelte ein wenig. Stimmt doch gar nicht.

Na gut, wenn du meinst. Sie fuhr wieder los, schneller jetzt, als wollte sie es Ellen gleichtun, die auch immer zu schnell gefahren war, Ellen in ihrem Protz-Auto, über 40 und dann so ein Flitzer. Weiter, sie fuhr einfach immer weiter, diese ganze Straße entlang bis nach Fechenheim. Wieder fing es an zu nieseln, wie an jenem Tag im Morgengrauen, Regen und Wind. Ihre letzte gemeinsame Fahrt, Ellen gibt vor, sie nach Hause zu fahren, macht aber Umwege, fährt hierher. Bodenseestraße, Mittelseestraße, Fachfeldstraße, hier. Anna trat so heftig auf die Bremse, dass sie kurz die Augen schloss und auf den Aufprall wartete, aber die Straße war leer, alles an dieser Ecke war leer. Sie stieg aus, ging ein paar Schritte, blieb wieder stehen. Ellen hatte das Seitenfenster heruntergelassen, aber sie hatte nichts gesehen.

Bloß Leere an dieser Ecke, sonst nichts. Anna stand einfach

da. Wäre sie Architektin, würde sie hier bauen, sie würde sich keine Häuser unter den Nagel reißen wie dieser Rossmann. Sie würde alles so gestalten, dass es edel und wertvoll wurde, wie bei ihr zu Hause, im schönsten Villenviertel der Stadt. Dahin musste man kommen. Alles war Armut und Angst in ihrem Leben, bis es sich änderte, in einer Nacht, an einem Tag. Alles war gut geworden, und kein Mensch machte ihr das Leben kaputt, Ellen nicht und kein Brecht und kein Blume.

Anna setzte sich wieder hinters Steuer. Es gab nichts zu sehen, aber Ellen hatte nach vorn gestarrt, als würden gleich Menschen auftauchen, grau, klein und gebückt von der Mühe und der Schande. Stunden davor, als sie eine ganze Nacht lang in der Kanzlei zusammensaßen und nur das schwache Licht von draußen kam, hatte Anna ihr das erklärt; weil es dir nie schlecht ging, sagt sie, weißt du auch nicht, wie das ist, wenn dich einer befreit.

Aber Ellen fragt nur: »Befreit?« Im Halbdunkel klingt auch ihre Stimme farblos, und ihre Augen sind fahl wie Nebel im November, »Er hat dich befreit?«.

Ja, sagte Anna, alles war doch gut geworden, verstehst du das nicht? Wenn Menschen gemeinsam durchs Feuer gehen, dann darf man sie nicht wieder trennen.

49

Niklas lief dem Kollegen hinterher. Potofski, der sich in den Straßen am Bahnhof besser auskannte, obwohl er nicht hier wohnte, drehte sich immer wieder um und stieß Halbsätze hervor, dieser Langenau, siehste mal. Nichts zu tun mit der Fachfeldstraße. Bloß ein Ex-Kollege vom Brecht.

»Immerhin das«, sagte Niklas. »Aber der Blume –«

Potofski schrie, er solle ihn in Ruhe lassen mit dem Blume.

»Er hat eine Schwester im Rheingau«, sagte Niklas. »Langenau, nicht Blume. Die sollen da mal gucken.«

Potofski sagte, dass der Rheingau eine verdammt schöne Gegend war, zum Beispiel das Kloster Eberbach.

In der Ottostraße 25 gab es im Hinterhof ein verkommenes Gebäude. Kein Installationsbetrieb, keine Heizungsfirma, auf dem verwitterten Schild stand etwas anderes:

Staub-sichere Lagerung Ihrer Möbel in abschließbaren Boxen und Übersee-Containern. Wir lagern für Tage, Wochen und Monate.

»Möbeleinlagerung«, flüsterte Niklas fast ehrfürchtig. »Die Rupp hat ihre Sekretärin danach gefragt.«

»Hier«, sagte Potofski. »Tage, Wochen, Monate.«

Sie machten sich bemerkbar. Sie klopften so lange gegen Rollläden, bis ein alter Mann hinter ihnen stand, von dem sie nicht wussten, wo der jetzt hergekommen war.

»Die Geschäftszeiten sind telefonisch zu erfahren!«, kreischte er. »Und wenn Sie jetzt nicht auf der Stelle –«

»Mal halblang.« Potofski zog seinen Ausweis und legte einfach los, blindlings, der Wut gehorchend. »Kennen Sie einen Moritz Blume? Na?«

Niklas zeigte ihm Blumes Passfoto. »Ja«, sagte der Alte. »Der hat erst kürzlich hier rumgemacht.«

Siehst du? Niklas steckte das Foto wieder ein. Blume war immer schon da gewesen.

»Was wollte er?« Potofski wirkte persönlich beleidigt.

»Einer mit Hund«, sagte der Alte. »Waren mir nicht geheuer, beide nicht, gerade der Hund nicht. Der hatte einen gefälschten Polizeiausweis. Nicht der Hund, aber der Mann. Wollte wissen, ob ich jemanden kenne, aber ich bin nun keine Auskunftei, was ist denn überhaupt los?«

Potofski tippelte hin und her. »Nach wem hat er gefragt?«

»Nach einem Versicherungsfritzen.« Der Alte hob die Schultern. »Fragen Sie mich nicht –«

»Brecht?«

»Kann sein. Das war doch ewig her, was die wissen wollten.«

»Die«, sagte Niklas. »Wer noch?«

Vorsichtig spähte der Alte über ihre Köpfe hinweg. »Eine Dame, die wo ich dann paar Tage später in der Zeitung gesehen habe. Da war sie tot. Nachgerade mause. Sie wissen schon. Die war zuerst da.«

So, wollte Niklas sagen, das ist es, aber was? Beim Anblick von Rupps Foto zog der Alte die Brauen so fest zusammen, dass man meinen sollte, gleich schrumpfte ihm das Gesicht.

»Genau«, sagte er. »Die kommt hier an und sagt zur Begrüßung, ich hätte wohl schon bessere Tage gesehen, rein geschäftlich, dabei sind wir im Übergang. Mein Sohn ist nicht der Gesündeste, der will auch nicht mehr, und mein Enkel muss sich das erst noch überlegen. Mein ehemaliger Partner sitzt in Thailand im Knast, so ist die Lage.« Er kratzte sich am Kopf. »Dann hat sie sich noch aufgespielt und behauptet, Staub-sicher schreibt man in einem Wort.« Er deutete auf das Schild, auf dem *Staub-sichere Lagerung* stand. »Sie hat aber etwas in die Firmenkasse eingezahlt, und ich möcht' hervorheben, dass ich keinerlei Aufforderung diesbezüglich –«

»Was hat sie gewollt?« Potofski hüpfte noch näher an ihn heran.

»Na, auch was wegen früher. Aber nicht, weil es bei uns Unstimmigkeiten gegeben hätte, bei uns war immer alles in Ordnung.« Der Alte starrte ihn an. »Haben Sie Parkinson?«

»Was hat sie gewollt?«, schrie Potofski.

»Da muss ich rein.« Der Alte schlurfte auf den Eingang des Gebäudes zu, der aussah wie ein Scheunentor. Drinnen gab es tatsächlich Container, denen man nicht ansah, ob drinnen Möbeln waren oder ob sie nur trostlos in der Gegend standen. Drei Treppenstufen führten zu einem Mauseloch mit Schreibtisch und Aktenschrank, da begann er jetzt zu wühlen. Es war still hier drin, die Stille eines Kellers. Jedes noch so ferne Rascheln brachte Verderben.

»Ich will mal so sagen –« Der Alte richtete sich auf. »Das ist uralter Mist aus 1994, da hab ich beim ersten Mal, wie die Frau da war, ewig suchen müssen, aber sie hat ja, wie gesagt, einen Betrag –«

»Wir nicht«, sagte Niklas. »Wir geben nichts.«

Der Alte ignorierte ihn. Aus einer Plastiktüte holte er einen halbzerfetzten Aktendeckel. »Sie hat halt wissen wollen, ob eine bestimmte Person bei uns mal etwas eingelagert hat.« Er löste eine Klammer. »Der hier. Westheim, Florian.«

Niklas hörte Potofski atmen, als er das vergilbte Papier entgegennahm. 24. Juni 1994. Florian Westheim, Mörikestraße. Gemieteter Container: B8. Einlagerung: Truhe antik, drei Kisten Bücher, Gemälde Baselitz. 15. September 1994, der Container wird geleert, er holt alles wieder ab.

»Mörikestraße«, murmelte Potofski. »Das war eine Adresse, die stand auch in der Akte, das war die Adresse seines Vaters.«

»Hat sie sich konkret nach dieser Person erkundigt?«, fragte Niklas.

»So isses«, sagte der Alte. »Westheim, Florian. Hat dann aber nur kurz draufgeguckt und nichts weiter gesagt. Ich frag sie noch, ist es das gewesen? Sagt sie nur, ja, das war's.«

»Das war's«, wiederholte Potofski. Er zeigte ihm Brechts Foto. »Hat der sich auch danach erkundigt? Kürzlich oder im Jahr 1994?«

»Isser das?«, fragte der Alte. »Der Versicherungsfritze? Mein lieber Junge, wie soll ich das noch wissen? Ich kann mich nicht an den erinnern. Damals war mein Partner noch da, vielleicht wüsste der es, aber der sitzt ja, wie ich schon versucht habe anzudeuten, in Thailand im Knast.«

Niklas murmelte: »Der schon.«

Dann wollte er Potofski etwas Blödes sagen. Sie hockten im Auto am Straßenrand, kleine, dunkle Jungs liefen vorbei, die vor dem Seitenfenster Grimassen schnitten, und Niklas wollte sagen, dass die Rupp wohl sehr traurig gestorben war. Na, so ein

Tod war immer traurig, keine Rede – was er meinte, war: getroffen irgendwie, bis ins Mark getroffen, kurz vor ihrem Tod. Hatte ihre Perle nicht gesagt, dass sie Tage davor herumgelaufen war, als hätte sie einen Geist gesehen, als wäre etwas passiert?

Aber er sagte es nicht. Niklas aß eine Brezel und sah zu, wie zwei dürre Fixer sich prügelten, sah ihre zittrigen Hände durch die Luft fahren und guckte auf ihre kaputten Schuhe. Die Rupp hatte über Westheim etwas wissen wollen. Der Zettel in ihrem Wagen, *Brecht, Howaldtstr. 2a*, da musste ihr jemand einen Hinweis gegeben haben, etwa Brechts ehemaliger Kollege, dieser Langenau? Wenn sie dem nicht bald habhaft wurden, kamen sie womöglich in Bedrängnis. Von Brecht hatte sie etwas über Westheim und das Haus erfahren wollen, schließlich war Brecht derjenige, der nach dem Unglück alles zu prüfen hatte. Auch in der Firma, die Möbel einlagerte, hatte sie Westheims Namen genannt. Sie kannte ihn seit ihrer Kindheit, er war ihr ältester Freund. Und sie war hinter ihm her gewesen.

»Wann lagert einer etwas Kostbares ein?«, fragte Niklas.

»Wenn er Angst hat, dass es geklaut wird«, sagte Potofski. »Oder dass es verbrennt.«

Niklas knüllte die Papiertüte zusammen, in der die Brezel gewesen war. Mal für den Anfang und erst mal ins Unreine gedacht: Westheim kriegt Papas Mietshaus, und das Erste, was er macht, er hebt die Versicherungssumme an. Sorglospaket, versichert gegen Brand, Explosion, Anprall, Abprall, alle Schikanen. Dann riecht es im Keller nach Gas, sagt er, aber die Monteure finden nichts. Dann lagert er ein paar Sachen ein, die ihm wohl wichtig sind, ein Bild von Baselitz, das ist sicher sehr kostbar, und gibt die Adresse seines Vaters an.

»Die Straße«, sagte Potofski. »Dass die sich da bloß nicht erinnern, wenn sie mal von der Fachfeldstraße in der Zeitung lesen, nicht? Hoppla, da hat doch gerade erst einer etwas eingelagert. Dass die nicht denken, wie hellsichtig der doch war, lagert ein paar Kostbarkeiten ein und kurz darauf steht da kein Stein mehr auf dem anderen.«

Hellsichtig, ja. Was veranstaltete Westheim für einen Zirkus mit der Gasleitung, bestellte die Wartungsfirma, ließ sie gucken, gab sich nicht zufrieden, sondern bestellte sie erneut. Ließ die Leute durch den Keller kriechen, sorgte dafür, dass das auch aktenkundig wurde, und konnte dann jammern, warum haben diese Versager mir nicht geglaubt, ich habe doch gewusst, dass da etwas nicht in Ordnung ist, jetzt seht bloß alle her. Standen sie dann da, die Monteure, beschuldigt und verdammt wegen allergröbster Fahrlässigkeit.

Und die Versicherungssumme, der Anfang von allem, nicht? Anfang und Ende, die war doch enorm.

Warmsanierung. Mal das Schlimmste angenommen, Florian Westheim jagt sein Mietshaus in die Luft, um die Versicherungssumme zu kassieren. Warum, wenn es so gewesen ist, kommen sie ihm erst Jahre später drauf, Brecht, Blume und die Rupp? Brecht hätte es viel früher wissen müssen, und wenn Westheim ihn beseitigen wollte, warum erst jetzt?

Und warum hatte Westheim sein Haus nicht einfach verkauft? Hatte es doch für lau bekommen, der Vater wollte es nicht mehr. Weil dieses Haus als schwierig galt, wie ihnen die Kollegin Mühl erzählt hatte, die damals vor Ort gewesen war, die Zusammensetzung der Mieter war nicht optimal. Vielleicht hatte er es gar nicht erst versucht oder hatte keinen Käufer gefunden, einen wie Dr. Rossmann beispielsweise, der sich von schwierigen Mietern nicht abschrecken ließ.

Nur: Westheim war selber verletzt worden, das war der Punkt, er war mittendrin gewesen. Er hätte gucken müssen, dass er Land gewinnt, doch hatte man ihn inmitten der Schwerverletzten geborgen, zwischen Schutt und Asche, draußen vor dem Haus.

»Und dann heiratet er noch eine der Schwerverletzten.« Potofski schüttelte den Kopf. »Ich weiß nicht, was mit dem ist. Tatsache ist, dass die Rupp sich dafür interessiert hat, was Westheim damals gemacht hat. Tatsache ist, dass alle übern Jordan sind, die sich zu der einen oder anderen Zeit mit der Fachfeldstraße befasst haben, Rupp, Brecht und Blume.« Er streckte Niklas eine Faust entgegen. »Die sich mit Westheim befasst haben!«

»Warum mit Feuer?«, murmelte Niklas.

»Wiederholungszwang«, sagte Potofski. »Das wäre dann psychologisch.«

»Ach komm.«

»Na, er ist ein anständiger Mann ohne Waffen«, sagte Potofski. »Und er hat ein saugutes Motiv.«

»Andererseits«, sagte Niklas, »habe ich genau das gesagt. Ich meine, wie ich es falsch zitiert habe, da war es richtig.« Er nickte. »Gebranntes Kind sucht das Feuer, habe ich gesagt.«

»Und die Beweise?«, murmelte Potofski.

»Diesen Langenau müssen wir haben«, sagte Niklas. »Vielleicht weiß der was.«

Blume hatte ja auch gewusst, dass man den Langenau finden musste.

Und dann redete man am besten auch einmal mit Westheims Frau, die ja schließlich eine Überlebende des Unglücks war. Mit der fingen sie am besten an, vorsichtig, vorsichtig, wie mit einem rohen Ei.

50

Czerny achtete auf seine Schritte. Auf diesem kostbaren Boden hier klangen sie heller. Man könne sogar sagen, dass sein Auftreten ein anderes war, fester und nachdrücklicher auch. Das lag nicht nur daran, dass sein Knie ihm weniger zu schaffen machte, das lag an der Umgebung. Der Boden glänzte, er meinte sogar, sein Spiegelbild zu sehen, seines und das von Anna auch.

»Die Fenster bestehen aus Sicherheitsglas«, sagte der Apotheker. »Da schlägt Ihnen keiner die Scheiben ein.«

Czerny nickte. Mit eingeschlagenen Scheiben kannte der Mann sich ja aus, nicht hier, aber in der Stoltzestraße, wo er sich, wie Anna sagte, ein wenig übernommen hatte. Das kam ihn teurer als er dachte, schon rein menschlich, hatte sie gesagt, weil seine Machenschaften die Polizei interessierten. Nun suchte er Abnehmer für zwei seiner fünf Apotheken, doch hatte Anna ihn davon überzeugt, diesen Laden hier zunächst nur zu verpachten. Czerny machte sich wenig Gedanken darüber, was sie nun alles verabredet hatten, er guckte sich bloß immer wieder um: Schillerstraße, beste Lage.

»Das liegt schon in der Natur der Gegend«, sagte Michaelis, »dass Sie hier den richtigen Kundenkreis haben.«

»Ja«, sagte Czerny. »Das glaube ich auch.«

Er hatte das Gefühl, dass er sich gerade häutete, Schicht um Schicht ablegte, bis er besser atmen konnte. Mit der Biologie war er nicht allzu vertraut, aber er hatte gelesen, dass es Tiere gab, die durch Verwandlung überlebten. Seine Häutung hatte am Morgen begonnen, als Anna zu ihm gekommen war und sagte: »Ich kann dir helfen, hast du das nicht gewollt?«

Die halbe Nacht lang hatte er in seiner Wohnung auf dem Boden gehockt, zwischen einem Berg von stinkenden Klamotten. Darüber redeten sie im Haus, alle sagten, dass sie den Brandgeruch in der Nase hatten und ihnen selbst Dinge zu stinken begannen, die das eigentlich nicht konnten, Fliesen, Kachelböden, Armaturen. Die Nachbarn standen beisammen und wisperten über Blume, der ihnen doch eigentlich nie geheuer gewesen war, was hatte der den ganzen Tag über getan? War er nicht ein Gauner gewesen und dieser Brandanschlag folglich eine Sache unter Verbrechern? So musste das gewesen sein, versicherten sie einander, was ja nur bedeutete, es herrschte jetzt Ruhe im Haus, es würde nie wieder geschehen.

Ein Mann im Hausflur wollte wissen: »Sie haben den doch frisiert?«, aber Czerny hatte keine Antwort gegeben, weil er daran denken musste, wie Moritz immer mit tropfnassen Haaren gekommen war, um das Geld fürs Waschen zu sparen. Er war nach oben gegangen und hatte sich auf den kalten Boden gesetzt, wollte nicht weinen und wollte nicht denken. Aber dann, als er in einen unruhigen Schlaf gefallen war, dachte es weiter in ihm, sah er Feuer, das aus Annas grünen Augen kam. Schöne Augen, die er liebte, gerade im Halbdunkel der Kerzen, wenn sie glühten wie alles um sie herum, wie die Flammen auf ihrem Körper, die sie nicht zu spüren schien, weil sie doch nie etwas spürte, auch keinen Schmerz. Morgens, als er meinte, dass vor seiner Tür Sirenen schrillten, fiel er ihr taumelnd in die Arme, und sie schob ihn sanft in die Wohnung zurück und sagte: »Ich habe einen Laden für dich. Manchmal passiert etwas im Leben, das ändert alles, und alles wird gut.«

Zum Beispiel die Sache mit der Wohnung, die kam ja noch hinzu. Sie sagte, hinterm Opernplatz wäre eine frei, sie kannte ein paar Makler.

»Todschicke Wohnung«, sagte sie, »nicht zu groß und nicht zu teuer. Sie passt zu dir, sie ist ein bisschen schräg geschnitten.«

Die Wohnung, der Laden, jetzt ging er herum, fast ein wenig berauscht von seinen hellen Schritten. Nicht zu glauben, dass hier eine Apotheke gewesen war, er sah nur den schimmernden Boden und die hohen Wände in hellem Orange. Weite sah er, Platz. Die Stirnseite eignete sich für einen Tresen, da konnten sie beim Warten Espresso trinken, und an die Wände kam Kunst. Anna sah das ähnlich, nur gewitzter, sie sagte zu Michaelis, dass man doch eine Wandfläche an Künstler vermieten könnte, für Ausstellungen in schönem Ambiente. Ausgezeichnet, sagte der Apotheker, bei Friseuren konnte man das machen. Czerny hörte ihnen zu. Sie standen beisammen wie Eltern, die einen Kindergeburtstag planten, ein Stückchen entfernt vom Kind, von ihm. Das Wort gütlich fiel ihm wieder ein, das Anna benutzt hatte, als sie erzählte, dass die Scheidung des Apothekers gütlich verlaufen war. Sie hatte seine Frau vertreten und machte jetzt mit ihm Geschäfte, stand lächelnd neben ihm und plante, was alles wirklich sehr gütlich war, das musste man sagen.

Als er in seine alte Wohnung zurückkehrte, begegneten ihm Leute auf der Treppe, grüßende Nachbarn, das Normalste der Welt. Am Tag zuvor hatten sie einander versichert, dass jetzt Ruhe herrschte und nichts mehr geschah.

51

Anna sah auf Florians Hände, die immer in Bewegung waren. Er fand keine Ruhe. Erst nach Ellens Tod war er so geworden, fahrig, bekümmert und gehetzt.

»Die Kanzlei wird längst nicht mehr so viel abwerfen«, sagte er. »Das ist dir doch klar?« Er packte die Papiere und sah sie eindringlich an. Wenn es um Geld ging, wurde er gesprächig.

Sie waren zusammen. Auf dem Tisch stand benutztes Geschirr, ein Teelicht brannte. Anna sah, wie sich draußen die Bäume im Wind bewegten, sie streckte die Beine aus und glaubte glücklich zu sein.

»Es gibt zwei Möglichkeiten«, sagte er. »Entweder du suchst dir neue Partner oder du verkleinerst. Um Entlassungen wirst du nicht herumkommen, wenn du dein Level halten willst.«

»Mein Level«, murmelte sie. Ihr Status also, ihr Vermögen?

Czerny war doch auch ihr Partner, irgendwie. Sie half ihm, ermöglichte ihm etwas, und er würde das auch nicht vergessen. Partner. Ellen hatte es damit nicht sehr genau genommen, in jenen Momenten etwa, wenn es um Anschaffungen ging und sie zuerst ihre aufgeblasene Sekretärin ansah, was meinst du? Wie sie dann, innerlich zusammenzuckend, den Blick auf Anna richtete, um sie der Form halber auch zu fragen, na, sag schon. Anna wusste, dass Ellen sie Florian zuliebe als Partnerin genommen hatte, aber sie war doch reichlich belohnt worden, denn sie waren größer und größer geworden.

»Warte ab«, sagte Florian. »Ich bin dabei, für die Kanzlei eine Analyse zu erstellen.«

»Dann arbeitest du gerade für mich?« Sie lachte, wollte immer weiter mit ihm reden, während sie am gedeckten Tisch saßen und das Teelicht brannte. Sie blinzelte in die Flamme. Ruhiges Licht. Mit zwei Fingern berührte sie die Metallhülle und schnippte sie sacht in seine Richtung, ein wenig Wachs schwappte heraus. Er stand auf.

»Bleib sitzen«, sagte sie.

Einen Moment lang stand er starr, und seine Schultern zuckten, als würde er frieren.

»Wir haben doch Zeit.« Sie griff nach seiner Hand. Waren sie nicht zusammen? Draußen war die Welt, sie waren hier drin. Sie berührte seine Handgelenke und streichelte sie mit dem Daumen, dann umfasste sie seine Hüften, wollte ihn an sich ziehen, aber er machte sich los wie ein störrisches Kind. Das war ihr peinlich. Ihm vielleicht auch. Sie wusste, dass er das nicht mochte, nicht mit ihr, aber er war ja trotzdem ihr Mann. Es waren die Wunden und das. Dieser Dreck da, unauslöschlich, dieser Körper, den mochte er nicht sehen. Vielleicht tat ihm das weh. Sie erinnerte sich, es Czerny erzählt zu haben, doch wusste sie nicht mehr, warum. So etwas erzählte man doch gar nicht, aber manchmal kamen die Worte, ohne dass man es wollte, wie an jenem Nachmittag, als Ellen für einen ihrer Supermandanten einen Supererfolg errungen hatte und plötzlich vorschlug, komm, lass uns was trinken. Nicht dass sie je viel miteinander geredet hätten, aber als sie an diesem Nachmittag beim Italiener Rotwein trinken, erzählt Ellen, dass Stefan, ihr Exmann, drauf und dran war, ihre Schwester zu heiraten. Rotation, sagt sie, und dass sie es fast bedauere, nicht noch mehr Schwestern zu haben, sie hätte sich das gerne angesehen. Sie reden eine Weile über Stefan, wie Freundinnen das vielleicht tun, Ellen murmelt, ein Sonntagmorgen mit ihm sei immer sehr schön gewesen;

es ist eine fremde, fast schwebende Stimmung zwischen ihnen, bis Anna sie fragt, wie oft sie mit Florian eigentlich geschlafen hat.

»Ach, das ist doch ewig her, da hat er dich noch längst nicht gekannt.« Ellen sagt es in diesem milden Ton, den man auch bei Kindern anschlägt. »Wir haben zusammen unser erstes Rockkonzert besucht, wir sind zusammen in die erste Tanzstunde gegangen und haben miteinander den ersten Joint geraucht, da haben wir gemeint, wir müssten das jetzt halt auch mal versuchen.« Sie hebt die Hände, als würde sie es bereuen. »Versuch und Irrtum. Also, um deine Frage zu beantworten: einmal.«

»Ja«, sagt Anna, »ich auch.« Sie hatte das nicht sagen wollen, es war einfach so passiert, und dann sieht sie zu, wie Ellen eine ganze Weile ihr Weinglas hin- und herschiebt, bis sie schließlich fragt: »Was ist los mit euch?«

»Nichts«, sagt Anna. Und dass alles in Ordnung ist.

Ellen sagt: »Nichts ist in Ordnung.«

»Das geht dich nichts an.« Anna wiederholt, dass alles in Ordnung ist; »Ich bin nicht wie du«, sagt sie, »ich brauche das nicht.«

Das war dieser Nachmittag beim Italiener. Sie hatte damals nicht gedacht, dass Ellen sie einmal vernichten wollte, sie und Florian, den sie ihren Blutsbruder nannte, sie hatte es damals nicht geahnt.

Sie sah hoch. Florian starrte an ihr vorbei. Das Teelicht brannte noch immer. Sie erzählte ihm, dass der Apotheker Michaelis ein wenig klamm war und ziemlich besorgt, dass es ihm und Rossmann an den Kragen ging.

»Das sind miese Schweine.« Florian schüttelte den Kopf. »Die Polizei hat Franke wegen der Stoltzestraße festgenagelt, der verliert seine Lizenz. Da können wir uns einen neuen Sicherheitsdienst suchen. Idioten, Rossmann vorneweg.«

»Hätte Ellen etwas unternommen?«, fragte sie.

»Sie wollte«, murmelte er.

Anna nickte. »Sie hätte ihre eigenen Mandanten ins Messer laufen lassen.«

»Wenn sie sich kriminell verhalten?« Empört starrte Florian sie an. »So etwas bleibt doch nie unter der Decke. Sollte sie zulassen, dass die Sache auf sie selber zurückfällt? Auf die ganze Bürgerinitiative?«

Anna sagte nichts, dabei hatte sie die Worte auf der Zunge.

»Wie redest du überhaupt?«, fragte er.

Setz ihr doch keine Krone auf, wollte sie sagen, sie war hysterisch, sie hat euch alle zerstören wollen, jeden Einzelnen von euch.

Am nächsten Morgen funktionierte alles wunderbar. Gerichtstermin, die Gegenseite bestand aus einem Frauenschläger und seinem verkommenen Rechtsbeistand, der in Verhandlungspausen die Kantine leerzusaufen pflegte. Mehrmals versuchte er sie zu provozieren, doch sie saß ruhig da und wählte ihre Worte so sorgfältig, dass der Richter ihr immer wieder zunickte. Es war ein Sieg auf der ganzen Linie, der Frauenschläger hieb auf den Tisch ein, weil er jetzt bluten musste, und ihre Mandantin umarmte sie.

Zurück in der Kanzlei blieb sie stehen, als die Sekretärin mit einer Frage kam, das machte sie jetzt immer so. Wenigstens das konnte sie von Ellen lernen, dass man nicht so ungeduldig, über die Schulter hinweg, mit den Leuten sprach.

Gegen fünf meldete die Frau am Empfang noch zwei Besucher. Anna ging ihnen entgegen, diese Polizisten wieder, zum wievielten Mal eigentlich? Herr Niklas war ein netter, kultivierter Mann, während man seinen kahlen Kollegen eher zu den Proleten rechnen musste.

»Nun«, sagte Niklas, sobald Anna die Tür hinter sich geschlossen hatte, dann machte er gleich Pause. Er sah sich um, als wäre er gekommen, um ein schönes Büro zu sehen.

»Nun?«, wiederholte sie. »Darf ich Sie bitten, sich zu beeilen?«

»Es geht um Folgendes.« Niklas setzte sich. »Das heißt, es

geht um etwas, das schon geraume Zeit zurückliegt.« Er sah seinen Kollegen an, doch schien der heute nicht sprechen zu wollen.

»Es geht um das Unglück.« Niklas verstummte schon wieder. Er sah bekümmert aus. »Damals, meine ich, das Unglück, das Haus – nicht wahr? Die Fachfeldstraße.«

»Warum?« Anna ging ein Stück von ihm weg, weil er größer wurde vor ihren Augen, dabei war er doch eher klein.

»Nun«, fing er an, dann hörte sie ihn etwas über Brecht sagen, den Mann aus der Howaldtstraße. Dass der sich damals aus beruflicher Sicht mit dem Unglück befasst hatte, worüber sie Florian auch schon informiert hatten. Dass es also nun darum ging, alle Beteiligten nach ihrer Erinnerung zu fragen, nicht wahr, nur, um nichts auszulassen, wofür sie doch sicher Verständnis –

Niklas redete weiter, und als er eine Handbewegung machte, sah er aus wie ein Geier, ein Aasfresser, der mit den Flügeln schlug. Anna ließ noch mehr Raum zwischen ihm und ihr, sie ging zum Fenster und sagte das Erste, was ihr einfiel – »da hat etwas gebebt«, sagte sie, »dann fielen Sachen herunter und auf uns drauf.«

Sie drehte sich um. Sah ihn nicken.

»Zwei Stockwerke sind in sich zusammengefallen«, sagte sie, »es war ein vierstöckiges Haus. Ich habe geglaubt, wir hätten es zusammen geschafft, mein kleiner Bruder und ich, muss ich das denn wirklich schon wieder erzählen?«

»Wie meinen Sie das?«, fragte er.

Vom Fenster aus sah sie ihn an. Was sollte sie sagen? Das Fußballspiel, das Gezänk, die besoffenen Kerle, Vater und Sohn. Also erst im Keller Bier geholt, für den saufenden Vater und seinen saufenden älteren Sohn, dann wieder hoch. Mit Lars, dem Kleinen, in die Küche, da fing es an. Wollte er das wissen?

Er half ihr auf die Sprünge. »Ihr kleiner Bruder und Sie.« Dann räusperte er sich wieder. »Davon sprachen Sie gerade.«

»Ja sicher«, sagte sie. »Ich dachte, ich wäre mit ihm unter diesem Berg hervorgekrochen, weil er die ganze Zeit bei mir war, es war aber faktisch so, dass er schon tot war, dass er also nicht direkt mit mir herausgekrochen ist, ich habe ihn bloß gezogen.« Immer wieder strich sie sich durch die Haare, konnte einfach nicht damit aufhören. »Ich dachte bloß, wir schaffen es zusammen. Dass wir uns den Weg bahnen durch den Schutt und durch das Feuer, aber ich habe ihn ja bloß gezogen. Sie haben mir später gesagt, dass er da schon längst tot war und bestimmt nicht gespürt hat, was Sterben ist, was sein Glück gewesen ist, sein einziges Glück.« Sie verschränkte die Arme, ihr Herz schlug so sehr. »Haben Sie es jetzt verstanden?«

Er nickte und sagte: »Ja.«

»Das Feuer war auf einmal da«, sagte sie. »Fraß alles auf.«

Nach einer Weile sagte Niklas wieder: »Ja.«

»Entschuldigung«, murmelte sie. »Ich sollte Ihnen einen Kaffee anbieten.«

Diesmal sagte er: »Nein.« Nein, danke. Bemühen Sie sich nicht.

»Draußen war mein Mann«, sagte sie. »Er hat es schon geschafft und hätte fliehen können, alle wollten fliehen, wenn sie ihre Knochen noch beisammen hatten. Aber Florian kam zurück, und er hat sich zu mir vorgekämpft und sich über mich geworfen, damit ich nicht mehr brenne.«

Niklas sagte zum dritten Mal »ja«, und sie meinte, in seinen Augen einen bösen Glanz zu sehen.

»Ist Ihr Mann bei Ihnen gewesen?«, fragte er. »Ich meine, bevor das Unglück passierte.«

»Wir waren damals noch nicht zusammen«, sagte sie. »Er hatte seine eigene Wohnung.«

»Oh«, sagte er, »natürlich. Und da hat er sich drin aufgehalten.«

Sie nickte, was wollte er wissen? Florians Wohnung über ihrer. Wie oft sie auf seine Schritte achtet, wollte er das wissen? Damals nennen alle im Haus ihn den Sohn des Vermieters, nur sie selber flüstert seinen Namen vor sich hin. Manchmal, wenn er die Wohnung verlässt, geht sie ebenfalls raus, nur um ihm zu begegnen und sich blöd anzustellen. Dann lächelt er sie an, doch weiß sie nichts zu sagen. So ein Wurm ist sie damals gewesen, so grau. Sie spricht ihn ja nicht an, weder im Hausflur noch im Keller, dabei sollte einem in Kellern doch immer etwas einfallen, da sagte man wenigstens Dinge wie: hoffentlich haben wir keine Mäuse.

Nichts, die Maus war sie ja selber gewesen, nicht zu hören, nicht zu sehen.

Damals war er unerreichbar.

Kommissar Niklas fragte nach dem Gasgeruch. »Diese Wartungsfirma«, sagte er, »die hat ja Beschwerden erhalten. Wie hat sich Ihnen das dargestellt, ich meine –« Er überlegte schon wieder, er war ein Mann, der seine Worte nicht fand.

»Was haben Sie davon gemerkt?«, fragte er schließlich, und sie sagte: »Das weiß ich doch heute nicht mehr.«

»Dass etwas nicht in Ordnung war«, sagte er.

»Es war etwas nicht in Ordnung«, sagte sie, »sonst würde das Haus wohl noch stehen.«

Niklas stand auf, sein Kollege auch. »Sie fragten gerade«, sagte Niklas, »ob Sie das schon wieder erzählen müssten. Wem haben Sie es denn zuletzt erzählt?«

Anna schüttelte den Kopf.

»Bitte?«, fragte er.

»Niemandem«, sagte sie, und er murmelte: »Nun ja.«

An der Tür drehte er sich noch einmal um, sein kahler Kollege auch. Kommissar Niklas ordnete sein Jackett und fragte: »Kennen Sie einen Moritz Blume?«

»Flüchtig«, sagte Anna. »Ellens Detektiv.«

Niklas kaute auf seiner Unterlippe.

»Ein heruntergekommener Kerl«, sagte sie. »Nach ihrem Tod kam er zu mir und bettelte um Arbeit, da habe ich auch erst seinen Namen erfahren, sie nannte ihn ja Leo. Allerdings brauchte ich ihn nicht. Ellen hat ihn mir mal andrehen wollen, aber da wollte ich ihn auch nicht.«

Niklas fragte: »Haben Sie mit Frau Rupp über das Unglück gesprochen?«

Er hörte nicht, was sie sagte, oder? Fing immer wieder an. Einen Dreck ging ihn das alles an, den anderen auch. Sie sagte: »Nein.«

Die Polizisten nickten. Alle beide nickten, so wie Tauben nicken, wenn sie übers Pflaster trotten, gefräßige Viecher, Ratten der Lüfte. Als sie gingen, mochte Anna ihnen nicht die Hand geben, aber es gehörte zum guten Benehmen, also tat sie es doch. Herr Niklas fragte, ob sie friere.

52

Niklas hatte von einer Brandleiche geträumt. Welche es war, hätte er nicht sagen können, die ähnelten einander ja so. Schwarze Puppen aus der Geisterbahn, lehnst sie gegen die Wand, und sie bleiben stehen. Entsetzlich – die Tatsache nämlich, dass ihm das überhaupt passierte und er seinen Tag mit in die Nacht nahm wie damals, als junger Streifenpolizist, als er einen Mann zu bergen hatte, dem ein Laster über beide Beine gefahren war.

Er stand früh auf und bekam das Frühstücksei nicht geschält. Vor lauter Wut aß er dann gar nichts mehr. Es war noch nicht hell, über der Stadt lag kalter Nebel. Der Biowetterbericht sagte Kopfschmerzen voraus. Niklas massierte sich die Schläfen; diese Scheußlichkeiten hatte er doch nur geträumt, weil Anna Westheim berichtet hatte, wie sie mit ihrem kleinen, toten Bruder durch das Feuer kroch. Die hat gesprochen wie vor Gericht, hatte Potofski hinterher gesagt, wie beim Plädoyer. Niklas hatte den Kopf geschüttelt, ein Plädoyer war emotionaler – na ja, bei Scheidungsanwälten vielleicht nicht, aber so abwesend und doch sachlich sprachen die Leute, wenn es wirklich schlimm gewesen war, denn da konnten sie nicht anders, da wurden sie ja sonst verrückt.

Auf dem Weg ins Präsidium dachte er noch immer daran, obwohl er nicht wollte. Die arme Frau Westheim hatte den Eindruck gemacht, als würde sie ihn für seine Fragen hassen. Er schaltete das Autoradio ein, Leute brüllten durchs Telefon, es lief ein Gewinnspiel. Er schaltete wieder aus. Stau an der Kreuzung, keiner bewegte sich. Dann aber, als er einfach einmal hupen wollte, fiel Manna vom Himmel, ein Anruf. Kollegen aus dem Rheingau hatten diesen Langenau entdeckt. Er hielt sich in der Wohnung seiner Schwester auf, berichtete der Anrufer, gab vor, krank zu sein, war aber offenkundig ein wenig durch den Wind.

Die Nachricht, dass dieser Mensch nun greifbar war, beflügelte Niklas so sehr, dass er nicht darauf achtete, wer bei Potofski abnahm.

»Wir fahren in den Rheingau«, rief er, »nach Eltville. Meine Frau sagt, im Kloster Eberbach wurde *Der Name der Rose* gedreht.«

Eine Frauenstimme fragte, ob er Probleme habe, er bat um Verzeihung und fragte nach Potofski.

»Meinen Sie den Jan?«

Hauste Potofski denn mit einer ganzen Sippe bei ihr? Andererseits, das wurde ihm gerade bewusst, kannte er den Vornamen des Kollegen gar nicht. Er wusste, dass Potofski seine Glatze aus Aberglauben trug, wie seine Freundin ja nun auch, doch kannte er nur die Hälfte seines Namens.

Die mutmaßlich glatzköpfige Frau erlöste ihn. »Der ist zur Arbeit«, sagte sie mürrisch.

Potofski war in der Tat schon im Präsidium und sagte, dass er Jan-Henrik hieß. Sie fuhren gleich wieder los, und je näher sie den Weinbergen kamen, desto heller wurde der Tag. Als wollte sie ihnen applaudieren, stemmte die Sonne sich hervor, was Niklas recht passend fand. Zwar waren er und Potofski nur kleine Rädchen in einer großen Sonderkommission, aber sie waren vielleicht auf dem Weg.

Nach einer halben Stunde waren sie da. Eine kleine Straße mit kleinen Häuschen, hinter jedem Häuschen ein Blumenbeet. Als sie das Tor öffneten, kam ihnen eine Frau mit einer Spitzhacke entgegen. Potofski riss die Arme hoch.

»Sehr komisch«, sagte sie. »Was wollen Sie von meinem Mann? Darf man sich als Arbeitsloser noch nicht einmal erholen? Arbeitslosigkeit ist negativer Stress, das wissen Sie ja wohl. Als ob wir für einen richtigen Urlaub das Geld hätten, selbst den Aufenthalt bei meiner Schwägerin hier müssen wir uns erarbeiten.« Sie warf die Spitzhacke auf den Boden.

»Wo ist er?«, fragte Potofski. »An Ihren Lebensumständen bin ich weniger interessiert.«

Jörg Langenau saß in der Küche und scheuchte seine Frau gleich wieder hinaus. Ein blonder Hüne mit ängstlichen Augen, der behauptete, in Lebensgefahr zu sein. Ein Kettenraucher mit gelben Fingerspitzen, alle zehn Sekunden zuckte sein rechtes Knie.

»Ich wollte nicht zur Polizei«, sagte er. »Ich stehe nicht so gut da, wenn ich alles erzähle.«

»Versuchen wir es«, sagte Potofski ungewohnt freundlich, und Langenau erklärte feierlich, zwei Leute, mit denen er tun hatte, wurden in die Hölle geschickt, bei lebendigem – er hustete und griff nach der nächsten Zigarette. Auch war seine Frau mitten in der Nacht von einem belästigt worden, der seiner habhaft werden wollte und behauptete, Polizist zu sein.

Niklas stieß Potofski an. Das war Blume.

Potofski reagierte nicht.

»Es geht um den Unternehmensberater Westheim«, sagte Langenau. »Zuerst einmal ist er schuld daran, dass ich arbeitslos bin.«

»Diesen Teil kennen wir«, sagte Niklas. »Nebenher gesagt, ein Unternehmensberater entlässt keine Belegschaft.«

Langenau fuchtelte. »Aber der hat das angestachelt mit den

Entlassungen, das Unternehmen hat getan, was er wollte. Das habe ich mir nicht gefallen lassen und meine Meinung gesagt.«

»Herr Westheim nennt es Verleumdung«, sagte Niklas.

Darauf schwieg Langenau eine Weile, bevor er sagte, er hätte aber etwas so Schlimmes gesagt, dass er in großer Gefahr sei. »Jetzt sind wir nämlich so weit«, rief er. »Jetzt sind Leute tot, und wenn ich nicht aufpasse, bin ich der Nächste.«

»Das könnte sein«, sagte Niklas. »Da hilft es ungemein, wenn Sie etwas geordneter berichten.« Er sah sich um. Es hing kein einziges Bild an der Wand, aber lauter Gewürze. Ganze Bündel, die nicht mehr aussahen, als könnten sie noch würzen, waren mit Schnüren und Nägeln an der Wand befestigt. Nachher waren die voller Spinnweben, wusste man doch nicht, wie viele Jahre die da schon hingen, und er kehrte mit einer Staublunge nach Hause zurück. Er räusperte sich. Es kratzte schon im Hals.

»Da kam also der Brief von Frau Rupp«, sagte Langenau, und Niklas merkte, wie dessen Tick auf ihn übersprang – sein ganzer Oberkörper zuckte nach vorn.

Langenau starrte ihm ins Gesicht, Asche fiel von seiner Zigarette. »Sie schreibt mir, ich soll das unterlassen, über den Westheim zu reden, Paragraf soundso und soundso, üble Nachrede, Rufmord und so weiter, und dass sie Schritte unternehmen würde, falls ich zuwiderhandeln täte.«

»Aha«, murmelte Niklas. Sie hatte also etwas unternommen, ihrem alten Freund zuliebe. Nur fand sich dieser Brief nicht im Kanzlei-Computer.

»Darüber habe ich mich geärgert.« Langenau paffte an seiner Zigarette, er zog nicht richtig, wohl aus gesundheitlichen Gründen. »Da konnte ich nächtelang nicht schlafen, so eine schreiende Ungerechtigkeit. Der Westheim wagt es, mir drohen zu lassen, dabei kenne ich den von früher, das ist nämlich so. Wir sind uns zwar noch nie begegnet, aber ich weiß, dass er ein Verbrecher ist und zu denen gehört, die immer davonkommen, und ich? Ich stehe dann da. Da habe ich ihr also die Geschichte von meinem ehemaligen Kollegen geschrieben, Michael Brecht,

Howaldtstraße, wie finden Sie das? Da war er noch am Leben.« Sein Knie zuckte, und er legte rasch eine Hand darauf.

Niklas sagte: »Weiter.« Er ahnte, was jetzt kam, und tatsächlich erzählte Langenau von der Hessen-Thüringen Assekuranz, wo er und Brecht Kollegen waren, 1994, als in der Fachfeldstraße das Inferno war. Nummer 77, Eigentümer: Florian Westheim. Elf Tote, Brecht ging hin und kam nicht mehr zurück.

»Wie meinen Sie das?«, fragte Niklas.

»Der kam da einfach nicht weg.« Langenau beugte sich vor. »Ging immer wieder hin, ist durch die Trümmer gekrochen, stundenlang, tagelang, der hat sich nicht einkriegen können, und immer wieder sagte er, der hat da was gemacht. Westheim, den meinte er. Hat sie alle auf dem Gewissen, das meinte er. Dass alles so eindeutig schien, hat ihn gestört. Alles konzentrierte sich auf diese Heizungsfirma, nur Brecht hat sich an Westheim gehängt. Ich habe noch gesagt, wenn du nichts findest, dann ist da auch nichts, die Polizei ist ja schließlich auch dran, aber er hat keine Ruhe gegeben. Der war von morgens bis abends da im Keller, hat sich verscheuchen lassen, ist wiedergekommen und hat sich durch den Schutt gearbeitet wie ein Blöder, und nachts ist er dem Westheim noch persönlich hinterher. Einmal sagt er, der hat in einer Bar gehockt, kannst du dir das vorstellen? Der säuft in einer Bar und lässt sich von Mädels bedauern, der ist gut drauf. Dann ist er ihm sogar an einem Wochenende hinterher, da ging der Westheim nämlich zum Camping.«

»Camping«, murmelte Niklas. Luft, Natur und Grillgestank. Gasflaschen, wollte er laut zu Potofski sagen. Gasflaschen.

»Eines Morgens sitzt Brecht im Büro und sagt, ich kriege ihn.« Langenau stand auf. »Wie ein Irrer hat er ausgesehen, so fertig war der. Seit Ewigkeiten ohne richtigen Schlaf, unrasiert, der hat nur immer wieder gesagt, jetzt kriege ich ihn.« Langenau wühlte in einer Schublade, und als er sich umdrehte, hielt er ein Teelicht in der Hand. Er zog die Metallhülle ab, drückte sie zusammen und präsentierte das Häuflein in der offenen Handfläche. »Das hat er gefunden. Also nicht dieses, aber so etwas. Hat sich noch verletzt dabei, weil er unter alles Mögliche druntergekrabbelt ist.«

»Die Hülle von einem Teelicht?« Niklas schüttelte den Kopf. »So etwas fliegt in vielen Kellern herum.«

»Einen halben Meter von der Gasleitung weg?« Langenau setzte sich wieder, dabei ächzte er wie ein Alter. »Brecht hat alles gesammelt, was er gefunden und die Polizei liegengelassen hat. Sachen eben, ganz recht, die in Kellern so herumfliegen, eine Metallhülle von einem Teelicht, kleine Plastikfetzen, winzige Teilchen. Er hat herausgefunden, dass die von einem Schlauch stammen. Er musste nur alles zusammenfügen.«

»Nämlich?«, fragte Niklas. Neben ihm wippte Potofski hin und her, was er tat, wenn er saß und nicht hüpfen konnte.

Langenau nickte. »Westheim hat aus der Gasleitung den Stopfen entfernt und Plastikschläuche angeschlossen. Die haben das Gas verteilt. Dann hat er brennende Teelichter auf den Boden gestellt, hat sie aus den Hüllen genommen, nur eine ist ihm durch die Lappen gegangen. Die Teelichter haben das Gas entzündet, als es den Boden erreicht hat. Da hatte er vorher noch die Zeit zu flüchten.«

Langenau war einen Augenblick still, dann fügte er hinzu: »Bloß die elf Toten hatten keine Chance zu flüchten. Es war in der Nacht, alle waren zu Hause. Da war WM, die haben ferngesehen oder schon geschlafen.« Er drückte seine Zigarettenpackung zusammen. »Brecht hat auch routinemäßig die beiden großen Firmen für Möbeleinlagerungen abgeklappert, nichts. Aber so eine Klitsche am Bahnhof, so eine, die auf keiner Liste stand, die hat er ausfindig gemacht, und da hat Westheim kurz vorher etwas eingelagert.«

»Und das«, murmelte Niklas, »haben Sie Frau Rupp alles geschrieben?«

»In Stichpunkten.« Langenau senkte den Kopf. »Ich wollte ihr verdeutlichen, was für ein Schwein sie da eigentlich vertritt. Alles lasse ich mir nicht gefallen. Und dann war es so, dass sie zwei Tage später vor meiner Tür steht und sagt, ich soll ihr das alles von Anfang an erzählen, so wie Ihnen jetzt.« Langenau umfasste seine Knie. »Sie hat völlig ruhig dagesessen, bei mir in der Küche, da war sie längst nicht so bösartig wie in dem Brief. Sie hat bloß zugehört, hat nichts dazu gesagt und sich nichts notiert, nur die Adresse vom Brecht.« Sein Knie zuckte, er schlug darauf. »Nur einmal, als ich ihr das von der Ottostraße gesagt habe, als ich gesagt habe, da hat er wohl vorher Sachen eingelagert, da fragt sie: Ein Bild? Kam ganz schnell, die Frage, und ich sage noch, dass ich es nicht weiß.«

Niklas faltete die Hände. Ein Bild, fragte sie. Als hätte sie es jahrelang im Hinterkopf gehabt, dass sie ein Bild bei Westheim sah, von dem sie doch dachte, es wäre zerstört. Als hätte sie das gleich wieder verdrängt, unerhört, darüber nachzudenken.

»Dann stirbt die Frau Rupp«, stellte Langenau fest, »wird verbrannt. Dann stirbt Michael Brecht. Wird verbrannt. Da meinen Sie, ich sitze zu Hause und warte ab? Warum nehmen Sie das Schwein nicht endlich fest? Soll der noch einmal davonkommen?«

»Kennen Sie einen Blume?«, fragte Potofski, aber Langenau schüttelte den Kopf. Moritz Blume? Nein.

Als Potofski anfing, Langenau nach seinen Alibis zu fragen, saß der eine ganze Weile nur da, ein Mann, der alle Hoffnung fahren ließ.

»Wieso ich?«, fragte er schließlich. »Ein Arbeitsloser ist zu Hause oder trinkt ein Bier, wenn er sich das leisten kann. Und wenn das Arbeitsamt sich mal rührt, dann geht er auch da mal hin und schüttelt Hände. Dann geht er wieder heim und guckt die Anzeigen durch.« Er lehnte sich zurück und streckte die zitternden Beine aus. »Warum holen Sie sich den Westheim nicht?«

»Warum hat Brecht ihn nicht überführen können?«, fragte Potofski. »Wenn er so sicher war?«

»Er hat ja.« Langenau starrte auf seine Füße. »Frau Rupp hat mich das auch gefragt, ich habe gesagt, das soll sie den Brecht selber fragen.«

»Wir können das nicht mehr«, sagte Niklas.

Langenau sprang auf. »Ich sitze da eines Morgens im Büro, da klingelts beim Brecht, und da ist er dran, Westheim, will ihn sprechen. Das richte ich Brecht aus, der nimmt es zur Kenntnis. Aber zwei Tage später sagt er, dass er sich wohl verrannt hätte mit dem Westheim. Er gibt jetzt alles nach oben, sagt er, soll er sein Geld kriegen, es wäre in Ordnung.«

Wieder herrschte Stille, bis Langenau leise sagte: »Westheim hat ihn ruhiggestellt. War ja dann genug Geld da. Nicht dass der Brecht es darauf angelegt hätte, der wollte ihm wirklich an den Kragen. Aber Brecht und das Geld, das war ein Thema für sich. Und Westheim ist einer, der immer gewinnt.«

»Ja, ja«, murmelte Niklas, er murmelte es nur vor sich hin. Brechts Exfrau, die sagte, dass er Geld hatte zu jener Zeit, dass es ihnen gut ging in diesem Jahr, und dass er nur so um sich warf mit den Kröten, wenn er sie hatte.

»Ich habe ihm das ja noch auf den Kopf zugesagt. Habe gesagt, das würde die obere Etage doch wohl interessieren.« Langenaus Knie zuckten jetzt nicht mehr, sie zitterten. »Es ist lange her. Brecht hat mir dann kurze Zeit darauf auch etwas abgegeben. Dann hat er gekündigt.«

Potofski sagte, so ginge das.

»Nur ein bisschen«, sagte Langenau. »Weil ich damals Schulden hatte. Wir haben halt alle den Mund gehalten und kassiert. Andererseits hatte ich mit dem Fall nichts zu tun, der Brecht hat mir einfach einen Umschlag hingelegt. Aber er hat sich ein Hintertürchen offen gelassen, er hat die Ottostraße nicht aus dem Berichtsbogen gestrichen, die Adresse der Einlagerungsfirma. Vielleicht hat er es auch einfach nur darauf ankommen lassen.«

»Ja«, sagte Potofski. »Hat er.«

Wieder im Präsidium sagte er: »Wir kriegen ihn nicht. Nicht damit.« Potofski massierte sich die Schläfen. »Bei Langenau ist zu viel Hörensagen, der Brecht müsste noch leben.«

»Ja nun –« Der Soko-Leiter Urban machte eine Handbewegung, als wollte er sagen, schade aber auch.

»Wir müssten an ehemalige Hausbewohner ran«, sagte Potofski. »Überlebende.«

»Bei den anderen wäre es schwierig.« Urban setzte seine Brille auf, doch was er zu berichten hatte, musste er nicht ablesen, denn er nahm sie sofort wieder ab. Florian Westheim hatte Nitrazepam im Haus – zumindest hatte er Zugang.

Die Soko Rupp saß unterm Neonlicht, da schimmerte Potofskis Glatze leicht grünlich. Auch seine Augen funkelten, als er hörte, wie es der Privatinvestor Dr. Rossmann in seiner misslichen Lage mit der ärztlichen Schweigepflicht hielt. Der Neurologe und Schönheitsdoktor konzentrierte seine ganze Energie auf die Behauptung, er habe mit der Gewalt in der Stoltzestraße nichts zu tun, er schob es auf den Security-Boss Franke, der schob es zurück. Da schien Rossmann ganz wild darauf zu sein, auch einmal klare Auskünfte zu erteilen. Nitrazepam? Das war ja nicht verboten, und in der Tat hatte er das in seinem Bekanntenkreis einmal ausgegeben, und zwar als seine Nachbarin, Frau Westheim, über Schlafstörungen klagte.

»Westheim hatte also Zugang«, wiederholte Urban. »Das Zeug lagert wohl im gemeinsamen Medikamentenschränkchen. Westheim hatte es im Haus, Rupp, Hessler und Brecht hatten es im Blut.«

Niklas murmelte, er hätte ein Medikamentenschränkchen ganz für sich alleine, seine putzmuntere Gattin musste ja längst nicht so viel einnehmen wie er.

Urban trommelte auf den Tisch. Warum, wollte er wissen, hatte es damals in der Fachfeldstraße keinen Verdacht auf Manipulation gegeben?

»Es gibt grundsätzlich immer einen Verdacht«, sagte Hauptkommissarin Mühl, die man hinzugebeten hatte. Sie wirkte angeschlagen. So eine alte Geschichte, jetzt kam sie wieder hoch. »Aber es hat sich nichts ergeben. Außer Schutt und Asche nichts, was sich belegen ließ. Die einzigen Anhaltspunkte, die wir hatten, war die Sache mit der Wartungsfirma.«

»Und diese Anhaltspunkte solltet ihr auch haben«, sagte

Potofski. »Brecht hatte mehr, der hat sich auch mehr engagiert.«

»Was soll das heißen?«, rief die Hauptkommissarin.

»Was wir jetzt brauchen«, sagte Urban und malte einen Kreis in die Luft, »ist eine gerade Linie zu unseren Morden. Punkt eins: Brecht, Rupp und Blume haben sich zu der einen oder anderen Zeit für Herrn Westheim und die Fachfeldstraße interessiert. Frau Rupp nannte konkret Westheims Namen, als sie bei dieser Möbeleinlagerung am Bahnhof war. Punkt zwei: das Nitrazepam. Punkt drei: Westheims Alibis. Pudding. In Rupps Todesnacht will er noch im Büro oder gerade auf dem Heimweg gewesen sein. Beim Anschlag auf Brecht war er angeblich auch im Büro, allerdings meint seine Sekretärin, er könnte kurz außer Haus gewesen sein, das sei öfter mal der Fall, ohne dass sie wüsste, wo er ist. Von seinem Büro aus könnte er es sogar zu Fuß in die Howaldtstraße schaffen, ohne dass er lange abwesend ist. Und beim Anschlag auf Blume will er zu Hause gewesen sein.« Er sah hoch. »Herr Langenau will auch zu Hause gewesen sein, und zwar in der Todesnacht von Frau Rupp. Zum Zeitpunkt des Anschlages auf Brecht ist er beim Arbeitsamt gewesen, es gab da eine Informationsveranstaltung für irgendeine Maßnahme, Langenau war anwesend. Und beim Mord an Blume war er schon bei seiner Schwester in diesem Nest da.«

Stille, jeder für sich dachte eine Weile nach, dann fragte Niklas, warum Westheim den Brecht nicht damals schon beseitigt hatte, und gab sich die Antwort gleich selbst: unklug. Zu auffällig, wenn der Versicherungsdetektiv zu Tode gekommen wäre, es gab Grenzen. Westheim hatte seine Schwäche erkannt und ihn ausgezahlt, und Brecht, mal angenommen, er fühlte sich selber nicht so wohl dabei, hatte es dabei bewenden lassen; er war kein Erpresser, nur ein Schwächling. Dann gehen Jahre ins Land, bis dieser Langenau arbeitslos wird. Wenn man sich das vorstellte, was da alles in Gang kam, nur weil einer arbeitslos wurde – und mal auf die Millionen Arbeitslosen hochgerechnet, wenn da jedes Mal so etwas in Gang käme, hätte man chaotische Verhältnisse, was nicht auszudenken war, da herrschte aber Anarchie im Land. Nun gut, Langenau, auf seinem kleinen Rachefeldzug, erzählt Frau Rupp die alte Geschichte, was für Westheim schlimme Folgen hat. Seine älteste Freundin wird seine mächtigste Feindin.

Niklas sah hoch. »Ins Unreine gesprochen«, sagte er. »Vielleicht hat sie ihm gesagt, wenn mir etwas passiert, ist Brecht ganz schnell bei der Polizei. Das kocht jetzt, mein Lieber, sagt sie, das ist heiß.« Er nickte. »Ich stelle mir vor, dass sie so geredet hat, ein wenig rabiat, wie sie war, ich weiß es ja nicht. Dann zeigen wir ihm das Foto von Brecht, was ihn doch ziemlich mitnimmt, weil er merkt, wir kommen auch heran, nicht bloß dieser Blume. Aber mit dem Blume hat er noch leichtes Spiel, diesen armen Teufel kann er – ja.« Er seufzte schwer.

Eine Weile gab es nur dieses Geräusch, Niklas' Seufzen, untermalt vom leisen Gemurmel der Hauptkommissarin Mühl. Die Kollegin, die damals in der Fachfeldstraße nach eigener Aussage fast aus den Latschen gekippt war, hörte wohl nicht richtig zu.

»Lauter bitte«, sagte Urban.

»Das ist *furchtbar*«, rief sie. »Diese Frau Westheim, ich meine, sollte das alles zutreffen, dann wird sie erfahren, dass ihr Retter zugleich der Mann ist, der ihre ganze Familie getötet hat, das ist ja *grauenhaft*, das ist ja nachgerade –«

Urban sprang auf. »Die Gattin sieht das natürlich so, der Mann hat ihr das Leben gerettet. Hat er ja auch.« Er lief um den Tisch herum. »Er hat! Wenn sie sagt, er ist schon draußen gewesen, dann nehmen wir mal an, er war gerade dabei, abzuhauen. Der hat sich verschätzt bei dem, was er da gemacht hat, die Explosion erfolgte früher, als er sich das vorgestellt hat, und jetzt kommt er gerade noch rechtzeitig raus. Dann bleibt er in der Nähe, das liegt am Schock, der kriegt ja vielleicht selber einen Schock. Dann sieht er die Frau und den Jungen und läuft ins Feuer zurück.«

»Ein Moment der Schwäche«, sagte Potofski.

»Oh Gott«, murmelte Hauptkommissarin Mühl.

Potofski schüttelte den Kopf. »Der war gerade wieder auf dem Klo. Oder sonstwo. Hat sich jedenfalls rausgehalten, wie so oft.«

Niklas hob die Hand. »Punkt vier.«

Urban blinzelte ihn an.

»Sie haben gerade bis Punkt drei ausgeführt, ich hätte den vierten Punkt.« Niklas trommelte auf den Tisch. »Westheim ging damals gerne campen. Wenn er das heute noch so hält, kommt er gut an Gasflaschen heran. Ich möchte wissen, ob er einen Schuppen hat, eine Hütte, irgendwas in der Art.«

53

Anna las noch einmal alles durch. Das Projekt entwickelte sich gut, es ging voran mit Czernys neuem Laden. Sie erwartete sein Konzept in den nächsten Tagen, sie erwartete, dass er das schriftlich tat. Öffentlichkeitsarbeit war der nächste Punkt, sie sagte nicht gerne Werbung. Czerny nannte das »gute Leute anfixen«, und dass sie sich doch auskannte in den entsprechenden Kreisen. Da war es natürlich ungeschickt, wenn Florian am Telefon einem Bekannten erzählte: »Anna macht jetzt auf Friseuse«, aber das würde er anderen Leuten gegenüber schon richtig formulieren. Und wenn es so weit war, welchen Rahmen sollte man der Eröffnungsparty geben? Die musste sie frühzeitig planen, damit Florian sie begleiten konnte; sie machte eine Notiz, dass sie das mit beiden besprechen musste, mit Czerny und mit Florian, dann packte sie zusammen.

Es war still auf dem Flur, es wurde täglich stiller. Und leerer, alles wurde abgewickelt, Ellen verschwand immer mehr. Mit dem Fuß stieß sie die angelehnte Tür zu ihrem Zimmer auf.

Kein Leben mehr. Das Rimbaud-Porträt hing noch da, auf dem die Worte standen: *Ein Aufenthalt in der Hölle.* Es hatte Ellen nichts ausgemacht, so etwas den Mandanten zu präsentieren, und jetzt würde man es wirklich nie wieder von der Wand lösen können.

Auf dem Weg nach Hause überholte sie kurz vor dem Lerchesberg ein Wagen. Sie registrierte zwei Dinge: der fuhr hier viel zu schnell, und er hielt vor ihrem Haus. Sie sah Florian aussteigen, aber das war nicht sein Wagen. Zwei Männer standen bei ihm, einer, den sie nicht kannte, und dieser kahle Polizist. Als Letzter stieg Kommissar Niklas aus, der noch prüfte, ob die Türen verschlossen waren, als hätte er Angst, dieses mickrige Auto würde geklaut. Sie gingen alle ins Haus.

Anna blieb hinter dem Steuer sitzen. Die hörten nicht auf, was Ellens Werk war, ihr Gruß aus der Hölle. Als sie endlich ausstieg, glaubte sie ihren Vater daliegen zu sehen, dieses armselige, zusammengeschlagene Bündel, wie es blutete und schrie, es war dasselbe Gefühl, ein Zittern im Magen.

Sie schloss auf und hörte Florian schreien. Nicht aus Angst, eher aus Wut. Nicht so wie ihr Vater, er behauptete sich. Er fing an zu fuchteln, als er sie sah.

»Du nimmst dieses Zeug doch«, rief er. »Ich kenne das überhaupt nicht.«

»Mal langsam«, sagte der Kahlkopf. »Nitrazepam, Frau Westheim, kennen Sie das?«

»Was?«, murmelte Anna.

»Nehmen Sie das?« Er schien zu lächeln, zumindest verzog er den Mund. »Nitrazepam.«

»Sicher«, sagte sie. »Gegen Schlafstörungen.«

»Ah ja.« Jetzt lächelte er wirklich. »Wann haben Sie es zuletzt eingenommen?«

»Haben Sie einen Grund für diese Frage?« Anna ging auf ihn zu. »Haben Sie eine Durchsuchungsanordnung? Wenn nicht, möchte ich Sie bitten, auf der Stelle zu verschwinden.«

»In der Hütte!« Florian stieß den Kahlkopf zur Seite. »Die

behaupten, da fehlt eine Gasflasche. Ich bin da seit Monaten nicht gewesen.«

Der Mann, den sie nicht kannte, spreizte die Arme wie ein Ringrichter, der zwei Boxer trennte. »Wir durchsuchen nichts«, sagte er, dann reichte er ihr die Hand. »Hauptkommissar Urban.«

In der Kanzlei hatte sich einmal ein Polizist mit den Worten vorgestellt, sein Name sei Kriminalhauptkommissar Ruge. Ellen fragte, ob Kriminalhauptkommissar sein Vorname sei.

»Wir würden gern noch einen Moment mit Ihrem Mann alleine sprechen«, sagte Urban.

Anna ging in die Küche, wo ihre Stimmen wie Gemurmel unter Wasser klangen. Nur Ellens Stimme war lauter, sie schwebte über ihr und sagte: »Weil er ein Mörder ist.«

Das hat sie doch gesagt, an diesem Abend in der Kanzlei. Anna will nach Hause, es ist spät, aber Ellen sagt, bitte bleib noch, ich möchte mit dir reden. Es ist fast dunkel bei ihr, sie hat kein Licht brennen, Neonlicht kommt von draußen herein.

»Es gibt eine Geschichte über Florian«, sagt sie. »Die musst du wissen, weil er dann –« Sie kommt ins Stottern und will Anna vielleicht erzählen, dass er ab und zu mit anderen Frauen schläft, was sie nun überhaupt nichts angeht, doch nach einer langen Pause sagt sie: »Weil er dann weg sein wird.«

Tatsächlich? Anna lacht sie aus, was weißt du denn, er geht nicht weg, er ist mein Mann, egal, ob er mal mit anderen Frauen –

Aber Ellen sagt: »Weil sie ihn wegsperren werden.«

Sie schiebt ihr einen alten Zeitungsausschnitt hin. »Der ist von damals. Als das Haus brannte. Florian hat ihn mir nach Boston geschickt. Er wollte nicht, dass ich zu ihm komme, er wollte es alleine schaffen.«

Der Ausschnitt zeigt das Bild eines Boxers. *Roberto Balado Mendez starb in Havanna –*

Nein, andere Seite, Ellen dreht den Ausschnitt um. *Brandkatastrophe in Fechenheim.*

»Damals«, sagt sie, »hat Florian sich über das Haus, das er von seinem Vater bekam, dauernd beschwert. Es brachte ihm nichts ein. Nicht bei diesen Mietern, hat er gesagt, nicht in dieser Lage. Er wollte kein Haus, er wollte sich eine Firma aufbauen. Ich habe ihm gesagt, verkauf es doch, er hat gemeint, das will keiner, außerdem würde er damit seinen Vater kränken. Als ich in Boston war, rief er dann irgendwann an und sagte, es ist etwas passiert.«

Anna will es nicht hören. Nie hatten sie darüber geredet, denn ein explodierendes Haus war kein Thema, über das man gern Gespräche führte. Sie fragt, warum sie ihr das erzählt, und Ellen sagt: »Er hat es passieren lassen.«

Darauf kann sie nicht antworten. Alles, was sie begreift, ist: Ellen will ihn vernichten. Ein Angriff ist das, Ellen umzingelt sie, fängt sie doch an, von diesem Mann zu reden, dem Detektiv; »Brecht«, sagt sie, »ist er dir nie begegnet?« Sie sagt, dass Florian der Teufel war, der an diesem Haus gerüttelt hat, sie nennt ihn einen Massenmörder.

Nein. Florian hat sie gerettet, erst aus dem Feuer und dann aus dem Dreck. Er hat sie befreit. Anna sagt, du hast doch keine Ahnung, es war anders, er holte sie raus.

Doch Ellen fragt nur: »Er hat dich gerettet? Er hat dich befreit?« Schleppend ihre Stimme, neblig ihre Augen, als hätte sie getrunken. Sie begreift es nicht, was weiß sie schon, darum muss Anna ihr von den grauen Jahren erzählen, als sie noch Anna Kohler war. Das halbe Leben muss sie ihr schildern, das halbe, kleine, graue. Kennt sie Armut, kennt sie Schande, das sind doch bloß Worte für sie; so ein Leben, sagt sie, hast du doch niemals gekannt. Diese Leute um sie herum, die verprügelt werden, saufen, brüllen, selber prügeln und die Küche einsauen, weil sie bluten, dieser Dreck, hast du eine Ahnung? Kein Ausweg, nichts zu sehen, niemals ein Licht, nur er. Dann kam das Feuer. Und alles war gut. Sie hätte sterben können, Leute wie sie ließ man doch sterben, aber er holte sie raus, und sie kamen durch die Flammen, sie und er.

Und jetzt? Jetzt kommst du an, um so was zu behaupten. Wie soll er sich wehren? Kennst du das Nichts, vor dem ich dann stehe? Und er? Nein, nein, du kennst das nicht.

Aber Ellen sieht sie nur an, als wären ihr die Worte ausgegangen. Anna hat sich so kleinmachen müssen vor ihr, bloß um zu kämpfen; was hat dich denn geritten, fragt sie, du hast ihn ja nicht gesehen, wie er durch das Feuer kam. Selber hätte er draufgehen können, nur um sie zu holen. Wie soll er sich denn verteidigen gegen dich, wie soll er das entkräften nach so langer Zeit? Du mit deinem Einfluss, dir glaubt man, egal, was du behauptest, du kannst alles behaupten, und er? Das wird er ja nicht fassen können, so lange, wie ihr euch schon kennt, wie willst du ihm erklären, dass du sein Leben zerstörst und meines gleich mit?

Aber Ellen sagt: »Ich werde nie wieder mit ihm reden. Die Polizei wird das tun.«

Anna sprang auf. Sie kamen alle in den Flur. Florian schrie: »Dieser Langenau macht mich krank, dieser Versager. Was will der denn noch?«

»Jörg Langenau ist ein Zeuge«, hörte sie den Kommissar Niklas sagen. »Und wir werden uns ausführlich mit ihm unterhalten.«

Florian sagte: »Ich kenne diesen Scheißkerl nicht, wie oft soll ich das noch sagen?«

»Das kann schon sein.« Der Glatzkopf sprach. »Aber da er Brechts Kollege war, kennt er Sie ein bisschen.«

Anna lehnte sich gegen die Wand. Die Wand drückte sie weg. Irgendwo hörte sie eine Frau lachen und wollte ihren Namen nennen, Ellen? Wie groß ist deine schäbige Armee?

Florian sah wütend aus. Sie sagte: »Du musst nicht gehen.«

Sie konnten ihn ihr nicht wegnehmen, ihn nicht, ihr Leben nicht, nie. Wie stand sie da, wenn sie ihn zerstörten? Sie begriffen es nicht, Ellen hatte ja auch nichts begriffen, ausgerechnet sie, diese Leuchte, die fast jeden Vers eines Dichters kannte, jeden Pinselstrich eines Malers und jede Verlautbarung des Bundesministeriums für Wirtschaft. Florian ist für mich durchs Feuer gegangen, sagt sie, da fängt Ellen an, sie anzuschreien, *Anna, Anna, Anna!*

»Er geht ja auch nicht.« Wieder sah sie den Kahlkopf lächeln. »Wir haben uns nur ein wenig unterhalten.«

Dann gingen sie, und Florian blieb da, er sagte: »Die wollten einfach in die Hütte. Ellen wird ermordet, und die gehen in meine Hütte, was wollen die denn?« Er rieb sich die Augen, als er hinzufügte, er brauche vielleicht einen Kollegen. »Einen richtigen, ich meine – Strafrecht, kennst du einen guten Kollegen?«

Sie nickte. »Reinders.«

»Leg mir die Nummer auf den Tisch, ich werde ihn wohl besser anrufen.« Florian nahm seine Jacke und ging zur Tür. »Sicherheitshalber.« Dann drehte er sich wieder um. »Dieser Typ, Ellens Detektiv, was ist denn eigentlich mit dem? Hat sie dir von dem mal erzählt?«

»Sie wollte ihn mir einmal andrehen«, sagte Anna. »Ich wollte nicht. Sie sagte, der wäre immer klamm und könnte Jobs gebrauchen, aber ich bin ja nun keine Sozialstation, und schon gar nicht möchte ich jemanden bespitzeln lassen.«

»Das ist mir alles zu hoch«, murmelte Florian. Hilflos sah er aus, so durcheinander. Als er gehen wollte, griff sie nach seinem Arm, aber er schüttelte nur den Kopf und verließ das Haus. Sie wusste nie, wohin er ging.

Es war dann alles leer. So war es schon oft gewesen, weil Florian nicht jeden Abend zu Hause war. Leer, aber bis zu dieser Stunde hatte sie hier keine Angst gehabt. Anna spürte ihre Hände zittern, als sie auf einen gelben Zettel die Telefonnummer des Kollegen schrieb. Seinen Namen wollte sie darunterschreiben, aber sie verschrieb sich, notierte *Jörg Langenau* statt *Peter Reinders*. Sie zerriss den Zettel und schrieb einen neuen. Auch ihre Stimme, als jemand anrief, gehorchte ihr kaum, so wie früher, wenn sie Florian auf der Treppe begegnet war oder im Keller, wenn sie nichts sagen konnte, auch im Keller nicht, nie.

Sie ging von Zimmer zu Zimmer, es war alles nicht wahr. Zwei Stunden lang ging sie nur im Kreis. Wie kannst du ihn verleumden, hatte sie von Ellen wissen wollen, wenn er Menschen rettet? Wenn er selber in Gefahr ist? Das war nachts in der Fachfeldstraße, als sie in Ellens Wagen saßen und auf die Stelle starrten, wo das Haus gewesen war, als Ellen sagte, dass es zwölf Opfer waren, nicht elf. Zwölf Tote, die ihm quasi geholfen hatten, sein Unternehmen aufzubauen.

»Rossi«, sagt Ellen. »Ein Ehepaar. Kannst du dich erinnern?«

Nein, sie sind doch alle weg. Feuer war stark, es vernichtete und verwüstete und merzte alles aus. Alles, auch das graue Leben, das Genörgel und das Gejammer. Schreie, Schläge, Saufereien, die Klagen und die Tränen, dieses Geldzusammenkratzen – vorüber, vorbei.

»Ich habe sie gefunden.« Ellens Stimme wie eine Leier. »Frau Rossi. Ich habe mit ihr gesprochen. Sie und ihr Mann haben an diesem Abend ein Kinderzimmer eingerichtet, sie war schwanger. Das Zimmer ist über ihnen zusammengestürzt, sie waren verschüttet, sie hat ihn schreien gehört. Irgendwann hörte das auf. Sie rief seinen Namen, er antwortete nicht mehr. Man konnte sie retten, aber das Kind hat sie verloren. Zwölf Opfer.«

Ellen legt den Kopf zurück und öffnet die Fahrertür. Kühle Luft, ein leichter Wind, niemand ist auf der Straße. »Ich habe sie in einem Heim für betreutes Wohnen gefunden. Sie kommt da nicht mehr raus, es ist die Psychiatrie. Sie ruft noch immer seinen Namen.«

Rossi? Anna murmelte den Namen vor sich hin. Vielleicht diese kleine, verhärmte Frau, deren Wäsche immer am offenen Fenster trocknete? Wie sah das denn aus. Nach Armut sah das aus. Manchmal, wenn sie mit dem Zug fuhr, konnte sie vor gottverlassenen Stationen diese halbzerfallenen Häuser sehen. Immer hing Wäsche vor den Fenstern, als müssten sie ein Zeichen setzen, hier haust die Unterschicht. Rossi, sie wusste es nicht. Sie konnte sich nicht erinnern.

54

Czerny verbrachte den ganzen Tag in dem neuen Laden. Er strich die Stirnwand neu und stellte den Tresen davor. Beim Umhergehen klangen seine Schritte noch immer so, als spazierte er durch ein Schloss. Am Abend zog er sein dunkles Jackett an und stand dann einfach da. Von kleinen Spots bestrahlt, wirkte die Wand in Orange so ruhig und warm wie ein Sonnenuntergang über dem Meer.

Anna hatte für Sonnenuntergänge nicht viel übrig. Sie kam herein und meinte, der Tresen sähe doch an der Wand gegenüber viel besser aus. Nein, erklärte er, dieses Eckchen hier war lauschig und damit der richtige Ort für erste Gespräche, weil die wenigsten Kundinnen wussten, was sie wollten. Wenn sie sagten: »Kurz, aber nicht richtig«, stand er ja praktisch auf dem Schlauch, weshalb es hilfreich war, in einer entspannten Atmosphäre herauszufinden, ob sie daraus überhaupt einen optischen Nutzen zogen.

Anna nickte nur.

Er lief vor ihr hin und her. »Und dann dachte ich daran, Typen-Wochen auszurufen. Verstehst du, da wird dann ein bestimmter Typ kreiert, Business oder Diva oder Romantik. Dass da keine Routine reinkommt und die Leute sagen, der schneidet halt immer so und so.« Er sah sie an. »Wenn man nämlich etwas zu häufig macht, fällt es auf, das ist dann nicht gut.«

Anna kniff die Augen zusammen, eine Angewohnheit, wenn sie sich konzentrierte. »Ja«, sagte sie nach einer Weile.

»Ich werde auch darauf hinweisen«, sagte er, »dass ich keine Dauerwellen mache, weil das schädlich –«

»Das ist Quatsch!«, sagte sie laut. »Wenn sie das wollen, musst du das machen. Willst du Geld verlieren?« Etwas leiser fügte sie hinzu: »Mir passen auch nicht alle Mandanten. Manche verhalten sich so widerlich, da würde ich lieber die Gegenseite vertreten.«

»Bei euch Anwälten ist das ja bekannt.« Er lachte. »Da wisst ihr genau, dass einer Dreck am Stecken hat und stellt ihn trotzdem als Engel hin.«

Weil sie darauf nichts sagte, schwieg er auch. Sie war sein Engel. Reglos stand sie vor dem leuchtenden Tresen, und auch in ihren grünen Augen sammelte sich das Licht, doch war sein Glanz darin viel kälter.

Er wollte gar nicht fragen, aber das kam ja immer mal vor, dass man sich selber reden hörte. »Was war mit Blume?«, fragte er. »Hattest du mit ihm zu tun? Ist da etwas gewesen?«

Sehr ruhig sagte sie: »Nein. Ich hatte nicht mit ihm zu tun.«

Siehst du? Genau, sie war gegangen in jener Nacht, bevor Blumes Mörder kam. Und er selber, er vertrug ja kaum mehr als zwei Gläser Wein, darum war sie ja auch gegangen, weil er vor ihr eingeschlafen war.

Eben. Im Krankenhaus, als sie seine Rauchvergiftung behandelten, hatten sie ihm so wenig Blut abgenommen, da konnten sie doch überhaupt nichts sehen. Vielleicht veränderte sich das Blut, wenn man Rauch einatmete, und es bildeten sich Stoffe, die man leicht mit Beruhigungsmitteln verwechseln konnte. Oder sie waren komplett durcheinandergeraten und hatten das Blut selber verwechselt, alle Mieter aus der Battonnstraße, die ins Krankenhaus gekommen waren, hatten Blut lassen müssen. Anna hatte Blume doch überhaupt nicht gekannt.

Sie starrte ihn an. »Das Feuer hat ihn getötet.« Sie nahm ihre Tasche. »Da kam er nicht durch.«

Draußen blies ein leichter Wind. Czerny sah den Leuten hinterher, selbst ihre Einkaufstüten waren so hübsch, dass man sie aufheben wollte. Da spazierten seine neuen Kunden.

In Annas Wagen roch es nach Benzin. Sie fuhren in eine Gegend hinter der Rennbahn, was wollte sie hier? Sich die Gegend angucken, warum? Es gab doch nichts zu sehen, graue Häuserzeilen wie Kasernen. Ziellos liefen sie durch die Straßen, immer im Kreis, nur um in einer Kneipe zu landen, in der man gewiss keine Kundschaft für den neuen Laden gewann.

»Was wollen wir hier?« Czerny stand neben Anna am Tresen und beobachtete die unruhigen Frauen an den Tischen. Überall mussten sie herumzupfen, an den Jackenärmeln, am Kragen und dort, wo ihre Röcke und Hosen Falten schlugen. Kam einer rein, hörten sie auf und guckten zur Tür, dann ging das Spiel von vorne los. Vor Jahren hatte er einmal einen berühmten Ausspruch gelesen, den er auch in der lateinischen Originalfassung dahersagen konnte; er berührte Annas Arm und sagte laut: »Esse est percipi.«

Sie verzog die Lippen, aber nicht, um zu lächeln.

»Sein ist Wahrgenommenwerden«, übersetzte er und meinte, diese Leute hier jahrelang frisiert zu haben, kannte er doch all ihre Geschichten. Die fingen gewöhnlich damit an, dass sie sich ein ganz anderes Leben vorgestellt hatten als jenes, das sie nun hinter sich brachten, mit der Familie im Kreuz und dem bisschen Geld, das ihnen gerade mal gestattete, sich in einem zweiwöchigen Urlaub überhaupt nicht zu erholen. Jetzt hockten sie in einer Kneipe, die seit zwanzig Jahren stündlich *Sun of Jamaica* spielte, und da summten sie mit, als müssten sie die halbe Nacht lang alles verscheuchen, die Magenschmerzen, die Stromrechnung und diese schreiend stillen Sonntagvormittage am Küchentisch.

Wir passen nicht hierher, wollte er Anna sagen. Komm mit, lass uns gehen.

Anna schien die Musik nicht zu hören. Sie starrte einen großen, blonden Mann an, der ein Bierglas in der Hand hielt und beim Reden so heftig gestikulierte, dass ihm ständig etwas auf die Hose schwappte. Czerny schüttelte den Kopf. Hatte er den nicht vor ein paar Minuten schon gesehen, als sie wie Verirrte durch die immer gleichen Straßen gingen?

Ein blonder Blödling, sehr laut. »Es gibt noch eine Gerechtigkeit!«, schrie er den Wirt an. »Wenn ich jetzt aussage, wird etwas in Bewegung geraten, ich bin immer im Recht gewesen, auch wenn man mir zwischenzeitlich den Mund verboten hat, weil man denkt, mit Arbeitslosen kann man es ja machen.«

Der Wirt lachte. »Der Jörg lässt sich das Maul verbieten?« Er sah in die Runde. »Wär ja ganz was Neues.«

»Eine Frau hat's versucht«, sagte der Blonde. »Aber lass mal, die ist sehr anständig gewesen, alles in allem, da kann man nix sagen. Es ist alles so traurig. Aber ich sag nix mehr.« Er hob sein leeres Glas und wollte ein volles.

»Der besäuft sich«, murmelte Anna. »Siehst du?«

Czerny legte ihr den Arm um die Schulter. »Lass uns gehen.«

Als sie ihn nach Hause fuhr, raste sie durch die Straßen, und er, ganz verkrampft auf dem Beifahrersitz hockend, hoffte, dass nichts passierte, weil er eine Frau nicht bitten konnte, langsamer zu fahren, das kriegte er einfach nicht hin.

Sie hielt an der Ecke zur Stoltzestraße, tatsächlich quietschten die Reifen.

»Komm mit rauf«, sagte er.

Sie schüttelte den Kopf und sagte mit farbloser Stimme: »Meinem Mann geht es nicht gut. Ich muss mich um ihn kümmern.«

Czerny mochte es nicht, wenn sie von ihrem Mann sprach. Aber warum hatte sie dann diese sinnlosen Stunden mit ihm verbracht, warum waren sie durch kalte Straßen gelaufen, um in einer trostlosen Kneipe einem besoffenen Blödling zu lauschen? Das hätte er sie gern gefragt.

55

Anna fuhr den gleichen Weg zurück. Sie öffnete die Kneipentür einen Spalt, Langenau stand noch am Tresen. Er schwatzte, fuchtelte und trank.

Sie schloss die Tür wieder. Nicht mehr hören, was diese Leute sagten, nicht in ihre Gesichter sehen. Dieser Brecht, dem sie von einem Supermarkt in eine Kneipe gefolgt war, hatte sie pausenlos angegrinst, als sie ins Gespräch gekommen waren und sie ihm erklärte, wie gut sich das traf mit seinem Job, sie suchte nämlich gerade eine günstige Versicherung. Die Unterlagen habe ich zu Hause, hatte er gesagt, suchen Sie immer noch? Was für ein widerliches Pack.

Sie wartete im Wagen. Hin und wieder fiel ein Streifen Licht auf das Pflaster, wenn jemand die Kneipe verließ. Es ging niemand mehr hinein. Sie legte die Hände aufs Steuer, saß da wie ein Kind, das so tut, als ob es fährt.

Wenn man etwas zu häufig macht, hatte Czerny gesagt, dann fällt das auf.

Ja, richtig, Ellen hatte es doch auch übertrieben mit diesen jungen Kerlen, das war aufgefallen. Auf Partys hatte man getuschelt, ob ihr das nicht peinlich war.

Aber was war ihr schon peinlich, ihre Ankündigung etwa, Florian und Anna zu vernichten? Nach diesem Abend in der Kanzlei hatte sie am nächsten Tag einen Termin in Berlin, ihre aufgeblasene Sekretärin sagte, sie käme wohl mit dem 19-Uhr-Flieger zurück, und abends treffe man sie möglicherweise noch im Restaurant Koppelmann. Die hochgezogenen Brauen dieser Frau und ihre unausgesprochene Frage: *Wissen Sie das denn nicht?* Nein, Anna wusste nicht, was Ellen den Tag über trieb, aber sie konnte nicht zur Polizei gehen, wenn sie bei Mandanten in Berlin war.

Alles war tot an diesem Tag, schon tot, eine Ahnung von Verderben.

Spätabends war sie zurück. Als Anna durch die Melemstraße fuhr, sah sie Licht unterm Dach. Nur noch wenige Lichter brannten im Haus. Dass es ihre letzte Begegnung war, daran hatte sie nicht denken mögen, überhaupt nicht, es war ja nicht so, dass sie mit dem Gedanken hingefahren war, das ist das letzte Mal.

Ellen trägt einen schwarzen Morgenmantel, sie lehnt sich mit der Schulter gegen die Wand, als hätte sie bei Annas Anblick alle Kraft verlassen. Anna entschuldigt sich sofort, aber sollten sie nicht noch einmal miteinander reden? Sie fragt sie ja noch, du willst das tatsächlich tun, Florian einfach so beschuldigen?

Ellen sagt nur: »Ja.«

Anna zieht die Weinflasche aus ihrem Rucksack und schlägt vor, noch ein letztes Glas zu trinken – »Schick mich nicht weg«, sagt sie. »Bitte nicht.«

Im Esszimmer steht schon eine Flasche mit zwei Gläsern; egal, sagt Anna, den hier habe ich doch extra mitgebracht. In der Küche glotzt ihr ein junger Kerl mürrisch entgegen, einer dieser Typen, mit denen sie es treibt und über die man tuschelt. Ellen stellt ihn vor, Daniel. In Jeans und Unterhemd steht er da, sein Haar ist feucht, die waren in der Wanne, oder? Da haben sie sicher nicht nur gebadet.

Er verschwindet im Wohnzimmer, ein großer Kerl mit muskulösen Schultern. Ellen fragt, ob er gehen soll, Anna sagt, nein, nein, ich bin doch gleich wieder weg. Setz dich rüber, sagt sie, ich bring euch den Wein.

Dani-Süßer, Daniel. Der musste doch bleiben, der hatte sie gesehen. So unfreundlich, wie der guckte, war es nicht auszuschließen, dass Ellen getratscht hatte, mehr Lügen, mehr Gift, so ein Abgrund, wenn man das Verderben sah. Damit hatte man nicht rechnen können. Dass da einer hockte, fast in der Nacht, nach einem Tag voller Termine. Dass sie es überhaupt noch trieb, nach einem Tag voller Termine, und dass da einer war, der sie in die Arme nahm nach so einem Tag. Wie sie das anstellte, wusste man nicht, sie hatte Glück, sie hatte nie etwas vermisst und nie etwas entbehrt. Keine Ahnung vom grauen Leben, keine Ahnung vom roten Feuerball.

Rossmanns Tropfen sind in Ellens Glas, in Daniels auch, die beruhigen nur, nichts weiter. Sie trinken beide sehr schnell, wollen es wohl hinter sich bringen, um für sich zu sein. Über was hatten sie geredet? Anna erinnerte sich nicht mehr, dieser

Dani hatte ja ohnehin kein Wort gesagt. Sie wusste nur, dass sie angefangen hatte, lautlos auf Ellen einzureden, trink das, dann ist es gut. Ellen sieht sie ja die ganze Zeit an, als versuche sie etwas zu sagen oder als wäre mit Annas Haar etwas nicht in Ordnung, aber es war so mit ihrem Haar: trug sie es im Nacken nicht lang, sah man die Narben. Anna fürchtete sich vor Friseuren, so wie andere sich vor dem Zahnarzt fürchteten, weil sie nicht wollte, dass jemand das sah.

Nur vor Czerny hatte sie keine Angst, was seltsam war.

Wieder fiel ein Streifen Licht auf die Straße, zwei Frauen verließen die Kneipe. Musik umwehte sie, ein paar Töne, die sie mitnahmen in die Dunkelheit. Dann fiel die Tür wieder zu.

Florian hatte Ellen fast ein Leben lang vertraut, bevor sie ihre Armee in Stellung brachte, diesen Abschaum aus Säufern und Tagelöhnern. Jetzt willst du nur noch zerstören, sagt Anna ihr an diesem Abend, aber Ellen hört sie ja nicht. Lautlos, im Innern, spricht sie mit ihr, du bist selber schuld, wie soll es anders gehen? Der Einfluss, den du hast, die Macht. Du bist doch jemand, man wird dir glauben, egal, was du sagst.

Lass mich in Ruhe, sagt sie ihr, ohne es zu sagen, und Ellen, als hätte sie es gehört, schüttelt den Kopf, nein.

Daniel, der stumme Lover, guckt noch immer so böse und gelangweilt, bis er aufsteht, um sich zu strecken, ein paar Schritte geht und dann auf dem Boden zusammensackt. Ellen schreit ihn noch an, *Dani*, schreit sie, *was ist los?* Sie will zu ihm, kann aber nicht, kann selbst nicht mehr aufstehen, das fällt ihr viel zu schwer. Sie kriegt die Augen kaum noch auf, gleich ist es gut. Du musst keine Angst haben mit diesen Tropfen im Blut, du nicht, du hast doch immer Glück. Ich habe Angst gehabt, damals, als das Feuer kam, der große, rote Ball.

Ellen fragt sie noch: »Was machst du?« Leise, mühsam, »so ein beschissener Wein«. Sie hebt den Arm und greift ins Leere.

Anna wusste nicht, was mit ihr geschehen war. Das Benzin war aus den Flaschen auf die Möbel gelaufen, hinter ihr hatte es den Boden nass gemacht. Zündhölzer verbreiteten das rote Licht. Ein Zischen nur, ein Knirschen wie Schritte im Schnee. Ellen sollte sie doch einfach nur in Ruhe lassen.

Anna hatte sie nicht schreien gehört. Kein Mensch hatte geschrien.

Gegen eins verstummte die Musik. Als das blaue Kneipenschild erlosch, lag die Straße fast im Dunkeln, nur ferne Fahrzeuge schickten einzelne Lichtfunken. Langenau kam heraus. Jetzt, da er nichts mehr zu reden hatte, hingen seine Schultern nach vorn und sein Kopf war gesenkt wie bei einem, der Buße tat. Schritt für Schritt, mit den Händen in den Hosentaschen, machte er einen weiten Bogen um die paar geparkten Wagen, langsam, vorsichtig, Schritt für Schritt. Als er versuchte, im Gehen seine Jacke zuzuknöpfen, fuhr sie los. Sie wollte, dass das aufhörte. Für immer.

Der Motor kam ihr sehr laut vor. Langenau fummelte an seiner Jacke, sein Kopf war gesenkt. Der hatte nicht alle seine Sinne beisammen, er hörte den Wagen doch und sprang nicht zur Seite. Die Stoßstange streifte sein Bein, da knallte er gegen einen Baum. Er fiel aber nicht, fing sich und umklammerte den Stamm. Anna setzte zurück und schaltete das Abblendlicht ein. Als sie wieder anfuhr, sah sie ihn den Mund öffnen, sie sah rudernde Arme, er wankte zur Seite, dann spürte sie den Stoß. Der Motor klang wie ein wütender Hund. Ein klatschendes Geräusch, als seine Hände auf die Kühlerhaube schlugen. Dann lag sein ganzer Oberkörper darauf und sie sah sein Gesicht, glotz nicht, glotz mich nicht an. Aber seine Augen waren geschlossen. Sie klappte den Blendschutz herunter und tippte aufs Gas, der Wagen schob ihn, und sie sah, wie er sich aufrichtete und nach hinten fiel, dann konnte sie ihn einen Moment lang gar nicht mehr sehen. Dem fehlte aber nichts, der kam gleich wieder hoch. Wieder gab sie Gas, wieder so zaghaft, aber sie stieß ihn trotzdem auf den Boden zurück.

Er blieb nicht liegen, fing an zu kriechen, kroch vor ihr her, dann fuhr sie wieder an und bremste wieder ab. Inzwischen zitterten ihre Beine, und was war mit seinen Armen, zitterten die auch? Oben seine Arme, die Finger an den Ohren, als hätte jemand *Hände hoch* gebrüllt, so sah er aus. Er kroch immer weiter zurück, rutschte auf den Knien und behielt die Arme oben, und als sie noch einmal aufs Gaspedal tippte, senkte er den Kopf in einer demütigen Geste, und der Wagen rollte ihn auf die Seite. Jetzt lag sein Kopf auf dem Pflaster, lag da im Licht, und sie hörte ihn wimmern, nicht schreien.

Er lag auf dem Rücken und stützte sich mit beiden Händen auf dem Boden ab. Jetzt rutschte er, kroch nicht mehr, er versuchte sich wegzustemmen, aber seine Arme gaben nach. Dann versuchte er es mit den Ellenbogen, drückte und schob, bis er abrutschte und wieder hingestreckt wie ein Schlafender vor ihr lag. Er wollte etwas sagen. Seine Lippen bewegten sich. Seine Finger auch, die Finger kraulten das Pflaster und fanden keinen Halt, er rollte jetzt hin und her, als wollte er sie irre machen, nach links und nach rechts und nach links. Als sie den Motor noch einmal heulen ließ, wollte er schon wieder hoch, richtete den Oberkörper auf, als müsste er sie unbedingt sehen, doch das dauerte nicht lange, das schaffte er nicht. Erst sanken die Schultern auf den Boden zurück, dann sein Kopf, und er lag wieder da und blieb liegen.

Anna riss das Steuer herum. Der Wagen machte einen Satz und der Motor jaulte, als sie an dem Mann vorbei bis zur Kreuzung raste. Dann nach links, sie fuhr einfach und wusste nicht, wohin. Durch dunkle Straßen raste sie, bis sie eine Parklücke sah, irgendwo in der Fremde. Da stellte sie den Motor ab und legte den Kopf auf das Steuer, sie konnte das nicht, konnte nicht töten.

Hinten im Wagen, im Rucksack, war das Benzin. Als sie Ellen besuchte, war es da auch gewesen, oder als sie diesem Brecht in seine Wohnung folgte, um ein Glas Wein zu trinken und ihm das Gefühl zu geben, er hätte eine abgeschleppt, Benzin und Rossmanns Tropfen. Sie war wieder gegangen, von Ellen weg und von Brecht, da lebten sie. Niemanden berührt von ihnen, schon gar nicht den Blume.

Drüben fuhr eine Polizeistreife. Dieser Langenau hatte einen Unfall gehabt, da stand ihm der Sinn nicht mehr nach Lügen. Oder er war vielleicht doch tot, sie wusste es nicht. Sie hatte noch nie einen Toten gesehen, nur Lars. Als sie die Decke über ihn legten, war er längst tot.

Die Polizeistreife hielt vor einer Imbissbude. Lars, ihr kleiner Bruder, hatte erst Polizist werden wollen, dann Staatsanwalt; wenn du Rechtsanwältin bist, sagt er, bin ich Staatsanwalt und wir kloppen uns vor Gericht. Aber er schaffte es nicht und hing doch die ganze Zeit in ihrem Arm. Der Teufel, der am Haus rüttelte, ließ ihm ja keine Chance, durchs Feuer zu gehen, der schlug ihn gleich tot.

Die fremde Straße hier war leer und dunkel. Anna fuhr nach Hause und ließ ihren Wagen vor der Garage stehen. Als sie ausstieg, sah sie vorne ein paar Kratzer. Abgeblätterter Lack, nicht schlimm.

In Florians Arbeitszimmer brannte noch Licht. Sie blieb stehen und hörte die leise Musik, die aus seinem Computer kam. Wenn er Musik hörte, konnte er sich besser konzentrieren, das war bei Ellen genauso gewesen. Seltsam, wie sie einander ähnelten, Ellen hatte manchmal mit Kopfhörern hinter ihrem Schreibtisch gesessen.

Später hörte sie ihn durch den Flur stapfen und ihren Namen schreien. Dann stand er vor ihr, wütend, als wäre sonst etwas passiert.

»Kannst du deinen Wagen nicht in die Garage fahren? Kannst du dir überhaupt mal was merken? Wie lange steht der schon wieder da rum?« Er streckte die Hand aus, und sie gab ihm den Schlüssel. Seine Stimme klang angespannt, sicher hatte er sich Sorgen um sie gemacht.

»Hier klaut doch keiner.« Sie folgte ihm nach draußen.

»Es wird überall geklaut.« Mit Getöse fuhr er den Wagen in die Garage. Als er herauskam, sah er immer noch wütend aus.

Aber das Auto war es ja nicht, er wollte wissen, ob sie auch unentwegt von der Polizei belästigt wurde.

»Sie müssen doch alle Leute fragen«, sagte sie.

»Aber doch nicht Leute wie mich.« Er trat gegen das Garagentor. »Ein bisschen Fingerspitzengefühl würde nicht schaden. Dass die sich mal angucken, wie die Leute zueinander standen, nicht? Mich überhaupt nach Ellens Tod zu fragen, ist so unglaublich.«

»Ja«, sagte sie. Wenn das alles ist, wollte sie hinzufügen, ist es ja gut.

56

Niklas ging in die Hocke. Das verwilderte Grab in einem dunklen Winkel des Fechenheimer Friedhofs hatte jahrelang niemand besucht. Aber dann muss doch jemand gekommen sein, denn zwischen Erde und Unkraut lag ein großer Strauß verwelkter Blumen. Niklas hatte Schwierigkeiten mit den korrekten Namen für Rosen und Nelken, er verwechselte sie und erheiterte damit seine Frau – schätzen wir mal, es sind Nelken gewesen, große, rote. Er sah hin, eine ganze Weile, und spürte, wie sich etwas in ihm zusammenzog. *Andrea Umberto Rossi* stand auf einem Schild aus Holz, *1962–1994*. Kürzlich war jemand gekommen und hatte die Blumen gebracht, kürzlich, nach Jahren in der Stille hier.

Es machte ihm etwas aus. Mehr eigentlich als der Anblick einer Leiche. Seltsam war das, ungewohnt. Er brauchte eine Weile, bis er sich wieder umdrehen konnte. Westheim stand hinter ihm.

Niklas sah zu ihm hoch. »Wer, glauben Sie, ist hier gewesen und hat die Blumen auf das Grab gelegt?«

Westheim sah verwirrt aus, fast ein wenig dumm. Kaum hier angekommen, hatte er Theater gemacht, die Polizei verzettelte sich doch. Erst musste er sie in seine Hütte begleiten und jetzt auf einen Friedhof, ja, hatten sie denn noch alle beieinander?

»Erinnern Sie sich an Rossi?«, fragte Niklas. »Oder an seine Frau?« Ächzend kam er wieder hoch. »Seine Frau haben wir gestern ausfindig machen können, die lebt nahe beim Landeskrankenhaus in einem Heim, wissen Sie? Psychiatrie.« Er deutete auf das Grab. »Als er starb, ist das so gekommen mit ihr, erinnern Sie sich an die Leute?«

Westheim schüttelte den Kopf.

»Sie waren Ihre Nachbarn. Fachfeldstraße 77.«

Drei Schritte weiter stand Potofski breitbeinig da. Da er heute eine tief ins Gesicht gezogene Kappe trug, sah er etwas bedrohlich aus. Warum musste er ausgerechnet auf dem Friedhof so eine Kappe tragen? Dann legte er auch noch die Hand auf sein Holster.

»Herr Rossi«, sagte Potofski laut, »ist in den Trümmern gestorben.«

»Ah«, murmelte Westheim. Lange guckte er auf das Grab und sah noch immer so aus, als wüsste er gerade den eigenen Namen nicht.

»Wissen Sie was?«, sagte Niklas. »Ich glaube, dass Frau Rupp diese Blumen auf das Grab gelegt hat.«

»Was?« Westheim wich zurück.

»Sie hat Frau Rossi besucht, kurz vor ihrem Tod.« Potofski kam näher. »Frau Rossi kann die Blumen selber nicht mehr hinlegen, also hat Frau Rupp es gemacht.«

»Sie ist zwei Stunden lang bei ihr gewesen«, sagte Niklas.

»Warum?«, flüsterte Westheim.

»Um ihr zuzuhören.«

Westheim schüttelte den Kopf. »Warum denn?«, flüsterte er wieder.

»Das Bild in Ihrem Büro«, fragte Niklas, »ist das ein Baselitz?«

Westheim schien ihn für irre zu halten oder auch das ganze Leben um ihn herum. »Wirklich nicht«, stieß er hervor.

Niklas trat von dem Grab zurück. »Wo haben Sie denn Ihren Baselitz hängen?«

»Nirgends«, sagte Westheim. »Ich besitze keinen.«

»1994 haben Sie aber einen Baselitz eingelagert«, sagte Niklas. »Neun Tage, bevor sich in Ihrem Mietshaus eine Gasexplosion ereignet hat.«

Westheim kaute an seinem Daumennagel. Eine ganze Weile starrte er Niklas an, dann war seine Stimme sehr leise. »Ich habe mal ein Bild gelagert, weil ich es verkaufen wollte. Das habe ich auch getan.«

Potofskis Handy klingelte. Niklas fand das schon wieder daneben, hier, an diesem Ort. Andererseits hatte seine Frau ihm von Leuten erzählt, die verfügt hatten, ihr Handy mit ins Grab zu nehmen, inklusive Akku.

»Ein Zeuge hat gehört, wie Frau Rupp sich mit Brecht verabredet hat.« Er guckte in Westheims bleiches Gesicht. »Er hat das Wort Friedhof vernommen. Vielleicht haben sie sich hier getroffen, Ellen Rupp und Michael Brecht. Vielleicht hat ja auch Brecht die Blumen auf das Grab gelegt. Ist er den Rest seines Lebens mit einem schlechten Gewissen herumgelaufen? Immerhin war es seine Aufgabe, einen Versicherungsbetrug aufzudecken. Und aufgedeckt hat er ihn auch, nicht wahr, aber er hat sich mit einem Teil der Summe ruhigstellen lassen.« Niklas seufzte. »Bis vor kurzem dann, bis Frau Rupp ihn aufgesucht hat. Können Sie mir folgen?«

»Nein«, sagte Westheim nur. »Nein, so können Sie mir nicht kommen.« Er schwankte ein wenig. »Was machen Sie denn, Sie sollen den Mord an Ellen –«

»Ja sicher!«, schrie Potofski dazwischen. »Sie wollen, dass wir Ihnen damit nicht kommen? Dann kommen wir Ihnen mit etwas anderem.« Triumphierend wedelte er mit dem Handy in Niklas' Richtung, kam näher und flüsterte: »Das große Los. Die Gasflasche.«

»Wirklich?« Niklas drehte sich wieder um. Sehen Sie, Herr Rossi, das hat gedauert. Aber irgendwann – nicht immer, aber manchmal – möglicherweise – er räusperte sich, hörte dann Potofski sagen: »Sie begleiten uns jetzt ins Präsidium.«

»Jetzt reicht es, jetzt rufe ich einen Anwalt an.« Westheim machte ein paar schnelle Schritte im Kreis und geriet vor Andrea Rossis Grab ins Stolpern. Erschreckt blieb er stehen.

57

Anna sah ihn in der Nacht, er lag vor ihrem Wagen und hob beide Hände. Wieder und wieder sah sie Langenau durch den Dreck kriechen, noch am Morgen sah sie seine glasigen Augen, die sie verfolgten, wohin sie auch ging. In der Kanzlei tanzten sie an den Wänden, Augen ohne Gesicht. Sie musste sich konzentrieren, musste Briefe ans Gericht diktieren, dabei sah die Sekretärin sie merkwürdig an. Ja, eine Art Migräne, Kopfschmerzen auf der linken Seite. Die Sekretärin sagte, oh, damit durfte man nicht scherzen; nein, sagte Anna, hatte keine Ahnung, wie man überhaupt damit scherzte. Die ganze Zeit saß sie mit verschränkten Fingern da, als übte sie ein Gebet.

Mittags rief sie Czerny an, um nach seinen Fortschritten zu fragen, ging es voran? Er erzählte ihr etwas von einer kleinen, fahrbaren Bühne, auf der zu besonderen Anlässen ein DJ auflegen könnte. Wann, wollte sie wissen, während der Geschäftszeiten? Er lachte und fragte, wann denn sonst? Da muss Leben rein, erklärte er, du hast ein besonderes Konzept gewollt, hier bin ich.

Dann fragte er plötzlich: »Geht's dir gut?«

Darauf wusste sie nichts zu sagen, das war eine Frage, die unerwartet kam.

»Du klingst etwas traurig«, sagte er.

»Nein, nein«, murmelte sie, »es gibt nur viel zu tun.«

Es war schön, mit ihm zu reden, er stellte solche Fragen. Sie legte auf, ließ eine Hand auf dem Telefon und glaubte, Langenaus tanzende Augen nicht länger auf der weißen Wand zu sehen.

Nachmittags stand sie am Fenster und versuchte die Pfützen zu zählen. Im Regen sah die Welt verloren aus, bleiern und grau. Als das Handy piepste, hoffte sie für einen Moment, dass es wieder Czerny war; hör zu, sagte er gewöhnlich, mir ist da etwas eingefallen, pass auf –

Es war der Kollege Reinders, Strafrecht. Anna sah ihn vor sich, als er seinen Namen nuschelte, ein dünner Mann mit halblangem Haar. Er erzählte gerne Witze. Sie hatte ihn Florian als Anwalt empfohlen.

»Das Mandat«, sagte Reinders. »Ihr Mann hat mich gebeten, Sie wissen ja sicher –«

»Die Polizei belästigt ihn«, sagte sie. »Die belästigen alle, die mit Ellen befreundet waren, als wäre das ein Verdachtsmoment.«

»Er wird als Beschuldigter vernommen.« Reinders schien sehr lange Luft zu holen. »Er ist vorläufig festgenommen.«

»Nein.« Anna schloss die Augen.

Reinders machte wieder Pause, dann sagte er: »Ich kann erst am Abend mit dem Haftrichter verhandeln. Sie lassen sich Zeit.«

Sie erinnerte sich, dass Reinders einmal, als sie zusammen gegessen hatten, von ihrer Kanzlei schwärmte, dass er sagte, es sei die Krönung, ein von Damen geführtes Herrenhaus.

»Die stehen unter Druck«, sagte sie. »Mussten sie sich einfach jemanden herausgreifen?«

»Wenn Sie am Abend – jetzt noch nicht –« Reinders war kaum zu verstehen, was womöglich daran lag, dass es in ihren Ohren rauschte. »Jetzt laufen Vernehmungen, aber am Abend im Präsidium können wir reden.«

»Es ist ein Missverständnis«, sagte Anna.

»Ja«, sagte er. »Ich rufe noch einmal an.«

»Das ist lächerlich«, sagte sie. »Mich hätten sie genauso nehmen können.«

»Am Abend«, sagte er wieder, da sah sie auf die Uhr und versuchte sich vorzustellen, wie lange die Zeit bis zum Ende war, dem Ende von allem. Sie sagte einen Termin ab und überlegte, wie viele Termine es überhaupt noch gab, kein Mensch suchte eine Anwältin auf, deren Mann in Polizeigewahrsam war. Niemand rief an und lud ein, da machte sich keiner die Finger schmutzig. Sekundenlang glaubte sie, das Haus in der Fachfeldstraße stünde noch da.

Aufräumen. Sie riss alle Schubladen auf und schleuderte den Inhalt auf den Boden. Gesetzestexte, Papiere, Sammelmappen, Visitenkarten, aufräumen, es musste alles wieder in Ordnung kommen. Ein paar Minuten lang guckte sie auf den ganzen Kram, bis Ellen *Mörder* sagte, *Mörder*. Mit einem Fußtritt wirbelte sie die Papiere durcheinander, sie musste der Putzfrau einen Zettel hinlegen, alles so lassen, ich mache das schon, wie immer. Dann fuhr sie nach Hause und wartete, bis Reinders sie rief.

Reinders saß auf einer Bank im Polizeipräsidium wie ein Zeuge, der auf seinen Auftritt wartet. Als er sie sah, sprang er auf und sagte laut: »Frau Kollegin!« Er deutete auf die geschlossene Tür hinter sich und begann zu stammeln, was für ihn sehr ungewöhnlich war. »Für heute sind sie durch – sozusagen – es kommen Formalitäten –« Er senkte den Blick.

»Ich habe nichts dabei«, sagte Anna. »Es wäre doch lächerlich, wenn ich ankomme wie die Frau eines Kriminellen, um ihm eine Zahnbürste für den Knast zu bringen.«

»Es existiert jetzt in der Tat ein Haftbefehl.« Reinders wischte sich Staub von der Kleidung. »Bezüglich der Mordsache –« Das Wort schien ihn zu erschrecken, er versuchte es erneut. »Es handelt sich um den Tod von Ellen Rupp und anderer. Sie beschuldigen ihn – aber sie haben nur ein paar Indizien.«

»Nein, das ist verrückt«, sagte Anna, »sie beschuldigen ihn des Mordes an Ellen?«

»Nicht direkt.« Sanft drückte er sie auf die Bank. »Sie beschuldigen ihn zunächst, vor der Wohnungstür eines gewissen Moritz Blume eine Gasflasche zur Explosion gebracht zu haben.« Er fingerte nach seinen Notizen, doch er sah kaum hin. »Sie präsentieren da eine labortechnische Untersuchung, demnach hat sich an einem Teil der Gasflasche, der sich noch untersuchen ließ, ein anhaftender Belag gefunden, der identisch sein soll mit jenem aus der Camping-Hütte Ihres Mannes. Sie sprechen von einer guten Übereinstimmung, das hat den Haftrichter überzeugt. Mit anderen Worten, die Gasflasche, mit der dieser Blume getötet wurde, ist lange Zeit in dieser Hütte gelagert worden, die Hütte gehört Ihrem Mann.«

»Und mir«, sagte Anna.

Reinders nickte. »Sie war ordnungsgemäß verschlossen, wurde nicht aufgebrochen, keine Spuren von Fremdeinwirkung.« Er hustete laut. »Dieser Blume, behaupten sie, hat für Ellen gearbeitet.«

»Ein Handlanger«, sagte Anna. »Sie hatte mit ihm zu tun, wir nicht. Ist das alles?«

Reinders guckte wie ein magenkranker Dackel. »In Ihrer Wohnung fanden sich Reste der Substanz Nitrazepam, die in hoher Dosis der Betäubung dient.« Er senkte den Kopf so weit, dass sie seine Stimme nur noch wie ein dumpfes Grollen vernahm. »Ellen, der Mann namens Hessler, der bei ihr war, und der kurz nach ihnen getötete Mann namens Brecht hatten diese Substanz im Blut.«

»Die sind doch verbrannt«, sagte Anna. »Hatten die noch Blut? Wie kann man da so etwas feststellen?«

»Doch«, flüsterte Reinders. »Man kann.«

»Ich habe diese Tropfen genommen«, sagte Anna. »Zum Schlafen.«

»Nun, eine Flasche mit Restinhalt befindet sich in Ihren Räumlichkeiten«, sagte Reinders. »Das kommt natürlich vor, das wissen die auch, das ist ja keine Droge, sondern ein ordnungsgemäßes Medikament.« Er seufzte laut. »Es kommt aber hinzu.«

Anna stand auf, Reinders legte ihr die Hand auf die Schulter und murmelte, dabei handele es sich um kein entscheidendes Indiz. Das war nicht von jenem Kaliber wie die Gasflasche. Es handele sich weitgehend um Mutmaßungen, fügte er schnell hinzu, und bis auf die Gasflasche hingen sie mit ihren Mutmaßungen in der Luft.

»Die Gasflasche«, sagte Anna. »Das ist doch unmöglich, die braucht er zum Campen, da gibt es Hunderte.«

»Es geht um die Anhaftungen.« Reinders wich ihrem Blick aus. »Sie bezeichnen sie als jene Flasche, die diesen Blume –«

»Blume –« Anna wollte ein paar Schritte gehen, aber da war eine Wand, gegen die sie stieß. »Ein Nichts, wir wissen doch, wozu Ellen die gebraucht hat. Ihre armen Künstler, ihre Dauerversager kurz vor dem Durchbruch. Was hat Florian mit denen zu tun?«

»Mord zum Zwecke der Vertuschung einer anderen Straftat, das werfen sie ihm vor.« Reinders hatte es nur geflüstert, und er flüsterte weiter, während Anna den Blick hob, weil Decken und Wände immer näher kamen, um sie wieder zu begraben, diesmal für immer. Sie hörte ihn diese Worte sagen, Ellens Einflüsterungen, Fachfeldstraße, Explosion, Brand, Tod, Versicherungsbetrug.

»Nein«, murmelte sie immer wieder, »nein.«

»Sie ziehen da jetzt eine Verbindungslinie«, sagte Reinders. »Sie behaupten, Ellen wollte einen zurückliegenden Versicherungsbetrug aufdecken, beziehungsweise zur Anzeige bringen, da sie die Fakten von Brecht und vermutlich Blume erfahren hat, und zur Vertuschung soll Ihr Mann –« Der Kollege schwieg, vielleicht, weil es undenkbar war.

»Nein«, sagte sie. »Florian hat Leben gerettet, wie kann er ein Mörder sein?«

»Damit kommen sie nicht durch«, sagte Reinders. »Das

mit dem Haus in der Fachfeldstraße können sie nicht beweisen.«

Anna schob ihn zur Seite und öffnete die Tür. Im Zimmer saßen zwei Männer und guckten sie an, ein dritter, ein Uniformierter, stand am Fenster. Sie ging weiter, zu einer Verbindungstür, auf der ein Schild hing, das sie gar nicht erst las, denn sie konnte Florians Stimme hören. Sie öffnete diese letzte Tür, aber einer der Männer hielt sie auf. Sie drehte sich um und sagte: »Ich bin Anwältin.«

»Ja«, hörte sie Reinders hinter sich sagen. »Das stimmt.«

»Ja schön«, sagte der Mann barsch. »Warten Sie halt.«

Anna konnte Kommissar Niklas sehen, er stützte sich mit beiden Händen auf einen Tisch. Gemurmel, Geraschel, Florians Stimme. Sie konnte seinen Rücken sehen, Niklas vor ihm, zwei andere Männer lehnten an der Wand. Es wurde lauter, Florian sagte, er würde nicht gehen, er bliebe hier sitzen, er akzeptiere keinen Haftbefehl wegen lächerlicher Vermutungen.

»Es wird aber Zeit«, sagte Niklas. »Sie müssen noch einchecken da drüben.«

Sie machten ihn fertig, seine Stimme war ganz dünn; »Wie können Sie behaupten, ich hätte Ellen getötet, Ellen, mein Gott –«

Sie machten ihn kaputt da drin. »Und dieser Blume«, sagte er, »der war doch noch bei mir im Büro, was soll ich denn gegen den haben?«

Anna drehte sich zu Reinders um, der schüttelte nur den Kopf, wieder sagte jemand, dass sie warten solle.

»Warum fragen Sie meine Frau nicht?«, hörte sie Florian mit kraftloser Stimme sagen. »Die hat auch einen Schlüssel zur Hütte und kommt an die Gasflaschen heran.«

»Sicher«, sagte jemand, ein höhnisch hervorgestoßenes Wort.

»Und sie nimmt dieses Zeug«, murmelte Florian, »die Tropfen.«

»Ach.« Wieder diese höhnische Stimme, Niklas gehörte sie nicht, Niklas stand noch immer über Florian gebeugt, jetzt fragte er: »Was wollen Sie uns da gerade eigentlich sagen, Herr Westheim? Was versuchen Sie anzudeuten? Ihre Gattin, die immerhin ein Opfer des Infernos –«

»*Sie ist mein Unglück!*« Anna sah die Faust, mit der Florian auf den Tisch schlug, und seine Stimme hörte sie als helles Kreischen, »*Mein ganzes Unglück!*« Schläge untermalten seine Worte, mehr Schläge, mehr Worte, »Ich wollte sie doch gar nicht, nie – so eine verklemmte – war doch damals nur – hab mich hinreißen lassen – aus Mitleid – und hab sie am Hals.«

Nein, es war anders. So konnte er das nicht sagen.

Anna wich zurück. Das war falsch.

Sie drehte sich um. Sah in die aufgerissenen Augen des Kollegen, da stand Reinders, standen die Männer und glotzten sie an. Wie guckten die denn, wie konnte er das sagen vor allen Leuten? Es war ja auch falsch.

Wie konnte er das sagen?

Sie wollte die Tür schließen, doch Reinders kam ihr zuvor. Er nahm sie am Arm, seine Stimme nur ein Wispern. »Ich habe ihm gesagt, er muss sich anders verhalten. Dringend habe ich ihm geraten –«

Anna riss sich los und ging hinaus, sie achtete darauf, sehr gerade zu gehen. Der lange Flur nahm kein Ende, aber sie fand den Ausgang und fing an zu laufen, sie rannte auf ihren Wagen zu und ließ den Motor heulen wie in jener Nacht, als dieser Mann vor ihr lag, Langenau, Jörg Langenau.

Die Straßen kamen ihr enger vor und fremd. Lichter, Menschen, Lärm, sie fuhr im Kreis. Schließlich nahm sie den Weg zur Kanzlei, nur um sich zu orientieren, saß im Wagen und blickte an dem dunklen Gebäude hoch. Kein Leben, alles leer. Sie stieg aus und ging zu Fuß weiter, immer schneller, bis jemand sie führte, irgendeine Macht. Da war die Kirche, ihr Ruheplatz, die alte Tür quietschte, aber niemand sah hoch.

Alte Leute. Wie festgefroren in der kalten Stille. Eine Frau drehte einen Rosenkranz zwischen den Fingern, *bitte für uns Sünder, jetzt und in der Stunde unseres Todes*. Anna ging nach vorn, eine Kerze brannte am Altar. Sie ging auf und ab, zur einen Seite und zur anderen, jemand räusperte sich tadelnd, war sie gemeint? Sie blieb stehen, senkte den Kopf und hörte ein Geräusch. Ein Schatten über ihr, Zorn, der Priester, trug einen schwarzen Anzug, genauso finster war auch sein Blick.

Anna wollte seine Hände sehen, die ruhigen Hände. »Ich habe«, fing sie an, doch hörte sie die eigene Stimme kaum.

»Ja?«, fragte er.

»Ich habe ihn doch im Keller gesehen.« Sie ging einen Schritt zurück. »Damals. Jetzt erzählt er solche Sachen. Sein Unglück, ich. Dass er aus Mitleid – nein, nein, es war anders, ich habe ihn im Keller gesehen. Mit den Kerzen gesehen, das weiß er.«

Zorn drehte sich um, zu der brennenden Kerze am Altar. »Kerzen?«

»Teelichter.« Sie nickte.

Er schien ein Seufzen zu unterdrücken. »Haben Sie Schwierigkeiten?«, fragte er leise. »Brauchen Sie Hilfe?«

»Nein, ich nicht.« Sie sah sich um, da drüben war ihre Bank. Ein wenig ausruhen, wie sonst auch. Mittags, wenn Ellen mit ihrer Sekretärin zum Essen ging, hatte sie oft hier gesessen. Aber Ellen war ja längst nicht jeden Tag in der Kanzlei gewesen, manchmal war sie morgens in Berlin, mittags in Hamburg und abends bei den wichtigsten Mandanten in Kronberg, Taunus. Ein schnelles Leben, während Anna zwischen Kanzlei und Gerichtssaal pendelte, nicht zu vergleichen im Grunde, aber es war dieselbe Welt. Florian hatte sie in diese Welt geführt, weil sie seine Frau war, weil er musste.

Der Priester sah noch einmal zu ihr herüber. Gut gekleidet, wie sie war, und mit diesem Auftreten, das sie hatte, mochte er sie wohl nicht, er hatte ja auch eine abfällige Bemerkung ber Ellen gemacht. Damals wäre sie ihm sicher sympathischer gewesen, manche Priester glaubten ja, die Armen zu lieben, damals, als sie Anna Kohler war, die graue Maus, die nie etwas sagt.

Nie, auch damals nicht, als das Fußballspiel lief und sie in den Keller ging, um Bier zu holen für den besoffenen Vater und den genauso besoffenen Bruder. Noch ein paar Minuten hatte ihre Familie zu leben, vergrölte und verjammerte Minuten, Anna nimmt den Korb und entflieht diesem Lärm, der Keller ist kühl und nahezu still. Nur in einer Ecke hört sie ein Rascheln, aber es ist keine Maus. Die Maus ist sie selber, so leise, er hört sie ja nicht. Florian ist da, am anderen Ende des Kellers, und wieder will sie ihn ansprechen und starrt doch nur zu ihm hin. Er repariert etwas oder was tut er da? Er schraubt Verschlüsse ab, Stopfen. Die Gasleitung ist nicht in Ordnung, hat er immer wieder gesagt, jetzt macht er es also selber. Aber auf dem Boden liegen Teelichter, vielleicht will er sie mit nach oben nehmen. Aber sie haben gar keine Hüllen mehr, dann wirft er sie wohl in den Müll. Als sie mit dem Korb voller Bierflaschen zur Treppe geht, meint sie, er müsste sie jetzt wahrnehmen, aber seine Werkzeuge sind lauter geworden, und sie ist zu leise, wie immer. Dann hört sie ein klickendes Geräusch, wie Feuerzeuge es machen. Sie denkt, er raucht hier drin, aber vielleicht denkt sie auch nichts. Sie geht nach oben, hätte so gern mit ihm geredet, es ist noch ein wenig Zeit bis zum Tod.

Das Fußballspiel läuft, Sven und der Vater grölen, Klara liegt im Bett. Anna guckt aus dem Fenster, weil sie die Haustür hört, sieht Florian weggehen, schnelle Schritte macht er und schaut nicht zurück. Sie holt Lars in die Küche, da steht die Mutter und sagt, ich häng mich irgendwann mal auf, dann kommt der Donnerschlag und mit ihm der Tod.

Seit Florian ihr Mann war, dachte sie nicht mehr an den Keller, sie wollte nicht, sie sah nur seine Hände, die sie hielten, als er zu ihr ins Feuer kam.

Anna verließ die Kirche und ging zu ihrem Wagen zurück. Sie fuhr in die Innenstadt, kam an dem Haus vorbei, in dem Moritz Blume starb, fuhr weiter und sah in den tanzenden Lichtern die roten Nelken, die Florian ihr ins Krankenhaus bringt. Die Schwestern, ganz gerührt von ihm, kündigen feierlich ihren Retter an. Ein Teil ihrer Haut ist verbrannt und brennt noch immer, obwohl er weg ist, und als er an ihr Bett tritt, liegt sie eingepackt in Folien und Mull. Wie oft hat sie sich gewünscht, dass er ihr Blumen bringt? Früher war das, als sie nur träumte von ihm. Mit gequältem Lächeln fragt er, wie es ihr geht; sie sagt, das sehen Sie ja, und er meint, sie könne ihn doch duzen.

»Ja«, sagt sie. »Ich habe dich im Keller gesehen.«

»Wann?«, fragt er, und sie sagt: »Davor.«

Lange liegt sie im Krankenhaus, Florian kommt nicht mehr. Als sie entlassen wird, ist sie obdachlos, weil man das Haus nicht mehr bewohnen kann. Sie glaubt, dass dieser Umstand in ihr Leben passt, so wie es bisher war, Obdachlosigkeit, kein Dach überm Kopf. Behörden sprechen von unbürokratischer Hilfe, wie sie es immer tun, ohne dass etwas geschieht.

Noch am Tag der Entlassung besucht sie ihren alten Vermieter in der Mörikestraße, Florians Vater. Jahrelang hat sie ihn gehasst, wenn er in die Wohnung kam und zeterte, wie haust ihr denn hier, das ist doch kein Zustand. Klein und schwach steht er jetzt vor ihr und weint.

»Alle sind tot von euch«, murmelt er, und sie nickt und sagt, auch Lars, obwohl sie doch geglaubt hat, er würde es schaffen.

»Der hatte was mit der Haut«, flüstert er. »Ihr habt nie gewollt, dass ich den seh'. Als hätt' mir das was ausgemacht, so'n armer Bub.«

Jetzt hat sie auch was mit der Haut. Tote Haut, man kann sie nicht berühren. Sie fragt nach Florian und erfährt, dass er umgezogen ist. Der Vater preist ihn und erzählt, wie tapfer er sich verhalten hat, was sein Trost ist, sein einziger Trost; ja, sagt sie, er ist mein Retter.

Florians neue Wohnung ist noch nicht richtig eingerichtet, aber sie ist sehr groß. Sie sieht ihn blass werden vor Schreck und glaubt, dass er Angst vor ihr hat; nein, sagt sie, nicht vor mir. Wieder will sie sein Haar streicheln, als sie ihm erzählt, dass sie obdachlos ist, will seine Wangen berühren und seinen Bauch, seit sie ihn kennt, will sie das tun. Früher, wenn sie sein Lächeln sah, wollte sie noch mit einem Finger über seine Lippen streichen, nur hat er aufgehört zu lächeln, aber sie hat ja auch aufgehört zu schweigen. So viele Zimmer hier, lass mich zwei, drei Tage lang hier wohnen. Ich koche auch, ich habe oft für alle gekocht, für die Familie, weißt du, für die Toten.

Er isst aber kaum etwas. Seine Fingerspitzen schlagen auf den Tisch, und er starrt sie bloß an. Einmal sagt er, ich kann dir helfen, eine Wohnung zu finden, aber sie sagt, die kann ich nicht bezahlen.

Er hat eine Gästecouch, auf der sie schlafen darf. In der zweiten Nacht geht sie in sein Schlafzimmer und setzt sich auf sein Bett, sie spricht nicht mehr von den Toten, erzählt ihm nur von ihren Plänen. Dass alles möglich ist, so ein Leben möchte sie haben, Arbeit und Geld, raus aus dem Dreck und rein in das Glück. Nur ein Lämpchen brennt, es ist fast dunkel bei ihm. Sie streichelt ihn unter seinem T-Shirt, das ist schön und geht leicht. Immer weiter, bis er flüstert: »Was willst du?«

»Das siehst du doch«, sagt sie. »Dich.«

Sicher hat er das missverstanden, denkt er, sie wird gehen, wenn sie es jetzt tun, aber das kümmert sie nicht, sie spürt nur, wie sein Körper schwer auf ihrem liegt, und einen Moment lang ist das alles, was sie will. Es geht schnell, sie hört ihn atmen, als ertrüge er einen Schmerz. Er lässt dann viel Platz zwischen ihnen, legt sich eine Hand auf die Stirn, als müsste er überlegen, was da gerade vor sich gegangen ist, und als sie noch ein Licht einschaltet, sieht sie, wie er die Augen schließt. Seine Stimme klingt wie ein Wimmern, als er flüstert: »Hör auf.« Meint er, dass sie sich anziehen soll? Sie sagt, wenn ein Mensch durchs Feuer geht, dann sieht der Körper so aus.

Nach einer Weile, es ist ganz still, sagt sie: »Wir müssen das ja nicht machen, wenn es dir nicht gefällt, aber bei mir bleiben musst du schon. Wir sind zusammen durchs Feuer gegangen, verstehst du das nicht?«

Er will es nicht verstehen, also muss sie es erklären; sie hat ihn im Keller gesehen, nicht wahr? Kurz vor dem Knall, mit den

Teelichtern unter den abgerissenen Stopfen. Sie kennt die Ausdrücke nicht, vielleicht nennt man sie nicht Stopfen, sondern Rohre, aber sie waren an der Gasleitung dran und er hat sie abgemacht. Dann hat er das Haus verlassen und dem Teufel Platz gemacht, jetzt hat er viel Geld, denn es geht doch wohl um die Versicherung, nicht wahr?

Er gibt nichts zu und protestiert auch nicht. Stumm sitzt er da, sehr lange, ganz verkrampft. In seinen schönen, braunen Augen liegt so ein Ausdruck, als wollte er klagen, womit habe ich das verdient?

»Ich bin die Einzige, die es bezeugen kann«, sagt sie. »Vergiss das nie, ich habe dich gesehen.«

Erst aus dem Feuer und dann aus dem Dreck, sie lässt das graue Leben hinter sich. Sie heiraten, und als Florians Firma gut läuft, ziehen sie in das schöne Haus auf dem Lerchesberg. Alles geht leicht, sie beendet ihr Studium und wird Partnerin in Ellens Kanzlei. Das hat er zuerst nicht gewollt; frag sie, sagt sie ihm, bitte sie darum, dann macht sie es auch. Nein, sagt er, das geht nicht, und dass sie sich nicht ins gemachte Nest setzen könne, sie müsse sich das schon erarbeiten. Aber natürlich geht das, sagt sie, du weißt, dass es geht. Sie fliegt nach oben, ziemlich weit. Florian kommt nicht immer nach Hause, aber er ist ihr Mann. Nie wieder reden sie über den Keller, auch nicht an jenem Morgen, als er sagt, du hast jetzt einen guten Job, da kannst du dir doch auch eine Wohnung suchen. Nein, sagt sie nur, dann spricht er nie wieder davon. Er hat sie gerettet, aber sie ihn doch auch. Das hat er vergessen, nicht wahr? Dass er sein Geld bekam, seine Firma, dass er in Freiheit leben konnte, das alles verdankte er ihr. Ellen hatte ihn vernichten wollen, nicht sie, nicht seine Frau. Er hat es vergessen oder es war ihm nicht wichtig genug, da ging er hin, um sie in den Dreck zu ziehen. Nie würde er anerkennen, was sie für ihn tat, nein, er bewarf sie mit Dreck vor allen Leuten. Hätte Ellen so über sich reden lassen? Ellen hätte sich nicht sagen lassen, dass sie das Unglück eines Mannes sei.

Ellen sagt, du kannst ohne ihn leben, das war in der Fachfeldstraße, als sie im Auto saßen und auf die Stelle starrten, wo das Haus gewesen war, sie sagt, du bist doch stark. Aber das ist nur ein kurzer Moment, denn später, als sie von Frau Rossi spricht und ihrem toten Mann, als Anna sagt, sie erinnert sich nicht, da ändert sich das. Anna will es ihr doch nur erklären; Feuer, sagt sie, vernichtet alles und merzt alles aus. Alles kann es beseitigen, alle Miseren abbrennen, den Dreck einäschern und die Angst. Dann war alles weg. Und etwas Neues fing an. Da nimmt Ellen sie am Arm, aber es ist ein harter Griff, und sie lässt sie auch gleich wieder los.

»Du hast es gewusst«, sagt sie, »du hast es gewusst. Was er getan hat – du hast es die ganze Zeit gewusst.«

Anna stellte den Wagen wieder ab und ging zu Fuß, aber sie hatte kein Ziel, sie lief einfach umher. Bettler auf Schlafmatten in den Eingängen der Kaufhäuser, ein Mann mit einer Geige vor dem geschlossenen Café, sie fror und lief immer weiter. Börsenstraße, Schillerstraße, Czernys neuer Laden. Licht brannte, was tat er, renovierte er noch immer, ohne Pause, bis in die Nacht? Eine ganze Weile stand sie da, bis sie ihn aus dem hinteren Teil des Ladens kommen sah. Czerny riss die Arme in die Luft und sprang zur Tür; »Komm«, sagte er, »wir feiern ein bisschen.«

Da saßen Leute beim Wein und nickten ihr zu. Das waren seine neuen Nachbarn, Geschäftsleute aus der Umgebung. Sie lachten viel, und einer sagte, Czerny sei ein schnieker Kerl, der habe Ideen, der hole neue Kundschaft. Sie fühlten sich wohl hier, ihre Bewegungen waren entspannt. Sie erzählten von ihren Geschäften und redeten über Filme, die sie gesehen hatten, über Politiker und Kunden, die sich seltsam benahmen. Czerny hatte sie gleich kennengelernt, und Anna wunderte sich, wie er das schaffte. Vielleicht ging er einfach mit großen Augen durch die Welt, da fiel ihm alles leicht. Er machte sich keine Gedanken. Irgendwann legte er einen Arm um ihre Schulter, und sie spürte seine Wärme. Er erzählte von verrückten Frisuren und von Frauen, die sie eisern trugen, seine neuen Nachbarn lachten und wünschten ihm viel Glück.

»Sie können das tragen«, sagte einer, der von einer neuen Kollektion schwärmte.

Anna schüttelte den Kopf. »Meinen Sie mich?«

»Wen sonst?« Er sah sie groß an. »Kommen Sie mal zur Anprobe, es ist perfekt.«

Später, als sie gegangen waren, stand Czerny hinter seinem Tresen, angestrahlt vom Licht.

»Wirst du das schaffen?«, fragte sie. »Der Apotheker verlangt so eine hohe Miete.«

Er lächelte sie an. »Ich will es versuchen.«

»Es wird alles anders sein«, sagte sie.

»Mach dir keine Gedanken.« Er kam um den Tresen herum und küsste sie auf die Wange.

Reinders rief noch einmal an, als sie wieder im Wagen saß, sie sah seinen Namen auf dem Display und drückte ihn weg.

58

Niklas beobachtete die Fenster hinter den Bäumen. So früh am Morgen brannte nur ein schwaches Licht.

Potofski sagte, man könnte sie doch einmal im Negligé betrachten.

»Nachher trägt sie einen Frottee-Schlafanzug.« Niklas kramte seinen noch nicht ausgefüllten Lottoschein aus dem Handschuhfach, so viel Zeit musste sein. Früher hatte er sein Alter angekreuzt, aber seit dem 50. Geburtstag war das ja nicht mehr möglich, also machte er Umwege. 24 war er, als er Ute kennenlernte, mit 18 Monaten hatte seine Tochter Nora zum ersten Mal Papa gesagt. Das war sehr bedeutend, weil das Kind vorher schon allen möglichen Unsinn geschwatzt hatte, nachgerade fließend ein Wort wie Postfiliale hatte aussprechen können, bloß Papa war ihr aus lauter Bosheit nicht über die Lippen gekommen. Heute sagte sie es auch nicht, sprach sie ihn mit dem Vornamen an oder nannte ihn, was er noch unerfreulicher fand, Kalli. Ute war 49 Jahre alt, das passte gerade noch hinein, als man ihr den Blinddarm herausnehmen musste, ein Körperteil, den Niklas bei sich selber überhaupt nicht mehr auf dem Radar hatte und der seitdem auch hin und wieder zwickte. Mit 35 Jahren hatte er sein erstes Mordopfer gesehen, baumelnd im Keller, ein Selbstmord, der keiner war.

Er sah hoch. Im Haus rührte sich nichts.

»Wenn die sich jetzt etwas angetan hat?«

»Quatsch«, murmelte Potofski.

»Und wenn ich's dir sage?«

Sie stiegen aus. Das fehlte noch. Wie hatte man Anna Westheim, als sie noch Kohler hieß, in der Katastrophennacht genannt? Die Frau, die aus dem Feuer kam. Das konnte man ja weiterspinnen, die Frau, die den Täter liebte, die arme Frau, deren Welt zusammenbrach. Es gab ja für alles eine Grenze, einmal hielt man nichts mehr aus, da musste man bloß an Frau Rossi denken, eine andere Überlebende. Ihr Mann war sehr krank gewesen und fing gerade an, sich zu erholen. Wunderbar, hatte der Doktor gesagt, das haben Sie hinter sich. Da waren sie glücklich nach all dieser Angst, planten ihr Leben, richteten ihr Kinderzimmer ein, dann ging das Haus hoch und er starb. Frau Rossi hatte ihn beim Namen genannt, ihren toten Mann, immer wieder, als müsste er doch jeden Moment zur Tür hereinkommen, das hatte Niklas nicht hören können. Das hatte sich ihm in den Magen gebohrt, nein, nicht direkt in den Magen. In jene Stelle zwischen Magen und Brust, von der er nicht wusste, wie sie hieß, falls sie denn überhaupt einen Namen besaß.

Und jetzt? Wenn die Westheim bloß nicht am Seil hing da drin, aber das machten sie nicht. Frauen hängten sich nicht auf, Frauen nahmen etwas ein. In der Literatur hatte sich eine vor den Zug geworfen, irgendetwas Russisches, kam er jetzt nicht drauf. Die Rupp hätte es gewusst, na sicher, Frau Rupp, die man die Ruppige nannte und von der Frau Rossi erzählt hatte, wie sie ihre Hände hielt und wie gut das gewesen war, wie freundlich von ihr.

Um Himmels willen, jetzt bloß kein Suizid in diesem Haus.

Sie klingelten und klopften. Ein Eichhörnchen rannte vorbei. Vor der Garage stand der helle Daimler.

Das war Niklas schon einmal passiert, dass ein wichtiger Zeuge sich das Leben genommen hatte, ihm quasi unter der Hand weggestorben war. Musste er sich rechtfertigen damals, was war das für ein Kampf gewesen; ich kann doch nicht, hatte er geltend gemacht, Tag und Nacht bei ihm Händchen halten.

Aber Sie hätten es antizipieren müssen, hatte man ihm vorgehalten, und er hatte sich stur gestellt und gesagt, nein, hätte ich nicht, obwohl er damals gar nicht gewusst hatte, was das Wort bedeutete.

Anna Westheim riss die Tür auf und fragte: »Wollen Sie mich vielleicht abführen?«

Niklas atmete tief aus. So perfekt, wie sie aussah, in einem schmalen Rock, mit dunklen Strümpfen und riskant aussehenden Schuhen, musste sie mitten in der Nacht aufgestanden sein, um sich auf die Reihe zu kriegen.

»Gehen Sie zur Arbeit?«, fragte er, nur um das Gespräch in Gang zu bringen.

»Nein.«

»Frau Westheim, ich will nicht drum herumreden.« Er deutete auf den Daimler. »Wem gehört der Wagen da?«

»Mir.« Sie lehnte sich gegen die Tür.

»Aha.« Sie marschierten zurück, sahen sich Stoßstange und Kühler an, entdeckten Kratzer und weiter oben abblätternden Lack. Silbrig war der Lack, wie jene sichergestellten Stücke, die neben Langenau gefunden wurden, als er halbtot auf einer dunklen Straße lag.

Langenau hatte die Person nicht erkannt, die ihn töten

wollte, er hatte überhaupt keinen Menschen in dem Wagen gesehen, nur Licht, so viel Licht, er war geblendet von all dem Licht.

»Montag auf Dienstag«, sagte Potofski. »Nachts. Waren Sie da unterwegs?«

»Nachts bin ich zu Hause«, sagte Frau Westheim.

»Was ist denn da passiert?« Niklas deutete auf die kaputten Stellen.

»Da müssen Sie meinen Mann fragen«, sagte sie. »Sie kommen ja jetzt gut an ihn heran.«

Potofski starrte sie an. »Warum müssen wir das?«

»Weil er den Wagen gefahren hat.«

»In dieser Nacht?«

Sie nickte. »Er hat ihn noch in die Garage gefahren. Er ist da sehr gewissenhaft.«

»Kennen Sie einen Jörg Langenau?«, fragte Potofski.«

»Mein Mann hat den Namen doch genannt«, sagte sie. »Als Sie das letzte Mal hier waren. Was ist mit ihm?«

Potofski hob die Hände. »Brüche, innere Verletzungen.«

»Der hatte, will ich mal sagen, einen schlimmen Zusammenstoß.« Niklas sah zu, wie Frau Westheim wie im Schüttelfrost die Arme um den Körper schlang.

»Wir müssen den Wagen untersuchen«, sagte er. »Fährt Ihr Mann den öfter?«

»Eigentlich nie.« Sie guckte in die Wolken. »Seiner war doch teurer.«

Als Niklas nach Hause kam, sagte er: »Ich glaube, jetzt wird es ein wenig ruhiger.«

Ute bügelte und hatte den Fernseher laufen. Sie war die einzige ihm bekannte Frau, die von sich behaupte, Bügeln entspanne.

»Die Rupp-Geschichte?«, fragte sie.

Er nickte. Er lauerte förmlich darauf, dass sie über die Verstorbene wieder eine abfällige Bemerkung machte, weil er nämlich sagen wollte, weißt du was? Die hätte ich gerne mal kennengelernt.

»Politische Motive?«, fragte sie. »Sogenannte.«

»Nein, nein.« Er ließ sich auf das Sofa fallen. Das Ende einer Freundschaft.

Kollegen hatten Frau Westheims Wagen untersucht. Es gab Übereinstimmungen, bei den Lack-Partikeln und bei den Fingerspuren auch. Florian Westheim hatte in diesem Wagen gesessen. Mit diesem Wagen war der Mordanschlag auf Langenau verübt worden. Westheim hatte wieder kein Alibi, seine Frau allerdings auch nicht. Gegenseitig gaben sie sich keines, weil sie wohl, was Niklas nicht gedacht hätte, keine gute Ehe führten.

»Schlaf nicht ein«, hörte er Ute sagen. »Es gibt etwas Gutes zu essen. Steckt noch im Ofen.«

Niklas hatte nur eine Brezel gegessen, kurz vor der Besprechung. Am Nachmittag hatte die Soko Rupp sich in den Konferenzraum gezwängt wie beim ersten Mal, als die Fotos der Brandleichen an der Magnetwand pinnten. Jetzt war sie leer, diese Wand, und der Soko-Leiter Urban sprach von einer schönen, geraden Verbindungslinie zu Florian Westheim.

»Klassisches Motiv«, sagte Urban. »Sein Anwalt wurde schon mal abgeschmettert, Aussetzung des Vollzugs gegen Kaution ist abgelehnt.« Er blätterte in seinen Notizen. »Andere Hinweise oder Spuren sind bis jetzt auch nicht aufgetaucht, und wir haben wirklich, speziell, was Frau Rupp betrifft, die ganze Stadt umgedreht. Alle einschlägigen Kreise wurden durchleuchtet, selbst Gewerkschafter –« Er hüstelte. »Und um Dr. Rossmann und seine Kumpanen kümmern sich jetzt andere Kollegen. Es läuft alles auf Westheim zu.«

»Einige Indizien« – Potofski setzte ein kleines Lächeln auf – »gelten für Frau Anna Westheim gleichermaßen, die Gasflasche, das Nitrazepam, der Wagen. An die Gasflasche kam sie auch heran, weil sie den Schlüssel zur Hütte hat, das Nitrazepam wurde ihr persönlich verschrieben, der Wagen ist ihrer.«

»Was ja besonders perfide ist«, sagte ein Kollege. »Hockt der sich in ihren Wagen. Hat er nicht sogar Andeutungen gemacht, wir sollten mal seine Frau fragen? Als er ausgerastet ist bei der Vernehmung?«

»Sie hat kein Motiv«, sagte Urban. »Die war immerhin das Opfer seiner ersten Tat. Die will ihn jetzt noch nicht einmal heraushauen, die setzt sich nicht besonders für ihn ein.«

»Das würde ich an ihrer Stelle auch nicht tun«, sagte Niklas, »wenn mein eigener Mann, also in diesem Fall meine Frau, wenn sie – nein, unglaublich, der kleine Bruder ist tot, die ganze Familie. Und nehmen Sie mal ihre Brandverletzungen, die kann nie richtig – können Sie mir folgen?«

»Nein«, sagte Urban.

»Sich nicht richtig zeigen«, murmelte Niklas. »Im Sommer und so, mein Gott, Sie verstehen mich doch, ihre halbe Haut ist zerstört.« Er schüttelte den Kopf. »Westheim leugnet alles«, sagte er dann. »Kein Versicherungsbetrug mit elf Toten, keine Morde zur Vertuschung. Der Mann kann toben, das will ich mal sagen, der dreht immer mal wieder durch.«

Das war viel zu lange her, hatte Westheim einmal geschrien, damit konnten sie ihm nicht kommen, er jage doch kein Haus in die Luft, in dem er selber wohne.

Nicht wahr, hatte Niklas gesagt, das war gut durchdacht. Antizipiert gewissermaßen, die Reaktionen aller schon vorweggenommen. Wenn Sie aber vorher die Wartungsfirma irre machen, ein paar Kostbarkeiten in Sicherheit bringen und schließlich sich selbst –

Und schon gar nicht, hatte Westheim dazwischengebrüllt, habe er Ellen Rupp auf dem Gewissen oder diese anderen, die er kaum kannte. Zitternd war er aufgesprungen und hatte wie zur Abwehr beide Hände gehoben, »das habe ich nicht getan!« Ein andermal waren seine Hände auf dem Tisch zur Ruhe gekommen, da hatte er den Kopf gesenkt und geflüstert: »Ellen hätte mir nie etwas getan. Oder ich ihr.«

»Das hat er sich so vorgestellt«, sagte Potofski. »Dass das Pack zusammenhält.«

»Wie meinst du das?«, fragte Niklas.

»So ganz allgemein«, sagte Potofski.

»Nein, nein.« Niklas sah ihm ins Gesicht. »Das ist unflätig, die verstorbene Frau Rupp hier als Pack zu bezeichnen.«

»Das habe ich nicht getan«, sagte Potofski.

»Natürlich hast du.«

»Jetzt nehmen Sie sich mal zusammen«, sagte Urban.

Niklas wollte kein Spielverderber sein, als er sagte: »Der wunde Punkt ist nur, die Fachfeldstraße lässt sich nicht beweisen. Langenau weiß es vom Brecht, Brecht ist tot, und die Überlebenden waren mit dem Überleben beschäftigt. Der Alte vom Bahnhof kann auch nur die Möbeleinlagerung bestätigen und die Tatsache, dass Frau Rupp sich nach Westheim erkundigt hat.«

»Ein klassisches Motiv«, erklärte Urban dennoch. »Wenn er für die Fachfeldstraße nicht verurteilt wird, Indizien für die anderen Morde gibt es.« Er deutete auf die Magnettafel, auf der nichts mehr zu sehen war, keine schwarzen Figuren aus dem Innern der Hölle. »Für die Anklage reicht es.« Er war froh, sagte er, dass es nichts Politisches war.

Niklas streckte die Beine aus und sah zu, wie Ute eine perfekte Bügelfalte zog. Aber nein, es war wohl keine gewollte, weil er sie etwas zischen hörte, verdammter Mist.

Ja, manchmal kam es dicke. Frau Westheim tat ihm leid. Niklas hätte ihr gern gesagt, dass sie da durchmusste, aber das war ja etwas billig. Was pflegte denn Ute ihrer Tochter zu sagen, wenn der Kummer sie schüttelte? Ute sagte, der taugt doch nichts. Auch wenn sie nicht wusste, ob es sich um einen Mann handelte oder vielleicht um etwas anderes, zuerst einmal sagte sie: den kannst du vergessen.

Niklas döste ein bisschen, hörte sie im Halbschlaf durch die Wohnung gehen, dann rief sie ihn, und es stand ein schöner Auflauf auf dem Tisch, eine Zauberei aus Hackfleisch, Kartoffeln, Käse und reichlich Sahnesauce.

»Was ist mit dem Cholesterin?«, fragte er.

»Lass morgens mal ein Ei weg«, sagte sie. »Dann hat sich das.«

Er nickte und öffnete eine Flasche Wein. Dann hatte sich das. Alles duftete um ihn herum, und er hörte leise Musik. Er mochte es, wenn er den Tag so ausklingen ließ. Wenn alles seine Richtigkeit hatte.

59

Anna musste die kleinen Dinge üben, die ihr jetzt manchmal misslangen, zum Beispiel das Gehen. Da ging sie eine Straße entlang und blieb stehen, stand einfach, atmete und guckte in die Wolken. Manchmal meinte sie dann Nebel zu sehen, Dunst, etwas Rauch. Dann wartete sie auf die Sonne. Und wenn sie so stand, ließ sie die Schultern hängen, was sie kleiner machte und etwas grau, dann zwang sie sich, wieder zu wachsen. Als sie frühmorgens vor dem Apotheker stand, achtete sie auf ihre Haltung. Michaelis sah sie lange an.

»Es geht um den Laden in der Schillerstraße«, sagte sie. »Ich möchte ihn kaufen.«

»Sie?« Er blinzelte. »Ach.«

Sie sah auf ihn hinab. »Für Sie ist es doch eine Erleichterung, wenn Sie verkaufen.«

»Wie meinen Sie das?« Michaelis faltete die Hände, guckte darauf und nannte dann einen Preis.

»Aber nein.«

»Tja«, murmelte er. »Dann muss ich mich einmal umschauen.«

»Ich weiß nicht, ob Sie noch dazu kommen«, sagte sie. »Sie brauchen doch jetzt all Ihre Energie, um aus der Geschichte mit der Stoltzestraße halbwegs herauszukommen. Ich meine jetzt nicht nur das Finanzielle.«

»Das ist eine Unverschämtheit«, fing er an, und sie sagte: »Ja, schon. Die Polizei ist jetzt häufig bei Rossmann, ich sehe sie da.«

»So, so«, fing er an; »Ja«, sagte sie, »überhaupt wird es eng, ich meine, die Mieter in der Stoltzestraße bleiben erst einmal verschont. Was machen Sie jetzt, da wird es teuer, und die Schande kommt hinzu. Ihre Schande.«

»Wer im Glashaus sitzt«, sagte er ganz leise. »Ich habe Gerüchte gehört. Unaussprechliche Gerüchte. Über Ihren Mann.«

»Über mich auch?« Sie hörte seinen Atem, seine Augen wanderten über sie hinweg. Sie wollte ihn töten in diesem Moment, es war ein merkwürdiges Gefühl, das ihre Hände zittern ließ. Diese Hände, die zitternden Hände um seinen Hals zu legen, zuzudrücken, so etwas hatte sie sich noch nie gewünscht. Dass es ein richtiger Mord wurde und sie jemanden berührte oder eine Waffe auf ihn richtete, das nicht. Kein richtiger Mord. Jetzt meinte sie, so nicht denken zu dürfen, weil dann auch Florian kein Mörder war, auch er hatte niemanden berührt, da waren ja nur die Gasleitung, die Teelichter, das Feuerzeug im Keller.

Wie hätte Ellen mit diesem Mann geredet? Anna hatte es doch gerade versucht. Ellen, die im Flur der Kanzlei vor einem unverschämten Politiker einmal auf- und abgegangen war, sich dann zu ihm umgedreht und gesagt hatte: »Wissen Sie was, Sie sind ein Idiot.«

»Wissen Sie was?« Anna blickte auf den Boden. Nötigung und Gewalt, ihr alle. Und Mord, ja, da steht ihr vor dem Nichts irgendwann.

Ellen hatte sie nicht mehr haben wollen in der Kanzlei. Sie sagt ja noch, als Anna sie fragt, ob sie überhaupt noch ihre Partnerin ist: »Eigentlich nicht.« Das war in der Fachfeldstraße, zehn Minuten, nachdem sie gesagt hatte: »Du hast es gewusst, hast es all die Jahre gewusst.«

»Was wollten Sie sagen?«, fragte Michaelis.

»Über den Preis werden wir uns einigen.« Anna sah ihm in die Augen. »Verkaufen Sie, solange Sie noch können.«

»Warum machen Sie das?«, fragte er, und sie sagte: »Weil ich es kann.«

In der Kanzlei wartete sie auf Ellens Sekretärin. Frau Wolf war nicht mehr so pünktlich wie früher, denn sie wickelte hier nur noch ab. Anna bat sie in ihr Zimmer und fragte: »Möchten Sie bleiben und mit mir arbeiten?«

Ellens Engel guckte hierhin, dorthin und murmelte schließlich: »Familienrecht. Ich weiß nicht, ob ich –«

»Das ist aber besser als Arbeitslosigkeit.« Anna hatte in den letzten Jahren kaum mehr als ein paar Worte mit dieser Frau gewechselt. »Ellen hat mal gesagt, sie wäre wie amputiert ohne Sie.«

Frau Wolf nickte ergriffen.

»Wir werden verkleinern«, sagte Anna. »Ich werde meine Aktivitäten nicht mehr ausschließlich auf die Kanzlei konzentrieren, da brauche ich hier eine Mitarbeiterin, der ich vertraue und die alles managen kann. Ich brauche Sie.«

Frau Wolf wusste ja nun, dass die freien Stellen nicht gerade auf der Straße lagen, und die Jüngste war sie auch nicht mehr. Aber sie zeigte schon, was in ihr steckte, als sie sagte, man werde wohl, um Kosten zu senken, neue Räume beziehen müssen.

»Ja«, sagte Anna. »Daran habe ich auch gedacht.«

»Ihr Mann hat mich kürzlich angerufen«, sagte Frau Wolf. »Wegen der Unternehmensanalyse wollte er Vorschläge –«

»Die macht er nicht mehr. Die brauchen wir auch nicht.« Anna stand auf. Ihr hatte er seine Vorschläge unterbreiten wollen. Was ja doch typisch war.

Sie ging einen Schritt auf sie zu. »Mein Mann wird angeklagt. Strafgesetzbuch, 211.«

»Nein«, sagte Frau Wolf in einem Ton, als wollte sie sagen: Machen Sie doch keine blöden Witze.

Anna sah zur Decke, so wie sie auf der Straße in die Wolken guckte. Eine Weile stand sie so. »Wegen Feuer angeklagt, ich meine, wegen Mordes. An Ellen. Und an Leo Blume, ihrem

Detektiv. Und an Dani, ihrem Freund, und an diesem Brecht. Sie möchten vielleicht nicht bei mir bleiben, aber wir müssen überleben.« Sie sah Frau Wolf ins Gesicht. Es war seltsam verzerrt. Ihres vielleicht auch, sie wusste es nicht. Die Sekretärin wollte sich an etwas festhalten, und weil sie nichts fand, nahm Anna sie am Arm. Frau Wolf fing an zu weinen, aber eher vor Schreck.

»Ich nehme an«, sagte Anna, »dass es ein Indizienprozess wird. Er gibt ja nie etwas zu.«

60

Czerny hatte wieder schwarze Träume. In seinem Schaufenster verbrannte eine Puppe, es war die schöne Frau Rupp. Aber es war der alte Laden, von dem er träumte, und die alte Wohnung, in der er schlecht schlief. All das würde ein Ende haben, denn etwas Neues begann.

Es gab noch keine Vorhänge in der neuen Wohnung, das Glitzern von draußen erhellte ihr Gesicht. Anna hatte Wein mitgebracht, den sie aus Pappbechern tranken, es gab ja auch noch kein Geschirr hier drin.

»Wer bist du?«, fragte er. »Meine Chefin, meine Vermieterin, was bist du?«

»Wir sind Partner«, sagte sie. »Ich investiere in dich. Wir werden groß.«

»Ja«, sagte er.

»Ich bin dein Glück und nicht dein Unglück.«

Er sah sie an. Ja klar, nur Glück, was sonst? Einen Moment lang, im Schein des roten Lichts von draußen, glaubte er den perfekten Sonnenuntergang zu sehen, sie saßen am Meer und guckten in die Wellen und hatten nichts als Glück. Vor Wochen noch hatte er in diesem anderen Laden gestanden und sich mit Frauen in Jogginghosen und alten Männern um die Preise zanken müssen, jetzt leuchtete alles um ihn herum. Am Morgen hatte eine todschicke Frau an die Tür des neuen Ladens geklopft und gesagt, das sieht ja super aus, wann fangen Sie an?

Czerny wollte Anna dafür danken, aber er fand die richtigen Worte nicht. Die Worte, die ihm einfielen, waren seltsam, hör zu, erst habe ich ja gedacht, du willst mich töten. In Wirklichkeit hast du mich herausgeholt, genau, jetzt weiß ich, was du bist, mein Engel, meine Rettung.

Zumindest etwas in der Art.

Die halbe Nacht lang saßen sie so herum, im Halbdunkel, er hielt sie im Arm. Über ihren Mann wollte sie nicht reden, schon gar nicht über die Meldungen, die in den Zeitungen standen, doch was ihm nicht aus dem Kopf ging, war jene Nacht in der alten Wohnung, als sie bei ihm war, die Nacht, in der es brannte und Moritz Blume starb. Da hatte sie so lange reglos am Fenster gestanden – »Du hast auf ihn gewartet«, sagte er, »auf deinen Mann. Hast es geahnt, wolltest ihn aufhalten, so ist es doch gewesen, nicht wahr?«

»Ja«, sagte sie, aber nach einer Weile sagte sie etwas anderes. »Ich habe nicht begriffen, was er tut. Erst hinterher.« Sie beugte sich nach vorn und drückte die Stirn auf die Knie. »Damals nicht. Ich konnte ihn damals nicht aufhalten, weil ich nicht verstanden habe, was er da tut.«

Aber dann sprach sie nicht mehr davon. Czerny musste sie nicht trösten. Manchmal sagte sie: »Wir müssen überleben.«

Manchmal erzählte Anna von der Hölle. Die Totengöttin Hel, erinnerst du dich? Halb tot und halb lebendig, wie ihre Haut. Sie zog ihn an sich, wenn es dunkel war, und wenn er dann ihren Atem wie ein Schluchzen hörte, wollte er wieder Licht machen, aber sie ließ ihn ja nicht. Zu Hels Burg reiten die verlorenen Seelen, und niemand hält sie auf. Aber der Höllenhund lässt sie auch nie wieder hinaus.

Er gewöhnte sich daran. Manchmal machte er Witze, sagte, aus dem Laden wollten sie auch nicht wieder hinaus, denn die Kunden kamen und fühlten sich wohl. Topleute waren das, mehr Frauen als Männer, Frauen, die sagten, sei ein Schatz und mach mir was Verrücktes. Die Eröffnungsparty hatten sie ausfallen lassen, er hatte einfach angefangen. Der Laden hieß *Czerny*, dazu hatten sie sich entschlossen, Czerny ohne Punkt, Czerny ohne alles. *Czerny & Westheim*, hatte er Anna vorgeschlagen, weil der Laden ihr ja nun gehörte, aber das hatte sie abgelehnt und gesagt, der Name sei versaut.

»Wenn sein Prozess vorbei ist«, sagte sie, »reiche ich die Scheidung ein. Vorher nicht, weil ich als seine Frau nicht aussagen muss.«

Sie sprach aber kaum über Florian Westheim, der noch ihr Mann war, als hätte sie ihn längst heimlich begraben. Nur einmal sagte sie, dass er nicht aufhörte, alles zu leugnen, und dass sie Mandanten verliere, wegen des Namens.

»Er ist meine Strafe«, sagte sie. »Ich lege den Namen wieder ab.«

»Wie heißt du dann?«, fragte er.

»Anna Kohler.«

Als sie ihn abholte eines Abends, begrüßte er sie so, Anna Kohler, wie geht's? Auf ihren schönen High Heels spazierte sie durch den Laden und guckte in die Kasse, sie lächelte und sagte: »Du bist gut.«

Dann schlenderten sie durch die hellerleuchteten Straßen, und er hielt sie im Arm, sie kuschelte sich an ihn wie ein frierendes Kind. In Schaufenstern konnte er ihr Spiegelbild sehen, schau her, wie die Leute uns bewundern. Ein paar Schritte entfernt stand ein Mann, der zu ihnen herüberblickte. Er hielt eine Einkaufstüte in der einen und einen Schirm in der anderen Hand, so ein Vorsichtiger, der mit dem Schirm auf die Straße ging, wenn Stunden vorher zwei Tropfen heruntergekommen waren. Czerny wusste, dass er ihn schon mal gesehen hatte, und dem Mann schien es ähnlich zu gehen.

»Ach!«, hörte Czerny ihn sagen, als er sich schon wieder weggedreht hatte. »Sagen Sie, Sie sind doch der Friseur.«

Czerny sah genauer hin und spürte, wie Anna sich aus seinen Armen löste.

»Herr Kommissar«, sagte er, »natürlich, Herr Kommissar – ehm –«

»Niklas.« Er kam näher. Anna war zwei Schritte weitergegangen und sah aus, als hätte der nette Mann sie gerade belästigt.

»Tja«, sagte Niklas, »Battonnstraße, nicht wahr? Der Nachbar von Herrn Leo – Moritz, meine ich, Moritz Blume.«

Czerny nickte.

»Sie sind ja wieder gut zu Fuß. Was macht denn Ihr Laden? Meine Frau sagt ständig, ich muss mal wieder zum Friseur.«

»Den habe ich nicht mehr«, sagte Czerny. »Ich habe jetzt einen neuen, drüben in der Schillerstraße.«

»Oh«, sagte Niklas. »Kann ich mir den leisten?« Aber er wartete die Antwort nicht ab. Er sah Anna an, ein bisschen verlegen, wie es schien, oder so, als wäre er vom Donner gerührt.

»Guten Abend, Frau Westheim«, murmelte er. »Wie geht es Ihnen?«

»Danke«, sagte Anna nur. Das war natürlich keine Antwort, danke, gut, danke, schlecht? Sie wollte weitergehen, tippelte unruhig hin und her, was Czerny nicht sehr höflich fand.

»Herrenschnitte sind billiger«, sagte er. »Kommen Sie ruhig einmal vorbei.«

»Herrenschnitte«, wiederholte Niklas und sah aus, als wüsste er gar nicht mehr, wovon die Rede war. »Oh ja, natürlich.«

Anna ging weiter, Czerny hob die Schultern und sagte: »Ja, Sie sehen, wir haben es eilig.« Er hielt dem Kommissar seine Visitenkarte hin. »Kommen Sie vorbei, wenn Sie mögen.«

Niklas stellte seine Tüte ab und schob die Karte in die Manteltasche. Es fing an zu regnen, aber er spannte seinen Schirm nicht auf.

Czerny holte Anna ein und legte ihr wieder den Arm um die Schulter. Sie sagte nichts, er meinte, sie fror. Als sie vor einer Ampel warteten, sah er sich um. Niklas hatte seinen Schirm noch immer nicht aufgespannt. Der Kommissar stand im Regen und blickte ihnen hinterher.

PIPER ORIGINAL

Anne Chaplet
Doppelte Schuld

Kriminalroman. 256 Seiten. Klappenbroschur

Mary Nowak legte die Zeitung zur Seite. Sie hatte den Toten sofort wiedererkannt: Benjamin Dimitroff. Vor siebzehn Jahren hatte sie ihn das letzte Mal gesehen, kurz nach der Wende. Nun war er im Schloßpark von Blanckenburg gefunden worden. Was steckte dahinter? Der lange Arm der Firma? Hatten die alten Kader einen ehemaligen Mitarbeiter aus dem Weg räumen lassen? Und war es weise von Mary Nowak, sich nach über fünfzig Jahren ausgerechnet hierhin, nach Schloß Blanckenburg locken zu lassen, an einen Ort der Erinnerungen? Am liebsten wäre sie sofort wieder verschwunden. Aber man hatte sie in der Nähe der Leiche gesehen, Blanckenburgs Tierärztin Katalina Cavic hatte sie beobachtet. Doch Katalina schien der Polizei nichts von ihrer Beobachtung mitteilen zu wollen …

»Doppelte Schuld«, der zweite Fall für die Blanckenburger Tierärztin Katalina Cavic, erzählt ein brisantes Kapitel der deutsch-deutschen Geschichte. Packend und höchst authentisch verwebt Anne Chaplet das Geheimnis um die verschwundenen SED-Millionen mit dem Schicksal einer Spionin im Kalten Krieg und der Lösung eines mysteriösen Mordfalls.

04/1059/01/L